드래곤의 반려

heart of dragon

드래곤의 반려 2

초판 1쇄 찍은 날 | 2012년 11월 5일
초판 3쇄 펴낸 날 | 2015년 11월 6일

지은이 | 이수림
펴낸이 | 예경원

편집 | 유경화

펴낸곳 | 예원북스
등록번호 | 제396-2012-000132호
등록일자 | 2012. 7. 25
YRN | 제1-0004호

주소 | 경기도 고양시 일산동구 무궁화로 8-28 삼성메르헨하우스 1118호 (우) 410-837
전화 | 031-819-9431 팩스 | 031-817-9432
http://cafe.naver.com/yewonromance
E-mail | yewonbooks@naver.com

ISBN 978-89-98102-04-3 04810
ISBN 978-89-98102-02-9 (세트)

드래곤의 반려
heart of dragon

2

이수림 장편 소설

YEWONBOOKS ROMANCE STORY

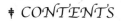

✝ *CONTENTS*

2 부

HEART OF

DRAGON

3.

"사랑한다."

세상에서 가장 달콤한 소리였다.

"나의 레이니르, 사랑한다. 사랑한다."

수백 번을 더 들어도 물리지 않으리라. 사랑 고백. 들을 때마다 심장과 영혼이 행복을 노래하고 춤추는 말.

영원하리라. 이 마음은 이번 생만이 아니라 후생後生에서도, 그 다음 생에서도 끊임없이 이어질 터였다. 그녀가 다른 모습이 되더라도 영혼을 볼 수 있는 콘 웅그르는 그녀를 찾아내 지금처럼 열렬하게 사랑해 줄 것이다. 레이니르는 믿고 또 믿었다.

"나의 반려, 나의 콘 웅그르."

레이니르는 두 손을 그의 뺨에 대고 시선을 맞추었다. 섹시한 검은색 눈동자는 오늘따라 더욱 환하게 반짝이고 있었다. 영원을 맹세하는 빛이었다.

"나도 사랑해."

레이니르는 미소 지으며 손에 살짝 힘을 주었다. 키스해 달라는 신호. 콘 웅그르는 곧 고개를 숙였고, 레이니르는 다가오는 그를 보며 눈을 감았다. 그러나 뜨거운 입술 대신 다른 것이 그녀에게 왔다.

차라리 죽고 싶을 만큼 잔혹한 고통이 심장을 내리치기 시작했다. 비수처럼 날카롭고 우악스러운 것. 레이니르는 눈을 뜬 즉시 보았다. 콘 웅그르의 다섯 손가락이 그녀의 가슴 중앙, 심장이 있는 부분을 쑤시고 있었다. 또한 방금까지 상냥한 미소가 흘러넘쳤던 콘 웅그르의 얼굴에는 이제 다른 감정이 떠올라 있었다. 기대했던, 약속받은 영원한 사랑과 완전히 다른 것.

미움. 혐오. 경멸. 증오.

그 잔혹하고 처절한 감정을 한껏 풍기며 콘 웅그르는 손에 더욱 힘을 주었다. 곧 레이니르의 심장은 몸 밖으로 뽑혀 나갔다.

"왜, 대체 왜……!"

레이니르는 한 번도 상상하지 못한 거대한 고통에 몸부림치면서 비명을 질렀다. 그런 그녀를 깔아보면서 콘 웅그르가 이렇게 답했다.

"사랑하지 않으니까."

육체만이 아니라 영혼까지 얼려 버릴 만큼 차가운 눈동자였다.

"너를 사랑하지 않으니까."

콘 웅그르가 피 묻은 손가락을 벌리자 손안에 있던 그녀의 심장이 밑으로 뚝 떨어졌다. 쓸모없는 물건처럼 바닥에서 아무렇게나 굴러다니던 심장은 깨진 유리창처럼 산산이 부서지더니 곧 먼지가 되었다. 또한 콘 웅그르도 흔적도 없이 사라졌다. 레이니르는 현실을 알게 되었다.

나는, 망가졌다.

내 삶에서 가장 중요한 것을 빼앗겼다. 다시 되찾지 못하리라. 제대로 살아가지도 못하리라. 부서지고 망가진 채, 버려졌으니까. 콘 웅그르에게 쓰레기처럼 버려졌으니까.

나는 철저하게 혼자일 따름.

아프다. 너무 아파. 차라리 죽어버리면 이 고통스러운 기억을 잊을까? 그래, 차라리 죽으면…….

"……내요."

아무것도 보이지 않았다. 그녀의 심장을 없애 버린 콘 웅그르가 암흑 속으로 사라진 뒤, 레이니르는 빛 한 점 없는 세상 속에 갇혀 있었다. 처절한 고통으로 가득한 공간. 그러나 낯익은 목소리가 들리기 시작했다.

"힘을 내요. 레이니르는 혼자가 아니에요."

위로하는 말이었다. 안타까움과 걱정이 흘러넘치는 따스한 목소리.

"우리가 옆에 있잖아요. 최선을 다해 도와줄게요. 그러니 제발, 제발 힘을 내요."

슬픔의 눈물이 섞여 있는 말이었다. 절실한 염원이기도 했다.

너무도 차디찬 콘 웅그르 때문에 동상을 입고 죽어가는 그녀의 몸을 치유해 주는 온기.

이건…… 누구지?

무의식 속에서도 레이니르는 알아차릴 수 있었다. 어머니가 돌아가신 뒤, 그녀를 딸처럼 돌봐준 민 여왕의 것이었다.

"언니, 어서 일어나."

그리고 먼 곳에 살고 있는 여동생 이아의 목소리도 들렸다.

"누나, 눈 좀 떠봐."

남동생 카르의 것. 그리고…….

"레이니르."

어머니의 목소리였다. 2년 전에 세상을 떠난 분의 것. 불가능한 일이라는 건 알았으나 레이니르는 부름대로 눈을 떴다. 방 안에 어머니는 없었다. 대신 이아와 카르는 물론 민 여왕과 드레카르 왕, 엘 공주와 본디 왕자가 있었다. 그녀가 사랑하는 사람들. 그녀를 사랑하는 사람들.

소리는 잘 들리지 않았다. 시야 또한 흐릿했다. 하지만 슬픔과 절망으로 눈물짓던 사람들이 그녀가 눈을 한 번 깜빡이자 세상에서 가장 기쁜 소식을 들은 것처럼 환하게 웃으며 환호성을 내질렀다는 건 알 수 있었다.

"위기를 넘겼습니다. 이제 괜찮을 겁니다."

곧 치료장의 목소리가 울렸고, 방 안의 사람들은 전부 똑같이 땅이 꺼져라 안도의 한숨을 내쉬었다. 레이니르는 미소를 지었다.

"정말 다행이다."

다들 그녀에게 가까이 다가온 가운데, 드레카르 왕이 한 손을 레이니르의 이마에 댔다. 굳은살로 가득한 손은 거칠었으나 단단하고 굳건해서 믿음직스러웠다.

아버지의 것이었다. 자식을 걱정하고 사랑하는 부모의 마음이 담뿍 담긴 것.

레이니르는 목이 메어왔다.

"제 탓입니다."

말이 나오질 않았다. 레이니르는 모래알처럼 흩어진 기운을 끌어 모아 왕에게만 전갈을 보냈다. 왕의 얼굴이 죄책감으로 그득하기 때문이었다. 그건 아마도, 그녀가 이렇게 쓰러지기 전에 나눈 대화 때문일 터.

"왕께서 잘못하신 게 아닙니다."

더 이상 후스카를의 단장이 아니게 된 것.

몽롱한 와중에도 레이니르는 그 사실을 생각하면 몸이 반으로 조각나는 것 같았다. 그러나 왕은 그녀를 사랑하고 걱정하는 마음에서 그리 조치한 것이었다. 아버지를 대신해서.

"괜찮아지려고…… 노력하겠습니다."

현재, 레이니르가 할 수 있는 말은 그것뿐이었다. 왕이 한 다른 말도 기억이 나긴 했다. 다른 인생 그리고 다른…… 남자.

그게 가능할까?

"레이니르 님은 좀 더 쉬셔야 합니다. 주무시는 게 회복을 돕는 길입니다. 잠시 비켜주세요."

뒤로 밀려났던 치료장이 다가와서 말했다. 왕을 비롯해서 레이니르를 둘러싸고 있는 사람들은 그 말 한마디에 우르르 물러났다. 레이니르는 다시 웃을 수밖에 없었다.

"자, 쉬세요."

치료장이 손을 레이니르의 이마에 내려놓았다. 편안한 수면마법이 그녀의 의식을 부드럽게 감쌌다. 레이니르는 잠들기 전 미소 지으며 다시 한 번 보았다. 왕과 여왕, 공주와 왕자, 여동생과 남동생.

모두 가족이었다. 사랑하고, 사랑받는 가족들.

그래서 레이니르는 더 이상 악몽을 꾸지 않고 편안하게 잠들 수 있었다. 하지만 머릿속에는 두 단어가 잔상처럼 흐릿하게 남아 있었다.

다른 남자…….

너무 더웠다.

레이니르가 의식을 차린 건 더위 때문이었다. 온몸에 걸친 것을 전부 벗어 던지고 싶을 정도였으나, 기운이 하나도 없어 불가능했다. 눈도 뜰 수가 없었다.

"더워…… 젠장……."

그러나 희미하게나마 욕은 내뱉을 수 있었다. 레이니르가 한껏 얼굴을 찌푸릴 때였다. 시원한 것이 이마에 내려앉았다. 단단하지만 얼음처럼 차가워 온몸으로 기분 좋은 냉기를 가져다주는 것.

레이니르는 저도 모르게 길고 긴 안도의 한숨을 내쉬었다. 상쾌한 서늘함을 잠시 즐기던 그녀는 힘을 모아 눈을 떴다. 무엇이, 누가 자신에게 이런 안도감을 주었는지 보고 싶었다.

레이니르가 본 건 단단하고 굵은 손이었다. 시원한 냉기를 가지고 있고 오랜 수련 덕분에 자연스럽게 굳은살이 만들어진 것.

누구의 손이지?

아직도 시야는 흐릿했다. 답답함을 느낀 레이니르는 안간힘을 썼다. 손으로 목까지 덮은 시트를 팽개치고는 눈에 힘을 집중했다. 치료실 특유의 새하얀 천장에 이어 침대 앞에 서 있는 검고 커다란 형체가 점점 또렷하게 보였다.

카르탄 왕국의 보통 남자들처럼 큰 키에 넓은 어깨, 굵은 팔과 다리. 그러나 작은 얼굴은 깔끔한 이목구비 덕분에 수려하게 빛났다. 특히 밤색 눈동자는 맑으면서도 끝없이 깊어 보는 이의 마음에 진하게 남았다.

"타쿤……?"

레이니르는 멍하니 입술을 달싹거렸다. 그녀를 내려다보는 타쿤의 얼굴은 흥미 없는 물건을 쳐다보는 것처럼 무표정했다. 그는 손을 뻗어 레이니르가 걸친 시트를 붙잡았다. 그제야 레이니르는 시트가 허리 아래로 내려갔고, 자신은 하얀색의 얇은 옷 하나만 걸치고 있다는 것을 깨달았다. 옷은 땀에 푹 절어 속이 다 들여다보였다. 즉, 가슴의 실루엣과 곤두선 유두가 어느 정도 보이는 상태였다.

레이니르가 반응을 보이기 전 타쿤은 시트를 목까지 올려주었다. 그런 뒤 다시 손을 그녀의 이마에 댔다. 다시 그 시원한 기운이 그녀의 온몸으로 퍼졌다.

"……고마워요."

잘 모르는 남자에게 몸을 보여줬다는 사실이 부끄러웠으나 레이니르는 감사의 인사를 했다. 목이 워낙 말라서 실제로 말을 한 건지 알 수 없었지만 타쿤은 들었는지 입을 열었다. 그러나 아무 말도 않은 채 다시 닫고는 그녀를 쳐다보았다. 아직도 정신이 없고 몸을 일으킬 기운도 없지만 레이니르는 알 수 있었다.

짜증이다. 타쿤은 분명 그녀에게 짜증을 내고 있었다. 그리고 더 있었다. 희미하지만 분노의 감정도 섞여 있었다.

대체 왜? 나와 있을 때 죽을 뻔한 기억이 생각나서 그런 건가?

타쿤은 한참 뒤까지도 그렇게 있었다. 그는 치료장이 레이니르의 사생활을 보호해 주기 위해 침대 주변을 가로막고 있는 두꺼운 커튼을 열고 들어올 때까지도 그랬다. 그녀가 아직 잠들어 있을 거라고 생각했는지 조용히 움직이던 치료장은 타쿤을 발견하고 깜짝 놀랐다.

"어디 가셨나 했더니, 여기 계셨습니까? 이제 괜찮으세요?"

타쿤은 치료장을 본 척도 하지 않았다. 그는 레이니르를 더 쳐다보는 게 역겹다는 듯, 뼈가 시릴 만큼 차가운 바람을 일으키며 사라졌다. 레이니르는 황당할 뿐이었다.

저 남자, 뭐야?

"그게…… 타쿤 님이 좀 변하셨더라고요."

치료장은 변명하듯 설명을 해주었다.

"큰 위기를 겪으셔서 그런가 봅니다. 그전에 개인적으로 힘든 일도 있었고요. 사람이 변할 수도 있지요."

개인적으로 힘든 일? 그래서 그렇게 체중을 잃고 안색이 나빴던 건가?

"레이니르 님은 몸이 좀 어떠세요?"

"음, 힘이 없지만…… 괜찮아요."

목이 바싹 말라 말하는 게 좀 힘들었다. 치료장은 커튼을 열어 물을 가져오라고 다른 치료사에게 지시를 내린 뒤 레이니르에게 두 손을 내밀었다. 치료장의 손바닥에 모인 빛이 그녀의 몸으로 내려앉았다. 곧 치료장은 고개를 끄덕였다.

"이제 깨끗하게 다 나으셨네요. 몸살이 정말 격심했었습니다. 치유할 수도 없었는데…… 정말 다행입니다."

"치유할 수 없었다고요?"

레이니르는 황당한 나머지 미간을 팍삭 찌푸렸다.

"난 몸살이 치유가 안 되는 경우인가 보네. 몰랐네."

물론 레이니르는 치료마법이 이론적으로는 모든 상처와 병을 치유하지만, 사람마다 체질이 다른 터라 통하지 않는 경우가 있다는 걸 잘 알았다. 하지만 몸살 같은 게 치유가 안 된다니, 어이가 없었다. 그녀는 치료장이 건네주는 물을 달게 마신 뒤 질문했다.

"내가 며칠이나 누워 있었나요? 3일?"

치료장은 고개를 저었다.

"오늘이 9일째입니다."

레이니르는 저도 모르게 두 눈을 부릅뜨고야 말았다.

"어…… 왕과 여왕께서 걱정하셨겠군요."

아니, 왕과 여왕뿐만이 아니었다.

머릿속이 짙은 안개에 둘러싸인 것처럼 아직 흐릿했다. 그러나 레이니르는 죽음이 더 편할 만큼 괴로운 악몽 속에 파묻힌 자신을 높은 곳으로 끌어 올린 게 여러 사람들이라는 것을 알았다.

왕과 여왕, 공주와 왕자에 이어 먼 곳에 가 있는 여동생 이아, 막 혼약을 올린 남동생 카르. 그녀를 사랑하고 그녀가 사랑하는 사람들. 그들은 포기하려는 그녀에게 힘을 주었다. 계속 살아갈 수 있는 용기를 선사했다.

"괜찮아요."

존재하되 존재하지 않는 심장은 여전히 고통스러웠다. 그러나 무의식 속에 짓눌렸을 때와는 달리 삶을 포기하고픈 마음은 이제 없었다.

"이젠, 괜찮아요."

레이니르는 다시 확인하듯 내뱉고는 기운을 모아 앉으려고 했다. 그러나 고개를 드는 것도 힘들어 그냥 포기할 수밖에 없었다.

이렇게 몸이 안 좋다니……. 해직당한 충격인 건가? 아니, 그것보다는…… 그동안 생각하지 않으려고 애썼던, 꾹꾹 담아두기만 한 고통이 결국 폭발한 것 같았다.

이 왕성은 그녀에게 집이었다. 사랑하는 사람들이 머무르는 곳. 이 장소에서 그렇게 폭발한 건 정말 다행이었다. 다른 곳에서 그랬다면, 가족들을 만나지 못했다면 그대로 벼랑 밑으로 추락해서 산산조각 났으리라.

아니다. 어쩌면, 이곳이라서 폭발한 건지도. 그래야 살아남을 거라는 걸 본능적으로 알고 그런 건지도 몰랐다.

무엇이 답이든 레이니르는 이제 길고 긴 안도의 한숨을 내쉴 수 있었다. 위기는 지나갔다.

나는, 멀쩡하게 살아남을 거야. 그럴 거야.

"그래도 좀 더 쉬시는 게 좋습니다. 주무세요."

치료장이 제안했다. 레이니르는 괜찮다고 말하려고 했으나, 입밖으로 하품이 새어 나왔다. 그녀는 다시 무거워지기 시작한 눈꺼풀을 닫고는 잠 속으로 빠져들었다. 기분 좋은 수면 근처에서 그녀는 낯익은 목소리를 들었다.

"누나, 다녀올게."

"깨어나면 우리한테 와요. 같이 놀러 다녀요."

동생 카르와 엘 공주였다. 혼약의 7일을 마치고 예정했던 1년짜리 신혼여행을 떠나는 커플들.

내참, 신혼여행에 끼어들라고?

힘이 없어서 몸을 움직일 수 없었으나 레이니르는 마음으로 피식 웃고는 다시 깊게 잠들었다.

레이니르가 다시 깨어난 건 손을 감싸는 부드러운 손길 때문이었다. 그녀는 눈을 뜨기도 전에 상대가 누구인지 알았다.

"여왕이시여."

레이니르는 눈을 뜨고 미소 지으며 인사했다. 예의를 갖추기 위해 몸을 일으키고 싶었으나 그럴 힘도 없고 여왕이 즉시 그녀를 도로 눕힐 게 뻔했다.

"드디어 깨어났군요."

민의 얼굴은 상당히 초췌해 보였다. 레이니르는 자신을 걱정하느라 그런 것임을 깨달았다. 그녀는 여왕의 손을 마주 잡으며 가감 없이 말했다.

"네, 이젠 괜찮습니다. 제가 좀, 아니, 많이 아팠죠? 건강에 좀 더 신경 쓰겠습니다. 죄송합니다."

민은 잠시 말을 않고 레이니르의 뺨을 따듯하게 쓸어줄 뿐이었다. 레이니르는 여왕이 눈물을 참느라 그런 것임을 알아차렸다. 그녀는 목이 메어오자 헛기침을 한 뒤 가볍게 말을 꺼냈다.

"잠을 자면서도 엘 공주님과 카르가 떠나기 전에 인사하는 걸 들었어요. 깨어나면 같이 여행을 다니자고 하더군요. 몸이 회복되면 만나러 가겠습니다. 신혼여행 중이니까, 좀 뒤에요."

"그렇게 해요."

"네. 그리고…… 왕께서 이전에 말씀하신 것도 해보려고 합니다."

레이니르는 생각보다 쉽게 말할 수 있다는 사실을 깨달았다.

실행하는 건, 어떨까?

"다른 인생을 즐기는 것과……."

레이니르는 망설일 수밖에 없었다. 그러나 그녀는 죽음을 찾아갔던 자신에게 사랑을 보여준 사람들을 떠올렸다. 자신이 사랑하는, 자신을 사랑하는 사람들.

난 살아야 해. 힘들고 고통스럽지만, 내겐 그럴 의무가 있어. 그리고 난 다른 것도 해야 해.

행복. 바로, 행복해야 했다. 레이니르는 사랑하는 사람들이 그렇게 되길 원했다. 사람들도 그녀에게 같은 것을 바랄 터.

나는, 행복하고 싶어.

콘 웅그르가 심장을 뜯어간 악몽 속에 계속 머무르고 싶지 않았다. 그 처절한 슬픔과 절망의 늪에서 빠져나와 살아남고 싶었다. 아주 행복하게.

레이니르는 힘을 쥐어짜 냈다.

"다른……."

이 단어는 발음하는 게 무척이나 어려웠다.

"남자요."

"남자들은 어때요?"

마치 기다리고 있었던 것처럼 재깍 말한 민은 음모를 꾸미는 듯 은근하게 이어 속삭였다.

"사실 말이죠, 난 드레카르가 첫사랑이거든요. 그전에는 다른 남자와 데이트도 한 적이 없어요. 그게 참 후회되더라고요. 더 많은 남자를 만나서 다양한 연애 경험을 쌓았으면 좋았을―"

"아, 그랬나?"

등 뒤에서 화살처럼 날아오는 목소리에 민은 몸을 바싹 움츠렸다. 한순간 부정행위를 들킨 학생 같은 표정이었던 여왕은 커튼을 젖히고 들어오는 왕을 향해 활짝 웃어 보였다.

"회의가 벌써 다 끝났나 봐요. 노약자 대상 범죄 처벌 강화법은 잘 통과됐나요?"

드레카르는 대답 대신 먼저 레이니르가 회복 중이라는 사실을 눈으로 확인한 뒤 안도의 한숨을 내쉬었다. 그러나 곧 그는 무표정한 얼굴로 여왕을 쳐다보았다. 왕이 딱히 화를 내는 것 같지는 않으나 침대에 누워 있는 레이니르는 등골에 식은땀이 솟았다. 하지만 민은 생글생글 웃을 뿐이었다.

"레이니르는 이제 괜찮대요. 앞으로 건강에 더 신경 쓰고 다른 인생도 즐기겠대요."

"나도 그 말은 들었다. 그리고 당신이 한 다른 말도 들었지."

"그건 농담한 거였어요."

민은 호호 웃으며 주먹을 쥐고 남편의 가슴을 콩콩 때렸다. 여왕은 마흔네 살인데도 여전히 아담하고 얼굴에 주름도 거의 없는지라 저런 행동은 레이니르의 눈에도 꽤 귀여웠다.

"농담으로 안 들리던데."

드레카르는 여전히 냉기를 뿜으며 한마디 던졌다. 그제야 민의 표정과 몸짓이 달라졌다. 눈초리 끝을 위로 쭉 올리더니 팔짱을 꼈다.

"뭐예요? 당신은 내가 나타나기 전에 다른 여자들이랑 많이 만났잖아요?"

"많이 만나지 않았다."

"많이 만나든 아니든 어쨌든 다른 여자가 있었잖아요. 난 당신을 만나기 전에 다른 남자는 한 명도 안 사귀었다고요. 그런데 난 그런 말도 못해요?"

"물론 이전 연인들을 따지면—"

"와, 연인들이라고 하네? 연인이란 건 사랑하는 사람이라는 뜻인데, 나 말고 다른 여자들을 다 사랑했다는 거예요?"

"물론 아니다. 내겐 당신뿐이다."

어느새 상황이 뒤집혀 수세에 몰린 드레카르는 서둘러 내뱉었다. 왕의 표정은 평소처럼 차가웠으나 레이니르는 왕이 식은땀을 흘린다는 사실에 전 재산을 걸 수도 있었다.

"당신을 만날 줄 알았다면 그 여자들과 손도 잡지 않았을 거다. 하지만 당신이 내게 왔지. 그 뒤로 다른 여자들에겐 시선도 주지 않았다."

드레카르가 서둘러 줄줄이 말한 뒤에야 민의 뾰루퉁한 표정이 조금씩 풀려갔다. 왕과 여왕은 혼약을 올린 지 21년이나 지났으나 레이니르는 서로에 대한 마음을 손에 잡을 듯 느낄 수 있었다.

부러웠다. 저렇게 서로를 깊이 사랑하고 곁을 지킨다는 게.

"저도 그럴 수 있을까요?"

레이니르는 왕과 여왕이 자신에게 시선을 준 뒤에야 질문을 내뱉었다는 것을 알아차렸다. 그녀는 솔직하게 이어 물었다.

"저도 누군가를 만나서 두 분처럼 행복하게 살아갈 수 있을까요?"

"물론 그럴 수 있다."

"물론 그럴 수 있을 거예요."

거의 동시에 드레카르와 민이 대답했다. 가장 사랑하고 존경하는 사람들에게 똑같은 말을 듣자 레이니르는 믿고 싶어졌다.

정말 그럴 수 있을까? 정말?

"내가 도와줄게요, 레이니르."

민은 다가와 레이니르의 손을 꼭 부여잡고 약속하듯 말했다. 레이니르는 천천히 몸을 일으켜 앉았다. 여전히 기운은 밤톨만큼도 없었으나 생각보다 몸은 가벼웠다.

"정말 감사합니다. 그렇게 될 수 있도록 노력해 볼게요. 저도…… 행복해지고 싶어요."

그자에게 진심으로 사랑받는 줄 알았을 때 정말로 이 세상은 밝고 찬란했다. 모든 것이 그저 즐겁고 기뻤었다.

다시 그 행복을 느끼고 싶다. ……가능하다면.

"그렇게 될 수 있도록 모든 것을 다해 도와줄게요. 이건 여왕으로서의 약속이에요."

민은 강렬한 의지로 눈을 번뜩이고 있었다. 뭔가 약간 이상한 느낌이 들었으나 레이니르는 다시 감사의 인사를 올렸다.

"확실히 괜찮아졌군."

드레카르는 손을 뻗어 그녀의 이마에 댔다. 다정한 아버지의 손길. 레이니르는 환한 미소를 지었다. 그녀의 마음을 알아차린 듯, 드레카르는 미소 지으며 부드럽게 당부했다.

"이만 쉬거라."

"네. 빨리 회복하겠습니다, 왕이시여, 여왕이시여."

"그래요. 자, 기대해요, 레이니르!"

민은 인사한 뒤 힘찬 기색으로 나갔다. 레이니르는 여왕을 뒤따라 나가는 왕이 한순간 자신을 불쌍하게 쳐다봤다는 것을 깨달았다.

왜 저러시는 거지?

다음날, 레이니르는 그 이유를 알게 되었다.

"연회요?"

민은 고개를 있는 힘껏 끄덕였다. 여왕의 눈은 막강한 힘을 자랑하는 태양처럼 이글이글 타오르고 있었다.

"그래요. 마침 한 달 뒤가 레이니르의 생일이잖아요. 생일을 기념해서 연회를 열까 해요."

반드시 열고야 말겠다는 강철 같은 의지가 느껴졌다. 레이니르는 딱히 반대할 명분은 찾지 못했지만 뭔가 예감이 심상치 않았다.

"그 연회에 레이니르와 잘 어울릴 만한 청년들을 초대할 생각이에요."

불길한 느낌이 레이니르의 다리를 붙잡아 스멀스멀 위로 기어 올라왔다. 민은 종이책보다 훨씬 더 많은 정보를 내장할 수 있는 값비싼 구슬을 내밀었다.

"1차로 명단을 뽑아봤어요. 레이니르, 회복하면서 이걸 확인해 줘요."

"확인이요?"

"싫은 사람이 있으면 빼요. 그리고 혹시 평소 괜찮다 싶은 사람이 있었는데 명단에 없으면 추가하고요. 확인하는 데 3일이면 되겠죠? 일단 백오십 명을 뽑아놨는데, 최대 오십 명 이상은 추가하지 말아요. 너무 많으면 어떤 사람이 괜찮은지 파악하기 힘드니까요."

레이니르는 잘못 들은 줄 알았다. 무례한 태도일 수도 있으나 저도 모르게 그녀는 귓가를 손으로 매만진 뒤 물었다.

"백오십 명이요?"

열다섯 명이 아니라?

"그래요. 대충 뽑아보니까 우리 카르탄 왕국에서 레니의 혼약 상대자가 될 만큼 성정, 외모, 능력을 어느 정도 갖춘 젊은이는 그 정도 숫자더군요. 이 사람들 가운데 적당한 상대가 없으면 다른 나라 청년들도 고려해 볼 생각이지만 일단 우리 왕국 내에서 찾아보는 게 좋을 듯싶어요. 음, 아주 조금 많긴 하죠?"

민은 넋이 나간 듯한 레이니르의 표정을 보고는 민망한 미소를 지었다.

"당장 혼약을 올리라는 건 아니에요. 하지만 레이니르가 비슷한 또래의 청년들과 알고 지냈으면 좋겠어요. 그동안 후스카를의 단장으로서 직무에 필요한 사람들하고만 지냈잖아요."

민은 레이니르의 손을 두 손으로 꼭 붙들었다.

"드레카르처럼 아주 뻔한 말을 할게요. 레이니르, 세상에 남자는 많아요. 그들 중에 나쁜 남자도 있지만 좋은 남자도 있어요. 물론 가장 중요한 건 레이니르에게 맞는 남자죠. 그 백오십 명의 사람들 중에 레이니르의 진짜 인연이 있을지, 장담 못해요. 하지만 일단, 후보가 많다는 걸 레이니르가 알아줬으면 좋겠어요. 레이니르는 이제 선택하는 입장이에요. 후보는 아주 다양하고 많고요. 그걸 직접 느껴야 해요."

레이니르는 여왕의 참뜻을 깨달았다. 그자에게는 그렇게 비참하게 버림받았지만, 원래 야를 레이니르는 원하는 남자를 마음대로 고를 수 있는 최고의 능력자라는 사실을 알려주는 것이었다. 그 현실을 실제적으로 체감하고, 땅에 떨어져서 뒹구는 자신감과 자존감을 되찾으라는 의미이기도 했다.

감사하고 감사했다. 하지만.

"그래도 백오십 명은 너무 많…….'

레이니르는 여왕의 번뜩이는 눈빛을 보고 그냥 곱게 입을 다물었다.

"이들은 전부 엘이 혼약을 올리기 전에 3년 동안 만나면서 확인한 사람들이에요. 무슨 말인지 알죠?"

드레카르 왕과 민 여왕 사이의 두 자녀, 엘 공주와 본디 왕자에겐 특별한 능력이 있었다. 본디 왕자는 독을 감지하고 없애는 능력을 소유하고 있고, 엘 공주는 현재 다른 세상에 살고 있는 드레카르 왕의 동생 카르탄 발데르처럼 어떤 사람인지 판별하는 혜안慧眼을 가지고 있었다. 공주와 왕자가 이런 능력자들이라는 사실은 극비 사항이었다.

엘은 훗날 왕국을 다스릴 때 도움을 줄 인재를 알아보기 위해 이 능력을 자주 사용했다. 열일곱 살 때부터 스무 살 생일 전까지 3년 동안 매주 한두 명의 남자를 만나 식사를 했는데, 다른 사람들은 이 일을 혼약자를 찾기 위한 것이라고 생각했다. 그러나 사실은 상대방이 어떤 성품을 가졌는지 알아내는 자리였었다. 즉, 엘 공주가 괜찮은 사람이라고 말했다면, 정말로 그렇다는 뜻이었다.

물론 엘 공주는 석 달 전인 스무 살 생일 전까지만 확인한 것으로, 그 뒤에는 그들을 다시 만나지 못했다. 그러나 석 달 사이에 이 사람들이 크게 바뀌었을 리 없으니 이 결과를 그대로 믿어도 될 터.

레이니르는 알아들었다는 뜻으로 고개를 끄덕였다. 민이 만면 가득 만족의 미소를 지으며 침실에서 나가자 레이니르는 멍하니 구슬을 쳐다보았다. 손으로 감싼 뒤 누르면 작동하는 종류였다. 그러니까, 그렇게 하면 여왕이 특별히 그녀를 위해 작성한 명단을 확인할 수 있다는 뜻이었다.

"으흠……."

레이니르는 잠시 고민하다가 일단 고기 요리를 실컷 먹어서 배를 채운 뒤 구슬을 손에 쥐었다.

이제, 이걸 확인해야겠지?

여왕이 지시를 내렸으니 따라야 할 터였다. 사실 아직도 어안이 벙벙하고 백오십 명은 너무 많다 싶지만, 궁금하긴 했다.

누가 여왕님의 명단에 들어가 있을까?

레이니르는 정자세로 침대에 앉아 구슬을 쥔 손에 힘을 주었다. 구슬은 침대 위의 허공에 백오십 명의 이름을 영상으로 띄웠다. 철자 순서대로 정리된 사람의 세부 신원을 확인하면서 레이니르는 크게 경탄했다. 성품, 외모, 능력, 재력 등 모든 부분에서 말 그대로 보석 같은 존재들뿐이니까.

여왕께선 이걸 어떻게 하루 만에 준비하신 거지?

엘 공주가 3년 동안 직접 작성한 자료가 있지만, 그건 성품을 기준으로 장래 왕국을 다스릴 때 도움을 줄 수 있는 인물인지 아닌지 판단한 것이었다. 즉, 훌륭한 혼약자 기준으로 정리된 게 아니었다.

자료를 다시 배열해서 결과를 뽑아내려면 시간이 많이 걸릴 텐데 하루 만에 이렇게 완벽한 것을 받게 되다니? 더군다나 자료가 극비인지라 다른 사람들에게 맡길 수도 없어서 여왕께서 직접 하셨을 텐데.

곧 레이니르는 깨달았다.

1년 전에 내가 떠난 직후부터 준비하신 거구나.

여왕께선 그녀와 그자의 약혼에 죄책감을 느끼고, 그때부터 자료상의 사람들이 괜찮은 남자인지 정보를 다시 취합한 게 분명했다. 딸같이 사랑하는 그녀에게 제대로 된 짝을 주기 위해서 철저하게 준비한 것이었다.

공무를 수행하는 것도 힘드실 텐데 이런 사소한 일까지 신경 쓰게 만들었구나.

죄송한 마음이 몽글몽글 샘솟았으나 여왕의 눈빛을 돌이켜보면, 이 일을 즐겁게 준비하신 것 같았다. 레이니르는 미소를 지으며 목록을 좀 더 차분하게 살펴보았다. 다 같은 크기의 글씨인데도, 이상하게도 더 크게 보이는 게 하나 있었다.

"타쿤……."

레이니르는 혼잣말하듯 내뱉었으나 마법의 구슬은 목록의 이름에 반응하며 빛을 발했다. 곧 침대 위에 타쿤의 실물 크기 영상이 등장했다.

정말 준비를 철저하게 하셨구나.

레이니르는 감탄하면서 고개를 위로 쭉 올렸다가 목이 아프자 침대에서 내려와 구슬을 바닥에 두었다. 타쿤의 영상도 바닥으로 내려왔다. 덕분에 레이니르는 실제처럼 그와 키를 비교할 수 있게 되었다.

　나보다 25㎝가 더 크구나. 이 키는 그 도마뱀보다 5㎝ 작고…….

　레이니르는 이맛살을 찌푸렸다.

　대체 난 그 도마뱀을 왜 이 남자와 비교하는 걸까? 완전히 다른데.

　종족도 그렇고 외모도 그랬다. 성품은 말할 것도 없었다. 그자는 태초의 직위 때문에 더없이 오만불손했으나 타쿤은 휘하의 발키리들에겐 엄격해도 다른 사람들에겐 선량하고 마음 따듯한 배려를 보여주었다. 적어도, 이번 사건이 터지기 전에는 그랬다.

　그러고 보니, 왜 날 분노의 눈빛으로 쳐다본 거지? 날 더 이상 좋아하지 않는 걸까? 하지만 정말 싫어한다면, 뜨거운 더위에 몸부림치는 날 위해 시원한 기운을 주지 않았을 텐데. 아니면 애증인 건가?

　정확한 답은 알 수가 없었다. 레이니르는 이어 이런 질문을 품었다.

　나, 타쿤에게…… 관심이 생긴 건가?

　답하기 전이었다. 레이니르의 침실 앞을 지키고 있는 발키리의 전갈이 울렸다.

　"레이니르 님, 타쿤 님이 방문을 청하십니다. 어떻게 할까요?"

"들어오라고 말해주세요."

라고 대답했다가 레이니르는 실수했다는 것을 깨달았다. 자신은 세수도 안 한 얼굴인데다가 환자들이 입는 얇고 짧은 가운만 달랑 걸치고 있을 뿐이었다. 그녀가 전갈을 번복하기 전 타쿤이 들어왔다.

그는 어제와 같았다. 단단한 근육질의 몸에 얼굴은 수려했고 눈빛은…… 여전히 짜증으로 가득했다.

도대체 왜 날 저렇게 보는 거야?

남들이 부러워하는 많은 것을 타고나 수많은 사랑을 받고 있지만, 레이니르는 자신을 싫어하고 질투하는 사람이 꽤 있다는 것도 잘 알았다. 찬드라 시장 콜세의 딸, 틴처럼 노골적으로 자신을 저어해도 사실 신경 쓰지 않았다. 상관할 바가 아니니까.

그러나 타쿤의 저 시선은, 거슬렸다. 가시에 찔리는 기분이었다. 그냥 무시하거나 넘길 수가 없었다.

"타쿤 님, 무슨 일이죠?"

옷을 갈아입기엔 이미 늦었다. 레이니르는 고개를 위로 쳐든 뒤 그 자리에 서서 팔짱을 꼈다. 언제나 상냥한 성품으로 알려진 사람답지 않게 방어하는 태도였으나, 타쿤은 그녀의 신분을 알고 있으니 그런 이미지도 거짓으로 꾸민 거라는 걸 눈치챘을 터.

타쿤은 문 앞에 서 있기만 할 뿐, 안으로 더 걸음하지 않았다. 움직인 건 그의 고개였다.

"저건."

타쿤은 마른 목기침을 한 뒤 이어 물었다.

"뭡니까?"

타쿤의 시선이 가리키는 건 마법 구슬이 만든 그의 전신 크기 영상이었다. 속으로 비명을 질렀으나 레이니르는 무표정을 유지한 채 별거 아니라는 듯 톡 내뱉었다.

"한 달 뒤에 내 생일 축하 연회가 열리거든요. 초대할 사람의 목록이에요."

"그렇습니까?"

"네, 그래요."

타쿤의 눈빛은 의구심으로 가득했으나 레이니르는 웃으면서 말을 돌렸다.

"그런데 무슨 일이시죠?"

"고맙다는 말을 하기 위해서입니다."

"네?"

"살려줬으니까요."

타쿤은 손을 그의 심장 위에 두었다.

"덕분에 기회가 생겼습니다."

죽었다 살아나서 새로운 삶을 손에 쥐었다는 뜻인가?

레이니르가 그렇게 생각했을 때 타쿤은 마치 그녀의 생각을 읽은 것처럼 느긋한 어조로 설명을 덧붙였다.

"답을 알지 못하는 질문을 품고 있었는데, 직접 뛰어들어서 알아내기로 마음먹었습니다."

사적인 부분인 게 분명했다. 이만 대화를 마무리 지어야 할 터. 하지만 호기심이 일어난 레이니르는 질문하지 않을 수가 없었다.

"그 질문이 무엇인지 알려주실 수 있나요?"

타쿤은 대답하지 않았다. 대신…….

레이니르는 눈을 깜빡였다. 타쿤이 미소를 지었기 때문이다. 그냥 흔한 그런 것이 아니었다.

타쿤은 예전에 비해 체중이 줄어들어서 광대뼈가 도드라지게 보였고 덕분에 수려한 이목구비가 더욱 또렷해졌다. 부드럽고 결이 고운 갈색 머리카락 아래의 반듯한 이마와 밤색의, 아니, 진한 초콜릿 빛깔의 매력적인 눈동자, 오뚝한 코 그리고…….

슬쩍 끝이 올라가 미소를 짓고 있는 타쿤의 입술은 너무 두껍지도, 얇지도 않았다. 그야말로 적당한 두께. 강인하고 힘 있어 보일 뿐더러 생생한 활기로 그득했다.

정말로 힘이 넘쳐흐르는지 만져서 확인하고 싶다.

바로 그 충동 때문에 레이니르는 주먹을 꼭 쥐었다.

"아직 건강이 많이 나빠 보이군요."

타쿤이 안으로 걸어왔다. 멍하니 서 있던 레이니르는 그가 코앞으로 다가오자 고개를 반대편으로 돌리면서 뒤로 몇 걸음 도망쳤다. 그녀는 필요 이상으로 반응했다는 것을 깨닫고 서둘러 사과했다.

"미안해요."

"아닙니다."

타쿤의 얼굴에 불쾌감 같은 건 없었다. 그는 예의 바르게 고개를 숙여 인사한 뒤 사라졌고, 레이니르는 천천히 침대에 앉았다.

손이 아직도 떨리고 있었다. 타쿤의 입술을 만지려고 했던 것.

레이니르는 이게 무슨 뜻인지 알았다. 너무 잘 알았다. 그래서 그녀는 이렇게 행동했다.

"타쿤을 제외했네요? 괜찮다고 생각했는데."

3일 뒤, 민은 레이니르의 침실로 들어와 눈에 불을 켠 채 목록을 살펴보더니 의아한 표정이 되었다.

"네. 외모가 조금."

레이니르는 그렇게 한마디 했다. 의심을 사지 않기 위해 타쿤과 흡사하게 생긴 남자 스무 명 정도를 삭제한 상태였다.

혹, 눈치채시는 건 아니겠지?

나쁜 짓을 저지른 것 같아 마음이 두근거렸다. 다행히 민은 의심하지 않고 고개를 끄덕였다.

"그럼 이 사람들에게 초청장을 보낼게요. 레이니르는 그동안 회복에만 힘써요. 사람을 보낼게요."

여왕은 눈을 빛내더니 쏜살같이 사라졌다. 레이니르가 무슨 사람을 말한 건지 궁금해할 때 공주의 의상과 액세서리, 신발, 화장, 피부, 몸매 등등을 담당하는 시녀들 열 명이 우르르 들어오더니 레이니르를 포위했다.

음, 나쁘진 않네.

연회 때까지 레이니르가 하는 일이라곤 체력 회복을 위한 훈련과 영양이 풍부한 고기 식사 그리고 열 명의 시녀들에게 시달리는 것이었다. 사실, 마지막 것의 경우 나쁘지 않은 게 아니라 굉장히 괜찮았다.

대륙 최고의 미인이라 손꼽히는 레이니르에게 이제까지 많은 사람들이 미모 관리 비법을 물어봤었다. 그때마다 레이니르는 채소를 많이 먹고 세안만 제때 하면 된다고 답했으나 사실 그녀는 고기만 먹으면서 피부에 좋다 싶은 건 전부 다 아주 열심히 바르는 사람이었다. 또한 화장법과 옷 입는 법에 대해 묻는 사람들에게도 잘 모른다고 말했지만, 실제로는 어렸을 때부터 아름다운 얼굴을 강조하는 화장법과 끝내주는 몸매가 잘 드러나는 방법을 열심히 공부해 왔다.

그러나 레이니르의 실력은 언젠가 왕국의 새로운 지배자가 될 공주를 담당한 시녀들의 드높은 공력에 비하면 아무것도 아니었다. 공주가 혼약자와 함께 여행을 떠나자 실업자 아닌 실업자가 된 그들은 매일 찾아와 레이니르를 광내는 데 모든 노력을 기울였다. 물론 레이니르는 그전까지도 최고의 미인이라 일컬어졌고 수면 아래의 오리발처럼 몰래 노력을 많이 기울였지만, 1년 동안 세수조차 제대로 하지 않고 식사도 거른 채 유령처럼 넋이 나가서 이곳저곳을 떠돌아다닌 후유증은 꽤나 컸다. 더군다나 돌아온 뒤에 목숨이 위험할 만큼 심한 몸살에 시달리면서 체중을 더 잃은지라 몸 상태는 물론 얼굴에도 타격이 간 상태였다.

하지만 시녀들에게 2주간 꾸준하게 관리를 받자 레이니르의 외모는 봄을 맞은 화사한 꽃처럼 다시 되살아났다. 보기 흉하게 홀쭉해졌던 몸매가 생기를 되찾았고 풍만한 가슴과 잘록한 허리, 탱탱한 엉덩이가 돌아왔다. 바싹 마르고 기미까지 생겼던 피부는 이전처럼 흠 한 점 없는 새하얀 도자기로 돌아와 윤기가 났다. 제멋대로 잘라서 끝이 지저분하고 거칠어진 짧은 머리카락도 예전처럼 화사한 백금발이 되어 상큼한 커트 스타일로 변했다. 레이니르 본인이 봐도 눈부실 정도였다.

"머리카락은 안 기르실 건가요?"

시녀들은 모두 레이니르의 변화에 만족했으나 딱 한 가지를 저어하며 너도나도 종알거렸다.

"레이니르 님은 긴 머리카락이 더 잘 어울려요."

"지금 이 길이는 어려 보이는 효과가 있고 귀엽지만 그래도 긴 게 더 아름다워요."

"틸랴 국에 머리카락을 길게 만들어주는 특별한 마법약이 있다던데 그걸 쓰면 이전 길이로 돌아갈 수 있을 거예요."

그러나 레이니르는 단호하게 고개를 저었다. 그녀는 더 이상 이전의 모습이 되고 싶지 않았다.

"난 앞으로도 계속 이 길이를 유지할 거예요."

그녀가 굳건하게 선포하듯 말한 뒤에야 시녀들은 입을 다물었다. 하지만 눈빛이 말을 대신하고 있었다.

"레이니르 님."

머리카락 담당 시녀가 아쉬워하는 기색으로 빗으로 빗겨줄 때였다. 침실 앞을 지키는 발키리가 전갈을 보내왔다.

"타쿤 님께서 방문을 요청하십니다."

레이니르는 즉각 반응했다.

"거절해 주세요."

"그렇게 하겠습니다."

원하는 답을 들었음에도 레이니르는 저도 모르게 한숨을 내쉬고야 말았다. 몇 분 뒤, 식사 담당 시녀가 음식을 가지고 들어왔다. 눈을 마구 굴리면서 입을 조몰락거리는 걸 보아하니 시녀는 할 말이 있는 것 같았다.

"무슨 일이 있나요?"

레이니르의 질문에 시녀는 기다렸다는 듯 쏜살같이 입을 열었다.

"타쿤 님이 앞에 계세요!"

"이 침실 앞에요?"

시녀는 열성적으로 고개를 끄덕였다.

"사실요, 그동안 타쿤 님을 몇 번 근처에서 봤어요. 레이니르 님의 침실을 방문할까 말까 고민하신 것 같아요."

"그냥 우연이겠죠."

레이니르는 꿈틀거리는 심장과는 달리 건조하게 답했다.

"아니에요. 방금 전에 방문을 거절하셨죠? 침실 앞의 발키리님께 그 말을 듣고 타쿤 님이 많이 화나신 것 같아요. 좀 무서웠어요."

시녀는 조그만 몸을 부르르 떨었다. 타쿤이 어지간히 분노한 모양이었다.

상냥한 사람이 그렇게 되다니……. 죽을 뻔한 뒤로 성격이 확실히 바뀌었구나. 아니, 그게 아니라…… 그만큼 날 만나길 갈구한다는 뜻인가?

"타쿤 님이 그동안 혼약을 안 올렸던 게 레이니르 님을 마음에 품어서 그런 거였나 봐요."

침실에 남아서 의상을 이리저리 맞춰보던 담당 시녀들은 자기 들끼리 제멋대로 종알거리기 시작했다.

"아, 그런 거구나. 어쩐지……. 사실 제가 접근했었거든요. 근데 끄떡도 안 하시더라고요."

"타쿤 님 진짜 멋지지 않아요? 정말 잘생겼어요."

"난 그 너른 품이 더 끌리더라. 발키리들은 다들 근육질이지만 타쿤 님은 더 그런 것 같아요. 한 번만 안겨봤으면."

"요번 휴가 끝나면 부단장으로 승진하실 거라는 말도 있더라고요. 장래도 창창한 분이에요."

그동안 레이니르는 여자들이 남자들에 대해서 뭐라 떠들든 참 새들의 지저귐으로 생각하곤 했었다. 그러나 지금은 달랐다.

"검은색으로 염색을 해볼까요?"

레이니르는 손가락으로 머리카락을 살짝 꼬면서 말을 툭 던졌 다. 예상대로 시녀들은 방금까지 나눈 모든 대화를 까맣게 잊어버 리고는 레이니르에게 쏜살같이 달려왔다.

"안 돼요, 절대!"

"이렇게나 아름다운 색깔을 검은색으로 바꾼다니요!"

"제 눈에 흙이 들어가도 그건 안 돼요!"

시녀들은 그녀가 극악한 범죄라도 저지르는 양 비명을 지르며 열렬하게 반대 깃발을 흔들었다. 레이니르는 방금 내놓은 의견을 접겠다는 의미로 고개를 길게 끄덕였다. 시녀들은 그제야 안도의 한숨을 내쉬면서 머리카락을 관리하는 법에 관해 강연을 시작했다. 레이니르는 겉으로는 듣는 척하면서 속으로는 다른 생각을 했다. 정확하게는 한 사람에 대해 생각을 하지 않기 위해 다른 화제를 끊임없이 떠올렸다.

타쿤은 다음날에도 방문을 요청했다. 레이니르는 전날처럼 거절했고, 그건 다음날도 마찬가지였다. 그리고 그 다음날도.

"죄송하지만, 다시는 찾아오지 말라고 해주시겠어요?"

이런 말은 직접 해야 한다는 걸 잘 알았다. 그러나 레이니르는 타쿤이 방문을 요청하기 시작한 지 5일째가 되자 침실 앞을 지키는 발키리에게 그런 부탁을 하고야 말았다.

"여왕께서도 타쿤 님이 계속 이렇게 찾아오시는 건 좋아하지 않으실 거라는 말도 해주세요. 계속 이러시면, 여왕께 말씀드릴 수밖에 없다고요."

비열한 짓이었다. 하지만 레이니르가 생각하기엔 다른 방도가 없었다.

"그렇게 하겠습니다."

발키리는 그 뒤로 침묵을 지켰다. 레이니르는 한참 뒤 망설이다가 물었다.

"다시 방문하지 않겠다고 하던가요?"

"네."

레이니르는 자신이 느끼는 이 감정이 실망감이라는 사실을 외면했다. 그녀는 차분하게 발키리에게 인사를 건넸다.

"번거로운 일을 부탁해서 미안해요."

"아닙니다. 도움이 필요하시면 언제든, 무엇이든 말씀을— 아, 여왕께서 오십니다."

발키리는 열성적으로 답하다가 갑자기 군기가 팍 들어간 목소리로 전갈을 보냈다. 여왕을 예의 바르게 맞이하기 위해 서둘러 침대에서 일어난 레이니르의 머릿속에 걱정이 떠올랐다.

설마, 타쿤을 보신 걸까?

예상은 맞았다. 레이니르의 침실로 들어온 민은 의아해하고 있었다. 그녀는 줄줄 질문을 내뱉었다.

"레니, 타쿤이 왜 방문을 요청했던 거죠? 그리고 왜 레니는 거절한 건가요? 혹시 타쿤이 레이니르를 난처하게 만드는 건가요?"

"저한테 마음을 품은 듯합니다. 그리고 전 그게 반갑지 않고요. 난처하지만, 그에게 조치를 취할 정도는 아닙니다."

레이니르 또한 즉각 순서에 맞게 사실대로 답했다. 여왕에겐 거짓말을 할 수 없으니 적당히 비슷하게. 아니, 반갑지 않은 건 사실이니 거짓은 조금도 없었다.

"조치요? 난 타쿤에게 어떤 조치든 취할 생각이 없어요. 타쿤이 레니를 마음에 품었지만 사실 그런 남자는 한둘이 아니잖아요. 감정은 죄가 아니기도 하고요. 레니, 어째서 내가 타쿤에게 조치를 취할 거라고 생각한 거죠? 혹시 타쿤이 레이니르에게 실수를 저질렀나요?"

다시 줄줄이 말하다가 나름의 결론을 도출한 민은 캐묻듯 질문을 던졌다. 레이니르는 즉시 두 손을 내저었다.

"아니에요! 타쿤 님은 그냥……."

뭐라고 말해야 할지 알 수가 없었다. 끌림을 느끼기 때문에 만나고 싶지 않다는 말을 어떻게 한단 말인가?

그렇게 사실대로 말한다면 분명 여왕은 타쿤을 그녀의 곁에 머무르도록 허락하리라. 가까워졌다가 만에 하나 다시 사랑에 빠진다면…….

다시 다칠 수 있다. 다시 버림받을 수도 있다. 다시 그렇게나 큰 상처를 입고…….

나는 겁쟁이다.

레이니르는 자신이 거짓말쟁이라는 것을 너무도 잘 알았다. 왕과 여왕께 말로는 다른 인생과 다른 남자를 찾겠다고 해놓고, 정작 눈에 들어오는 남자를 외면하는 중이었다.

"그냥, 그다음에 뭐죠?"

기다리다 못해 민은 질문을 했고, 이 순간 레이니르는 찌를 듯한 여왕의 시선이 불편하고도 싫었다.

"조치를 취해주세요."

레이니르는 그렇게 말해 버렸다. 이러면 타쿤에게 관심이 없다는 증거가 될 테니까. 적어도 여왕께선 그렇게 받아들이시리라.

"알겠어요."

민은 고개를 끄덕였고 레이니르는 이어 연회 때 입을 드레스에 대한 이야기를 꺼냈다. 한참 뒤에 여왕이 나가자 레이니르는 미간을 찌푸리며 침대에 주저앉았다. 걱정이 치솟았다.

내가 대체 무슨 짓을 한 거야? 해서는 안 되는 짓을…… 아니,

아니야. 옳은 일이야. 잘한 거야.

그렇게 레이니르는 스스로에게 계속 말했다. 그러면 사실이 되는 것처럼. 그러나 다음날, 자신이 큰 실수를 저질렀다는 것을 알게 되었다.

"타쿤 님이 발키리를 그만뒀다고요?"

소식을 전해준 시녀들은 고개를 열심히 끄덕였다.

"네. 어제저녁에 여왕께서 타쿤 님을 부르시더니 뭔가 말씀을 하셨대요. 그 뒤로 타쿤 님이 단장님께 그만두겠다고 했고요."

"레이니르 님도 놀라셨죠? 저희도 정말 놀랐어요. 장차 단장이 되실 거라는 말도 듣는 유망한 분이 갑자기 그러시다니. 이번에 부단장으로 임명됐고 공식 발표만 남겨뒀다는 소문도 있던데."

시녀들은 황망한 얼굴로 줄줄이 털어놓았고, 레이니르는 머리가 텅 빈 것 같았다. 시녀들의 말대로 타쿤은 장래 단장 감이라는 말을 듣는 대단한 인재였다. 열네 살의 어린 나이에 정식 발키리가 되었을뿐더러 스물여섯이라는 아주 젊은 나이에 백인대장이된 사람. 비공식적으로 부단장까지 오른 능력자로, 완벽한 발키리라는 별명도 가진 남자.

그런데 그만뒀다고? 어째서? 설마, 나 때문인가?

"혹시 레이니르 님은 왜 타쿤 님이 그만두셨는지 아시나요?"

"근래에 계속 찾아오셨잖아요. 레이니르 님은 방문을 거절하셨지만."

시녀들은 안타까움과 호기심이 뒤섞인 눈으로 레이니르를 쳐다보았다. 하지만 레이니르는 할 말이 없었다.

"모르시나 보네요. 에휴, 아쉬워요. 어젯밤에 바로 숙소를 정리하고 떠나셨대요."

"저도요. 이젠 타쿤 님을 못 뵌다는 건데…… 그동안 쏠쏠하게 눈요기가 되어주셨거든요."

못 본다. 타쿤을 보지 못한다…….

물론 영원히 그런 건 아닐 터였다. 하지만 레이니르의 귓속으로 당분간 그를 보지 못한다는 말만 크게 들어왔다.

레이니르는 입을 다물었고, 시녀들은 그녀의 무거운 분위기를 알아차리고는 종알거리던 입술을 닫고 밖으로 물러났다.

한참 동안 레이니르는 가만히 침대에 앉아 있었다. 아무 생각도 하고 싶지 않았다. 특히 타쿤에 대해서는.

"레이니르 님."

침실 앞을 지키는 발키리가 전갈을 보내온 건 날이 저물 때였다. 침대에 엎드려서 왕성 바깥 광경을 투시한 벽을 멍하니 쳐다보고 있던 레이니르는 눈을 깜빡였다. 밖의 사람들이 무엇을 하든 전혀 흥미롭지 않았다. 발키리가 말을 걸어도 마찬가지였다. 레이니르는 무심하게 말했다.

"네, 말씀하세요."

"음……. 타쿤 님이 방문을 요청하십니다."

레이니르는 저도 모르게 침대에서 벌떡 일어났다. 발키리는 반쯤은 곤란한, 나머지 반쯤은 부탁하는 어조로 말을 이었다.

"소식을 들으셨는지 모르겠지만, 타쿤 님이 어제부로 발키리를 그만 두셨습니다. 오늘 왕성을 떠나실 예정이라고 합니다. 저, 마지막일 수도 있는데─"

"만날게요."

레이니르는 타쿤이 즉각 침실 안으로 들어온 뒤에야 자신이 무슨 전갈을 보냈는지 알아차렸다. 그를 도로 내보내려고 했으나 시선을 마주하자 방금까지 무슨 생각을 했는지 까맣게 잊고 말았다.

초콜릿의 원재료인 카카오나무는 10년 전까지는 카르탄 왕국 아래쪽에 위치한 틸랴 국에서만 자랐다. 때문에 어마어마한 가격을 자랑했으나, 대륙 전체에서 재배하는 현재는 가격이 많이 낮아져서 서민들도 즐기곤 했다. 하지만 가장 진한 최상급은 굉장한 고가라 지금도 왕족들에게만 공급되었다.

왕족으로 대접받는 위치인지라, 레이니르는 그동안 최상급만 접해왔었다. 타쿤의 눈동자는 바로 그 최고급 초콜릿과 같았다. 색깔과 맛까지 모든 것이 그랬다. 아니, 레이니르는 자신이 타쿤이 어떤 맛인지 모른다는 것을 잘 알았다.

그를 맛보려면…….

타쿤의 단정한 입술이 열린 건 그때였다. 철저하게 무표정한 얼굴 그대로 그는 이렇게 물었다.

"내가 먹고 싶습니까?"

레이니르는 바로 반응하지 못했다. 그녀는 몇 초 뒤 소리 질렀다.

"뭐라고요?"

"눈빛이 그렇게 말하는군요."

"무, 무슨─"

"나는 여자가 눈빛으로 무슨 말을 하는지 모르는 남자가 아닙니다."

타쿤이 눈 깜짝할 사이에 레이니르의 코앞까지 다가왔다. 레이니르는 흠칫 놀라 등을 돌렸다. 바보 같은 행동이라는 것을 깨달았을 때 타쿤의 얼굴이 그녀의 귀 옆으로 내려왔다.

"난 여자가 바라는 게 무엇인지 잘 알고 있는 남자입니다."

귓가로 타쿤의 숨결이 내려앉았다. 뜨거웠다.

"무슨…… 말을 하는지 모르겠군요."

레이니르는 흐트러진 호흡을 가다듬은 뒤 천천히 뒤돌아섰다. 타쿤은 5cm도 떨어지지 않은 거리에서 그녀를 강렬하게 응시하고 있었다.

"야를 레이니르."

타쿤의 한쪽 입술 끝이 위로 치솟았다. 명백한 비웃음.

"당신은 겁쟁이야."

타쿤의 눈동자 또한 변했다. 한없이 상냥하던 것이 경멸의 감정으로 번뜩였다.

"당신은 내게 끌리고 있어. 그런데 거부하고 있지. 또다시…… 버림받을까 봐."

레이니르는 오른손으로 있는 힘껏 타쿤의 뺨을 후려쳤다.

짝!

소리는 넓은 침실 전체를 울릴 만큼 컸다. 타쿤은 옆으로 돌아간 고개를 움직여 다시 레이니르를 응시했다. 그의 눈빛은 지극히 진중했다.

"콘 웅그르."

타쿤이 내뱉은 말은 그의 **뺨**에 남은 벌건 손자국을 보고 잠시 주춤거렸던 레이니르의 분노의 불에 기름을 끼얹었다. 그녀는 다시 오른손을 들었으나 이번에는 때릴 수가 없었다. 그가 손목을 붙잡았기 때문이다. 레이니르는 왼손도 동원했으나 같은 처지가 되었다.

"그동안 있었던 일을 찬찬히 되새겨 보니 무슨 일이 있었는지 알 수 있게 됐지. 그자는 널 버렸어. 그렇지? 왜냐하면."

타쿤의 말은 거대한 해일을 몰고 왔다. 레이니르는 완벽하게 짓눌리고야 말았다. 분노와 슬픔, 절망 그리고⋯⋯.

끝없이 긴 아픔. 차라리 죽고 싶을 만큼 격렬하기 그지없는 고통.

"그자는 널 사랑하지 않았으니까."

타쿤이 하는 말은 이미 알고 있는 사실이었다. 너무도 잘 알고 있는 과거. 그러나 그것을 다른 사람의 입으로 직접 듣는 건 다른 일이었다.

레이니르는 참을 수가 없었다. 그럴 수가 없었다.

이성이 완전히 날아가 버리자 마력을 자제할 수 없었다. 아무렇게나 치솟은 마력은 주변 공기를 잔혹하고도 날카로운 수백 개의 단도 모양으로 변환시켜서 눈앞에 서 있는 한 사람을 공격했다. 상대가 일반인이라면 1초도 안 되는 순간 갈가리 찢겼으리라. 그러나 타쿤은 왕국 전체에서 손꼽히는 실력자인 동시에 드래곤의 피와 살을 먹은 사람이었다. 수백 개의 마법 단검은 타쿤의 몸에 닿기 직전, 여름 햇살에 노출된 눈처럼 순식간에 녹아내렸다.

"멍청하긴."

딱딱한 표정의 타쿤은 단단히 붙들고 있는 레이니르의 두 손목을 거칠게 밀었다. 순식간에 레이니르는 벽에 등을 댄 채 두 손목도 머리 위의 벽에 짓눌리게 되었다.

"내가 아니라 다른 사람이었다면 방금 죽었어!"

타쿤은 이제 오른손 하나로 레이니르의 두 손목을 붙들었고, 왼손으로는 그녀의 턱을 강하게 붙잡았다.

"그런 말을 들었다고 상대를 죽이려 들어? 제정신이야? 당신이 정말로 후스카를의 단장인가?"

"그 자리에선 잘렸어! 그 빌어먹을 도마뱀 때문에."

레이니르는 맞받아 비명처럼 외쳤으나 갈수록 소리는 작아졌다. 타쿤이 무슨 말을 했는지 이해했으니까.

단지 그런 말을 했다는 이유로 죽일 뻔했다!

이건 단순히 화가 나서 이성을 잃은 정도가 아니었다. 발작을 한 것이었다. 미친 사람처럼 정신이 나가서 저지른 짓.

이 순간 레이니르는 자신을 해직시킨 왕이 완벽한 조치를 취했다고 거듭 생각할 수밖에 없었다. 자신은 정말 이상해졌다. 말 몇 마디에 폭주해서 죄 없는 생명을 취하려 들다니?

무서웠다. 정말로 레이니르는 스스로가 두려워졌다.

"다시 괜찮아질 거야."

마치 그녀의 마음을 읽은 것처럼 타쿤은 조용히 속삭였다.

"당신에겐 다른 인생이 있어. 다른 남자도 있어. 야를 레이니르는 후스카를의 단장 이상의 사람이니까. 콘 웅그르의 거짓 약혼녀 이상의 여자니까."

레이니르의 손목을 붙들고 있는 타쿤의 손에서 거친 힘이 빠져나갔다. 그녀의 턱을 억세게 쥐었던 힘 또한 귀한 도자기를 만지는 것처럼 조심스럽고 부드럽게 변했다.

"과거는 떨쳐 버려. 오로지 한 길밖에 모르고, 오로지 한 남자만 알았던 그런 과거 따윈 그냥 잊어버려. 나는…… 나는 당신이 더 아파하는 건 바라지 않아. 그게…… 그게…… 내 진심이야."

마치, 타쿤은 자신도 모르고 있던 사실을 말하는 사람 같았다. 내뱉고 나서야 그게 진짜라는 것을 깨달은 눈빛.

매우 이상했지만 지금의 레이니르는 그 사실을 깊게 생각할 만한 정신이 없었다.

"그 모든 일은 당신 탓이 아니야. 당신이 잘못한 건 없어."

레이니르의 온몸으로 퍼지는 타쿤의 목소리는 햇살처럼 따듯하면서도 산들바람처럼 포근했다. 그의 눈동자 또한 깊고 그윽한 향취를 발하며 보드랍게 그녀를 응시했다.

"당신은 괜찮아질 거야. 다시, 더 많이 행복해질 수 있어."

타쿤은 끊임없이 말했다. 그렇게 말하다 보면 정말로 그렇게 될 수 있는 것처럼, 계속해서 속삭여 주었다.

정말 그럴 수 있을까? 정말?

"그래, 정말이야."

레이니르는 자신이 마음속에 품은 질문을 입 밖으로 내뱉었다는 것을 타쿤의 답을 들은 뒤에야 알았다. 타쿤은 더없이 상냥하게 속삭이면서 두 팔을 벌려 레이니르를 껴안았다. 그의 가슴은 돌처럼 단단하지만 끝없이 드넓었다. 그녀의 모든 상처를 전부 품을 수 있을 만큼.

레이니르는 시야가 흐릿해졌다. 폭포수처럼 흘러내리기 시작한 눈물 때문이었다. 아니, 이건 눈물이 아니라 울부짖음이었다. 영혼까지 침탈한 깊디깊은 상처를 감싸주는 치유 작용.

아니다. 나는 결코 벗어날 수 없을 거다. 다른 인생을 살더라도, 다른 남자를 만나 사랑하더라도 그자가 남긴 이 상처에서 완전히 탈출할 순 없을 거다. 그러나, 그러나…….

타쿤의 말이 맞았다. 지긋지긋한 흔적을 가진 상태라도 행복해질 수 있을 것이다. 그렇게 이용당한 건 그녀의 탓이 아니니까. 설사 잘못이더라도 앞으로 나아갈 수 있으리라. 모든 생명체는 그럴 권리가 있으니까. 더군다나 그녀에겐 사랑하는, 그녀를 사랑하는 사람들이 있으니까. 그리고 무엇보다, 살아 있으니까.

"살아 숨 쉬는 한 다시 행복해질 수 있어. 그러니 포기하지 마."

타쿤은 다시 위로의 말을 건넸고, 레이니르는 기억했다. 자신이 항상 앙코르로 짧게 부르는 노래를.

포기하지 마세요. 떠오르는 태양을 맞이하기 전에 세상은 밤의 암흑 속에 잠겨야 하는 법이지요. 모든 행복 앞에는 고난이 자리하고 있지만, 포기하지 마세요. 결코 포기하지 마세요.

언제나 최면마법을 섞어 이렇게 노래해 왔다. 듣는 이들이 훗날 고난을 겪을 때, 이 노래를 떠올리면서 힘을 내기 바라기에.

그래, 포기하지 말자. 더 큰 행복을 위해 뛰어넘어야 하는 장애물이라고 생각하자. 단순히 그렇게 생각하기엔 너무도 뼈아프지만……

"괜찮아. 괜찮아. 괜찮아질 거야. 정말 그렇게 될 거야."

타쿤은 속삭이고 또 속삭여 주었다. 끊임없는 말은 이제 레이니르의 귓속에 완전히 정착해 버렸다. 진실인 것처럼 느껴지기도 했다. 그리고 자장가처럼 나른하고도 달콤하게 다가왔다.

레이니르는 눈을 감았다. 뺨을 타고 흘러내리는 눈물은 끝없이 계속되고 있었다. 그러나 이제는 후련했다. 온몸을 옥죄는 사슬을 끊어버린 기분. 물론 무거운 짐은 아직도 온몸에 들러붙어 있지만, 이젠 똑바로 서 있을 수는 있었다.

레이니르는 안도하며 평화를 선사하는 타쿤에게 더욱 깊게 안겼다. 그의 너른 가슴에 얼굴을 묻었기에, 그녀는 그의 표정을 보지 못했다. 그녀의 태도에 타쿤이 얼마나 큰 안도감을 느꼈는지, 그런 스스로에 대해서 얼마나 큰 충격을 받았는지 알지 못했다.

쨍그랑!

틴이 내던진 유리컵은 귀를 찌르는 소리를 터뜨리며 산산조각 났다. 틴은 손에 잡히는 그릇이란 그릇은 전부 부숴 버렸지만 성이 풀리질 않았다.

나쁜 년!

틴은 있는 힘껏 악을 썼다. 그러나 자신이 그러든 말든 야를 레이니르는 알지 못하리라. 자신은 시골 중의 시골인 찬드라 시에 처박힌 상황이고, 레이니르는 발키리들에게 완벽한 보호를 받은 채 그 멋진 왕성에 존재하니까.

대체 그 여자가 뭐가 대단하다고!

그렇게 씩씩거렸으나 사실 틴도 마음 한구석에서는 레이니르의 미모가 얼마나 뛰어난지 잘 알았다. 더군다나 레이니르는 노래를 정말 환상적으로 잘 불렀다. 틴조차 레이니르가 노래할 때면 넋이 나갈 정도였다.

하지만 레이니르를 생각하면 생각할수록 틴은 열불이 치솟았다. 나보다 겨우 조금 더 이쁜 주제에 그렇게나 많은 남자들의 혼을 싹 빼앗아?

어려서부터 손꼽히는 미인이었던 틴은 자신을 바라보는 사람들의 얼굴에 감탄의 기색이 그득하다는 사실이 정말로 만족스러웠다. 성숙해지면서 뭇 사내들이 뜨거운 갈망을 실어 눈짓하는 것도 추가되었는데, 언제나 틴은 자신이 시선의 중심이라는 사실을 즐겼다. 그러나 레이니르, 바로 그 여자가 함께 존재할 때면 사람들은 더 이상 자신을 바라보지 않았다.

환한 빛으로 가득한 높은 곳에서 지하의 시커먼 진흙탕으로 떠밀린 기분. 비참했지만 틴은 현실을 직시했다. 레이니르가 있는 한 자신은 가장 많은 관심을 받지 못하리라.

뭐, 그렇다고 레이니르를 어떻게 하고 싶은 건 아니었다. 아니,

어떻게 하는 게 불가능하다는 걸 잘 안다는 게 정확한 말이었다. 야를 레이니르는 왕과 여왕께 사랑받는 존재이니 해코지를 했다간 필시 큰 화를 입을 게 뻔했다. 얼마 전의 일이 그 증거였다.

비참하게 살해당한 전 약혼자의 이름을 딱 한 번 내뱉었을 뿐인데 왕성에서 쫓겨났다. 태어났을 때 마력이 없어서 죽을 뻔했다는 사실 때문인지, 언제나 딸을 오냐오냐 예쁘게 봐주던 아버지가 처음으로 불같이 화내며 집으로 돌려보낸 것.

왕성에서 발키리들에게 시선을 받는 건 정말 좋았는데!

이 시골인 찬드라 시에 처박혀 있으면 촌스러운 남자들만 그녀를 쳐다볼 뿐이었다. 돈도 별로 없고, 비리비리 허약하며 투박하기 이를 데 없는 존재들.

나한테는 그런 시골뜨기들이 아니라 발키리들이나 고위 귀족, 아니, 더 높은 존재가 어울려!

본디 왕자 같은 사람.

틴은 왕자와 혼약을 올릴 경우 자신이 레이니르보다 더 높은 위치가 된다는 것을 잘 알았다. 더군다나 만약 현재의 후계자인 공주에게 불행한 일이 닥친다면…… 본디 왕자가 그 자리를 차지하게 될 터였다. 즉, 그녀가 언젠가 여왕이 될 수 있다는 뜻이었다.

허황된 생각이라는 건 잘 알았다. 그러나 전혀 가능성이 없는 건 아니지 않은가? 더군다나 그녀는 빼어난 미모를 자랑하니 본디 왕자도 남자인 이상 그녀에게 끌리는 게 당연했다.

그러나 계획과는 다르게 본디 왕자와 단둘이 만나지도 못하고 왕성에서 쫓겨나 버렸다. 그 얄미운 레이니르 때문에.

정말, 싫어! 싫어!

틴은 두 주먹을 불끈 쥐었다가 발을 바닥에 굴렀다. 그러나 뭔 짓을 해봐도 분이 풀리질 않았다.

왕성으로 갈 수 없으니 왕자를 만날 수도 없었다. 그렇다고 레이니르를 어떻게 할 수도 없고! 그 여우 같은 레이니르는 수많은 남자들한테 둘러싸일 텐데 난 이게 뭐야?

내일부터 왕성에서는 특별 연회가 시작된다. 민 여왕이 한 달 전에 개최를 선언한 것으로, 레이니르의 생일을 축하하기 위해서라고 했다. 하지만 그건 말뿐이고 사실은 레이니르에게 혼약의 대상자를 붙여주기 위한 방도라는 걸 모든 사람들이 다 알았다. 초대된 손님은 죄다 혼약 적령기의 아주 훌륭한 남자들뿐이기 때문이었다.

본디 왕자는 레이니르보다 여덟 살이나 어리기에 혼약 상대자로 적합하지 않았다. 하지만 사람 속은 알 수 없는 법이었다. 더군다나 레이니르는 모든 남자들을 쥐고 흔들 만한 외모의 소유자니까.

본디 왕자를 놓칠 수 없어! 절대로!

정말 레이니르를 어떻게 할 수 없을까? 죽거나 크게 다치는 건 틴도 바라지 않았다. 그냥 레이니르가 좀 촌스럽고 보잘것없는 남자와 혼약을 올리면 좋을 것 같았다.

"전설 속에 내려오는 첫눈에 반하는 사랑의 묘약 같은 게 있으면 좋을 텐데. 그걸 레이니르에게 먹여서 거지 같은 남자를 보여준다면, 진짜 재밌겠지?"

틴은 킥킥거리며 혼잣말을 중얼거렸다. 말 그대로 혼잣말이었다. 혼자 있으니까. 그러나 아니었다.

"그래, 그렇게 되면 내 생각에도 재밌을 것 같긴 해."

처음 들어보는 기괴한 목소리.

틴은 등골에 소름이 돋았다. 그녀는 아주 천천히 뒤돌아보았고, 40대 초반의 남자가 자신의 침대에 앉아 있는 것을 발견했다. 선한 인상에 딱히 특별할 것 없는 평범한 외모의 소유자였다. 마력이 전혀 없는지라 틴은 상대에게서 아무것도 느낄 수 없었다. 그러나 갑자기 자신의 방에 누군가가 등장했다는 사실 자체만으로도 정말 무서웠다.

틴은 곧바로 도와달라고 비명을 내질렀다. 방 밖에 있는 호위기사들이 달려와 줄 거라고 철석같이 믿으면서. 그러나 남자가 짜증나는 표정으로 자신을 쳐다보자, 소리는 1초가 흐르기도 전에 완전히 지워졌다.

"결계 때문에 어차피 밖의 인간들은 못 듣지만 내 귀가 시끄러워서."

쇳소리 같은 아주 이상한 목소리를 내는 남자는 침대에서 일어나 다가오기 시작했다. 포박마법에 걸려든 틴은 꼼짝도 하지 못한 채 서 있을 수밖에 없었다. 바로 앞에 선 남자는 그녀를 머리끝부터 발끝까지 쭉 훑어보았다.

"마력이 거의 없군."

대륙의 모든 사람들이 마력을 가진 채 태어나지만 틴은 심각하리만치 아주 적은 양의 소유자였다. 사실, 존재를 지탱하는 그 희박한 마력도 그녀의 것이 아니었다.

"잘하면 그 건방진 여자를 죽일 수 있겠어. 누구냐고? 네가 싫어하는 야를 레이너로 말이야."

남자는 씩 웃었다.

"마력이 없는 인간을 찾아다니다가 널 발견한 건데, 방금 혼잣말을 들으니 너도 그 여자를 싫어하나 봐. 그렇지? 기뻐해. 난 그여자를 죽일 생각이거든. 정표의 소유자지만, 네 반려에게 손을대지 못하게 했으니 처리를 해야겠다 싶어서 말이야. 더군다나 그분에게도 문제가 좀 생긴 것 같으니……. 그래도 나 혼자서는 무리지만, 마침 그분께 복수심을 불태우는 강한 존재가 있거든. 간신히 찾아냈지. 좋은 기회가 생긴 거야. 정말 기뻐. 근데 넌 안 기쁜 거야? 네가 싫어하는 여자를 죽이는 건데? 하긴, 네가 할 일을생각하면 좀 그렇긴 하네. 그 뇌를 꺼내느라 고생을 좀 하게 될 테니까 말이야."

줄줄 수다를 떨던 남자가 입을 열었다. 유독 기다란 송곳니가드러나자 틴은 온몸을 벌벌 떨 수밖에 없었다. 그러나 이렇게 물었다.

"뇌?"

소리를 지우는 마법이 아직 효력이 있는지 말은 직접 울리지 않았다. 그러나 남자는 틴의 입술 모양을 본 모양이었다. 아주 행복하게 웃으며 답했다.

"그래, 뇌. 백안의 드래곤의 뇌 말이야."

4.

추웠다.

몽롱한 와중에서도 레이니르는 오한으로 몸을 부르르 떨었다. 곧 따듯하고 단단한 것이 그녀의 이마를 부드럽게 쓰다듬었다. 사람의 손이었다. 돌처럼 딱딱한 굳은살로 그득했으나 온기가 흘러나와 레이니르의 온몸을 보호하듯 감싸곤 지긋지긋한 냉기를 저먼 곳으로 쫓아버렸다.

심연처럼 지독한 기운은 이제 그녀를 위협하지 못하리라. 앞으로는 따듯하게, 안전하게 있을 수 있을 것이다.

레이니르는 미소를 지은 뒤 익숙한 수면 속으로 침전되어 갔다. 완전히 그 안으로 가라앉기 전 이마에 익숙한 촉감이 느껴졌다. 애정이 깊은 상대에게 바치는 따스한 키스였다. 그러나 곧 이마에 닿은 입술은 크게 멈칫거렸다. 키스했다는 사실에 경악한 것처럼.

어째서……?

레이니르는 더 생각하지 못하고 무의식이 주는 휴식 속에 완전히 잠겼다. 그녀가 깨어난 건 셀 수 없는 시간이 흐른 뒤의 일이었다.

머릿속이 텅 비어 있었다. 레이니르는 아무 생각 없이 천천히 몸을 일으켜 연결된 욕실로 갔다. 김이 모락모락 일어나는 가장 뜨거운 욕탕에 몸을 담그자 저절로 한숨 같은 신음이 새어 나왔다. 시간이 흐르자 정신이 좀 더 또렷해졌고, 잠들기 전의 기억이 머릿속에 새록새록 떠올랐다.

타쿤의 품에 안긴 채…… 끝없이 울었다.

갑자기 매우 더워졌다. 레이니르는 욕탕에 오래 있지 못하고 침실로 돌아왔다. 새 가운은 아주 얇았으나 온몸의 열기는 쉬이 식지 않았다. 그녀는 가운의 깃을 벌리며 한 손으로 얼굴에 부채질을 했다.

사실, 생각하면…… 꽤나 부끄러웠다. 눈물을 몇 줄기 흘린 것도 아니고 오열한 것처럼 모든 걸 내쏟았으니까. 더군다나 그전에 그 도마뱀이 언급되자 완전히 미쳐서 날뛰었었다. 치명적인 실수를 저지를 뻔한 것.

타쿤이라 다행이었다. 그렇게 강한 남자는 흔치 않으니까. 더군다나 그의 가슴은 마치 바다 같았다. 잃어버린 이성을 되찾아줄 만큼 깊고, 온기로 가득한 위로를 전해줄 만큼 넉넉하며, 앞으로 살아갈 기운을 줄 만큼 강인한 것.

정말이지 타쿤은…….

레이니르는 생각을 중단했다. 더 이상 도망치고 싶지 않고, 타쿤이 말한 대로 버림받은 경험을 반복할까 두려운 겁쟁이처럼 굴고 싶지도 않았다. 그러나 아직…… 받아들일 수가 없었다.

그 존재를 증오하고 경멸하고 혐오하며 싫어했다. 더없이 그리했다. 그러나 아직도…… 사랑한다. 이름을 발음할 수 없는 그 존재를…… 여전히 사랑했다.

그런데 이런 마음으로 타쿤을 생각한다면 이건 타쿤에 대한 예의가 아니지 않을까? 완전히 정리된 뒤에 타쿤에게 걸어가야 하지 않을까?

레이니르는 사람의 감정이 1 더하기 1처럼 간단하고 명확하게 계산되는 게 아니라는 건 잘 알았다. 그러나 이건 최소한의 예의였다. 종족이 다르지만, 근본적으로 남자 두 명을 똑같이 깊게 생각하면 안 되었다. 그러나 그 도마뱀에 대한 감정이 언제 완전히 정리될지 알 수 없는 게 문제였다.

이래선 안 돼. 파렴치한 도마뱀과는 달리 그야말로 인격적으로 성숙한 타쿤에게 이래선 안 된다고.

레이니르는 스스로에게 쏘아붙인 뒤, 방금 시녀들에게 받은 음식에 포크를 빠르게 놀렸다. 많이 먹어야 달아난 체력이 보충될 테니까.

확실히 고기가 최고야.

레이니르가 눈을 빛내며 열심히 고기를 전부 해치운 뒤였다. 민여왕이 들어왔다. 여왕의 표정은 평소와 다를 바 없었으나 레이니르는 눈빛이 다르다는 것을 깨달았다.

"여왕이시여, 무슨 일이 있었습니까?"

"아니에요."

라고 민은 답을 했으나 레이니르는 여왕이 뭔가에 화가 나 있다는 것을 알았다.

나 때문은 아닌 것 같고, 무슨 일이지?

답이 궁금했지만 여왕은 말하지 않고 다른 것을 물었다.

"오늘은 몸이 좀 어때요?"

"괜찮습니다. 고기를 많이 먹어서요."

그녀는 뒷말은 뼈다귀 조각만 수북하게 쌓여 있는 접시를 가리키며 밝게 말했다. 민은 빙긋 웃고 며칠 뒤에 있을 연회에 대해서 이야기하기 시작했다. 한참 뒤 시녀가 들어와서 다음 일정을 위해 가야 한다고 말하자 여왕은 자리에서 일어났다.

"그럼 쉬어요."

"네. 감사합니다, 여왕이시여."

레이니르는 상냥하게 인사하며 일어났다. 민은 침실 밖으로 바로 나가는 대신 레이니르를 꼭 끌어안았다.

"다시 말하지만, 마음에 드는 상대가 없다면 무리해서 만날 필요는 없어요. 알겠죠?"

민은 거듭 말했고, 레이니르는 고개를 끄덕였다. 곧 여왕은 자리를 떴고 레이니르는 침대에 풀썩 누웠다.

마음에 드는 상대.

자동적으로 떠오르는 사람이 있었다. 하지만 레이니르는 바로 결정하는 대신 이런 생각을 했다.

타쿤에게는 시간을 좀 더 달라고 하자. 도마뱀을 조금이라도 더 잊고, 그를 마음에 품을……

너무 오만한 말일까? 아니, 잔인한 걸까?

눈길이 가는 사내가 생긴 이상 연회를 취소해야 옳을 터. 그러나 그건 열심히 준비한 여왕에 대한 예의가 아니다 싶었다. 그리고……

깊은 마음속에서 레이니르는 타쿤이 아니라 다른 남자를 만나고 싶었다. 왜냐하면, 이상하게도 타쿤을 생각하면 도마뱀이 자동적으로 연상되기 때문이었다.

물론 도마뱀과 타쿤은 키가 크고 근육질이라는 것 이외에는 외모와 성품 모두 완전히 다른 존재였다. 결정적으로, 도마뱀은 그녀를 소중하게 생각하지 않았다. 그냥 갖고 놀 장난감으로 취급한 것.

그러나 타쿤은 정말 그녀를 귀하게 대했다. 진실로 그러고 있었다.

그런데, 이렇게나 다른데 어째서 난 타쿤과 도마뱀이 비슷하다고 생각하는 거지?

어제 타쿤과 만나기 전까지만 해도 레이니르는 둘은 완전히 다른 존재라고 생각했었다. 그런데 지금은 같은 느낌이 들었다.

혹시 둘 다 끌리는 존재이기 때문일까?

아무리 생각해 봐도 답은 그것뿐인 듯싶었다. 그래서 타쿤에게 더욱 미안했으나 레이니르는 연회를 취소할 생각은 없었다. 나쁜 마음인 건 알지만, 타쿤에게 여왕을 위해서라도 연회에 참석하겠다고 양해를 구하지도 않았다. 그녀는 쉬면서 기다렸다. 시간이 어서 흐르기를.

달이 보였다. 오늘따라 더욱 크고 밝게 빛나는 황금의 보름달.

별이 있었다. 태양이 사라져 검게 물든 하늘에 수백, 아니, 수천 개의 별이 박혀 있었다. 크고 작게 광채를 내뿜는 별은 마치 검은 실크에 빼곡하게 박혀 있는 은색의 황홀한 보석 같았다.

바람도 있었다. 봄날의 훈풍이 한 번 미소를 지을 때마다 달과 별이 내뿜는 황금색과 은색의 광채는 커졌다가 작아졌다. 빛이 작게 숨을 죽이고 있을 때는 실크처럼 보드라워 보이는 하늘의 검은색이 온몸을 은은하게 감싸는 느낌이었다. 빛이 한껏 부풀어 오를 때는 빛의 폭포수를 맞는 기분이었다.

레이니르는 두 가지 경우 모두를 한껏 즐겼다. 빛의 유무는 눈의 작용일 뿐 온도와 상관없다는 건 잘 알았다. 그러나 크기와 상관없이 빛 자체에 온기가 존재하는 것 같았다. 온몸은 물론 영혼까지 감싸주는 따스함.

마치…… 사랑받는 느낌이었다.

레이니르는 그 도마뱀이 그녀를 진심으로 대하는 척 가장했을 때 기분이 어땠는지 아직도 생생하게 기억했다. 그때, 세상의 빛이란 빛은 전부 자신에게 내려오는 것 같았었다. 온 세상에서 가장 특별한 존재가 된 느낌.

이 환상적인 빛은 당시와 같은 기분이 들었다. 그래서 레이니르는 그동안 까맣게 잊고 있던 자신감을 떠올릴 수 있었다. 다시 사랑받을 수 있을 것 같았다. 진짜로 누군가에게 귀중한 존재가 될 수 있을 것 같았다. 온몸에 찬란한 빛만 품은 채 행복하게 살아갈 수 있을 것 같았다.

그전에 상대를 결정해야 하지만.

레이니르는 자신이 결정권을 쥐었다는 사실을, 최고 권력자의 입장이라는 것을 다시금 체감했다. 자신은 왕국 최고의 남자 백오십 명, 아니, 백이 명 중에서 아무나 고를 수 있었다. 다시 버림받을 가능성은 매우 적다는 뜻.

그래, 힘을 내자. 난 모두가 부러워하는 야를 레이니르야. 대륙 최고의 미인이라고.

레이니르는 이 연회장으로 오기 전에 침실의 전신거울로 확인한 자신의 모습을 떠올렸다. 의상과 화장, 액세서리와 머리스타일까지 시녀들은 달과 별로 가득한 연회장의 환영마법에 어울리는 것으로만 골라주었다. 화려한 게 아니라 단순한 것들로만. 그러나 그것만으로도 충분했다.

원피스는 목을 덮고 발목까지 오는 긴 맥시드레스였다. 둥근 어깨의 매끄러운 살결과 풍만한 가슴의 깊은 계곡, 잘록한 허리를 강조하는 동시에 무릎 아래에 있는 옆트임 덕분에 가는 발목이 언뜻언뜻 드러나는 것. 별다른 장식은 달려 있지 않으나 순결해 보이는 동시에 고상한 섹시함이 물씬 풍겼다.

드레스 자체는 온통 새하얀 색이었다. 연회장 전체에 걸려 있는 환영마법에 의해 발현된 달과 별의 빛을 머금으면서도 반사해 때때로 황금과 은이 절묘하게 섞인 것처럼 보였다. 백금발인 머리색과 완벽하게 조화되는 빛깔.

레이니르의 머리카락은 아직도 짧아 상큼하고도 발랄한 느낌이 들었다. 그러나 한 달간 쉬면서 약간 기른 끝부분을 시녀들이 공을 들여 곱슬곱슬하게 말아서 언뜻 성숙한 면모가 보였다.

두 개의 이미지가 공존하는 건 얼굴도 마찬가지였다. 티 한 점 없이 매끈하고 새하얀 피부는 어린아이의 것처럼 뽀얗게 보였으나 풍성하고 긴 속눈썹과 깊디깊은 새파란 눈동자는 농염한 성인의 것이었다. 오뚝한 코는 물론 장미꽃잎처럼 붉은 입술도 마찬가지였다. 특히, 입술은 지독하게 색정적으로 보이는 동시에 단정하게 다물어져 있어 성스러운 느낌까지 들었다.

레이니르는 연회에 초대된 백이 명의 남자들이 어떤 반응을 보일지 미리 알 수 있었다. 원래 백오십 명이었으나 그녀가 타쿤을 포함해 스무 명을 제외했고, 나머지 스물여덟 명은 사랑하는 여인이 생겼거나 조만간 혼약을 올릴 예정이기에 초대를 정중하게 거절했다. 완전히 자유로운 몸이 아닌데 연회에 참석했다는 사실이 드러나면 처벌을 가할 거라고 드레카르 왕과 민 여왕이 사전에 강력하게 경고했기 때문이었다.

그래도 따로 여행 경비를 준 것도 아니고 어떤 특혜도 주지 않는다고 공언했는데도 백이 명이나 온 건 대단한 일이었다. 물론 그들 중에 몇십 명은 그녀에게 전혀 관심이 없는데도 권력의 핵심인 왕과 여왕에게 눈도장을 받고자 온 것일 터였다. 하지만 레이니르는 그런 남자들의 눈에 어린 권력에 대한 욕망을 그녀 자체에 대한 열렬한 찬탄으로 바꿀 생각이었다.

실제로 그녀는 그렇게 했다.

"안녕하세요, 야를 레이니르입니다."

연회 시간이 되자 레이니르는 미리 대기 중이던 후보자들 앞으로 나아가며 상냥하게 인사했다. 드넓은 연회장 전체가 환영마법으로 만들어낸 달과 별의 빛으로 가득한 가운데 새하얀 드레스를 입고 등장한 자신은 마치 고대에 존재했다는 미의 여신처럼 보이리라.

레이니르는 완벽하게 압도당한 많은 남자들의 눈빛을 통해 그들의 생각을 읽었다. 더없이 아름답고 아름다운, 완벽한 외모의 여자. 세상에서 가장 찬란한 빛을 내뿜는 대륙 최고의 미인.

레이니르는 조용히 호흡했다. 공기를 들이마실수록 충만한 자신감이 솟구치고 있었다. 자신은 더 이상 버림받고 비참한 여자가 아니었다. 아주 많은, 아니, 대부분의 남자들이 열렬하게 바라고 또 원하는 존재.

"정말 아름다우십니다."

"말로 다 표현할 수 없을 정도입니다."

둥근 테이블마다 다섯 명의 남자가 앉아 있었다. 레이니르가 돌아다니면서 그들에게 개인적으로 인사를 하자, 다들 군기가 팍 든 자세로 일어나더니 한목소리로 열렬하게 칭송을 계속했다. 다들 진심인 게 분명한데다가 대부분의 눈은 하트 모양이었으며 레이니르가 손을 내밀어 가볍게 악수를 할 때는 식은땀을 흘리거나 몸을 떠는 사람도 있었다.

레이니르가 인사한 뒤, 남자들은 최고급 벌꿀술을 간단하게 곁들이면서 각자 소개를 했다. 하지만 자기자랑으로 가득한 황당한 말이든 아주 재미있는 농담이 섞인 말이든, 어떤 것도 레이니르의 귀엔 잘 들어오지 않았다. 물론 그들이 자신을 끝없이 갈구하는 눈빛으로 쳐다본 건 생생하게 기억나지만.

이날의 연회는 소개까지만 하고 끝이 났다. 그런데도 세 시간이나 걸렸다. 생각보다 피곤하자 레이니르는 곧바로 잠이 들었고, 다음날부터 한 명씩 순서대로 왕성 내의 도서관이나 작은 정원에서 만나 짧게 이야기를 나누었다.

이거 은근히 중노동이네.

한 사람당 짧게는 30분, 길게는 한 시간 정도씩 만났는데, 갈수록 힘에 부쳤다. 그리고 근본적으로, 귀찮았다.

후스카를의 단장, 아니, 전前 단장이었던 신분을 노출하지 않기 위해 그동안 상냥하고 착한데다가 정치에 대해서 잘 모르는 여자인 척했었다. 아주 오랫동안 그렇게 해왔기에 익숙했으나 그건 1년 전까지였다. 최근 열두 달은 그러지 않고 세상 여기저기를 멋대로 떠돌아다닌데다가 최근까지 감정적으로 많이 뒤흔들렸었다. 때문에 한두 명도 아니고 꽤 많은 남자들을 가면을 쓰고 대하는 건 상당히 힘들었다.

애초에 본모습이 아니라 가면을 보여주는 것 자체가 문제긴 했다. 더군다나 대부분의 남자들은 그녀에게 진심이었다. 그런 사람들에게 거짓말로 응대하는 건 문제가 있는 행동이었다.

그렇지만 언젠가 후스카를의 단장으로 돌아갈지도 모르는데 이제 와 본모습을 가감 없이 드러낼 수는 없는 노릇이었다. 그리고 근본적으로, 본모습을 보여주고 싶을 만큼 매력적인 남자를 발견하지 못했다. 아니, 애초에 마음가짐 자체가 문제일지도 몰랐다. 이미 마음이 가는 남자가 있어서 다른 사람들에게는 시선을 줄 수 없는 건지도…….

"지루하시군요."

레이니르는 깜짝 놀라 맞은편에 앉아 있는 남자를 쳐다보았다. 그녀와 동갑인 스물여섯 살로 발키리의 십인대장인 야를 란크스였다. '야를'이라는 호칭대로 귀족인 란크스는 상당히 존경받는 가문의 일원이었다. 열아홉 살 때 약혼을 한 적이 있지만, 몇 달안 되어 고칠 수 없는 심장병으로 약혼녀를 잃은 이후 죽 독신을 지키고 있는 사람이기도 했다.

사실 레이니르는 란크스가 이번 연회에 참석한 게 조금 놀라웠다. 예전에 후스카를의 단장으로 있을 때 한 뒷조사에 의하면 그는 꽤 시간이 흘렀는데도 죽은 약혼녀를 사랑하고 있었기 때문이다.

그러고 보니, 그 죽은 약혼녀가 타쿤의 사촌 여동생이었지? 타쿤처럼 아주 빼어난 외모였다고 하던데…….

레이니르는 이런 연결 때문인지 란크스가 타쿤과 아주 절친하다는 사실을 떠올렸다.

"딱히 제게만 이러시는 것 같지는 않습니다. 레이니르 님, 혼약자를 찾고픈 마음이 없으신 것 같은데 왜 연회에 참석하신 거지요?"

란크스의 눈은 아주 날카로웠다. 사실 약간 무례했지만 레이니르는 당황하지 않고 빙그러니 웃으며 이렇게 대응했다.

"란크스 님도 마찬가지인데 왜 참석하신 거죠?"

란크스는 정곡을 찔린 것처럼 움찔거렸다. 그가 망설이는 기색으로 얼굴을 찌푸리자 레이니르는 할 말이 있다는 것을 깨달았다.

"말씀해 주세요."

레이니르는 란크스만 들을 수 있게 전갈을 사용했다. 현재 그녀와 그가 있는 곳은 왕성 맨 꼭대기에 있는 야외 정원으로, 근처에는 시녀 열 명과 발키리 열 명이 대기하고 있었다. 그들의 임무는 혹 남자들이 레이니르에게 피해를 끼치기 전에 제지하는 것이었다.

"왕과 여왕께 불충한 행동이지만, 사실 저는 레이니르 님께 화가 나서 참여한 겁니다. 그리고 이렇게 직접 이야기를 할 기회를 갖기 위해서지요."

이해할 수 없었다. 레이니르는 불쾌감을 느끼기보다 의아할 뿐이었다.

"어째서죠?"

"저는 타쿤 님을 매우 존경합니다. 발키리를 그만두신 것을 정말 안타깝게 생각합니다."

레이니르는 잠시 생각을 한 뒤 물었다.

"혹시 그게 저 때문이라고 생각하시는 건가요?"

타쿤의 이름은 일반인들은 물론 발키리들 사이에서도 아주 드높았다. 특히 20대의 젊은 발키리들이 타쿤을 매우 따랐다는 것을 레이니르는 잘 알고 있었다. 그중에서도 란크스가 가장 그랬다.

"네, 그게 사실이니까요."

란크스는 즉시 그렇게 답했고, 레이니르는 아니라고 부인하려 했다. 그러나 자신은 그가 왜 그만뒀는지 정확하게 몰랐다.

"정말인가요?"

"모르셨습니까?"

란크스는 레이니르의 표정을 보고 정말 모른다는 것을 깨달았는지 서둘러 설명을 해주었다.

"여왕께서 레이니르 님께 접근하지 말라는 명령을 내리셨습니다. 그건 알고 계시지요?"

그녀가 조치를 취해달라고 요청한 것이었다. 레이니르는 그 부분은 할 말이 없었다. 그녀가 고개를 끄덕이자 란크스는 말을 이었다.

"타쿤 님이 거부하자 여왕께선 화를 내셨습니다. 발키리 자리와 레이니르 님 중에 선택하라고 말씀하셨고요."

"그래서 타쿤 님이 발키리를 그만두셨다. 그건가요?"

란크스는 고개를 끄덕였다. 레이니르는 짧게 신음을 내뱉으며 눈을 질끈 감았다.

"물론 타쿤 님의 잘못도 있습니다. 여왕께서 처음엔 부드럽게 말씀하셨는데 타쿤 님은 마치 기다리고 있었던 것처럼 발키리를 그만둬서 여왕님의 심기를 불편하게 만들었으니까요. 사실, 요번에 타쿤 님이 중상에서 회복된 뒤에 잠깐 대화할 시간이 있었습니다. 죽었다가 살아난 경험을 통해 생각이 많이 바뀌셨다고, 발키리에서 떠날지도 모르겠다는 투로 말씀하신 적이 있습니다. 하지만 어찌 됐든 타쿤 님은 레이니르 님을 선택했는데 레이니르 님은 이렇게 연회에 참석하고 계시니……. 물론 레이니르 님이 다른 사람들이 느끼는 모든 감정을 다 책임져야 한다고 생각하지는 않습니다. 하지만 화가 났습니다."

자세하고 길게 설명하는 란크스의 목소리는 갈수록 부드럽게 변하고 있었다. 레이니르가 아무것도 몰랐기 때문이리라.

"왕께서도 발키리 자리를 미련 없이 던진 타쿤 님께 크게 분노하셨습니다. 아시지요? 왕께서 타쿤 님을 많이 신뢰하셨습니다. 실망이 크신 것 같습니다. 그래서……."

"그래서? 혹시 뭔가 명령하셨나요?"

"네. 왕께선 발키리 자리에서 물러나도 레이니르 님께 접근해선 안 된다고 명령하셨습니다. 그랬다간 처벌을 받게 될 거라고요."

"처벌이요?"

란크스는 고개가 무거운 것처럼 바닥을 쳐다보았다. 레이니르는 이 질문을 하지 않을 수 없었다.

"타쿤 님이 그 명령을 받은 건 언제죠?"

"발키리를 그만둔 직후의 일입니다."

타쿤은 그 다음날에 그녀를 만나러 왔었다. 왕의 명령을 어긴 것.

"지금, 어디에 있죠?"

란크스는 아무 말도 하지 않았으나, 레이니르는 답을 알 수 있었다.

하나의 거대한 도시 같은 카르탄 왕국의 왕성은 지하에 온갖 것이 있었다. 만일의 사태를 대비한 수십 종류의 비밀통로에 온갖 필수품으로 꽉꽉 채운 거대한 창고 여러 개, 왕족들만 사용할 수 있는 값비싸고 귀중한 보석이나 기밀 서류가 들어 있는 보관함 등등, 목록을 나열하자면 끝이 없을 만큼 다양한 것들로 가득했다. 그럼에도 그 모든 것들은 비밀 중의 비밀인지라 일반인들은 지하에 딱 한 가지만 있다고 생각했다.

감옥.

카르탄 왕국은 기본 법률이 엄격하지만 현재의 군주들, 카르탄 드레카르 왕과 카르탄 민 여왕은 범죄자들을 교화하는 데 초점을 맞추었다. 따라서 처벌이 주 목적인 감옥에 수감되는 건 반역이나 강간, 계획 살인처럼 고의로 악독한 범죄를 저지르는 자들뿐이었다. 감옥에는 고문을 가하는 마법이 내장되어 있기 때문이었다. 강력 범죄를 저지를수록 더 자주, 더 큰 고문을 받게 되어 있는 마법은 각 도시의 감옥에도 깔려 있지만 가장 강력하게 걸려 있는 장소는 바로 수도 중앙에 존재하는 왕성의 지하감옥이었다. 때문에 이곳에 갇히는 건 정말 흉악한 자들뿐이었다.

그런데 타쿤이 갇혔다고?

"레이니르 님!"

네 명의 발키리가 놀라서 막아선 뒤에야 레이니르는 자신이 지하감옥까지 내려왔음을 깨달았다.

내가 언제 움직인 거야?

란크스에게 이야기를 들은 직후 머릿속이 하얗게 되긴 했지만,

언제 마법진을 이용해서 여기까지 왔는지 기억이 없었다.

레이니르는 지금 자신의 태도가 이상하다는 건 잘 알았으나, 그렇다고 이대로 물러나고 싶지는 않았다.

나한테 접근했다는 이유로 지하감옥에 갇히다니? 설마, 고문마법에 당하고 있는 건 아니겠지?

감옥 안의 모든 죄수들이 반드시 고문을 당하는 건 아니었고, 타쿤이 끔찍한 범죄를 저지른 것도 아니었다. 그러나 감히 왕과 여왕의 명령을 어긴 건 분명 중죄였다. 잔혹한 군주들이라면 그대로 목을 날릴 수도 있는 사건.

그 남자, 미친 건가?

깊은 걱정도 들었고 넓은 분노도 일어났다. 레이니르는 가쁜 호흡을 바로 한 뒤, 지하감옥 입구를 지키는 네 명의 발키리들에게 요구했다.

"들어가게 해주세요."

그들은 아름다운 드레스를 차려입은 레이니르가 갑자기 흉악한 장소에 나타나자 매우 당황한 기색이었다. 그러나 상대가 왕족에 준하는 사람인 만큼 곧 옆으로 물러나 길을 열어주었다. 동시에 책임자는 걱정하는 표정으로 이렇게 제안했다.

"제가 안내해 드리겠습니다. 누구를 보러 오신 겁니까?"

"타쿤 님이요."

예상하지 못한 답인지 책임자는 놀란 표정이었다. 레이니르는 타쿤과 자신에 대한 소문이 아직 퍼지지 않았다는 것을 알 수 있었다.

"부축해 드릴까요?"

책임자는 한 손을 내밀었고, 오랜만에 제대로 된 마법을 써서 그런지 아니면 정신적인 충격 때문인지 꽤나 피곤했기에 레이니르는 손을 잡아 팔짱을 끼는 형식으로 몸을 기댔다. 다른 세 명의 발키리가 책임자를 뜨겁게 부러워하는 눈빛으로 쳐다보는 가운데 레이니르는 천천히 걷기 시작했다.

끝이 보이지 않을 정도로 엄청나게 넓은 지하감옥은 전체적으로 보기엔 깨끗하고 밝았다. 중앙의 복도를 중심으로 양옆에 각각의 감옥으로 나뉘어져 있는데, 겉보기에는 수백 개의 모든 감옥은 크기가 동일한 것처럼 보이지만 실제로는 죄수들이 저지른 죄의 경중에 따라 달랐다. 경중의 범죄자들은 고문도 받지 않고 침대 같은 기본 설비가 적당히 잘 되어 있는 곳에서 마음대로 누울 수도 있는 데 반해, 최악의 범죄자들은 서 있을 수밖에 없을 만큼 좁은 공간에서 차라리 죽음이 더 편하다는 생각이 드는 고문에 끝없이 시달렸다.

후스카를의 전 단장으로서 레이니르는 감옥 구조를 빠삭하게 잘 알았다. 왕성의 감옥은 악독한 범죄자들을 처벌하기 위한 장소인지라 대부분 강력한 고문마법이 설치되어 있었다. 수백 개의 감옥 중에서 경중의 범죄자들을 위한 곳은 딱 세 곳뿐.

타쿤은 어느 감옥에 있을까?

"괜찮으십니까?"

복도에서는 철창 안의 감옥에 있는 모든 죄수들을 볼 수 있기 때문에 책임자는 연약한 레이니르가 혹시 기절하지 않을까 걱정하는 표정이었다.

"이런 곳은 처음이실 텐데……."

처음 아닌데. 백 번도 넘게 와봤고, 정보 내뱉으라고 죄수들을 내 손으로 고문한 적도 있는데. 몇 명은 죽인 적도 있고.

"조금 무섭네요. 하지만…… 타쿤 님을 뵈어야겠어요."

레이니르는 일부러 호흡을 오랫동안 참아서 얼굴을 창백하게 만드는 것으로 힘든 척 가장했다. 책임자는 안타까운 표정으로 레이니르를 더욱 든든하게 부축해 주었다. 레이니르는 고문당하는 몇몇 죄수들이 끔찍한 척 손으로 눈을 가리면서도 손가락 사이를 살짝 벌려 주변을 훔쳐보았다. 머릿속의 감옥 지도와 걸어가는 방향을 비교해 보니, 타쿤이 어느 감옥에 있는지 알 수 있었다.

"이곳입니다."

책임자는 곧 걸음을 멈추고 정중하게 손으로 가리켰다. 경중의 범죄자를 위한 감옥이었다. 전체는 좁았으나 타쿤처럼 덩치가 큰 사람도 몸을 똑바로 펼 수 있는 크기의 깔끔한 침대가 있었다. 고문마법도 걸려 있지 않은 곳인지라 감옥이 아니라 그냥 작고 누추한 침실로 보였다. 더군다나 타쿤은 침대에 앉아 두 다리를 꼰 채 손에 든 책을 읽고 있었다.

"대체 지금 뭐 하는 거예요?"

책임자는 그녀를 연약한 가수로만 알 테니 이렇게 오리처럼 꽥 소리 질러서는 안 되었다. 하지만 레이니르는 참을 수가 없자 그렇게 내뱉고는 책임자에게 명령 같은 부탁을 내렸다.

"제가 알아서 돌아갈게요. 자리 좀 피해주세요."

책임자는 짜증으로 들끓는 레이니르의 독한 표정을 보고 깜짝 놀랐으나 곧 사라졌다. 몇 걸음 되지 않았지만 레이니르는 창살 바로 앞으로 달려갔다.

"타쿤!"

크게 소리쳤으나 그는 듣지 못한 모양이었다. 레이니르는 그제 야 밖의 소리를 들을 수 없는 종류의 감옥이라는 것을 기억했다. 그녀는 망설였으나 곧 마법을 써서 감옥 안으로 들어갔다. 그녀가 입을 열기 전 타쿤은 고개를 들어 레이니르를 바라보았다.

타쿤의 초콜릿 빛 눈동자와 시선을 마주한 순간, 레이니르는 숨 을 멈출 수밖에 없었다. 뭔가 아주 깊은 것이 그녀를 사로잡았으 니까. 등골이 서늘해지는 경험이기도 했다. 무서워서가 아니라 전 율이 일어서였다.

"몸도 안 좋은데 왜 여기까지 왔습니까?"

타쿤의 말투는 그녀를 야단치는 동시에 위로했던 며칠 전과는 달리, 예전처럼 아주 깍듯했다. 그러나 레이니르는 기쁘기보다 불 쾌했다. 그가 거리를 두는 것 같기 때문이었다.

"방금 들었어요. 감옥에 갇혔다는걸요."

"왕과 여왕께서 곧 화를 푸실 테니 나갈 수 있겠지요. 이 안에 있는 건 불편하지 않습니다. 걱정하지 않아도 됩니다."

타쿤은 여전히 손에 책을 든 상태였다.

"그러니 이만 가서 쉬세요."

저 태도와 담담한 목소리가 말하는 바는 분명했다. 이만 꺼지라 는 뜻이었다.

대체 왜? 설마, 그사이에 나에 대한 마음이 식은 건가?

순간 떠오른 생각 때문에 레이니르는 공포를 느꼈다. 그런 감정이 솟을 정도로 자신이 타쿤을 얼마나 생각하는지 새삼 다시 알게 되었으나 일단 마음을 치워두었다.

"'카르탄 왕국의 역사서' 보급판이네요. 그런 책을 좋아하는 줄 몰랐어요."

레이니르는 타쿤의 의도를 눈치채지 못한 것처럼 내뱉었다. 내친김에 그녀는 그의 옆에 풀썩 앉았다.

"어렸을 때 가장 처음 읽은 책이라 전부 기억해요. 어느 부분을 읽고 있어요?"

레이니르는 책 쪽으로 고개를 내밀었다. 타쿤은 움찔거리며 책을 곧 덮었으나, 그전에 그녀는 몇 문장을 보았다.

드래곤들이 인간 세상으로 내려오는 방법에는 공식적인 것과 비공식적인 것이 있다. 공식적인 것은 드래곤들의 왕, 콘 웅그르의 허락을 받아──

네 개의 글씨가 아주 크고 진하게 보였다. 레이니르는 순간 얼어붙었고, 타쿤은 책을 움켜쥐더니 내던졌다. 철창에 부딪힌 책은 탈옥을 방지하는 강력한 마법에 걸려들어 불이 붙었다. 책은 순식간에 새까만 재가 되어 흩날렸다.

"타쿤?"

그는 침대에서 일어나고는 뒤돌아서 레이니르에게 얼굴을 보여주지 않은 채 내뱉었다.

"당신이 그자 때문에 얼마나 큰 상처를 받았는지 그 증거를 볼 때마다 정말 짜증 나는군."

타쿤의 목소리는 방금까지의 단정함과는 거리가 아주 멀었다. 감정 조절에 실패했는지 격한 분노로 활활 타오르고 있었다.

"그자를 아직 사랑하나?"

이젠 말투가 하대하는 것처럼 변했다. 그러나 레이니르가 거부감을 느낀 건 말투가 아니라 질문의 내용이었다. 그녀는 소리 질렀다.

"그건 타쿤 님이 상관할 바가 아니에요!"

"……그렇지. 내가 상관할 바가 아니지."

답은 늦게 흘러나왔다. 레이니르는 자신이 지나치게 방어조로 내뱉었다는 것을 깨달았다. 더군다나 이건 타쿤을 밀어내는 행위였다.

그러고 싶지 않았다.

"미안해요. 좀…… 당황했어요."

"나는 답을 알 권리가 있어."

타쿤은 여전히 뒤돌아서 있는 상태였다. 얼굴을 보여주고 싶지 않다는 뜻. 레이니르는 그를 이해했다. 그리고 그의 말을 받아들였다.

타쿤은 알 권리가 있다.

"그래요. 난 아직…… 그를…….."

레이니르는 더듬듯이 아주 천천히 말했다. 그리고 빠르게 덧붙였다. 또박또박 한 글자 한 글자 분명하게.

"하지만 동시에 증오해요. 경멸해요. 혐오해요."

"당신을 버렸으니까?"

"맞아요. 아니, 이 표현이 더 정확하겠네요."

레이니르는 아주 잠깐 말을 멈췄다가, 쉰 목소리로 속삭이듯 내뱉었다.

"나를 죽였어요."

생각보다 담담하게 흘러나오는 말이었다. 레이니르는 자신의 반응에 놀랐고 동시에 안도했다. 그만큼 마음이 많이 나아졌다는 뜻이니까.

"그는 심장을 뽑아서 날 살해했어요. 하지만 난 결국 살아남았죠. 그렇게나 지독하게 망가졌는데도 회복했다는 사실이 더없이 자랑스러워요."

레이니르는 좀 더 자세하게 말했고, 타쿤은 아주 천천히 뒤를 돌아 그녀를 바라보았다. 그의 얼굴은 뭐라 형용할 수 없는 감정으로 가득했다. 동정심, 안타까움, 슬픔…… 그리고 뭐지?

레이니르가 눈을 한 번 깜빡한 사이 타쿤은 그녀를 품에 안았다. 그는 단단하고 강하며 따스했다.

"다행이야. 살아남아서 정말 다행이야."

진심으로 그렇게 생각하는 목소리였다. 끝없이 내뱉는 길고 긴 안도의 한숨으로 가득했다.

타쿤이 그녀의 생존을 얼마나 기쁘게 생각하는지 레이니르는 생생하게 느낄 수 있었다.

"당신이 살아남았다는 사실이 이 정도로 안심될 줄 몰랐어. 이건 정말로 소중하다는 의미겠지?"

마치, 아주 쓰디쓴 사실을 내뱉는 것 같았다. 당황하는 것 같기도 했다.

아주 이상했다. 그러나 레이니르는 어느 정도 이해할 수 있었다. 그녀와 그는 가까운 사이가 아니었으니 갑자기 이렇게나 절대적으로 안도감이 드는 건 황망할 터였다.

"당신은 내게 중요한 존재야. 나도 모르게 그렇게 됐군."

여전히 타쿤의 목소리는 반가운 것과 거리가 먼 사실을 내뱉는 것 같았다.

"하지만 이 마음을 그대로 받아들이고 싶진 않아."

이게 무슨 말이지?

"생각할 시간이 필요해."

타쿤은 말을 하자마자 품속의 그녀를 던지듯 떠밀었다. 레이니르는 하마터면 철장에 부딪힐 뻔했으나 간신히 중심을 잡았다. 그런 그녀를 쳐다보는 타쿤의 눈빛은 지극히 냉정하고 계산적이었다. 마치 상품 가치를 철두철미하게 따지는 상인 같았다.

"나는 아직 이 사실을 받아들일 수 없어. 내가 이렇게 되다니."

"대체 무슨 말을 하는 거예요?"

"당신을 영원히 소중한 존재로 대할지, 결정하지 못했다는 뜻이야."

레이니르는 두 주먹을 꾹 쥐고는 소리 질렀다.

"타쿤! 당신은 날 좋아하잖아요!"

부끄러움과 쑥스러움을 느껴야 되는 말이지만 충동을 억제할 수가 없었다.

"아주 오래전부터 날 짝사랑해 왔으면서 갑자기 왜 이래요? 발키리도 나 때문에 그만뒀으면서!"

"그건 당신과 상관없는 일이야."

"뭐라고요?"

"이번에 죽었다가 살아난 뒤 모든 것이 변했지. 인생관 자체가 달라졌어. 발키리로 임하고 싶지 않아서 그만둔 거야."

내가 착각의 늪에 빠져 있던 거였나?

"당신에 대한 내 마음도 이전과 달라졌지. 확실히 그렇게 됐어. 어이가 없고 정말 황당해."

더 이상 날 마음에 두고 있지 않다는 건가? 아니, 하지만 방금 소중한 존재라고 했는데?

타쿤의 태도가 손바닥 뒤집듯이 아주 쉽게 계속 바뀌자 레이니르는 머릿속이 터져 나갈 것처럼 혼란스러웠다. 아니, 그 정도가 아니라 진짜로 두통이 일 정도였다.

"아픈가?"

레이니르가 미간을 찌푸리며 두 손으로 머리를 부여잡자 타쿤의 안색이 대번에 변했다. 그는 순식간에 그녀에게 다가와 안아 들었다. 레이니르는 저항하려 했으나 소용없었다. 그는 그녀를 단단하게 안은 채 곧바로 감옥 밖으로 나갔다.

좀 이상했다. 타쿤은 원래 강하긴 했다. 하지만 이렇게 즉시 나올 수 있을 정도였던가? 아니, 드래곤의 피와 살을 먹은 덕분이겠구나.

레이니르가 막 그런 생각을 했을 때, 어찌나 빨리 움직였는지 타쿤은 몇 분 만에 입구에 도착했다. 지하감옥을 지키는 네 명의 발키리는 경악한 얼굴이었다.

"타쿤 님! 어떻게!"

"설마, 탈옥을?"

그들이 한목소리로 그렇게 외치는 동시에 무기를 들이댈 때, 타쿤은 레이니르를 앞으로 내밀었다.

"레이니르 님의 몸 상태가 좋지 않다. 바로 침실로 모시도록. 난 감옥으로 돌아갈 것이다."

마지막 말에 발키리들은 아주 크게 안도의 한숨을 내쉬었다. 그들 중에 책임자는 레이니르를 안아 들더니 대륙 최고 미인과의 스킨십에 얼굴 가득 화색을 띠었다. 레이니르는 그런 책임자에게 거부감을 느낄 틈이 없었다. 얼굴을 딱딱하게 굳힌 타쿤이 고개를 숙이더니 아주 자연스럽게 그녀의 입술에 짧게 입 맞췄기 때문이었다.

"그럼 이만."

레이니르가 멍하니 눈만 깜빡이고 있을 때 타쿤은 몸을 돌려 다시 복도를 통해 사라졌다. 책임자는 물론이거니와 다른 발키리들은 호흡이 꽉 막힌 얼굴이 되었다.

"어…… 제가 타쿤 님이 감옥에 잘 들어가셨는지 확인하고 오겠습니다."

한 발키리가 그렇게 말한 뒤에야 다들 숨을 다시 쉬기 시작했다. 책임자는 평생의 꿈이 산산조각 난 사람 같은 표정이 되더니 어깨를 축 늘어뜨린 채 걷기 시작했다. 왠지 불안해지자 레이니르는 괜찮다고 말한 뒤 책임자의 품에서 내려와 혼자 침실로 돌아갔다. 란크스는 이미 돌아간 상태였고, 시녀들이 걱정하는 기색으로 그녀를 맞으며 종알거렸다.

"레이니르 님, 괜찮으세요?"

"란크스 님과 담소를 나누시다가 갑자기 어딜 다녀오신 거예요?"

"다들 무슨 일이 생긴 줄 알고 크게 걱정을……."

침실에 풀썩 앉은 뒤, 레이니르는 시녀들에게 화내듯 소리쳤다.

"왜 타쿤이 지하감옥에 갇혔다는 걸 말하지 않은 거죠?"

그렇게 다그치듯 물었으나 사실 답을 알고 있긴 했다. 필시 왕과 여왕의 명이었으리라. 더군다나 타쿤은 명령을 어겼으니 감옥에 갇히는 게 당연한데다가, 왕과 여왕께서는 레이니르의 귀에 안 좋은 이야기가 흘러 들어가는 건 바라지 않으셨으리라.

"화내서 미안해요."

시녀들이 얼어붙은 채 어쩔 줄 몰라 할 때, 레이니르는 고개를 숙이며 한마디 했다. 이 사람들은 아무 잘못이 없었다. 이건 타쿤의 접근을 막아달라고 여왕께 부탁한 자신의 잘못이었다.

멍청한 짓만 계속하게 되네. 제발 정신 좀 차리자.

"아닙니다."

"저희에게 사과를 하시다니, 당치 않습니다."

레이니르의 사과에 시녀들은 깜짝 놀라 허리를 깊게 숙였다. 레이니르는 다시 미안하다고 말한 뒤 오늘은 연회 참석자들과 더 이상 만나지 않겠다는 말을 덧붙였다. 고개를 끄덕이는 시녀들의 얼굴은 한결 훈훈해 보였다.

시녀들이 사라진 뒤, 레이니르는 식사와 목욕을 하고는 침대에 몸을 던졌다. 눈꺼풀이 너무도 무거웠다. 관심 없는 남자들과 계속 대화를 나누다가 미친 사람처럼 감옥을 다녀온 것도 이 거대한 피로의 원인이지만, 타쿤이 차지하는 비율이 더 컸다.

타쿤은 그녀를 소중하게 생각한다. 그 도마뱀처럼 거짓으로 그러는 게 아니라 진심으로. 명명백백한 사실.

물론 아까 그 태도는 황당하긴 했다. 영원히 소중하게 여길지 아직 결정하지 못했다면서 날 밀어내다니? 그건 감정이 너무 깊다는 사실 때문에 놀라서 그런 거겠지?

아무리 생각해 봐도 레이니르가 떠올릴 수 있는 답은 그것뿐이었다. 타쿤의 행동과 말은 마치 복잡한 수수께끼를 눈앞에 두고 있는 기분이었으나 사실 레이니르는 싫지 않았다.

뻔한 남자는 재미없으니까. ……난 그런 타입을 선호하는 건가?

이제야 레이니르는 자신이 왜 도마뱀에게 끌렸는지 깨닫게 되었다. 인간 남자들은 그녀를 그야말로 숭배했다. 외모는 물론 사회적인 신분, 능력까지 모든 면모가 그럴 수밖에 없을 만큼 드높기 때문이었다. 그러나 도마뱀은 인간이 아니라 드래곤이므로 그녀의 모든 장점을 특별하게 생각하지 않았다.

그냥 인간으로 보았다. 구국의 영웅을 아버지로 둔 왕족 같은 존재도 아니고, 세상에서 가장 아름다운 미인도 아니고, 가장 뛰어나다는 평가를 듣는 가수나 후스카를의 단장도 아닌, 그냥 여자로 생각할 뿐이었다.

이건 타쿤도 마찬가지였다. 물론 그는 그녀의 사회적인 신분을 신경 쓰긴 할 터. 하지만 초연하게 대하는 것 같았다. 이전과는 달리.

레이니르는 변태 드래곤이 탐한 그 작은 아이, 지니 때문에 엮이기 전까지 타쿤에게 전혀 관심이 없었다. 그건 타쿤의 반듯하고 성실한 성격이 재미없는데다가 그가 왕족 급의 대우를 받는 그녀의 신분을 아주 어렵게 생각하는 게 손에 잡힐 정도로 보였기 때문이다. 하지만 이제 타쿤은 그녀를 다르게 대했다. 굉장히 매력적인 점.

난 내가 마음대로 할 수 없는 남자를 원하는 거구나. 맞는 상대 찾아내기 힘든 취향이네.

인간이라면, 왕과 여왕에게 딸처럼 사랑받는 사람에게 누구도 감히 부정적인 말을 할 수 없는 법이었다.

그래서 도마뱀이 나타나기 전까지 내가 혼자였던 거로군.

수면 속으로 떠밀려가며 레이니르는 스스로를 향해 혀를 찼다. 문득 깨달음이 찾아왔다.

타쿤이 감옥에서 발키리들 앞에서 키스한 건 질투심 때문이구나. 그리고 도장을 찍은 거네. 남의 여자 넘보지 말라고. 생각보다 유치하네. 아니, 기본적으로 수컷이라 그런 건가?

정확한 이유가 어찌 됐든 레이니르는 미소를 지은 채 편안하게 잠들 수 있었다.

연회에 참석한 남자들과 일대일로 간단하게 담소를 나누는 일은 다음날과 그 다음날, 그 뒷날에도 계속되었다. 다들 레이니르가 갑자기 자리를 뛰쳐나가 지하감옥으로 갔다는 소식은 듣지 못한 모양이었다. 남자들의 태도는 그대로였다. 즉, 그녀와 가까이 한자리에 있게 되면 다른 사람들이 그러하듯 그저 넋을 잃고 쳐다보거나 허둥거리며 정신을 차리지 못했다. 물론 그러지 않은 남자들도 더러 있긴 했다. 이른바, 쉽지 않은 남자들. 그러나 그러든 그러지 않든 레이니르는 그들에게 어떤 흥미도 느낄 수 없었다.

역시 내 마음은……

레이니르는 두근거리기 시작한 심장 부분을 꾹 누르고는 연회의 마지막 참석자를 도서관에서 내보냈다. 긴장이 풀려 저도 모르게 이마를 테이블 위에 박고 긴 한숨을 내쉴 수밖에 없었다. 정말 피곤했다.

"고마워요."

눈치 빠른 시녀가 차가운 물을 건네주자 레이니르는 감사의 인사를 한 뒤 꿀꺽꿀꺽 삼켰다. 온몸으로 시원한 기운이 퍼지자 조금 살 것 같았으나 그래도 쉬고 싶은 마음은 굴뚝같았다. 하지만 오늘 일정은 이게 끝이 아니었다.

왕, 여왕과의 저녁 식사.

이전이라면 즐겁게 생각했으리라. 그러나 오늘따라 레이니르는 망설였다. 사실, 가능하다면 취소하고 싶을 정도였다.

도망가는 건 나답지 않은 일인데 남자와 연결되니 정말 많이 망가지는구나.

짜증도 났지만 레이니르는 마음을 가라앉히고는 왕족들의 보금자리로 걸음을 옮겼다.

"어서 와요, 레니."

민은 손으로 맞은편 자리를 가리켰다. 레이니르는 왕과 여왕에게 머리를 숙이며 사죄의 인사를 올렸다.

"죄송합니다, 여왕이시여. 조치를 취해달라는 요청을 드리지 말았어야 했습니다."

민은 딱히 놀란 표정은 아니었다. 3일 전에 레이니르가 란크스와 이야기를 나누다 말고 지하감옥으로 바로 내려갔다는 소식을 들었기 때문이리라. 타쿤과 레이니르 사이에 뭔가 있다는 것을 깨달았을 터.

"야를 란크스도 현재 지하감옥에 갇혀 있다."

드레카르가 차갑게 내뱉었고, 레이니르는 이유를 짐작했다. 왕과 여왕은 타쿤이 감옥에 갇혀 있다는 사실을 레이니르에게 알리지 말라고 지시했는데, 란크스는 그걸 어겼다.

"일주일간 투옥될 예정이다. 또한 일반 발키리로 강등시켰으며 향후 1년간 월급 지급이 중지될 것이다."

말 자체는 엄격했으나 생각보다 큰 벌은 아니었다. 란크스는 유복한 집안 출신인데다가 능력이 출중해 다시 십인대장으로 진급할 수 있기 때문이었다. 명예에 타격은 가겠지만, 란크스가 그것을 염려했다면 애초에 입을 열지 않았으리라.

왕과 여왕에게 무조건 복종해야 되는 발키리가 왕명을 어겼으니, 사실 더 큰 벌을 받지 않은 게 다행이었다. 아마 란크스는 좀 더 심한 조치를 각오했을 터. 하지만 레이니르는 란크스가 고맙기도 하고 미안하기도 했다.

"타쿤은……."

말하다 말고 드레카르의 짙은 눈썹이 위로 쭉 올라갔다. 레이니르는 왕이 대단히 분노한 상태라는 것을 알아차렸다.

"도대체가, 장래의 단장 감으로 주시하면 다 사라져 버리는군. 니엘로도 그렇고, 이아도 그렇고 이번엔 타쿤까지."

드레카르는 짙은 실망감이 섞인 한숨을 쉬더니 주먹을 불끈 쥐었다. 민은 남편의 손을 위로하듯 부드럽게 어루만졌다.

자연스러우면서도 깊은 애정이 우러나오는 행동이었다. 서로를 진실로 사랑하는 사람들만이 주고받을 수 있는 것.

나도 타쿤과 저럴 수 있을까?

"생각 같아서는 타쿤을 평생 감옥에 가둬두고 싶군. 하지만 그랬다간 네가 슬퍼할 테니 일주일로 줄이겠다. 그리고 타쿤은 더 이상 발키리가 아니니 직위를 강등할 수가 없어서 대신 재산의 3분의 1을 차압할 예정이다."

"타쿤은 왕명을 거역했어요. 레니, 이해하죠?"

민은 양해를 구하듯 말을 걸었고 레이니르는 이렇게 반응했다.

"한 달은 어떻습니까? 일주일은 너무 짧은 것 같습니다."

"레니, 진심이에요?"

"네, 진심입니다."

여왕과 왕 모두 놀란 표정이었다. 민은 염려하는 눈빛으로 입을
열었다.

"혹시 우리가 걱정해야 하나요?"

"아닙니다. 야를 란크스가 받은 처벌도 저지른 죄에 비하면 중
하지 않은데 타쿤도 그래선 안 된다고 생각하기 때문입니다. 왕명
의 지엄함을 보여야지요. 타쿤과 저 사이에…… 문제가 있어서는
아닙니다."

레이니르는 거기까지 말하고 이만 대화를 끝낼 생각이었으나,
그래선 안 된다는 생각이 들었다. 더군다나 여왕은 연회까지 열어
준 사람이었다. 어머니가 돌아가신 뒤로는 부모처럼 그녀를 보살
펴 준 사람. 왕 또한 그녀를 딸로 대우하고 있었다.

"왕이시여, 여왕이시여."

레이니르는 두 사람과 똑바로, 동시에 예의 바른 눈빛으로 시선
을 마주한 뒤 이어 말했다.

"타쿤과 진지하게 만나볼까 합니다. 허락, 해주시겠어요?"

드레카르는 아주 천천히 고개를 끄덕여 수락했다. 민 또한 같은
반응을 보였으나 이렇게 말했다.

"레니, 한 가지만 약속해 줄래요?"

"네. 무엇이든 말씀하세요."

"성급하게 혼약을 올리지 말았으면 좋겠어요. 충분히 오래 만
나서 상대가 어떤 사람인지 알아보고 결정해요."

혼약은 미래의 일이니 아직 거론할 시기가 아니었다. 하지만 민
의 말은 정론이기에 레이니르는 고개를 깊이 숙여 따르겠다는 의

사를 나타냈다.

"그렇게 하겠습니다."

민은 안도하는 표정이었고 레이니르는 다시 사죄했다.

"정말 죄송합니다. 연회까지 열어주셨는데……."

"아니에요. 하지만 연회에 초대된 모든 남자들이 빈손으로 돌아가는 건 좀 그래서 조만간에 그들을 위해 다른 연회를 열어줄 생각이에요. 혼약 적령기의 여자들을 초대해서 서로를 소개하는 거죠. 최근에 왕국 내의 혼약율이 떨어져서 어떻게 할지 고민 중이었는데, 차라리 잘됐어요. 3일 전에 타쿤에 대한 이야기를 듣고 적당한 명단을 가져오라고 미리 지시해 뒀어요. 레니가 명단을 확정하고 연회 진행을 맡아줄래요?"

"네, 그렇게 하겠습니다."

할 일이 생겨서 기뻤다. 레이니르는 미소 지으며 감사하게 받아들였다. 드레카르가 조용히 한마디 했다.

"다른 사람들이 보지 않을 때 면회를 가도 된다."

감옥에 있는 타쿤을 몰래 만나러 가도 된다는 뜻이었다. 뜻하지 않은 배려에 감사를 표하면서도 레이니르는 이렇게 답했다.

"아닙니다. 전 한 달간 그를 만나지 않을 생각입니다. 그럴 필요가 있거든요."

타쿤은 그녀를 영원히 소중하게 대할지 아직 결정하지 못했다. 물론 레이니르는 타쿤이 결론적으로 그녀에게 손을 내밀 거라는 사실을 잘 알았으나, 어쨌거나 그가 결정하는 입장이라는 건 사실이었다. 즉, 주도권이 그녀에게 없다는 뜻이었다.

내가 휘두르고 싶다. 내가 그 남자를, 이 연애를 주도하고 싶다.

한 달 동안 처박혀 있다 보면 내가 보고 싶어서 괴롭겠지. 출감하자마자 나한테 쏜살같이 달려오겠지?

레이니르는 그렇게 확신했다.

"잘 쉬어요."

민의 말에 레이니르는 고개를 깊이 숙여 인사를 올렸다. 한결 기분이 가벼워진 레이니르는 미소를 지은 채 등을 돌렸다. 그녀는 여왕이 걱정하는 표정으로 짧게 한숨을 내쉬는 것을 보지 못했다.

젠장.

타쿤을 한 달 동안 감옥에 처박기로 결정한 지 2주일이 흐른 가운데, 레이니르는 욕설을 내뱉을 수밖에 없었다.

보고 싶네.

그 단정한 표정이 눈앞에 언뜻언뜻 떠올랐다. 특히, 깊은 감정을 내보이는 초콜릿 빛 눈동자와 강인하면서도 섹시한 입술이 그랬다.

타쿤의 키스는 어떤 맛일까? 눈빛처럼 초콜릿 맛이 날까?

이런 궁금증 때문에 최근 레이니르는 간식으로 초콜릿을 꽤나 많이 먹고 있었다. 최고급부터 싸구려까지 다양하게 먹고 있었는데, 이러다 살이 찔 것 같아 사실 걱정이 되긴 했다. 더 열심히 운동하게 만드는 동기가 되어주기도 하지만.

이제, 이전처럼 건강해진 상태였다. 그 도마뱀이 나타나기 전처럼.

"음……."

레이니르는 심장 위에 손을 올렸다. 그자를 또렷하게 떠올렸는데도 생각보다 아프지 않았다. 어제보다 나았다. 어제는 그저께보다 괜찮았고.

이건 시간과 타쿤 덕분이었다. 시간이 흐를수록 타쿤에 대한 생각이 더 커져서 도마뱀을 덜 되새기게 되니까. 도마뱀이 남긴 상처 때문에 생기는 고통은 적어지고 있었다.

사랑에 대한 상처는 역시 사랑으로 잊을 수 있는 걸까?

그게 정답이라고 생각하면서도 레이니르는 타쿤이 고맙기보다 짜증이 났다. 감옥 밖으로 즉시 나온 그 실력을 보건대, 얼마든지 타쿤은 전갈을 보낼 수 있으리라. 아니, 그녀를 몰래 찾아올 수도 있을 터. 그런데 전혀 그러지 않고 있었다.

날 사랑하지 않기로 결정한 건가?

타쿤이 하도 조용해서 레이니르는 이런 걱정까지 들 정도였다. 시간이 갈수록 그런 염려는 더욱 커졌다.

레이니르는 1주일을 더 참았다. 앞으로 7일만 있으면 타쿤은 감옥에서 나와 그녀를 찾아올 터. 그러나 더 이상 참을 수가 없게 되었다. 한동안 그녀를 괴롭히지 않았던 그 도마뱀의 꿈이 그녀를 잔인하게 습격했으니까. 아니, 기억이었다. 손을 뻗으면 만질 수 있을 만큼 생생한 기억.

"땋아주고 싶어."

레이니르는 그의 긴 머리카락을 가리켰다. 실크보다 더 부드러운 머릿결은 허리에 닿을 만큼 아주 길었다.

"네가 원한다면 무엇이든."

콘 웅그르는 그녀가 바라면 세상이라도 갖다 바칠 수 있는 것처럼 답했다. 그러나 그녀는 탐탁지 않아하는 시선을 발견했다.

말과 눈빛이 저렇게나 다르다니.

이상했지만 레이니르는 그냥 넘긴 채 손을 거두었다. 정결하게 땋아주고 싶지만 연인의 기분을 해치고 싶지 않았다.

사랑하니까. 그가 원치 않는 건 무엇이든 하고 싶지 않았다.

"콩."

대신 그녀는 속삭였다. 열렬한 마음을 담아.

"사랑해."

콘 웅그르는 다정하게 마주 답했다.

"나도 사랑한다. 진심으로."

깨어난 즉시, 레이니르는 자신이 눈물 흘리고 있다는 사실을 알아차렸다. 아주 오랜만에 그녀는 목 놓아 울어버렸다. 그러지 않을 수가 없었다.

너무도 고통스럽다. 너무도, 너무도 비참하다…….

"……아니야."

한참 만에 레이니르는 흐느낌이 남아 있는 목소리로 내뱉었다. 스스로에게 알려주기 위해 그렇게 했다.

"내겐 이제 타쿤이 있어."

3주일째 전갈 하나 안 보내는 결코 쉽지 않은 남자. 하지만 분명 그녀에게 진심을 가지고 있었다. 그 도마뱀과는 달리.

보고 싶다. 보고 싶다!

레이니르는 결국 항복했다. 물론 백기를 흔들 수는 없었다. 그녀도 자존심이 있으니까. 더군다나 왕과 여왕께 감옥으로 면회를 가지 않겠다고 말했는데 이제 와 말을 바꿀 수는 없는 법이었다.

레이니르의 선택은 엿보기마법이었다. 은밀하게 마법을 사용해서 타쿤의 얼굴을 살짝 보면 될 터.

타쿤이 강해졌지만, 드래곤 왕의 피와 살을 먹은 내가 더 낫겠지?

마력이 강한 사람의 은밀한 마법은 약한 사람에게 들키지 않았다. 레이니르는 괜찮을 거라고 생각했지만 혹시 모르는지라 아주 조심스럽게 엿보기마법을 실행했다.

주먹만 한 크기의 투명한 공이 레이니르가 기억하고 있는 타쿤의 감옥으로 날아갔다. 신중하게 진행한지라 공이 목적지에 도착한 건 한 시간이 지난 뒤였다. 레이니르는 자신이 후스카를의 단장 일을 수행할 때보다 더 진지하다는 것을 깨닫고 피식 웃었다.

그래. 도마뱀과 관련되면 울지만 타쿤을 떠올리니 웃는구나.

새삼스럽게 알아차린 사실은 더없이 기꺼웠다. 물론 걱정이 안 되는 건 아니었다.

만약 타쿤과도 나쁜 결과가 나온다면? 그에게도 버림받는다면?

그런 질문도 머릿속에 왕왕 치솟았다. 어쩌면…… 그럴 수도 있을 터였다. 감정이라는 건 언제 어느 때 변할지 알 수 없는 것이니 전혀 가능성이 없는 건 아니었다.

하지만 설사 그렇게 된다고 해도 도망치고 싶진 않았다. 이미 처음에 삽질을 했는데 또 그러고 싶진 않았다. 그리고 멈추기엔 이미 늦었다.

도마뱀이 준 고통에서 탈출하는 유일한 길. 이 동아줄을 꼭 붙잡을 생각이었다.

날 버리지 못하도록, 날 무엇보다 사랑하게 만들어야지. 일단 지금은 훔쳐보기만 할 거지만.

레이니르가 보낸 엿보기마법의 공이 드디어 타쿤의 감옥 철창 앞에 도착했다. 공은 그녀의 눈이 되어 내부를 보여주었다.

타쿤은 3주일 전에 봤던 것처럼 침대에 두 다리를 꼬고 앉아서 한 손에 책을 들고 있었다. 이번 책은 상당히 특이한 제목이었다.

'둘이 먹다 하나가 죽어도 모를 정도로 세상에서 가장 맛있는 고기 요리법.'

레이니르는 침실 전체가 울릴 만큼 큰 소리로 발작하듯 웃어버렸다. 5분이 넘도록 그러다가, 이러다 흐트러져서 마법이 풀릴지도 모른다는 생각이 들자 간신히 내리누를 수 있었다. 하지만 얼마나 웃었는지 눈물까지 나왔다.

아, 엿보길 정말 잘했네.

도마뱀의 기억이 남긴 격렬한 고통으로 가득했던 심장은 이제 즐거움이 넘실거리고 있었다. 레이니르는 환하게 웃으며 더 자세하게 관찰했다. 책장을 넘기는 타쿤은 무표정한 얼굴이었으나 생사가 달린 시험공부를 하는 것처럼 아주 진지해 보였다.

도대체 저런 책은 어디서 구한 거야?

감옥 내에서도 물품을 넣어뒀다가 필요한 때 빼내는 마법 공간, 아공간을 사용할 수 있을 터였다. 하지만 아공간에는 평소 사용하는 물품만 있을 텐데 타쿤이 저런 걸 가지고 다녔을 것 같진 않았다.

드래곤의 피와 살을 먹고 얻은 마력으로 도서관에서 빼왔나 보네. 그런데 왜 저런 책이지? 혹시 내가 고기를 좋아한다는 걸 아는 걸까?

사람들 앞에서는 채소와 과일을 선호한다고 말하는 연약한 야를 레이니르가 사실 고기흡입자라는 진실을 아는 사람은 거의 없었다. 뭔가 좀 이상했지만, 레이니르는 곧 그런 생각을 지웠다. 타쿤은 그녀가 후스카를의 단장이라는 사실을 알고 있으니 고기를 좋아한다는 것도 알 수 있을 터.

"으흠, 충족되질 않네."

레이니르는 그 뒤로 약 한 시간 정도 엿보기마법을 통해 타쿤을 계속 보았으나 딱히 만족스럽지 않았다. 타쿤이 표정의 변화 없이 한 자세로 책만 계속 읽었기 때문이다. 오른손을 약간 움직여 책장을 넘기는 것 말고는 거의 미동도 없었는데, 원래 격렬하게 몸을 쓰던 발키리가 저러는 건 어려운 일일 터.

레이니르는 그런 타쿤에게 감탄하는 동시에 아쉬움을 느꼈다. 다른 동작이 보고 싶었다. 다른 표정도 보고 싶었다. 목소리도 듣고 싶고…….

그때, 타쿤은 다 읽은 책을 아공간에 넣어버렸다.

이제 뭘 하려나? 또 다른 독서?

타쿤은 레이니르가 전혀 생각하지 못한 행동을 했다. 침대에서 일어나 바닥에 서더니 상의를 벗었다.

타쿤의 벌거벗은 상체는 눈부셨다. 드넓고 강력한 어깨에 근육으로 움찔거리는 대흉근, 여덟 부분으로 나뉘어진 탄탄한 복부까지, 오랫동안 계속 해온 수련 덕분에 그야말로 조각상처럼 보였다. 아주 완벽한 몸매.

레이니르는 한참 뒤에야 자신이 입을 헤벌리고 있다는 사실을 깨달았다. 그리고 곧 다른 사실도 알게 되었다.

"침을 흘리는군."

타쿤의 전갈이 그녀의 머릿속으로 들어왔다. 아주 담담한 목소리였으나 레이니르는 온몸이 부끄러움으로 불타는 것 같았다. 경악한 그녀가 입을 더 크게 벌리며 눈을 보름달만 하게 뜰 때, 타쿤은 엿보기마법의 공을 똑바로 쳐다보며 한마디 더 날렸다.

"더 보고 싶나?"

그의 손이 바지로 향했다. 레이니르는 돌처럼 경직된 채 아무 반응을 보이지 못했다. 곧 타쿤은 완전한 알몸이 되었다.

레이니르는 더 크게 입을 벌렸다. 이번에는 아주 큰 경탄 속에 풍덩 빠졌기 때문이었다.

"침."

타쿤은 느긋하게 다시 전갈을 보냈다.

"좀 닦지?"

레이니르는 소리 없이 비명 지르며 고개를 바닥에 박았고, 엿보기마법을 중단했다. 마법이 소멸하기 직전에 언뜻 타쿤의 웃음소리를 들은 것 같았다.

미치겠네! 내가 정말 미쳐!

새빨간 얼굴의 레이니르는 끊임없이 마음속으로 소리쳤다. 그러나 곧 그녀는 즐겁게 웃을 수 있었다. 아까처럼 침실 전체에 울릴 만큼 큰 소리로.

이날 저녁, 레이니르는 꿈을 꾸었다. 이름을 말할 수 없는 존재가 아니라 다른 남자가 나타나는 꿈을.

그래서 다음날 아침, 레이니르는 눈물이 아니라 미소와 함께 깨어날 수 있었다.

5.

예상은 틀렸다.

레이니르는 타쿤이 지하감옥에 한 달간 처박혔다가 출감한 즉시 자신에게 달려올 거라고 생각했으나, 아니었다.

"사라졌다고요?"

출감하고 하루가 지난 뒤까지 타쿤이 연락을 하질 않자 레이니르는 위치추적마법을 사용할지 고민하다가 자존심이 구겨지는 기분이 들어 지하감옥을 지키는 책임자 발키리를 불러 물어보았다. 책임자는 안됐다는 눈빛으로 그녀를 응시했다.

"네. 타쿤 님은 출감한 뒤 마법진을 사용해서 어딘가로 가셨습니다. 목적지가 어디인지는 모르겠습니다."

"이 씹어먹을 망할 자식이……."

레이니르는 충동대로 내뱉었다가 책임자가 눈을 둥그렇게 뜨고 고개를 갸웃거리다가 귀를 툭툭 치는 것을 발견했다. 연약하고 상냥한 야를 레이니르가 저런 욕을 실제로 했다고 생각하는 게 아니라, 자신이 잘못 들은 게 아닐까 고민하는 몸짓이었다.

"알려주셔서 감사해요."

레이니르는 부드러운 목소리로 길고 풍성한 속눈썹을 펄럭이며 미소 지었고 책임자는 자신이 아까 들은 말은 잘못 들은 거라고 생각하는 눈빛이 되었다. 곧 책임자가 사라진 뒤, 레이니르는 얼굴을 손바닥 뒤집듯이 싹 바꿨다. 그윽한 미소를 품은 아름다운 여자는 사라지고, 있는 대로 성질이 난 못된 여자가 남았다.

"똥 같은 놈."

분을 이기지 못한 레이니르는 두 다리를 쿵쿵 굴렀다. 어린아이 같은 행동이라는 건 잘 알았으나 참을 수가 없었다.

기어코 날 이겨먹겠다는 거야?

연애할 때 자존심이 밥 먹여주는 게 아니라는 건 잘 알았으나 레이니르는 이번에는 이기고 싶었다. 하지만 그럴 가능성이 높지 않아 보였다.

자기는 결정을 하는 갑의 입장이고, 난 결정을 기다리는 을의 입장이니까 나더러 찾아오라는 거로군.

일주일 전에 엿보기마법을 써서 그런 건가?

그 일로 자신이 더 애타는 입장이라는 걸 들켜 버렸다. 물론 꽤나 즐거웠기에 후회하는 건 아니었다. 더군다나 근사한 눈요기를 즐겼으니까.

그렇게나 크다니?

레이니르는 자신이 입을 헤벌쭉 벌린 채 웃고 있다는 것을 깨달았다.

크다고 다 좋은 건 아닌데, 내가 왜 이래? 뭐, 어찌 됐거나 그래, 찾아가 주지.

일단 만나는 게 우선이었다. 레이니르는 그가 보고 싶었다. 다시 웃고 싶으니까. 물론 만지고 싶은 마음도 크지만.

색골녀가 된 기분이네.

위치추적마법으로 타쿤을 찾아보며 레이니르는 그런 생각을 떠올렸다. 그러지 않을 수 없을 만큼 타쿤은 정말 섹시했다. 이목구비 자체는 성실한 성격대로 반듯하지만, 입술은 색기가 흘러넘쳤다. 행동도 그랬다. 그렇게 대놓고 벗을 줄이야.

레이니르가 자신이 침을 흘린다는 것을 깨닫고 손등으로 닦을 때였다. 타쿤의 위치가 파악되었다. 그는 의외의 공간에 있었다. 레이니르는 눈을 굴리며 생각하다가 환영마법으로 평범하게 가장한 뒤, 침실 내부에 있는 마법진을 통해 근처로 이동했다.

귀가 아플 만큼 아주 시끌벅적했다. 그러는 게 당연한 공간이긴 했다. 시장이니까.

왕성 앞에 자리한 중앙 시장은 왕국에서 가장 큰 시장이었다. 값싼 꽃 한 송이부터 어마어마한 값을 자랑하는 보석까지 온갖 물건을 다 파는 곳. 가게 앞으로 나와서 적극적으로 판매 물품을 홍보하는 사람부터, 그렇게 앞에 나서면 품위가 떨어진다고 생각하는지 뒷짐을 진 채 폼을 잡고는 있지만 눈빛만은 꼭 팔고 말겠다는 일념으로 이글거리는 사람까지, 다양한 군상의 상인들로 가득했다.

손님도 마찬가지였다. 가격을 조금이나마 깎아보고자 애교를 부리는 사람부터 아무리 비싼 것이라도 아무렇지도 않게 사 모으는 사람까지, 손님들도 각각 다르게 물건을 구경하면서 샀다.

다양한 물건을 볼 수 있고 각양각색의 표정도 관찰할 수 있는데다가 무엇보다 삶의 생기를 엿볼 수 있기에 레이니르는 시장 구경을 아주 좋아했다. 또한 온갖 말이 다 나오는 장소인지라 정보를 수집할 수 있는 좋은 공간이기도 했다.

타쿤을 다시 만난 직접적인 원인인 지니에 대한 소문을 들은 장소도 바로 시장이었다. 그때 그녀가 걸음하지 않았다면 타쿤을 살리지 못했으리라. 다시 사랑을 시작하지 못했을지도.

뭐, 아직은 사랑은 아니지만. 그냥 끌리는 거라고.

레이니르는 애써 그렇게 생각하며 천천히 타쿤에게 걸어갔다. 그는 어느 가게 앞에 있었다. 레이니르는 상당히 당황스러웠다.

오랜 짝사랑을 보는 것 같은 샛노란 해바라기, 아래로 잎이 벌어져 수줍어 보이는 보랏빛의 초롱꽃, 정열적인 감정으로 빛나는 빨간 장미, 작지만 아주 예뻐서 존재감을 주장하는 꽃 베고니아 등등.

타쿤이 서 있는 곳은 그렇게 온갖 종류의 꽃으로 그득한 꽃가게였다. 더군다나 그는 방금 어떤 손님에게 몇 송이를 팔았는데, 꽃에 대해 설명하고 돈을 받는 태도는 마치 시장에서 10년쯤 꽃을 판 베테랑 주인 같았다.

이 남자, 대체 뭐야?

레이니르는 타쿤의 코앞으로 다가가 팔짱을 꼈다. 환영마법으로 평범하게 보이도록 가장한 상황이지만 필시 타쿤은 그녀를 알아볼 터였다. 그런데 그는 눈썹 하나 까딱하지 않았다.

반가워하지도 않네?

"지금 뭐 하는 거예요?"

저도 모르게 레이니르를 따지듯 묻고야 말았다. 타쿤은 무덤덤한 목소리로 답했다.

"꽃을 팔고 있지."

"그러니까, 왜 그러는 건데요?"

"예전에도 해왔던 일이니까."

아, 그랬었지?

후스카를의 단장으로서 혹시 모를 상황에 대비해 발키리들을 뒷조사했던 레이니르는 타쿤이 꽃을 좋아해서 시장의 꽃가게 주인들과 친하게 지냈다는 사실을 그제야 기억했다. 그런 점이 참 특이하다고 생각했었지만, 군주들에게 위협이 되는 사실이 아닌데다가 그에게 개인적인 관심이 없었던지라 잊고 있었다.

그러고 보니, 죽었다 살아난 뒤 성격이 좀 바뀌었다던데 하는 행동은 이전과 같네. 딱히 크게 달라진 건 아닌가 보군.

왠지 모르게 레이니르는 안도감이 들었다.

"그런데 언제부터 이랬던 거예요? 어제 출감한 뒤부터?"

"맞아."

화가 부글부글 끓어올랐다. 레이니르는 냅다 소리쳤다.

"나한테 언제 올 생각이었어요?"

"그런 생각 안 했는데."

타쿤은 등을 돌렸고 레이니르는 번개에 맞은 기분이었다.

이 남자는 정말로 날 거부하는 건가? 난 다시 버림받는 건가? 다시?

이전에 겪은 공포와 두려움이 다시금 레이니르를 난도질하기 직전이었다. 타쿤은 다시 몸을 돌려 그녀에게 한 손을 내밀었다. 붉은 장미꽃 한 송이가 들려 있었다.

두근.

레이니르가 심장박동 소리에 따라 장미꽃을 잡기 직전이었다. 타쿤은 꽃을 거두더니 잎사귀를 떼서 내밀었다.

"이걸, 가지라고요? 꽃이 아니라?"

타쿤은 묵묵히 고개를 끄덕이고는 쥐어주었다. 도통 이해할 수가 없는 행동에 레이니르가 눈만 깜빡일 때였다. 갑자기 타쿤이 그녀의 허리를 끌어안고 당기더니 입술을 앗았다. 반응할 수 없을 만큼 아주 짧은 시간이었다. 그러나 찰나라고 할 수 있는 시간, 타쿤의 혀는 레이니르의 입안으로 침입해서 모든 면을 지배했다.

레이니르는 숨이 막혔다. 그리고 더 원했다. 더!

그러나 타쿤은 곧 그녀를 놓아주었다. 짧지만 워낙 강렬한 키스인지라 옆을 지나다니는 손님들과 다른 가게의 사람들이 휘파람을 불거나 박수를 쳤지만, 레이니르는 오로지 타쿤밖에 보지 못했다. 그의 목소리밖에 듣지 못했다.

"네가 올 줄 알았지."

타쿤은 코앞에서 속삭였다. 그의 초콜릿 빛 눈동자가 이글거리고 있었다. 강력한 욕망 때문이었다. 그러나 타쿤은 한 걸음 뒤로 물러났다. 레이니르는 잠시 정신을 차리지 못했다.

"뭐, 뭐라고요?"

"그래서 네게 갈 생각이 없었어."

레이니르는 빽 소리 질렀다.

"내가 그렇게 쉬워 보여요?"

타쿤은 눈을 감았다가 떴다. 언제 그랬냐는 듯 욕망은 사라지고 음울한 감정이 눈동자에 무겁게 내려앉았다.

"아니. 죽었다가 살아난 뒤에는 단 한 번도 그렇게 생각한 적 없어. 넌 결코 쉽지 않아. 세상에서 가장 복잡하고 어려운 존재야. 그래서 나답지 않은 행동을 하게 만들지."

타쿤은 담담하게 토로하고 있었다. 그러나 레이니르는 그의 목소리 안에 담긴 감정이 너무도 복잡하고 다양하다는 것을 깨달았다. 어떻게 받아들여야 할지 알 수가 없었다.

"왜 나한테 반말이에요?"

타쿤의 말을 듣고 있자니 기분이 기묘해지고 그녀의 머릿속도 헝클어지는 것 같았다. 일단 그녀는 생각은 미뤄놓은 채 가볍게 대응했다. 사실 신분 같은 건 평소에는 전혀 신경 쓰지 않지만, 예의를 너무 차리지 않는 그의 말투가 불만이긴 했다. 그녀는 존중받고 싶었다.

"난 왕족 급의 대우를 받는 사람이라고요. 타쿤 님은 이제 발키리 백인대장이 아니라 그냥 일반인인 거예요. 그런데 그렇게 하대하다니."

"사랑하니까."

레이니르는 들은 자신이 더 놀랐는지, 말한 타쿤이 더 놀랐는지 알 수 없었다. 타쿤은 얼굴이 순간 백지장보다 새하얗게 질렸으나 곧 평정을 되찾았다. 아니, 마치 포기한 사람처럼 보였다.

"어쩔 수 없군."

타쿤은 불가항력의 일을 겪는 것처럼 길고 긴 한숨과 함께 내뱉었다.

"너를 사랑해."

이번에 타쿤은 쓰레기를 내던지듯 툭 답했다. 그러고는 새로운 손님이 오자 레이니르를 팍팍하게 대한 것과는 달리 상냥하게 웃으면서 응대했다. 손님이 품에 안개꽃을 한가득 안고 사라진 뒤에야 레이니르는 숨을 제대로 쉴 수 있게 되었다. 아니, 그래도 호흡이 가쁜 건 그대로였다.

"대체, 대체—"

"야를 레이니르, 너를 사랑해."

타쿤은 미간을 일그러뜨리고 있었다. 마치 고통스러운 사실을 내뱉는 것 같았다.

"진심으로 사랑해. 세상에서 가장 소중하게 생각해. 신분이 다른데 그렇게 되어버렸어. 아마도 이건 운명이겠지. 전혀 이해할 수 없지만."

레이니르는 한 걸음 걸어가 그를 올려다보며 속삭였다.

"타쿤."

타쿤이 눈을 질끈 감은 게 그때였다. 마치 참기 힘들어하는 것 같았다.

욕망인가? 아니다. 다른 것이다. 대체 뭐가 싫은 거지?

타쿤은 눈을 뜨더니 다소 짜증이 서린 목소리로 내뱉었다.

"저녁 식사."

"네?"

"난 일해야 해. 약속해 둔 거니까. 오늘 저녁 8시, 기다리고 있어. 맞춰서 연락의 매를 보낼 테니."

제안이 아니라 통보였다. 매우 일방적인 말. 그러나 레이니르는 싫지 않았다.

"일하는 데 방해하지 말고 이만 가."

"좀 부드럽게 말할 수 없어요?"

레이니르는 눈을 흘기며 투덜거리듯 한마디 했다. 하지만 사실은 기뻤다. 겉모습상으로는 능숙하게 손님을 대하고 있지만, 실제로는 그녀 때문에 집중이 되질 않는다는 뜻이니까.

"사랑하니까 어쩔 수 없군. 안 그러려고 하지만, 내 본모습이 자꾸 나와. 이런 것도 처음이야. 혼란스럽군."

타쿤의 표정을 보건대 마음에 들지 않는 사실을 말하는 게 분명했다. 그러나 레이니르의 즐거움은 갈수록 더욱 커졌다. 한 가지 사실 때문이었다.

날 정말 사랑하는구나.

"이만 갈게요."

레이니르는 타쿤에게 덤벼들고픈 충동을 꾹 참고 몸을 돌렸다.

따라오는 타쿤의 시선 때문에 등이 타는 것 같았다.

이렇게나 뜨거운 눈빛을 가진 남자였다니?

정말 몰랐던 사실이었다. 실제로는, 아니, 사랑하는 여자에게는 오만불손한 성격이라는 것도 전혀 알지 못했다. 그런데 그게 큰 매력이었다.

내 남자 취향은 참. 그나저나, 뭐 입을까?

레이니르는 어떤 옷을 입어서 타쿤의 정신을 쏙 빼놓을지 고민하기 시작했다. 약속 시간 직전에야 그녀는 결정했다.

노출이 심하거나 야한 옷은 아니었다. 목에서 시작된 드레스는 손목을 전부 덮고 발목까지 내려오는데다가 새하얀 색이라 정숙함 그 자체였다. 그러나 몸에 달라붙어 목이 얼마나 우아한지, 긴 팔이 얼마나 날씬한지, 가슴이 얼마나 풍만한지, 허리가 얼마나 잘록한지, 엉덩이가 얼마나 탱탱한지를 드러냈다. 그리고 앞면 중앙 위에서 아래까지 진주 단추가 죽 달려 있어 보는 이로 하여금 저 환상적인 몸매의 속살이 어떤지 단추를 전부 풀어보고픈 충동이 들게 만들었다. 아니면 그냥 옷을 찢어버리게끔 갈구하게 하거나.

레이니르는 화장도 아주 청순하게 했다. 겉보기에는 한 듯 안 한 듯 은은하지만, 사실 이런 게 더 어려운 법이었다. 액세서리도 하나도 하지 않았다. 팔찌는 했지만.

레이니르는 거울마법이 반사하는 자신의 왼쪽 팔을 바라보았다. 카르탄 왕국의 모든 사람들은 팔찌를 차고 다니면서 본인이 미혼인지 기혼인지 공개적으로 밝혔다. 미혼이거나 애인이 없으면 팔찌를 손목에 찼다가, 사랑하는 사람이 생기거나 혼약을 올리면 팔찌를 위로 올리는 게 그 방법이었다.

레이니르의 팔찌는 이제까지 단 한 번도 위로 올라간 적이 없었다. 그자와 약혼했을 때도 팔찌는 손목에 그대로 놔뒀고 반지를 나눠 꼈었다.

그 망할 반지를 떠올린 레이니르는 미간을 찌푸리고야 말았다. 그렇게 버림받은 뒤 그자가 준 반지와 발찌는 물론 그때 억지로 구매했던 보석 스무 개를 처리하느라 굉장히 애먹었기 때문이다. 원래는 가난한 사람들에게 기부하려고 했으나, 보호마법에다가 분실 방지를 위해 착용자와 일정 거리 이상 떨어지면 자동으로 따라오는 마법이 강력하게 걸려 있었다. 레이니르는 거의 탈진하기 직전까지 힘을 쏟아부은 뒤에야 그 망할 보석들을 전부 먼지로 만들 수 있었다.

당시에는 그 먼지 부스러기를 코앞에 두고 목 놓아 울었었다. 그러나 지금 레이니르는 그러길 잘했다며 웃을 수 있었다. 중요한 건 그따위 과거의 보석들이 아니라 현재의 팔찌였다. 지금 차고 있는 이것.

타쿤과 잘되면…… 이 팔찌를 위로 올릴 수 있게 될까? 혼약을 올리고 아이도 낳고 그렇게 행복하게 살아갈 수 있을까?

생각이 너무 빠르다는 건 잘 알았다. 하지만 레이니르는 이제는 공식적으로 누군가의 여자가 되고 싶었다. 그전에 비공식적으로 되는 게 우선이지만.

그런데 8시인데 왜 연락이 없지?

레이니르가 초조함을 이기지 못하고 얼굴을 찌푸릴 때였다. 연락의 매가 날아왔다.

"비즈진 산."

굉장히 뜬금없었지만 레이니르는 침실 내부에 있는 마법진에 마력을 주입해서 비즈진 산 바로 앞에 있는 영구 마법진으로 이동했다.

비즈진 산은 카르탄 왕국 수도 가장자리에 있는 큰 산으로, 공기가 맑고 물이 아주 깨끗한데다가 곳곳에 핀 다양한 야생화가 아주 예쁜 장소였다. 그러나 난폭한 야생동물이 많고 지형이 매우 험해서 해가 지면 사람들은 잘 가지 않았다.

왜 여기서 보자고 한 거지? 곰이라도 나타나면 어쩌려고?

야생동물이 무서운 건 아니지만, 밤중에 왔다가 시신으로 발견된 사람들이 더러 있던 터라 레이니르는 좀 의아했다. 동시에 약간 실망감이 들기도 했다. 분위기 있는 근사한 식당에 갈 줄 알고 이렇게 차려입었기 때문이다.

인기척이 느껴졌다. 레이니르는 고개를 돌렸다가 곧장 눈을 크게 뜨고 달려갔다. 타쿤의 상의에 피가 흥건하게 묻어 있기 때문이었다.

"타쿤! 다쳤어요? 괜찮아요?"

그녀는 그가 걸친 갈색의 셔츠를 붙잡고 옆으로 힘껏 벌렸다. 셔츠가 찢어질 듯 열리면서 윗단추 두어 개가 여기저기로 사라졌다. 곧 레이니르는 돌처럼 단단한 근육만 보게 되었다. 다행히도 상처는 전혀 없었다.

"내 피가 아니야."

레이니르가 당황한 눈빛으로 올려다보자 타쿤은 다독이듯 말해 주었다.

"곰의 피지."

"뭐라고요? 곰?"

"그래."

타쿤은 아공간에서 여분의 셔츠를 꺼내 갈아입었다. 레이니르는 고개를 다른 곳으로 돌리는 척하면서 다 보았다. 그의 근육은 역시 아주 훌륭했다.

"레이니르."

그는 옷을 다 입은 뒤 속삭였다.

"참 아름답군."

타쿤은 두 손을 그녀의 뺨에 대고는 고개를 숙여 발끝부터 얼굴까지 죽 훑었다.

"이렇게 아름답다는 걸 이제야 알다니."

타쿤의 눈동자가 이글이글 타오르기 시작했다. 등 뒤에 있는 비즈진 산 전체보다 더 큰 욕망이 코앞에서 느껴지자 레이니르는 그대로 압살당할 것 같았다. 그녀는 간신히 숨을 몰아쉰 뒤 일부러 가볍게 내뱉었다. 그러지 않으면 자근자근 잡아먹힐 것 같았다. 그게 싫은 건 아니지만…….

"이제야 알았다고요? 내 얼굴에 끌린 거 아니에요?"

"아니야. 난 외모가 아니라 다른 것을 더 중요하게 생각하지."

"그게 뭔데요?"

타쿤은 답하지 않고 두 팔을 내밀어 레이니르를 안아 들더니 하늘로 훌쩍 날아갔다. 레이니르는 그의 품에 든든하게 안겨 있다는 사실이 좋아 더 묻지 않았다.

바람을 타고 십여 분 날아간 타쿤은 비즈진 산의 중심부에 다다르자 멈추었다. 투박한 바위가 널려 있는 으슥한 장소일 줄 알았는데 예상과는 달랐다.

광활하기 그지없는 숲의 윗부분은 크고 두꺼운 기둥을 자랑하는 여러 나무에서 뻗어 나온 가지로 아주 빽빽했다. 그러나 중앙에는 반경 10미터가량의 원 모양으로 구멍이 나 있었다. 하늘에 떠 있는 보름달의 금색 빛이 그대로 내려앉는 부분. 그곳 밑에는 식당에서 흔히 볼 수 있는 둥근 식탁과 두 개의 의자가 있었다. 식탁 위에는 새하얀 레이스 식탁보는 물론이거니와 은식기, 크리스털 잔이 있을뿐더러 한 의자 위에는 장미꽃이 예쁘게 엮인 화관이 있었다.

타쿤은 레이니르를 의자 옆에 내려주고는 화관을 그녀의 머리 위에 씌워주었다. 가시를 전부 제거했는지 전혀 따갑지 않았다.

"혹시 직접 만든 거예요?"

선 채로 레이니르는 두 뺨을 살짝 붉히며 떨리는 입술을 열어 물어보았다. 왠지 어린 소녀가 된 기분이었다.

"난 남자야."

"그게 무슨 뜻이에요?"

"이런 건 여자가 만들어야지."

뭐야, 꼰대같이 보수적이었네?

레이니르는 타쿤을 흘겨보았다.

"그럼 여자가 만든 걸 샀다는 뜻이네요?"

"아니."

"뭐예요, 그럼?"

"내가 만들었어."

레이니르는 눈을 껌뻑거리다가 상황을 정리했다.

"그러니까, 원래 이런 건 여자가 만들어야 한다고 생각하지만 날 사랑하니까 직접 만들어줬다, 그거예요?"

레이니르는 특정 단어를 발음할 때 혀가 따가웠다. 타쿤은 아무 말도 하지 않았으나, 레이니르는 그게 답이라는 것을 알아차렸다. 얼굴이 아까보다 몇 배로 달아오르는 것 같아 그녀가 입을 다물었을 때 그가 의자를 뒤로 빼주었다. 레이니르는 화관을 쓴 채 얌전하게 앉았다.

타쿤은 손을 레이니르의 은접시에 댔다. 아공간에서 나온 음식이 접시 위에 나타났다. 구운 지 얼마 안 된 듯 뜨거운 김을 솔솔 흘리는 스테이크였다. 아주 맛있는 냄새가 나는 건 물론이었다.

저번에 감옥에서 그가 읽은 책이 '둘이 먹다 하나가 죽어도 모를 정도로 세상에서 가장 맛있는 고기 요리법' 이라는 사실이 기억났다. 레이니르는 물어보았다.

"혹시 이것도 타쿤이 직접 구운 거예요?"

타쿤은 이번에도 답하지 않고 맞은편에 앉아 그의 접시에도 고기를 나타나게 한 뒤 식사를 시작했다. 레이니르는 그제야 깨달았다.

이 남자, 쑥스러워하는 거구나?

레이니르는 눈꼬리가 올라가는 웃음을 지으며 타쿤을 바라보았다. 그는 무시하듯 접시에 시선을 고정한 채 고기만 먹을 뿐이었다.

생각보다 귀엽네. 그런데 이게 무슨 고기지? 소고기 같지는 않은데.

냄새가 약간 거슬리지만 아주 맛있는 고기였다. 전부 해치운 뒤 레이니르는 포크를 내려놓았다.

"정말 맛있게 먹었어요."

"정말이지?"

"네, 정말이에요. 고마워요."

레이니르가 꼭꼭 누르듯 다시 말을 해주자 타쿤은 그제야 안도한 표정이었다. 어지간히 걱정한 모양이었다.

"혹시 요리 처음 한 거였어요?"

"그래."

"와, 기분 좋은데요? 처음이라."

"넌 내게 무엇이든 처음이야."

타쿤은 짜증을 내면서 말하고 있었다. 마치 그 사실을 싫어하는 것 같았다.

"여자에게 빠져 버리다니……. 이렇게나 깊게."

이번에 타쿤은 한숨을 내쉬었다. 어쩔 수 없는 상황이라 자포자기한 것처럼 보였다.

"이럴 수 있다니, 한편으로는 재미있어. 하지만 다른 한편으로는…… 차라리…….”

“차라리?”

타쿤은 보기만 해도 피가 얼어붙을 것 같은 냉혹한 살인자의 얼굴이 되었으나, 말 그대로 찰나였다. 너무도 급격한 변화에 레이니르는 자신이 잘못 본 거라고 생각할 수밖에 없었다. 타쿤이 그녀를 죽이고 싶을 리 없으니까. 그렇지 않은가? 더군다나 그는 이렇게 속삭였다.

“사랑해.”

아주 달콤하게. 이 세상 어떤 초콜릿보다 더 그랬다.

“사랑해. 정말로. 그렇게 되어버렸어. 그러니까.”

“그러니까?”

레이니르는 호흡이 곤란했으나 입술을 열어 물어보았다. 무표정한 그에게.

“그러니까, 그 뒷말은 뭐죠?”

“혼약을 올리자.”

“뭐라고요?”

“들었으면서 되묻다니, 싫다는 뜻인가?”

레이니르는 눈을 감고는 깊게 숨을 내쉬고 들이마셨다. 몇 분 동안 그렇게 반복한 뒤에야 호흡곤란 상태에서 벗어날 수 있었다. 그녀는 눈을 떴다. 타쿤은 지극히 진중한 표정이었다.

무슨 생각을 하는 걸까? 어떤 감정을 느끼고 있을까?

도무지 알 수가 없었다. 그래서 레이니르는 그냥 물어보았다.

“왜 혼약을 올리자고 한 거죠?”

"사랑하니까."

아주 단순하게 들리지만 완벽한 이유.

"정말로 사랑하니까."

이제 타쿤의 목소리는 그야말로 절절한 감정으로 끓어 넘쳤다. 사랑, 바로 진실한 사랑 때문.

하지만 레이니르는 이렇게 답할 수밖에 없었다.

"너무…… 일러요. 시간을 두고 서로가 잘 맞는 사람인지 알아봐야 해요. 혼약은 신중하게 결정해야 하는 인륜지대사예요."

"난 당신과 맞지 않아. 하지만 철저하게 맞춰줄 거야, 당신의 행복을 위해."

"맞춰주는 게 그렇게 말처럼 쉬울 거라고 생각해요?"

"나한테는 쉬워."

타쿤은 앉아 있던 맞은편 의자에서 일어나 레이니르의 바로 앞까지 다가와 섰다. 레이니르는 고개를 한껏 젖혔으나 그의 얼굴을 볼 수 없었다. 우거진 나뭇잎 사이로 내려오는 황금색의 달빛이 역광으로 작용했기 때문이었다. 그녀가 볼 수 있는 건 어둠뿐이었다.

레이니르는 일단 쓰고 있는 화관을 아공간에 도로 넣은 뒤 자리에서 일어나 옆으로 서서 고개를 살짝 틀었다. 그제야 타쿤의 얼굴이 보였다.

타쿤의 이목구비는 언제 어느 때나 반듯했다. 잘생겼다는 말보다 수려하다는 표현이 더 어울리는 깔끔한 얼굴. 그러나 그에겐 고결함은 없었다. 적어도, 레이니르가 알기론 그랬다. 지금 그가 풍기는 높은 차원의 세련된 분위기는 사람이 가질 수 없는 것이었다. 오로지 드래곤, 그들 중에서도 지배자만이 가지고 있는…….

"콘 웅그르."

1년 만에 내뱉는 이름이었다. 레이니르는 드디어 그 이름을 발음할 수 있게 됐다는 사실에 놀랐으나, 그것보다 다른 감정이 그녀를 뒤흔들었다.

혼약을 청하는 남자 앞에 이전 연인의 이름을 내뱉다니!

"미안해요!"

레이니르는 비명 지르듯 소리치며 두 손으로 입을 틀어막았다.

이런 실수를 코앞에서 저지르다니! 무례하고 잔인하다는 표현으로도 부족하고 또 부족한 짓.

타쿤은 그 자리에 얼음 동상처럼 가만히 서 있었다. 그대로 딱딱하게 얼어붙어 숨조차 쉬지 못하는 것 같았다.

"정말 미안해요. 뭐라…… 뭐라고 사과를 해야 할지…….."

레이니르는 사시나무처럼 떨리는 두 손을 맞잡아 쥐었다. 차마 그의 표정을 더 볼 수가 없어 고개를 떨어뜨릴 때였다. 독수리가 먹이를 낚아채듯 타쿤이 그녀의 손목을 붙잡더니, 뒤로 밀어 테이블 위에 떠밀 듯 눕혔다. 테이블에 있던 것은 전부 바닥으로 떠밀렸다. 크리스털 잔이 산산이 부서지는 소리가 레이니르의 귀에 아프게 울렸다.

숲 안이라 소리는 바로 사라지지 않고 잔상처럼 멀리 울렸다. 그러나 레이니르는 소리를 들을 정신이 없었다. 대리석으로 만들어진 테이블로 떠밀리듯 눕게 되자 꽤나 아팠다. 그녀는 얼굴을 찡그리면서 본능적으로 저항하기 위해 온몸에 힘을 주었다. 하지만 타쿤의 힘은 아주 강했다. 그는 레이니르의 두 손목을 테이블 위에 짓누른 채 그녀를 노려보고 있었다.

차분하고 깊은 빛을 발하던 초콜릿 빛 눈동자는 달빛의 역광 작용으로 지금은 새까맣게 보였다.

콘 웅그르가 떠올랐다. 온통 까만 존재. 그건 아마도 마음이라는 게 없어서일 터.

그러나 타쿤은 아니었다. 그의 눈동자 또한 현재 암흑의 색이었으나 번들거리고 있었다. 감정 때문이었다. 마음에서 진심으로 우러난 것, 즉 사랑 때문이었다. 사랑 중에서도…… 욕망.

말 그대로 머리끝부터 발끝까지 자근자근 씹어 먹어버리고픈 격렬한 충동. 타쿤은 현재 그런 눈빛으로 그녀를 내려다보고 있었다. 그리고 레이니르는 육식동물에게 갈가리 찢기기 직전의 초식동물이 된 심정이었다.

"타쿤."

그가 곧 몸을 숙여 입술을 강탈하리라는 걸 잘 알았다. 그게 싫은 건 아니었으나, 아니, 사실 대단히 반가웠으나 레이니르는 그전에 빠르게 말했다.

"다시 사과할게요. 미안해요. 하지만 그것과 별개로 난 아직 당신과 사랑을 나누고 싶지 않아요. 혼약도 아직은 올리고 싶지 않고요."

다르게 말할 수도 있었으나 레이니르는 직설적으로 표현했다. 타쿤에겐 이 방법이 더 알맞다는 생각이 들었다.

"나를 사랑하잖아."

타쿤의 눈동자는 여전히 욕망으로 흘러넘쳤다. 그러나 그는 이를 악물고는, 참기 힘든 고통을 겪는 것처럼 소리쳤다.

"나를 사랑하잖아!"

"그래요."

레이니르는 담담하게 인정했다.

"사랑해요."

그녀는 그에게 미소를 보여주었다. 다정한 눈빛으로.

"사랑해요. 진심이에요."

타쿤이 눈을 끔뻑거렸다. 단순히 넋이 나간 게 아니라 머릿속에 든 것이 전부 날아간 것처럼 멍청한 표정을 지었다. 입까지 헤벌어졌고 얼굴도 백지장보다 더 새하얗게 질렸다.

"타쿤, 괜찮아요?"

그는 레이니르가 다급히 부르짖은 뒤에야 표정이 제대로 돌아왔다. 어떤 이유에선지 눈빛은 잠시 잠깐 얼어붙었을뿐더러, 참기 힘든 고통을 억누르는 것처럼 이를 악물었다. 그는 잇새로 내뱉었다.

"당신한테 사랑한다는 말을 듣는 게 이렇게나 아찔할 줄 몰랐어. 세 음절로 된 말이 이렇게 황홀할 줄은……. 기절할 뻔했군. 하하, 재미있어."

타쿤은 이젠 웃고 있었다. 언뜻 눈빛에선 허탈감이 느껴졌으나 진심으로 흥미롭게 생각하는 것 같기도 했다.

"사랑에 빠지면 이렇게 되는 거였군."

"내가 첫사랑인가요?"

레이니르는 두근거리는 마음으로 물었다.

"맞아. 생전 처음이야. 그리고 마지막이야. 내겐 당신뿐이야. 오로지 야를 레이니르, 당신뿐."

레이니르는 입을 열었다. 그러나 같은 말을 할 수는 없었다. 그녀는 단 한 사람만 사랑하는 게 아니니까.

동시에 두 사람을 사랑하는 게 정말로 가능한 일이었나? 아니, 물론 그자는 이젠 사랑한다기보다는 다른 감정이 더 크지만…….

"먹고 싶군."

타쿤은 미소를 지었다. 차분함으로 그득했으나 눈동자는 그렇지 않았다. 새끼손가락으로 톡 건드리기만 해도 터질 것 같은 욕망으로 그득했다.

"난 음식이 아니에요."

레이니르는 간신히, 아주 간신히 입술을 열 수 있었다. 온몸에 짜릿한 전율이 흐르고 있었다.

"그러니까 그런 취급 하지 마요. 그리고 방금 말했잖아요. 아직 사랑을 나누고 싶지 않아요."

"난 사랑을 나누겠다고 말한 적이 없는데."

레이니르는 순간 꿀 먹은 벙어리가 되었다.

"난 진짜 음식을 말한 거야. 후식 말이야. 그건 내가 직접 만든 게 아니야."

천연덕스럽게 설명을 시작하는 타쿤의 목소리도 평소와는 달리 아주 탁했다.

"요즘 중앙 시장에서 가장 잘 팔리는 후식이라고 하더군. 갈은 과일을 얼음마법으로 얼렸다가 잘게 부순 뒤에 다시 얼렸다고 하던데."

타쿤은 오른손으로 짓눌렀던 레이니르의 왼쪽 손목을 놓고는 그녀의 눈앞에 손바닥을 펼쳤다. 그의 아공간에서 나온 것은 손톱만큼 작은 붉은 얼음이 잔뜩 들어 있는 크리스털 잔이었다. 이 상큼한 향은 체리였다.

"후식을 먹어야겠어."

타쿤은 다른 손으로 레이니르가 걸친 원피스를 옆으로 벌렸다. 수십 개의 진주 단추 가운데 상당수가 테이블이나 바닥으로 떨어졌고 원피스는 배꼽 아래까지 찢어졌다. 타쿤은 레이니르가 미처 반응하기 전에 크리스털 잔을 뒤집어서 속에 들어 있는 얼음 알갱이를 드러난 그녀의 목부터 다리 사이까지 길게 뿌렸다.

얼음이 맨살에 내려앉자 레이니르는 소름이 돋았다. 유두가 단단해져서 솟구친 건 물론이었다. 아니, 이 반응은 추위 때문은 아니었다.

"맛있겠어."

타쿤은 오랜 시간 기대한 음식을 코앞에 둔 미식가처럼 입맛을 다신 뒤 고개를 숙였다. 그의 혀가 처음 핥은 곳은 레이니르의 쇄골 사이의 오목한 곳이었다. 그곳에는 순식간에 녹아내려 끈적거리는 체리맛 액체 몇 방울이 고여 있었다. 그는 꼼꼼하게 액체를 빨아 먹고는 밑으로 내려갔다.

타쿤은 철저한 성격이었다. 그리고 느릿하기도 했다. 아주 천천히 목선에 맺힌 나머지 체리 방울을 핥고는 가슴 사이의 계곡으로 갔다. 봉긋하게 솟아 있는 오른쪽 유두로 다가가 혀로 주변을 할짝거리는 태도는 산책을 거닐 듯 매우 느긋했다.

거북이가 이럴까?

문득 머릿속에 떠오른 동물이 있었으나, 사실 레이니르는 제대로 생각을 할 수 없었다. 그의 느릿한 움직임과 정반대로 그녀는 온몸에 흥분이 빠르게 차오르는 상황이기 때문이었다.

좀 빨리 움직이란 말이야!

레이니르가 속으로 외칠 때였다. 타쿤은 더욱 단단하게 솟아오른 레이니르의 유두를 입으로 잡아챈 순간, 달라졌다. 지금 당장 그러지 않으면 그대로 죽을 사람처럼 허겁지겁 빨기 시작했다. 동시에 힘을 실어 치아로 씹었다.

아프다. 아파.

레이니르는 신음을 내뱉었다. 시퍼런 멍과 새하얀 잇자국이 남을 만큼 꽤나 아팠다. 그만큼 타쿤은 거칠고 강했다.

그런데 왜 좋지?

레이니르는 두 손을 뻗었다. 이 불같은 고통만 보면 타쿤을 떠밀어야 했으나 그녀는 그의 어깨와 머리카락을 붙들어 당겼다. 불에는 통증만 있는 게 아니니까. 온몸 전체를 뜨겁게 만드는 것도 있었고 다리 사이를 축축하게 만드는 것도 있었다.

젠장, 흘러내리는 건 아니겠지?

타쿤은 그저 가슴 한쪽만 매만지고 있을 따름이었다. 정확하게 말하자면 씹고 핥고 빠는 것뿐. 힘이 어찌나 센지 상체가 들렸고,

소리가 어찌나 큰지 숲 전체에 울리는 것 같기도 했다.

레이니르는 정신을 잃을 것만 같았다. 이대로 저 너머의 공간으로 고꾸라질 것 같은 예감이 강하게 들었다. 겨우 가슴 애무 하나인데!

레이니르는 이를 악물고 저항했다. 그러자 곧 금방이라도 끓어 넘칠 것 같은 쾌감이 잠시 멈추었다. 그녀가 저항에 성공했기 때문이 아니었다. 타쿤이 가슴을 놓더니 처음에 그런 것처럼 느긋하게 밑으로 향했기 때문이다.

체리맛 얼음 알갱이는 이제 거의 다 녹아서 흥건하게 레이니르의 알몸을 적시고 있었다. 타쿤은 마치 숭배자인 것처럼 충실하게 액체를 전부 핥아 먹으면서 움직였다. 레이니르의 날씬한 복부에 도달한 뒤에는 입술을 누른 채로 흡족하게 웃었다.

소리는 나지 않았으나 레이니르는 복부에 압착된 입술을 통해 그가 환하게 웃는 것을 느낄 수 있었다.

"이렇게나 좋다니."

타쿤은 고개를 들어 레이니르와 시선을 마주한 뒤 속삭였다.

"사랑해, 레이니르."

그의 목소리는 세상의 모든 사탕보다 더 달콤했다. 이것보다 더 달달한 건 없으리라. 그러나 곧 레이니르는 자신이 잘못 생각했음을 알게 되었다. 세상에서 가장 즐겁고 기분 좋은 일에 흠뻑 빠진 사람처럼 타쿤의 눈이 하늘의 별처럼 반짝이자 레이니르는 그 자리에서 그대로 녹아내릴 것 같았다.

"사랑해, 사랑해, 사랑해, 사랑해, 사랑해, 사랑해, 사랑해."

타쿤은 마치 말하지 않고는 살 수 없는 사람처럼 끊임없이 속삭였다. 이제까지 믿지 못했던 건 아니었다. 그러나 이제야 레이니르는 깨달았다. 그러지 않을 수가 없었다.

사랑받는다. 나는, 진심으로 사랑받는다. 진심으로, 진심으로, 진심으로!

거대한 전율 속에서 레이니르는 눈을 감았다. 세상은 암흑이었다. 그래서 그녀는 눈을 떴고, 황금의 달빛을 받는 채로 사랑을 속삭이는 타쿤을 발견했다.

"영원히 당신 곁에 있겠어."

그는 속삭였다.

"진정으로 당신을 사랑하니까."

그래서 레이니르는 정말로 녹아내려, 의식을 날려 버린 채 절정의 달빛에 몸을 내맡겼다.

캬악!

레이니르는 눈을 뜬 순간 깨달았다. 겨우 그런 일로 확 가버리다니!

어이가 없고 황당했으나 길게 생각할 여유가 없었다. 타쿤이 여전히 그녀의 몸 위에서 내려다보고 있었다. 그의 눈빛은 처음처럼 노골적인 욕망으로 터져 나갈 것 같았다.

"절정에 오른 표정이 아주 섹시하군."

타쿤의 목소리는 먹이를 코앞에 두고 으르렁거리는 육식동물 같았다.

"다시 보겠어."

그는 고개를 숙이고는 다시 그녀의 복부를 입술로 쓸기 시작했다. 체리 얼음 알갱이는 이제 전부 액체 상태였다. 레이니르는 생각보다 시간이 많이 흐르지 않았다는 것을 알게 되었다.

"정말 맛있어."

타쿤은 즐거움으로 그득한 목소리로 내뱉더니 두 손으로 배꼽까지 찢어진 원피스를 잡고 힘을 주었다. 발목까지 오는 드레스가 완전하게 반으로 조각나는 소리가 나더니 숲 속 특유의 냉기 서린 공기가 빠르게 레이니르의 드러난 살결 위로 내려앉았다.

추워.

레이니르는 저도 모르게 몸을 파르르 떨다가 만족한 듯 그녀를 내려다보는 타쿤이 아직 셔츠와 바지를 그대로 입고 있다는 것을 알아차렸다.

"옷 벗어요."

레이니르는 타쿤의 섹시한 목선을 탐욕스럽게 훑어보며 요구했다. 풀려 있는 윗단추 두어 개 사이로 엿보이는 강한 쇄골은 지극히 사내다웠다. 그녀는 목이 탈 정도로 갈증이 일었다.

"싫어."

타쿤은 단번에 거절했다. 그러고는 두 손으로 레이니르의 찢어진 원피스를 완전히 벗겨내서 뒤로 던졌다. 숲 속에 덩그러니 있는 테이블 위에 구두만 신은 채 알몸으로 누워 있게 되자 레이니르는 몸이 떨렸다. 춥기도 했으나 단순히 그 이유 때문은 아니었다. 온몸을 헤집는 듯한 타쿤의 눈길은 너무도 뜨거워서 시선이 닿는 곳마다 화상을 입는 것 같았다.

"보지 말아요."

앙탈이라는 건 잘 알았지만, 레이니르는 손을 들어 그의 눈을 가리고 말았다. 손은 미세하게 떨리고 있었다. 타쿤은 그녀의 오른손 검지를 입안으로 삼키고 빨다가 그녀의 눈앞에서 축축하고 강한 혀로 길게 핥아 내렸다. 레이니르는 척추에 전율이 일었고, 호흡을 멈춘 채 홀린 듯이 바라보았다. 저절로 생각이 떠올랐다.

저 입으로 날 빨아준다면…….

사랑을 나누지 않겠다고 내뱉은 건 머릿속에서 사라진 지 오래였다. 레이니르는 마른침을 삼켰고, 타쿤은 그녀의 갈구하는 눈빛을 읽었는지 미소를 지었다. 그는 요구했다.

"말해, 원하는 걸."

욕망을 들킨 것 같아 레이니르는 얼굴을 붉히며 고개를 흔들었다. 타쿤은 재밌다는 듯 눈을 번뜩였다.

"안 하면, 안 해."

"뭐가 어쩌고 어째요?"

"그러니까 말해."

"싫어요! 부, 부끄럽게!"

"아아, 말하기 부끄러운 짓을 원한다는 거로군. 그게 뭘까?"

타쿤은 짐짓 고심하는 표정을 짓더니 손가락으로 레이니르의 가슴을 움켜쥐었다. 굳은살로 가득한 단단한 손바닥이 유두를 힘차게 주무르기 시작하자 레이니르는 소리 없이 신음했다.

"이건 아닌 것 같고."

타쿤의 손이 움직였다. 두꺼운 검지가 그녀의 여성 안으로 쑥 들어왔다. 레이니르는 짧게 비명을 질렀다. 결코 싫어서가 아니었다.

"하나는 모자라?"

타쿤은 중지를 동원해 손가락 두 개로 그녀를 채웠다. 다시 이전처럼 천천히 움직이기 시작했다. 이미 축축해질 대로 축축해진 공간을 손가락 끝으로 느릿하게 매만졌다. 레이니르는 그것만으로도 견디기 힘들었으나, 가장 깊은 곳을 긁자 미칠 것 같았다. 온몸이 가려웠다. 수많은 벌레가 모든 곳을 기어 다니는 기분.

몸 전체가 달뜨다 못해 활활 타오르는 느낌이었다. 레이니르는 눈을 감았다가 떴다. 흐릿한 시야 속에서도 타쿤은 똑똑히 보였다. 그는 세상에서 가장 재미있는 일을 수행하는 사람 같았다.

난 이렇게 괴로운데, 대체 뭐야?

"그렇게 좋아요?"

정확하게 말하자면, 괴롭기만 한 건 아니었다. 그러나 뿔이 난 레이니르는 빽 소리 질렀다. 자신의 목소리는 낮게 쉰 상태였다. 동시에 흥분으로 끓어오르고 있었다.

"그래, 좋아. 다리 좀 더 벌려."

이런 주문까지 해?

레이니르는 기가 찼지만 타쿤의 말대로 하는 자신을 발견했다. 그가 바라는 건 무엇이든 하고 싶었다. 온몸이 타는 듯한 이 뜨거운 갈증을 해소시켜 줄 수 있는 건 타쿤뿐이니까.

"더 벌려."

그는 다시 명령했으나 레이니르는 그럴 수가 없었다. 미칠 것 같은 쾌감에 하체가 떨어져 나간 것 같아 몸이 더는 말을 듣지 않기 때문이었다. 타쿤은 한껏 휘젓던 손가락을 뺐다. 레이니르는 안도감이 들었으나 아쉬움은 더욱 컸다. 그녀가 저도 모르게 짜증 부리듯 신음을 내뱉을 때였다. 시야에서 타쿤의 얼굴이 사라지더니 다리 사이에서 뜨거운 김이 느껴졌다. 어느새 내려간 그가 머리카락처럼 황금과 은이 섞인 숲 위에서 숨을 내뱉었기 때문이다.

"하지 마요!"

레이니르는 반사적으로 비명 질렀다. 물론 본심은 아니었다. 타쿤은 이렇게 답했다.

"그래, 이건 안 할게."

레이니르가 우르르 찾아온 실망감에 쓰러지기 전이었다. 그는 손가락으로 숲을 벌리더니 진주처럼 솟은 부분에 혀를 댔다. 레이니르는 아무 말도 하지 못한 채 상체를 활처럼 휘고야 말았다.

타쿤은 다시 초심으로 돌아갔다. 거북이처럼 느릿하면서도 세상에서 가장 맛있는 것을 음미하는 미식가처럼 철저하게 행동했다. 이것밖에 할 줄 모르는 존재처럼 철저하게 핥고, 빨고, 마셨다.

너무도 뜨거웠다. 감당하기 힘들 만큼. 세상 전체가 온통 뜨거웠다. 레이니르의 온몸이 횃불에 타들어갔고 마침내 재가 되어버렸다.

레이니르는 눈을 꾹 감았다. 그리고 다시금 황홀한 어둠 속으로 깊게 빠지면서 그녀는 갈구하듯 소리 없이 누군가의 이름을 불렀다.

"아름다워."

타쿤은 더없이 경탄하는 목소리였다.

"이렇게까지 아름다울 줄이야."

몰랐던 사실을 깨달은 사람 같았다.

내가 대륙 최고의 미인인 건 옛날부터 자자한 사실인데 왜 이제야 그러는 거지? 사랑을 나눈 뒤라서 더 그렇게 보이는 걸까?

레이니르는 눈을 반짝 떴다. 그의 허벅지에 머리를 대고 숲 바닥에 누워 있는 자신은 알몸 상태였다. 타쿤이 마법을 걸어준 덕분인지 춥지는 않았으나 당황스럽지 않은 건 아니었다.

"뭐, 뭐예요?"

레이니르는 벌떡 일어나 앉은 뒤 등을 돌렸다.

"왜 쑥스러워하는 거지? 이미 볼 건 다 봤는데. 만질 부분도 다 만져 봤고 먹을 부분도 다 먹어봤는데?"

타쿤은 놀리는 게 아니라 진심으로 궁금하게 여기는 것 같았다.

역시 남자란. 아니, 타쿤이라 그런 건가? 의외의 부분에서 둔한 건 꼭 그자와…….

혹시 모를 상황에 대비해 아공간에 가지고 다니는 셔츠와 바지를 꺼내 입던 레이니르는 우뚝 행동을 멈추었다.

그러고 보니 아까 절정에 올랐을 때…… 나 혹시, 그자의 이름을……?

아니, 아니다. 그런 거라면 분노하는 게 당연한데 타쿤은 전혀 그런 눈치가 아니었다. 레이니르는 정신을 수습하고는 옷을 다 입은 뒤 천천히 뒤돌았다. 타쿤이 못마땅한 기색인 건 아무래도 그녀가 옷을 입었기 때문인 듯싶었다.

"그래도 엄밀하게 말하자면 사랑을 나눈 건 아니니 안심해. 당신만 받았지."

타쿤은 놀리듯 내뱉었다. 레이니르는 씩씩거렸으나 받아칠 말을 찾아내지 못했다. 말은 그렇게 해놓고 거부하지도 않고 홀랑 가버린 자신이 문제니까.

사실, 좋긴 무지 좋았다.

사랑하는 남자에게 진심으로 사랑받는 것. 이루 표현할 수 없을 만큼 행복한 일이었다. 일체화하진 못했지만.

그러고 보니 이 남자, 본인도 하고 싶을 텐데 의지력이 대단하네.

"그, 그래도 난 아직 사랑을 나눌 생각이 없어요."

"아, 그래?"

타쿤은 못 믿겠다는 생각이 풀풀 피어나는 말투로 심드렁하게 내뱉고는 이어 말했다.

"좋아. 그러면 나도 혼약 전까지 참지."

"뭐라고요?"

"더 이상 당신에게 손가락 하나 안 대겠어, 혼약 전까지."

레이니르는 진심으로 살기를 느꼈다. 그녀가 저도 모르게 주먹을 불끈 쥐고 파르르 떨 때였다. 타쿤은 눈웃음을 담뿍 지으며 달콤하게 속삭였다.

"사랑해. 그러니까 어서 혼약을 올리자."

레이니르는 순간 흐려지는 정신을 바로잡으려고 노력했다.

"나도 사랑해요. 하지만 혼약은 좀 더 진지하게 생각할 일이에요. 여러 번 올리는 사람도 있지만 난 평생 단 한 번만 치를 거거든요."

"알고 있어. 당신은 그런 사람이야. 변하지 않고 혼약의 상대만을 사랑하고 아끼겠지. 상대가 어떤 존재라도 그리 할 거야. 충직하고 다정하게 사랑해 주겠지, 언제까지나."

레이니르는 뭔가 이상한 것이 발끝을 기어오르는 기분이었다. 딱 꼬집어 무엇 때문인지 말할 수는 없지만, 불편하면서도 불길한 느낌.

"하지만 당신이 그런 성격이 아니었더라도 나는 당신을 사랑했을 거야. 절세미녀가 아니라 추녀였더라도, 세상에서 가장 괴악한 성품의 소유자였다고 해도 사랑했을 거야."

타쿤은 레이니르의 오른손을 들어 그의 심장 부분에 대게 했다. 힘차면서도 격렬하게 뛰고 있었다. 그녀에 대한 사랑 때문이리라.

"당신이 불치의 병을 앓아도, 물론 그럴 일은 없겠지만 당신이 만약 불구가 되어도, 당신이 죽어버려도……."

타쿤은 레이니르의 눈과 똑바로 마주했다.

"나는 당신을 사랑할 거야. 오로지 당신만을, 영원히."

그의 목소리는 처음부터 끝까지 아주 담담했다. 일상적인 인사말처럼 느껴졌다. 레이니르는 그 사실이 뜻하는 바가 무엇인지 잘 알았다.

그녀를 사랑하는 게 그에겐 그야말로 익숙한 일이란 뜻이었다. 또한 그게 진실이기 때문이었다. 앞으로 펼쳐질 미래이기 때문도 있었다.

결코 변치 않으리라.

이 남자는 그녀의 외형이나 배경을 보는 사람이 아니다. 그런 것에 연연해할 성격이 아니다. 그냥 그녀 자체만 볼 뿐. 아니, 자체라기보다는…… 영혼이었다. 타쿤은 그녀를 영혼으로 본다.

콘 웅그르가 그런 것처럼.

"돌아가서 생각해 봐. 내 혼약을 받아들일지 말지."

타쿤은 손을 뒤로 가져가 뒷짐을 지면서 내뱉었다. 그녀에게 손대지 않겠다는 의사 표현이었다. 레이니르는 가만히 고개를 끄덕인 뒤, 바닥에 왕성 내에 있는 그녀의 침실과 이어지는 마법진을 임시로 만들기 시작했다. 손끝이 보이지 않게 떨렸고 정신이 흐트러지자 평소 빠르게 만들었던 마법진이 쉽게 완성되지 않았다.

타쿤은 잠시 지켜보고 있다가 바닥으로 손바닥을 뻗었다. 마법진은 순식간에 만들어졌다. 레이니르는 속으로 숨을 삼켰다. 아주 강력한 존재만 마법진을 이렇게 즉시 완성할 수 있으니까. 물론 타쿤은 원래도 강했고 드래곤의 피와 살을 먹어 더 강해졌다. 하지만…….

"갈게요."

레이니르는 고개를 바닥에 고정한 채 한마디를 남기고 마법진을 통해 이동했다. 낯익은 침실 광경이 눈앞에 펼쳐지자 그녀는 바닥에 털썩 주저앉았다. 이젠 손만이 아니라 온몸이 지진을 겪는 것처럼 뒤흔들렸다.

"설마."

목소리도 또렷하게 나오질 않았다.

아니겠지. 아닐 거야. 그럴 리 없어. 모든 생명체 가운데 가장 강력한 존재가, 그렇게나 인간을 혐오하고 경멸하는 존재가 설마 인간의 몸을 입을 리 없다. 결코 있을 수 없는 일이다.

더군다나 타쿤은 분명 진심이었다. 물론 그자도 정말로 사랑하는 척 행동하긴 했지만 그건 진짜가 아니었다. 버림받은 뒤 쉴 새 없이 그의 행동과 말을 떠올리고 분석해 본 레이니르는 그가 민 여왕을 대하는 드레카르 왕을 그야말로 흉내 낸 것에 불과하다는 것을 확실하게 깨달았다.

그런 그자에 비해 타쿤은 진짜 느끼는 감정을 표현하고 있었다. 그녀에 대한 감정 때문에 혼란스럽고 화도 나고 짜증도 치밀지만 진심으로 사랑한다는 걸 여과없이 보여주고 있었다.

하지만 너무 비슷하다.

오만불손하면서 묘하게 인간답지 않은 말투, 이전에 그자가 했던 몇 마디 말, 강력한 눈빛과 그 고고한 분위기까지 정말 엇비슷했다. 더군다나 타쿤은 죽었다가 살아난 뒤 주변인들로부터 많이들 바뀌었다는 평을 듣고 있었다.

북쪽 도시 센히의 행정관이었던 어즈로도 같은 평가를 들었다. 죽었다가 살아난 뒤 사람이 바뀌어서 아홉 살짜리 지니를 탐냈고, 결과적으로 부인인 히네르까지 미치게 만들었다.

그건 정말로 달라진 것이었다. 지니를 반려로 여긴 드래곤이 어즈로의 몸을 입고 인간세상으로 내려온 것이니까.

설마, 설마 그자도……?

너무도 추워서 견딜 수가 없었다. 레이니르는 침실과 연결된 욕실로 뛰어가 옷을 입은 상태 그대로 가장 뜨거운 김을 뿜는 욕탕으로 들어갔다. 풍덩 하는 소리와 함께 뜨거운 물이 머리끝부터 발끝까지 그녀를 포위하듯 감쌌다.

온몸에 소름이 돋았다. 감당하기 어려울 만큼 물이 뜨겁기 때문이었다. 아니, 근본적으로는 다른 이유 때문이었다.

정말 타쿤이…… 그자라면? 아니야, 아니야. 그럴 리 없어!

물속에서 레이니르는 머리를 한껏 옆으로 흔들었다. 태양이 조금이라도 생기면 항상 나타나는 그림자처럼 의구심이 샘솟는 건 사실이었다. 그러나 근본적으로 말이 안 되었다. 드래곤들의 왕이 인간 따위의 몸을 입을 리 없지 않은가?

한번…… 조사해 볼까?

살짝만 해보자. 그냥, 주변 사람들에게 이전과 어떻게 달라졌는지 조금만 물어보면 될 터.

타쿤이 그 존재일 리 없었다. 하지만 조금 이상하니까 확실하게 해두자. 혼약이 걸려 있어. 내 인생 전체가 달려 있어. 그러니 이쯤은, 해도 되겠지?

레이니르는 한계까지 참은 뒤에야 얼굴을 수면 밖으로 내밀었고 허겁지겁 공기를 들이마시면서 옷을 벗었다. 희뿌연 김이 그득했지만 알몸은 또렷하게 보였다. 타쿤의 손길 때문에 열꽃이 핀 것처럼 빨간데다가 봉긋한 젖가슴에는 잇자국까지 남아 있었다.

사랑해요, 타쿤. 그자를 사랑했던 것만큼이나 당신을 깊이 생각해요. 만약 당신에게 버림받거나 배신당한다면…… 그자에게 당한 것처럼 난 부서질 거예요. 아니, 더 심하게 산산조각 날지도…….

그러니까 당신이 당신이길 바라요, 아주 절실하게.

조사할 시간이 필요했다.

그래서 레이니르는 다음날 오후 타쿤이 저녁 식사 장소와 시간을 알리는 연락의 매를 보내왔을 때 거절했다. 그건 꽤 힘든 일이었다. 겨우 하루 안 봤을 뿐인데 보고 싶어서 애가 탔고, 그의 얼굴이 눈앞에 어른거렸으니까.

하지만 레이니르는 머리끝까지 치솟은 충동에 굴복해 타쿤을 만나러 가는 대신 이런 내용의 연락의 매를 보냈다.

"싫어요."

타쿤은 왜 싫은 건지 묻지 않았다. 그 뒤로 그냥 잠잠할 뿐. 왜 그런 거냐는 질문을 받을 거라고 예상했던 레이니르는 그저 한숨만 쉬었다.

밀당을 확실히 잘하네. 뭐, 어찌 됐든, 난 조사나 해야지.

레이니르는 어젯밤에 미리 해둔 생각을 다시 떠올렸다. 타쿤은 발키리가 되기 위해 왕성으로 온 지 16년이나 지난데다가 외동아들이고, 부모도 어려서 잃은 편이라 고향에 그를 잘 아는 사람은 거의 없었다. 따라서 그가 위중한 상태에 빠지기 전과 현재의 성격을 비교하려면 왕성 내에서 찾아야 한다는 결론이 나왔다.

물론 정말로 그자가 타쿤의 몸을 뒤집어썼다면, 타쿤의 기억을 그대로 볼 수 있을 테니 똑같이 흉내 내는 건 큰일이 아닐 터였다. 하지만 타쿤을 아주 잘 아는 주변인들은 약간이라도 차이를 알아차렸을지도 몰랐다.

아무래도 야를 란크스가 가장 적당한 인물 같았다. 왕명을 거역하면서까지 레이니르에게 구금 사실을 알려줄 만큼 타쿤을 깊이 좋아하는 사람이니까. 더군다나 타쿤은 란크스가 아직도 사랑하는 약혼녀의 사촌 오빠인지라 어려서부터 오랜 시간 어울려 지냈다고 했다. 누구보다도 잘 알고 있으리라. 물론 란크스도 저번 사건 뒤로 타쿤이 많이 변했다고 말하긴 했지만…….

란크스 말고, 또 다른 사람 누가 있을까? 한두 사람에게 더 물어보고 싶은데…….

아니, 사실 란크스와 상관없이 한 사람만으로도 충분했다. 하지만 그 사람은 현재 부를 수 있는 상황이 아닌데다가 여러 가지 이유 때문에 모든 이야기를 털어놓을 수 있는 상대가 아니었다.

레이니르는 미간을 찌푸리고는 생각을 옮겼다.

일단 란크스를 불러볼까? 란크스 이외에 최소한 한 명에게 더 이야기를 들어야……. 또 누가 있지?

문득 떠오르는 사람이 있었다. 레이니르는 타쿤이 지니를 노린 정신 나간 드래곤에게 공격당해서 왕성으로 실려왔을 때, 치료장이 타쿤의 회복을 크게 안도했던 것을 기억했다.

"치료장님."

레이니르는 위치추적마법으로 치료장이 제1치료실에 있는 것을 확인하고 전갈을 보냈다.

"시간나시면 제 침실을 방문해 주실 수 있을까요?"

"어디가 편찮으십니까?"

치료장은 크게 놀란 사람의 목소리였다. 레이니르는 서둘러 답을 보냈다.

"아니에요. 비밀리에 여쭤보고픈 게 있어서요. 급한 건 아닙니다."

"마침 업무가 한 시간 뒤에 끝나는데 그때 가겠습니다."

"감사합니다."

치료장은 말한 시간에 왔다. 아픈 게 아니라고 말했건만 걱정하는 기색이 역력했다. 레이니르는 다시 말했다.

"몸은 건강합니다."

"음, 그렇군요. 체력도 예전과 비슷하신 듯합니다."

치료장은 손에서 빛을 내뿜어 레이니르의 건강을 다시 확인한 뒤에야 고개를 끄덕였다. 곧 치료장은 실수했다는 듯 움찔거렸고, 레이니르는 이유를 알아차렸다.

예전이라면, 그자에게 버림받기 전이구나.

그자를 분명하게 떠올리자 여전히 마음은 아팠다. 수천 번도 더 겪은 고통. 그러나 이제는 차라리 죽어버리는 게 더 나을 것 같은 처절한 느낌은 없었다. 그녀를 진심으로 사랑해 주는 다른 남자가 있으니까.

하지만 타쿤을 완전히 받아들이기 위해선 이 이상한 의심을 완전하게 해소할 필요가 있었다.

"여쭤볼 게 있습니다."

치료장은 카르탄 왕국의 왕성에 머무르며 왕족들을 치유하는 최고의 치료사인 만큼 레이니르가 후스카를의 전 단장이라는 사실을 비롯해서 최고급 기밀 정보를 여럿 알고 있었다. 레이니르는 치료장이 입이 매우 무겁지만, 왕족들에게 충성스러우니 왕족 대접을 받는 자신에게 솔직하게 답을 줄 거라는 걸 잘 알았다. 또한 왜 이런 질문을 하는지 묻지도 않으리라.

"타쿤 님과 가까우신가요? 두 달 전에 타쿤 님이 중태에 빠져서 왕성으로 왔을 때 크게 안도하신 게 기억나서요."

"사실 가까운 사이는 아닙니다. 단지……."

치료장은 잠시 망설였으나 레이니르의 신분을 자각하고는 이어 말했다.

"타쿤 님께서 심장 관련 불치병을 앓고 계셨기 때문입니다. 물론 다 나으셨고요. 여러 번 확인한 사실입니다."

찰나였다. 불치병이라는 말은 그야말로 눈 한 번 깜빡이는 순간에만 울렸고 곧 치료장은 회복됐다는 말을 했다.

지금 타쿤은 아프지 않다. 건강하게 살아 있다.

그런데도 불치의 병이라는 말이 울린 그 한순간 레이니르는 지옥의 고통을 맛보았다. 그자에게 버림받은 것과 다른 종류지만, 고통이란 건 같았다.

"얼굴이 창백합니다."

치료장은 화들짝 놀라서 의자에서 벌떡 일어났다. 레이니르는 손을 내저어 괜찮다는 사실을 알렸다. 말로 하고 싶었으나 목이 사막에 있는 것처럼 바싹 마른 기분이었다. 그녀는 차가운 물을 한 잔 들이켠 뒤에나 입을 열 수 있었다.

"타쿤 님의 상태가…… 심각했었나요?"

"네. 사실 타쿤 님이 이전에 발키리 부단장 공식 임명을 앞두고 석 달간 휴가를 떠난 건 그 병 때문이었습니다. 타쿤 님을 센히 시에서 만나셨죠? 그곳에 타쿤 님이 간 건 실력 있는 치료사들이 많기 때문입니다. 제가 그곳을 추천했지요. 사실 효과는 없을 것 같았지만 타쿤 님께는 다른 방법이 없었습니다."

그래서 그때 타쿤의 체중이 많이 빠진데다가 안색이 나빴던 거였구나. 개인적인 볼일이라는 것도 병 치료 때문이었고.

이제야 여러 의문이 풀렸지만 레이니르는 마음을 놓을 수가 없었다. 문득 떠오르는 게 있었다.

그러고 보니 타쿤의 사촌 여동생이자 란크스의 전 약혼녀도 고칠 수 없는 심장병으로 사망했지? 집안 내력인 건가?

"정말로 회복한 건가요? 아픈 게 아니죠?"

"네. 제가 여러 번 확인했습니다. 병은 물론 센히 시의 숲에서 입은 부상도 완전히 치유되었습니다. 병에 걸리기 전보다 훨씬 좋아지셨더군요. 심장은 언제 병에 걸린 적이 있냐는 듯 정상 그 자체이고 마력도 상상 이상으로 증가했고요."

치료장은 경탄하는 목소리였지, 그런 타쿤의 변화를 이상하게 보는 건 아니었다. 드래곤의 피와 살을 먹었다는 사실을 알고 있는 게 분명했다. 치료를 위해 왕이 이야기했으리라. 어차피 치료장은 그 사실을 발설하지 않을 테니, 레이니르는 그 부분은 이만 덮어놓고 다른 것을 물었다. 가장 궁금했던 부분.

"치료장님, 한 가지 더 여쭙고 싶습니다. 가까운 사이가 아니라고 하셨지만 혹, 타쿤 님의 성품이 이전과 많이 바뀐 것 같나요?"

레이니르의 목소리에 담긴 진지함을 느꼈는지 치료장은 아주 신중하게 입을 열었다.

"주변에서 그런 말을 하는 걸 들었긴 합니다. 특히 천직인 발키리를 갑자기 그만두셨으니까요. 그렇지만 레이니르 님, 전 그럴 수도 있는 일이라고 봅니다."

치료장은 차근차근 이유를 설명해 주었다.

"타쿤 님은 원래 빛나는 미래를 가진 분이었습니다. 그 젊은 나이에 부단장 자리까지 오를 만큼 무엇이든 전부 훌륭하고 완벽한 삶을 살아온 분이지요. 하지만 어느 날 갑자기 기껏해야 몇 달밖에 더 살지 못한다는 불치병 진단을 받았습니다. 마른하늘에 날벼락도 아니고 그 충격은 당사자만 알 수 있을 겁니다."

레이니르는 당시 타쿤의 기분을 상상해 보려 했지만 실패하고 말았다.

"혹 치유할 수 있을까 싶어 센히 시를 비롯해서 여러 도시를 떠돌아다녔겠지만 사실 희망은 없었을 겁니다. 그러다가 죽음 근처까지 가는 치명상까지 입어서 정말 죽을 줄 알았는데 기적적으로 살아났지요. 불치병도 치유되고 완전히 건강해진 겁니다. 성격이 변할 수밖에 없겠지요. 워낙 충성스러웠던 분인지라 의외긴 합니다만, 그런 면에서 보면 발키리를 그만둔 것도 그럴 수 있다 싶긴 합니다. 새로운 인생을 살고 싶을 테니까요."

치료장의 말은 틀린 게 하나도 없었다. 레이니르는 모든 설명을 머릿속에 차곡차곡 넣어두었다. 그녀는 자리에서 일어나 머리를 숙였다.

"바쁘실 텐데 감사드려요."

"아닙니다."

치료장 또한 고개를 숙여 인사한 뒤 마법진을 통해서 나갔다. 레이니르는 즉시 다음 타자를 떠올렸다.

야를 란크스 님은 어떻게 만날까?

치료장은 나이가 지긋한 노인인데다가 직책상 침실로 불렀다는 사실이 다른 사람들에게 공개되더라도 아무 말도 나오지 않을 터였다. 하지만 란크스는 20대의 건장한 남자인지라 공개적으로든 비공개적으로든 침실로 초대하는 건 적절하지 않은 행동이었다.

레이니르는 잠시 머리를 굴리다가 일단 위치추적마법으로 란크스를 찾아보았다. 마침 그는 왕성의 도서관에 있었다. 근처에 왕족들의 존재가 느껴지지 않는 걸 보니 경호 임무를 수행하는 게 아니라 휴식을 취하는 중인 것 같았다.

레이니르는 침실 밖으로 걸어나왔다. 도서관으로 가기까지 생각보다 시간이 더 걸렸다. 밖을 지키는 발키리들은 물론이거니와 도서관으로 가기 전에 마주친 모든 남자들이 그녀와 한마디라도 나누기 위해 노력했기 때문이다.

"갈수록 더 예뻐지시네요."

"빛이 나는 것 같아요."

남자들은 감탄은 기본이고 넋을 잃기도 했다. 외모에 대한 칭찬은 일상적인 일이지만 레이니르는 오늘따라 더 환한 반응이 약간 의아했다. 곧 그녀는 답을 알게 되었다. 도서관 앞에서 만난 어느 시녀가 이런 말을 했기 때문이었다.

"혹시 연애하세요? 이전에 버서커 님과 함께 있을 때처럼 아름답—"

옆에 있는 다른 사람이 허리를 표 나게 찌른 뒤에야 시녀는 말을 멈추었다. 자신이 어떤 실수를 했는지 깨달은 시녀의 얼굴색은 오색찬란하게 변했다. 시녀는 허겁지겁 정수리가 땅에 닿을 정도로 깊숙하게 머리를 숙이며 사과했다.

"죄송합니다! 정말, 죄송해요!"

"아니에요. 괜찮아요."

레이니르는 그렇게 말은 했으나 아프지 않은 건 아니었다. 여전히 송곳으로 찔리는 기분. 그러나 다른 깨달음이 왔다.

그때처럼 예쁘다면 난 정말 사랑에 빠진 거구나.

물론 타쿤을 사랑하긴 했다. 하지만 그 사실에 100퍼센트 확실하다는 도장을 찍는 기분이었다. 그리고 점점 더 사랑이 커지는 기분.

보고 싶다, 정말로.

거듭 사죄하는 시녀에게 괜찮다고 다시 말해서 보낸 뒤, 레이니르는 도서관의 문을 열었다. 손끝이 떨렸다.

타쿤을 만지고 싶다. 안고 그 존재감을 느끼고 싶다. 그의 사랑을 확인받고 싶다.

하지만 그전에 확실히 해야겠지.

레이니르는 표정을 가다듬어 상냥한 미소를 지으며 도서관의 문을 열었다.

왕성의 도서관은 책을 중요하게 생각하는 민 여왕의 의사를 반영해 거대한 왕성의 한 층 전체를 차지할 만큼 엄청나게 넓었다. 종이로 만들어진 책만이 아니라 값이 너무도 비싸서 서민들은 구경도 어려운 정보 저장 구슬도 많았으며, 체험 학습이나 실험 공부는 물론 왕국 최고의 교사들에게 교육도 받을 수 있는 다양한 시설이 구비되어 있었다.

레이니르가 들어간 곳은 발키리들이나 왕족들만 들어갈 수 있는 작은 열람실로, 현재 이십여 명의 사람이 있었다. 그들은 레이니르를 발견하자 바로 허리를 숙였고, 레이니르는 마주 인사하면서 책을 찾는 척 안쪽으로 들어갔다.

무기 관련 책이 진열된 곳 입구에는 발키리 두 명이 있었는데, 그들은 책보다 서로의 입술에 관심이 더 많아 보였다. 찰싹 달라붙어서 쪽쪽거리던 커플은 레이니르를 보더니 화들짝 놀라 일어섰고, 레이니르는 웃음을 참을 수가 없었다. 그녀는 빙긋 웃어주고는 책장 사이로 들어갔다. 란크스는 창문 쪽에 몸을 기댄 채 얼굴 가까이에 책을 들고 있었다.

"안녕하세요. 란크스 님."

레이니르는 몸을 반쯤은 맞은편 책장으로 돌린 채 전갈을 보냈다. 란크스는 깜짝 놀라 책을 놓쳤으나 책이 바닥에 닿기 직전에 잡아챘다. 발키리다운 반사신경이었다.

"안녕하세요, 레이니르 님."

란크스는 소리 내어 인사했고 레이니르는 검지를 입술에 댔다. 도서관이라는 사실을 그제야 기억한 란크스는 멋쩍은 듯 고개를 끄덕였다. 레이니르는 전갈을 보냈다.

"지난번에 타쿤 님이 감옥에 갇혀 있다는 사실을 알려주셔서 감사해요. 덕분에 타쿤 님과 좋은 이야기를 할 수 있게 됐습니다."

"아닙니다. 도움이 됐다니, 다행입니다."

란크스는 빙긋 웃고 있었다. 왕에게 처벌까지 받았는데 저런 반응인 걸 보면 진심으로 타쿤에게 애정을 가지고 있는 게 분명했다.

"요즘 타쿤 님과 진지하게 만나다 보니 예전의 타쿤 님이 어떠셨는지 궁금해요. 그땐 잘 몰랐거든요. 그게 정말 안타깝네요."

레이니르는 고개를 살짝 숙이며 짐짓 아쉬움의 한숨을 흘렸다. 란크스는 단번에 걸려들었다.

"타쿤 님께서 발키리를 그만두신 뒤로는 몇 번밖에 못 만났지만, 이전과 그렇게 다르지 않습니다. 항상 성실하고 든든하신 분입니다."

"이전에 변하신 것 같다고 말씀하셨던 것 같은데…… 그게 아니었던 가요?"

레이니르는 캐묻는 게 아니라 정말 궁금한 것처럼 물었다.

"그땐 그렇게 보였지만 이젠 아닙니다. 엊그저께 만났거든요. 중앙 시장에서 꽃가게 일을 대신하고 계신다기에 찾아가서 식사를 같이 했는데, 발키리로 임할 때 겪은 이야기도 하시고 이전과 같았습니다."

레이니르는 책장에서 책을 꺼내 펼쳤지만 눈에 아무것도 들어오지 않았다. 그저 기쁠 뿐이었다.

"말씀 감사해요."

레이니르는 몇 가지를 더 물어본 뒤 란크스에게 인사했다.

"오늘 제가 여쭌 건 타쿤 님께는 비밀로 해주시겠어요? 저만 예전 일을 궁금해하는 건 왠지 좀 그래서요."

물론 그녀는 연인끼리의 주도권 싸움이라는 기운을 풀풀 풍기는 걸 잊지 않았다. 란크스는 이해한다는 듯 고개를 끄덕였고, 레이니르는 활기차게 도서관에서 나왔다.

역시 아니었어! 타쿤은 타쿤인 거야!

발걸음이 날아갈 듯 가벼웠다. 그녀는 저도 모르게 노래를 부르며 침실로 돌아갔다.

내일은 타쿤과 저녁 식사를 함께해야지. 그리고 가능하다면…… 아니, 그래도 사랑을 나누는 건 아직 일러. 더군다나 여왕께서도 혼약은 신중하게 올리라고 당부하셨고, 난 그러겠다고 답했으니까.

몇 달은 더 만나보자. 음, 여섯 달 정도면 괜찮겠지? 그 뒤에 혼약을 올리면…….

레이니르는 미래를 한껏 상상하며 타쿤과 만날 다음날을 손꼽아 기다렸다. 무슨 일이 벌어질지 전혀 예상하지 못한 채.

6.

　다음날 점심이었다. 오늘도 시녀들이 우르르 몰려와 피부 마사
지를 해줄 때였다. 침실 앞을 지키는 발키리가 조심스럽게 전갈을
보내왔다.

　"레이니르 님, 선물이 도착했습니다."

　선물이 오는 건 일상적인 일이었다. 얼마나 값비싼 것이든 레이
니르는 풀어보지도 않고 가난한 사람들을 위해 기부했지만, 그래
도 혹 왕과 여왕에게 사랑받고 대륙 최고의 미인인 그녀의 눈에
들까 싶어 줄기차게 보내는 사람들이 몇 있긴 했다. 때문에 누군
가가 선물 도착을 언급하는 건 특이한 일이었다.

　혹시…… 타쿤이 보낸 건가?

　"누가 보낸 건가요?"

"타쿤 님께서 보내셨습니다. 레이니르 님께 반드시 알려달라고 부탁하셔서요. 혹, 그러지 말아야 되는 건가요?"

발키리는 혹시 자신이 잘못했나 싶어 긴장한 목소리였다. 레이니르는 서둘러 답했다.

"아니에요. 타쿤 님은 괜찮아요."

"그렇군요. 제가 잠깐 들어가서 드릴까요?"

무슨 뜻인지 알아차렸는지 발키리는 아쉬워하고 있었다. 얼굴과 목에 두꺼운 팩을 하고 있는 상황인지라 레이니르는 시녀에게 가져다 달라고 부탁했다. 잠깐 밖에 다녀온 시녀의 손에는 머리에 쓸 수 있는 화관이 들려 있었다. 분홍빛의 싱그러운 무궁화가 그득 달린 것이었다.

"누가 보낸 건데 받으셨어요?"

시녀들은 눈을 여름날의 태양처럼 환하게 번뜩였다.

"말씀해 주세요. 소문 안 낼게요, 네?"

"혹시…… 타쿤 님인가요?"

눈치 빠른 시녀가 한마디 했다. 레이니르는 입을 꼭 다물었고, 시녀들은 서로 눈길을 주고받았다. 레이니르는 저 눈빛이 무슨 뜻인지 묻지 않았다.

"무궁화는 꽃말이 영원, 일편단심이라는 뜻이에요."

시녀 한 명이 눈을 반짝이며 설명해 주었다. 잠시 화관을 가만히 쥐고 있던 레이니르는 떠오르는 것을 질문했다. 시장에 갔을때 타쿤에게 받았던 것.

"혹시 장미꽃의 잎사귀도 꽃말이 따로 있나요?"

붉은 장미화관도 받은 적이 있었다. 레이니르는 묻지 않아도 장미꽃의 꽃말은 알았다. 진실한 사랑, 열렬한 사랑.

"당신에게 바라는 것이 있습니다."

시녀는 능글맞게 웃었다.

"그것도 받으신 적이 있군요. 연결해서 생각하면, 레이니르 님한테 바라는 건 영원과 일편단심이라는 말이네요. 정말 낭만적이에요! 타쿤 님이 맞죠?"

온몸이 달아오른 레이니르는 짙은 색의 팩을 얼굴은 물론 목까지 두껍게 바른 게 다행이다 싶었다. 이후로도 레이니르는 타쿤이 정말 맞냐는 시녀들의 파상공세를 묵묵하게 받아넘겼다.

한참 뒤, 팩을 다 하고 시녀들이 사라지자 레이니르는 화관을 국보급 도자기처럼 아주 조심스럽게 머리에 썼다. 거울마법을 생성해 비춰보니 정말 잘 어울렸다.

이제까지 수많은 선물을 받아왔지만, 그때와 비교도 할 수 없을 만큼 기뻤다. 레이니르는 엊그저께 타쿤에게 선물받고 아공간에 고이 넣어둔 장미화관도 꺼내 써보았다. 두 개 다 정말 잘 어울렸다.

레이니르가 함박웃음을 지으며 화관을 번갈아 쓰고 있을 때였다. 침실 앞을 지키는 발키리의 전갈이 울렸다.

"여왕께서 방문하셨습니다."

곧 민 여왕이 들어왔다. 민은 레이니르를 보더니 방긋 웃었다.

"잘 어울려요."

레이니르는 자신이 머리에 화관을 그대로 쓰고 있다는 것을 깨닫고는 얼른 벗었다. 왠지 쑥스러웠다.

"혹시 타쿤이 보내준 건가요?"

"네. 직접 만든 거래요."

레이니르는 자랑하듯 답하고야 말았다.

"부럽네요. 나도 드레카르한테 만들어달라고 할까?"

여왕은 진심인 것 같았다. 거칠고 차가운 외모의 왕이 꽃에 파묻혀 화관을 만드느라 끙끙거리는 장면이 떠오르자 레이니르는 입술을 깨물어 웃음을 참았다. 레이니르의 표정을 본 민은 다시 빙긋 웃었다.

"차 한잔해요, 레니."

곧 시녀들이 들어와 테이블에 장미꿀 차를 준비했다. 아직 봉오리를 피우지 않은 장미를 그 모습 그대로 동결시킨 것으로 뜨거운 꿀물에 넣으면 봉오리가 활짝 만개하는지라 크리스털로 된 찻주전자에 넣으면 아주 예뻤다. 특수한 마법 처리를 한 덕분에 향이 아주 진하고 달착지근하면서도 깊은 맛이 우러나 여왕과 레이니르 모두 좋아하는 것이었다.

잠시 레이니르는 여왕과 함께 차를 즐기며 침묵을 지켰다. 물론 레이니르는 여왕이 단순히 차를 나눠 마시자고 방문한 게 아니라는 걸 알았다.

"타쿤은 염려하지 않으셔도 돼요."

레이니르는 여왕으로서의 격무 때문에 굳은 민의 어깨가 장미꿀 차 덕분에 조금 풀어진 것을 확인한 뒤에야 입을 열었다.

"그는 괜찮은 남자예요. 정말로 절 생각해 줘요."

"내가 보기에도 그런 것 같아요."

레이니르가 침대 위에 곱게 올려둔 두 화관을 바라보는 민의 눈에 흐뭇한 기운이 감돌았다.

"타쿤은 정말 좋은 청년이에요. 발키리를 떠난 건 안타깝고 당황스러운 일이지만, 사실 이해할 수 있긴 해요."

레이니르는 깨달았다.

"여왕께서도 알고 계신 거죠? 타쿤의 불치병이요."

"그래요. 하지만 드레카르는 몰라요. 타쿤이 왕께는 말씀드리고 싶지 않다고, 희망은 별로 없지만 치료할 수도 있다면서 나중에 알려달라고 간절하게 부탁했거든요. 그리고 레이니르도 알겠지만 드레카르는 니엘로와 이아가 떠난 뒤에 타쿤을 장래 발키리 단장 감으로 생각하고 매우 아꼈죠. 드레카르가 충격받을까 봐 알리지 않았어요. 결과적으로 타쿤이 건강해졌으니 정말 다행이에요."

민은 분명 안도의 한숨을 내쉬고 있었다. 그러나 레이니르는 여왕이 속에 있는 말을 전부 하지 않았다는 것을 잘 알았다. 여왕의 얼굴은 깊은 염려로 무거우니까.

"여왕이시여, 무엇을 걱정하시는 건가요?"

왠지 알 것 같았다.

"혹시…… 그자가 죽어가는 타쿤의 몸을 뒤집어썼을 수도 있다고 보시는 건가요?"

레이니르는 조심스럽게 말을 건넸고, 민은 깜짝 놀란 표정이었다.

"레니도 의심하고 있었군요."

"네. 그래서 오늘 치료장님 그리고 타쿤 님을 가장 잘 알고 있는 야를 란크스 님께 몇 가지 질문을 해서 확인해 봤습니다."

"레니의 표정을 보니 답을 알겠네요. 아닌 거죠?"

레이니르는 미소 지으며 고개를 끄덕였다. 민은 잠시 생각하는 눈치더니 질문을 했다.

"사실 그 둘에게 물어볼 필요가 없었던 거, 알죠?"

"네. 엘 공주님께 여쭤보면 되니까요."

레이니르의 막냇동생, 카르의 혼약자이자 드레카르 왕과 민 여왕의 딸인 엘 공주는 혜안의 소유자였다. 어떤 사람인지 알아보는 능력.

엘은 왕족을 가장 가까이에서 수호했던 백인대장 타쿤을 잘 알았다. 즉, 현재의 타쿤이 정말 이전의 타쿤이 맞는지 가장 잘 알 수 있는 사람이었다. 더군다나 엘은 혜안으로 이전에 콘 웅그르를 본 적도 있었다.

"엘은 타쿤이 치명상을 입은 뒤로는 본 적이 없어요. 여행을 떠났으니까. 그자가 가장했을 수도 있어요."

"저도 그건 알고 있습니다. 하지만 이런 일 때문에 신혼여행 중인 엘 공주님을 왕성으로 부를 수는 없다고 생각합니다."

물론 엘은 레이니르가 회복 중일 때, 나으면 같이 여행을 다니자며 제안한 적이 있었다. 하지만 레이니르는 신혼부부를 방해하고 싶지 않기 때문에 애초에 이 방법을 제쳐 놓았었다. 그러나 왠지 말을 하면서도 기분이 편치 않았다. 변명하는 느낌이랄까. 더군다나 여왕은 수긍하는 표정이 아니었다. 약간 당황한 듯한, 그런 눈빛.

"······저번에도 말했지만 혼약을 너무 빨리 결정하지 말았으면 해요."

민은 잠시 멈칫거리더니 그런 당부를 했다.

"네. 최소한 반년은 두고 볼 생각이에요."

"그렇게 해요. 그러고 나서······ 필?"

미리 전갈로 알리지 않은 채 발키리의 단장 필이 침실 안으로 뛰어들어 왔다. 그의 얼굴은 심각하기 그지없을뿐더러 온몸은 긴장감으로 팽팽했다. 레이니르는 뭔가 중대한 문제가 생겼다는 사실을 깨닫고 즉각 여왕에게 보이지 않는 방어마법을 단단하게 쳤다. 필은 바로 보고했다.

"여왕이시여, 문제가 생겼습니다. 만일의 상황을 대비해서 침실로 즉시 가셔야 합니다."

왕과 여왕의 침실은 천 년 전 카르탄 왕국을 세운 건국왕의 생부인 황금의 드래곤이 만든 곳이라 완벽하게 안전한 공간이었다. 다른 세상의 인간이라 마력이 없는 여왕은 왕국에 문제가 생길 경우 보호를 위해 무조건 그곳에 머무르게 되어 있었다.

민은 고개를 끄덕인 뒤 필의 지시대로 레이니르의 침실에 있는 마법진을 통해 자신의 침실로 이동했다. 레이니르를 함께 데려간 건 물론이었다. 민은 심각한 표정으로 필에게 입을 열었다.

"설명해 줘요."

"누흐 산이 폭발했습니다. 절반 정도가 날아간 것으로 추정됩니다. 특히 산의 천지天池가 전부 사라졌습니다. 피해자는 없는 것처럼 보입니다. 현재 왕께서 직접 조사 중이신데 아직 정확한 결론은 나오지 않았지만 마법 공격 때문에 폭발한 것 같다고 합니다."

"누군가가 의도적으로 누흐 산을 공격했다는 뜻인가요?"

민은 경악한 채 질문을 내뱉었고, 레이니르는 더 이상 듣고만 있을 수가 없었다.

"그 정도로 강력한 마법을 쓸 수 있는 존재는 없습니다. 아니, 있기는 합니다만."

드래곤들. 영생불멸하며 인간을 초월하는 엄청난 능력을 소유한 자들.

"그러나 그 정도로 나서는 건 콘 웅그르……."

레이니르는 심장의 고통을 이겨내기 위해 말을 잠시 멈출 수밖에 없었다. 그녀의 손목을 잡고 있는 민의 손에 힘이 들어갔다.

"그자의 철칙에 반하는 짓입니다. 드래곤들은 인간의 세상에 그렇게나 깊게 간섭해서는 안 되니까요. 그 규칙을 어기면, 아무리 영생불멸이라도 그자에게 죽임을 당합니다. 그런데도 드래곤이 그런 짓을 한 거라면…… 아마 제정신이 아닐 겁니다."

때때로 드래곤들은 미쳐 버리곤 했다. 너무도 긴 시간 동안 정체된 삶을 살아가면, 아무리 강력한 힘을 가지고 있더라도 제정신을 유지할 수 없기 때문이었다. 때문에 드래곤의 왕, 콘 웅그르는 다른 드래곤들에게 인간의 몸을 입고 인간의 삶을 즐기라고 명령 내렸었다. 그래야 영원히 살아갈 수 있으니까. 그러나 왕의 명령을 어기는 드래곤들은 언제나 존재해 왔다. 20여 년 전 카르탄 왕국을 침략했던 붉은 드래곤이 그 대표적인 예였다.

붉은 드래곤처럼 미친 드래곤이 다시 나타났다면?

당시 레이니르의 아버지, 하랄의 힘을 받은 드레카르 왕이 붉은 드래곤을 쓰러뜨리긴 했다. 그러나 그 과정에서 하랄을 비롯한 수많은 사람들의 피가 흘렀다. 물론 현재는 엘 공주와 본디 왕자까지 드레카르 왕과 필적하는 힘의 소유자가 두 명이나 더 있지만, 드래곤을 상대하는 건 결코 쉬운 일이 아니었다.

다시 그런 미친 드래곤이 나타난다면…….

"제가 가서 은밀하게 조사를 해보겠습니다. 만약 그 드래곤이 정신이 온전치 못하다고 해도 절 무시할 순 없을 겁니다."

이전에 지니를 탐했던 그 드래곤도 그자의 반려인 자신에게 저항하지 못했었다. 아무리 미친 드래곤이라도 그럴 터.

레이니르는 결심했지만 여왕이 반대할 거라고 예상했다. 사실이 그러했다.

"위험할 수도 있어요. 그리고 레니, 더 이상 레니는 후스카를의 단장이 아니에요."

민은 평소 온화한 그녀답지 않게 직설적으로 말했다. 바로 뛰쳐나갈 생각이었던 레이니르는 주춤거릴 수밖에 없었다.

"아직 인명 피해가 없고 드래곤이 직접 등장한 건 아니니까 기다려요. 필, 새로운 소식이 들어오면 즉시 알려줘요."

필은 나가 보라는 명령임을 알아듣고 인사한 뒤 나갔다. 민은 짧게 한숨을 내쉬고는 레이니르에게 좀 더 부드러운 목소리로 말했다.

"난 레니가 다시 위험해지는 건 바라지 않아요. 후스카를의 단장이 아니라 그냥 야를 레이니르로서 인생을 즐겨요. 아직 레니는 준비되지 않았어요. 알잖아요."

레이니르는 고개를 바닥으로 떨어뜨리고야 말았다. 여왕의 말은 옳으니까. 자신은 현재 일반인일 따름이었다. 그리고 아무리 타쿤이라는 새로운 존재가 곁에 나타났다고는 하나 아직도 망가진 상태 그대로였다.

"드레카르가 어느 정도 조사를 끝내기 전까지 잠시 기다리죠. 한데 레니, 타쿤에게 선물을 받았으니 보답을 줘야 하지 않나요?"

민은 느긋하게 의자에 등을 기대며 물었다. 레이니르는 갑작스러운 화제 전환에 당황했으나 곧 따라갔다.

"네. 생각 중이에요. 그런데 남자에게 뭔가를 선물한 적이 없어서 고민이에요."

사실 거짓말이었다. 화관만 머리에 쓴 채 알몸으로 그에게 안겨볼까, 하는 생각을 했으니까. 물론 타쿤은 혼약을 올리기 전에는 그녀에게 손을 뻗지 않겠다고 선언했지만, 레이니르는 넘을 수 있는 벽으로 보았다.

"여러 가지 생각해 봐요. 참, 그 명단 작성은 잘 되어가고 있나요?"

레이니르가 주빈이었던 연회에 참석했던 백이 명의 남자들에게 같은 숫자의 여자들이 참석하는 다른 연회를 열어주기로 한 상황이었다. 그동안 레이니르는 틈틈이 명단을 작성해 왔었다.

"네, 거의 다 됐습니다. 이 사람들입니다."

레이니르는 영상마법으로 허공에 이름을 줄줄 띄웠다. 목록을 보던 민은 핏 웃음을 지었다.

"틴도 있네요. 저 아가씨, 찬드라의 시장인 콜세의 외동딸 맞죠? 저번에 왕성에서 쫓겨난."

세밀한 것도 잘 알고 있는 여왕에게 내심 감탄하며 레이니르는 고개를 끄덕였다.

"왜 넣었죠?"

"고생 좀 해보는 게 좋을 것 같아서요. 목록의 다른 여자들은 선량한 성품이 어느 정도 검증된 사람들이에요. 그런 여자들과 함께 있으면 아무리 틴이 외모가 뛰어나다지만 그 성격이 드러날 거예요. 남자들에게 외면당하다 보면 정신 좀 차리겠죠. 그리고 사실 그동안 업무를 잘 수행한 콜세 님의 입장도 있으니 완전히 외면할 수는 없겠더라고요."

그 성질머리를 보건대 정신 못 차릴 가능성이 높지만, 어쨌든 아직 젊으니 개선의 여지가 전혀 없는 건 아니었다. 한 번 정도는 기회를 줘도 좋으리라.

"그랬군요. 원하는 대로 해요. 참, 목록의 여자들 가운데 경제적인 여유가 없는 사람들에게는 도움을 줄 예정이에요."

민은 이어 다른 참석자들에 대해 질문했고, 레이니르는 답을 하면서 함께 시간을 보냈다. 필이 드레카르 왕의 조사가 대략적으로 끝났다면서 왕성은 안전하니 침실 밖으로 나와도 된다고 전갈을 보낸 건 한참 뒤의 일이었다. 그러나 레이니르는 바로 나갈 생각이 없었다. 곧 돌아올 왕에게 조사 결과를 듣고 싶으니까.

"타쿤과 데이트 잘해요, 레니."

하지만 민은 그렇게 말했고, 레이니르는 이만 나가 보라는 뜻임을 알아들었다. 그녀가 일반인이기 때문이었다. 더 이상 후스카를의 단장이 아니기 때문에 조사 결과를 들을 권리가 없다는 뜻.

자신의 침실로 돌아온 뒤, 레이니르는 있는 대로 얼굴을 일그러뜨리며 침대에 엎드렸다. 짜증이 나다 못해 분노가 일어났다.

그 도마뱀한테 홀리지만 않았어도 내가 이렇게 망가지진 않았을 텐데!

레이니르가 손등에 푸른 힘줄이 돋아날 정도로 주먹을 꾹 쥐고 부들부들 떨 때였다.

"레이니르 님, 타쿤 님께서 방문하셨습니다."

침실 앞을 지키는 발키리의 전갈이었다. 레이니르는 타쿤의 이름이 울리자마자 벌떡 일어나 거울마법을 형성해서 얼굴을 확인한 뒤, 들어오게 하라는 전갈을 날렸다. 타쿤이 바로 등장했다.

타쿤은 연한 갈색 셔츠와 검은색 바지를 걸치고 있었다. 별다를 것 없는 일상적인 옷이었으나 근육질의 몸이 잘 드러날뿐더러 굵은 목선이 드러나 아주 섹시했다. 레이니르는 저도 모르게 침을 삼킨 뒤 침대에 앉은 그대로 아공간에서 무궁화 화관을 꺼내 손에 쥐었다.

"잘 받았어요. 고마워요. 이것도 직접 만든 거죠?"

"답은?"

"네?"

"혼약."

이 남자, 은근히 집요하네.

레이니르는 화관을 머리에 쓴 뒤 왼손으로 턱을 괸 자세로 침대에 옆으로 누웠다. 다른 손으로 딱 달라붙은 드레스를 입은 자신의 엉덩이를 살며시 매만진 건 물론이었다. 동시에 속눈썹을 길게 펄럭이며 농염한 미소를 지었다.

"뭐 하는 거야?"

타쿤은 팔짱을 끼면서 짜증을 냈다. 물론 레이니르는 저게 방어 자세라는 것을 잘 알았다. 그녀는 엉덩이를 쓰다듬던 손을 올려 손톱 끝으로 깊은 가슴 계곡을 긁었다. 타쿤의 시선이 자석처럼 따라왔다.

"좀 졸려서요."

레이니르는 붉은 입술을 모아 나른하게 속삭였다. 타쿤의 울대가 침을 삼키느라 움직이는 게 보였다. 그의 반응이 조금 늦게 흘러나왔다.

"아, 졸리다고?"

"네. 좀 도와줄래요? 자고 싶은데……."

내가 이렇게까지 하는데 가만히 있으면 넌 남자도 아니야!

레이니르는 속으로 그렇게 소리치며 눈웃음을 지었다. 세상의 어떤 얼음이라도 녹아내릴 만큼 뜨겁고 감미롭게. 결국 타쿤의 방어 태세가 무너졌다. 그는 쏜살같이 침대로 다가와서 바로 앞에 섰다. 그녀의 몸 위로 짙은 그림자가 드리워졌다.

"도와주지."

타쿤은 손을 뻗었다. 레이니르가 뜨겁게 박동하기 시작한 심장을 안고 만족의 미소를 지을 때였다. 그는 밑에 깔려 있는 시트를 위로 올리더니 레이니르를 둘둘 감기 시작했다. 화관은 바닥으로 떨어졌고, 순식간에 레이니르는 얼굴만 내놓은 채 목부터 발끝까지 시트에 완전하게 감겼다.

"타쿤!"

레이니르는 오리처럼 꽥 비명 지를 수밖에 없었다. 그는 무시하고는 시트로 감은 레이니르를 번쩍 들어 한쪽 어깨에 짊어졌다. 레이니르는 재빨리 공기마법으로 화관을 붙잡아 자신의 아공간에 도로 넣고는 버럭 소리쳤다.

"타쿤! 이게 뭐 하는 짓이에요! 안 내려놔요?"

"도와주는 거야."

"뭐가 어쩌고 어째요?"

"잠, 자고 싶다면서."

"물론 그런 말은 했지만— 타쿤! 지금 어딜 가는 거예요!"

레이니르는 목이 찢어져라 비명을 지를 수밖에 없었다. 그가 문 쪽으로 쿵쿵 걸어갔기 때문이다.

"안 돼요! 안 돼! 나 내려놔요! 당장!"

타쿤은 이번에도 무시했다. 그는 그대로 침실 밖으로 나갔고, 곧 레이니르는 두 눈이 튀어나올 것 같은 표정의 발키리들과 마주하게 되었다. 그리고 막 침실로 다가오던 시녀들 또한 입을 어찌나 크게 벌렸는지 턱이 바닥에 떨어질 것 같았다.

"어, 레이니르 님. 저녁 식사를 여쭈려고 가던 차인데……."

시녀 중의 한 명이 모기 같은 목소리로 희미하게 내뱉었다. 타쿤은 어깨에 짊어진 게 시트로 둘둘 만 여자가 아니라 평범한 짐인 것처럼 아주 덤덤하게 답했다.

　"레이니르 님은 외출하실 예정입니다. 저녁 식사는 준비하지 않으셔도 됩니다. 그럼, 다녀오겠습니다."

　타쿤은 성큼 걷기 시작했다. 레이니르는 당장 풀어달라고 소리치고 싶었다. 아니, 솔직한 마음으로는 공격마법으로 그를 후려치고 싶기도 했다. 하지만 남들 앞에서 사건을 터뜨릴 순 없는지라 그저 참고 참았다. 그럼에도 온몸 전체가 빨갛게 익은 기분이지만.

　그러나 참고자 하는 마음은 오래가지 않았다. 타쿤이 가까운 마법진을 사용해서 그들을 뜨겁게 쳐다보는 사람들이 없는 먼 곳으로 가는 대신, 멀리에 있는 마법진으로 돌아서 가고 있기 때문이었다. 그제야 레이니르는 깨달았다.

　애초에 다른 사람들의 눈에 띌 생각이 없었다면, 타쿤은 그녀의 침실 내부에 있는 마법진을 사용했으리라.

　"타쿤!"

　레이니르는 전갈로도 이렇게 오리마냥 꽥꽥거릴 수 있다는 것을 이제야 알게 되었다.

　"지금 광고하는 거죠?"

　"이제 알았군. 그래, 광고하는 거야."

　타쿤은 즐겁게 긍정했고, 레이니르는 분이 솟았다.

　"대체 왜!"

"사랑하니까."

이 말은 언제 들어도 레이니르를 푹 익힌 생선처럼 흐물거리게 만들었다. 계속 듣고 또 듣고픈 진심 어린 말. 그러나 지금은 상황이 상황이었다.

"대체 그 사랑이랑 이 상황이 무슨 상관이에요?"

"당신이 내 사랑이라는 걸 광고하는 거지. 다른 남자들이 감히 당신을 탐내지 못하도록."

타쿤은 아주 느긋하게 전갈을 내뱉고 있었지만, 레이니르는 온몸에 소름이 돋았다. 끝을 알 수 없는 그의 거대한 소유욕이 전신에 와 닿으니까.

"시트에 둘둘 말아서 짊어지고 다니면 그게 광고가 될 거라고 생각해요?"

레이니르는 툴툴거렸으나 자신이 생각해도 앙탈처럼 느껴졌다.

"약간은."

"그래도 내려놔요! 이런 건 싫어요!"

"혼약을 올리겠다고 약속하면."

참 집착 강하네. 아니, 날 그렇게나 놓치고 싶지 않은 걸까?

레이니르는 혀를 내두르면서도 만족스럽게 웃었다.

"약속할게요."

왕성에 있는 많은 사람들이 볼 수 있도록 아주 천천히 걷던 타쿤의 움직임이 결빙마법을 뒤집어쓴 것처럼 완전히 멈추었다. 레이니르는 서둘러 이어 말했다.

"6개월 뒤에요. 그 정도 시간은 가져야 한다고요. 여왕께 신중하게 결정하겠다고 말씀드렸고—"

레이니르는 전갈을 더 보낼 수가 없었다. 타쿤이 눈 깜짝할 사이에 그녀를 바닥에 내려놓더니 두 팔로 한껏 껴안으며 키스했기 때문이었다.

품 안에 으스러져라 안은 것과는 달리 타쿤의 입술은 아주 다정했다. 따뜻한 웃음으로 가득해 레이니르는 맑고 밝은 즐거움을 느꼈다. 그리고 동시에 그녀는 더한 것을 원했다. 뜨거움, 강렬함, 쾌락, 환희. 그 모든 것들!

많은 사람들이 오가는 복도에 서 있다는 사실은 까맣게 잊었다. 레이니르는 몸을 한껏 비틀어 간신히 시트를 밑으로 흘렸다. 두 팔을 자유롭게 사용할 수 있게 되자, 그녀는 타쿤의 도톰한 아랫입술을 세게 깨물었다. 핏방울이 느껴진 건 잠시였다.

레이니르는 마주 대고 있는 타쿤의 입술 한쪽 끝이 올라가는 것을 느낄 수 있었다. 곧 그녀의 온몸을 옥죄었던 그의 손이 움직였다. 그녀의 머리 뒤를 눌러 가까이 당겼고, 다른 손으로는 그녀의 탱탱한 엉덩이를 꾹 쥐었다 놓고는 탄력 있는 허벅지를 매만졌다. 그리고 입술로는, 그야말로 약탈을 시작했다.

레이니르는 고개를 뒤로 꺾을 수밖에 없었다. 입술을 가르고 침략한 타쿤의 탐욕스러운 혀가 입안의 모든 면을 맛보겠다는 듯 더욱 깊게 들어왔기 때문이다. 그는 제멋대로, 그리고 거칠게 행동하고 있었으나 레이니르는 떠미는 대신 두 팔로 그의 목을 껴안고 끌어당겼다.

더 원했다! 더!

타쿤이 다시 쫙 펼친 다섯 개의 손가락으로 엉덩이를 주무르자 레이니르는 신음을 내뱉다가 몸을 그에게 바싹 붙였다. 풍만한 가슴을 그에게 비비기 직전이었다. 타쿤은 아까보다 더 강력한 결빙 마법에 걸린 것처럼 순간 행동을 우뚝 멈추었다. 그녀의 입술을 놓아준 건 물론이었다.

레이니르는 눈을 떴고, 그녀의 타액으로 번들거리는 그의 입술을 발견했다. 만족스러웠으나 그런 감정은 곧 흔적도 없이 사라졌다. 흥분으로 가득해야 할 타쿤의 눈동자가 그야말로 얼어붙었기 때문이다. 마치, 전혀 예상하지 못한 엄청난 재난을 코앞에 둔 사람 같았다.

"타쿤?"

레이니르는 가쁜 숨을 몰아쉬며 그를 불렀다. 곧 그녀는 상황을 깨달았다. 그들은 많은 사람들이 지나다니는 복도 한가운데에 서 있었다. 주변에는 발키리들이나 시녀들만이 아니라 옆에 있는 커다란 마법진을 통해서 막 왕성으로 돌아온 다른 사람들도 있었다.

드레카르 왕은 천지가 완전히 사라지고 절반 이상이 갑자기 폭발한 누흐 산을 조사하느라 꽤나 고생했는지, 항상 걸치고 다니는 갑옷 여기저기가 깨졌거나 검은 연기에 그은 상태였다. 항상 왕을 따라다니며 수호하는 열 명의 발키리들 또한 상태는 비슷했다. 그러나 딱 한 명은 달랐다. 갑옷이 아니라 서민들이 애용하는 간편한 셔츠와 바지를 걸친 여자는 깔끔했다.

엘 공주였다. 드레카르 왕과 민 여왕의 장녀이며 장차 왕국을 다스릴 후계자. 석 달 전에 레이니르의 동생, 카르와 혼약을 올린 뒤 대륙을 여행 중인 사람.

"타쿤이라고?"

엘 공주의 목소리는 스무 살짜리 아가씨답게 영롱하고 맑았으나 의혹으로 가득했다. 얼굴 또한 마찬가지였다. 황망한 것을 보는 듯 미간을 잔뜩 찌푸린 채 상태였다.

"레이니르, 어째서 저자를 타쿤이라고 부르는 거죠?"

"엘, 무슨 말이냐?"

드레카르의 얼굴이 차갑게 굳어졌다. 동시에 왕의 손은 팔찌로 향했다. 검을 꺼내기 위한 동작. 주변의 발키리들도 재빠르게 공격 자세를 취하며 방어마법을 가동했다.

"타쿤처럼 보이지만, 아니에요. 환영마법을 쓰고 있네요. 그리고 저 시커먼 암흑은 분명—"

말이 끝나기도 전이었다. 레이니르는 눈을 깜빡였다. 그 찰나의 시간 뒤, 보이는 모든 것이 달라졌다. 드레카르 왕과 엘 공주, 발키리들이 시야에서 완전히 사라진 건 물론이거니와 주변 또한 익숙한 왕성 내부가 아니라 우거진 나무로 그득한 낯선 숲으로 바뀌었다. 왕국 북쪽 끝에만 자생하는 나무였다.

레이니르는 바닥을 보았고, 막 발동을 끝낸 발밑의 마법진이 사라지는 것을 발견했다. 그야말로 1초도 안 되는 순식간에 왕성에서 아주 먼 곳으로 이동한 것이었다. 엄청난 마력이 소모되는지라 아무리 강하더라도 인간이라면 절대 할 수 없는 행동.

레이니르는 아주 천천히, 한 걸음 뒤로 물러났다. 방금까지 한시도 떨어질 수 없는 사이처럼 타쿤과 육체를 맞대고 있었으나 이제는 그럴 수가 없었다. 타쿤의 체온이 멀어지자 싸늘한 냉기가 그녀의 온몸을 후려쳤다. 레이니르는 조금이나마 온기를 되찾기 위해, 그리고 스스로를 보호하기 위해 두 팔로 상체를 감싸며 한 걸음 더 뒤로 물러났다. 그리고 바닥으로 떨어뜨린 고개를 천천히, 뻐딱하게 위로 들었다.

한눈에 들어왔다. 타쿤. 그는 드레카르 왕과 엘 공주가 나타나기 전까지는 뜨겁게 불타오르는 눈빛으로 더없이 기쁘게 웃고 있었다.

그러나 지금은 아니었다. 더 이상은 아니었다. 마치 신기루처럼, 타쿤의 얼굴에서 모든 감정이 사라졌다. 이제 그는 철저하게 무표정한 얼굴이 되었다. 기쁨과 노여움, 슬픔과 즐거움까지 모든 희로애락이 제거되어 감정이라고는 전혀 모르는 존재가 되었다.

알고 있는 표정이었다. 결코 잊을 수 없는 것. 저렇듯 철저하게 무미건조한 눈빛이 될 수 있는 건 드래곤뿐이었다. 그들 특유의, 그들만의 반응.

푸른 드래곤이 백안의 드래곤의 조종마법에 홀려 그녀를 노리고 등장했을 때, 백안의 드래곤이 직접 나섰을 때 그리고…… 콘웅그르가 그녀를 버렸을 때. 그때 볼 수 있었던 것.

살아남았어. 그렇게나 망가졌지만 나는 살아남았어. 그리고 다른 남자를 만났고 사랑에 빠졌지. 평생 함께 있기로 맹세하는 혼약을 올리기로 했고…… 그런데, 그런데…….

이상했다. 아무리 생각해도 레이니르는 이상하다 싶었다. 충격적인 사실을 알게 됐는데도 전혀 떨리지 않으니까. 또한 어떤 감정도 일어나질 않았다. 그녀 자신의 일이 아니라 저 먼 곳에 있는 다른 세상을 구경하는 기분이었다.

그래, 아니야. 이건 내 일이 아니야. 아니, 꿈인가? 그런 거겠지? 그래서 이다지도 평온한 기분인 것일 터. 그렇겠지?

레이니르는 한 손을 뻗었다. 꿈이라면 그냥 허상처럼 아무 촉감도 들지 않으리라. 그럴 것이다. 아니, 그래야 했다. 반드시 그래야 했다!

그러나 단단했다. 타쿤의 견갑골을 감싼 근육은 언제나처럼 돌같이 강력했다. 꿈이 아니라는 뜻.

진짜 사실, 현실이라는 의미.

레이니르는 숨이 막혔다. 폐가 소멸한 것처럼 호흡을 할 수가 없었다. 그녀는 그를 건드린 손을 얼른 거둬들여 자신의 목을 쥐었다. 그러나 공기가 들어오지 않을뿐더러 세상이 뒤집히기 시작했다. 엘 공주가 말을 하기 전까지는 반짝반짝 빛나고 오색찬란했으나 이제 온 세상은 무채색에 짓눌리는 공간이 되었다. 치명적으로 새하얀 색, 음침하기 그지없는 회색 그리고 한 점의 빛도 보이지 않는 새까만 암흑.

이 모든 세상 속에서 가장 거대한 어둠은 단 하나였다. 그녀의 눈앞에 존재하는 남자.

더 이상 타쿤이 아니었다. 찰나의 시간이 흐른 뒤 그는 더 이상 그녀가 익히 알던 그 모습이 아니게 되었다. 큰 몸이 더 불어났다. 5cm 커지고 어깨가 반 뼘가량 넓어진 것뿐이었으나 모든 것을 압도하는 거대한 육체로 보였다. 짧은 밤색 머리카락이 새까맣게 변하면서 허리까지 내려오는 길이가 된 건 물론이거니와 반듯하면서도 수려한 이목구비는 거칠고 오만한 것으로 바뀌었다.

모범생같이 단정하고 차분한 초콜릿 빛 눈동자는 이제 없었다. 한 번 빠지면 결코 헤어 나올 수 없는 시커먼 늪 같은 검은색이 되었다. 세상에서 가장 거만하고 냉혹하며 잔인한 존재의 것.

오로지, 단 한 명만이 이런 외모를 소유했다. 백 년도 살지 못하고 노화를 거듭하다 죽어버리는 인간은 결코 이렇게 압도적인 외형을 가질 수 없었다. 영원토록 늙지도 않고 죽지도 않는 최강의 생명체, 드래곤들만 소유할 수 있는 외모. 아니, 그들 중에서도 단 한 존재만 가능했다.

세상의 모든 만물을 만들어낸 창조신에게 가장 많은 축복과 사랑을 받은 자. 눈 깜짝할 사이에 세상 자체를 멸망시킬 수 있을 만큼 강력한 존재.

드래곤들의 왕.

레이니르는 말하지 않았다. 그의 이름을 내뱉지 않았다. 결코, 그러고 싶지 않으니까. 대신 그녀는 철옹성처럼 입을 다물고는 두 손으로 주먹을 세게 쥐었다. 새하얀 손등에 푸른 핏줄이 도드라지게 올라왔고, 손톱 끝이 손바닥을 찌르기 시작했다. 그러나 레이니르는 그런 사소한 아픔 따윈 알지 못했다. 다른 부분의 통증이 시작됐으니까.

제대로 호흡하지 못해서 폐가 자근자근 짓눌리는 느낌은 지독히도 아팠다. 그러나 1년 전에 갈기갈기 찢어진 심장이 다시 산산조각 나는 이 고통에 비하면 아무것도 아니었다.

아프다. 아파. 너무 아파.

레이니르는 이제야 떨리기 시작한 두 주먹을 심장 위에 올려두었다. 보호해야 했다. 더 다치지 않아야 했다. 이번에 실패하면 살아남지 못할 터였다. 정말로 죽어버릴 것이다.

정신, 똑바로 차리자.

레이니르는 가까스로 호흡을 재개할 수 있었다. 질식하지 않기 위해 각고의 노력을 기울인 덕분이었다. 죽음을 코앞에 둔 환자처럼 희미하고 불규칙했던 숨소리는 곧 정상인처럼 안정적이고 규칙적으로 돌아왔다. 그러나 심장은 아직도 고통스러웠다. 마치, 뜨겁게 달군 화살촉에 끝없이 관통당하는 느낌.

비명이 목 끝까지 나왔다. 한도를 넘는 분노를 내질러 세상을 터뜨리고 싶었다. 하지만 레이니르는 그러지 않았다. 그녀는 자신을 버리고 농락한 남자가 아니라, 처음 만나는 사람을 대하는 것처럼 지극히 차분하게 입을 열었다.

"콘 웅그르 님."

내뱉은 순간 레이니르는 놀랄 수밖에 없었다. 정말로 침착한 목소리였다. 그녀는 자신의 표정 또한 온몸에 들끓는 이 엄청난 감정과는 달리 고요한 평화 그 자체라는 것을 알았다.

그러나 이건, 가면이다. 거짓으로 꾸민 것. 레이니르는 얼마 버티지 못하리라는 것을 깨달았다. 그전에 끝을 내야 했다. 깊은 감정을 드러낼 생각은 없으니까. 그게 분노나 미움이라고 해도, 이 자는 그녀의 진심이 깃든 것은 무엇이든 받을 가치가 없는 쓰레기였다.

"무슨 일이신가요?"

레이니르는 미소까지 지었다. 세상에 알려진 상냥하고 착한 야를 레이니르 그대로였다. 가면 그 자체의 모습.

콘 웅그르는 답하지 않았다. 그는 이곳으로 이동한 뒤부터 지금까지, 아까 그녀가 그랬던 것처럼 철옹성마냥 입을 굳게 다물고 있을 뿐이었다. 얼굴은 여전히 무심하기 그지없고 눈빛 또한 별다를 건 없었다. 그러나 세상에 그녀만 존재하는 것처럼 바라보고 있었다. 무슨 생각을 하는지, 어떤 감정을 느끼는지 관찰하는 것 같았다.

"용건이 없으신가요?"

콘 웅그르의 시선은 불편하기 그지없었다. 아니, 그 정도가 아니었다. 두 손을 뻗어 손톱으로 눈을 후벼 파고 싶은 잔혹한 충동이 일어날 만큼 격분이 솟았다.

감히 날 쳐다보지 마! 당신은 그럴 자격이 없어!

"없으시면 전 이만 가보겠습니다."

레이니르는 고개를 숙였고 상냥하게 미소까지 지었다. 그래도 여전히 콘 웅그르는 입을 다문 채 그녀만 뚫어져라 쳐다보고 있을 따름이었다. 레이니르는 바닥에 마법진을 생성했으나 완성되진 않았다. 콘 웅그르의 보이지 않는 힘이 그녀를 막았기 때문이다. 레이니르가 치솟은 감정을 누르고 막 입을 열 때였다.

"당신을."

드디어 콘 웅그르의 목소리가 세상에 울렸다. 여전히 그윽하고 풍성하며 짙고도 아름다웠다.

"사랑해."

콘 웅그르는 그 매혹적인 목소리 그대로 이어 속삭였다. 레이니르는 잘 알고 있었다. 눈앞의 이 존재가 얼마나 거짓말을 잘하는지, 얼마나 연기력이 뛰어난지 뼈에 사무치도록 잘 알았다. 그러나 한순간, 정말 한순간이지만 그대로 믿어버렸다. 저항할 수 없을 만큼 강력한 힘이 실린 고백이니까. 그리고 그만큼 갈구했던 말이기도 했다.

"진심으로."

눈을 한 번 깜빡인 뒤 레이니르는 어느새 콘 웅그르의 단단하고도 뜨거운 품에 안겨 있는 자신을 발견했다. 그는 깨지기 쉬운 도자기를 만지듯 그녀의 뺨을 어루만지더니 입술에 입을 맞추었다.

키스는 보드라웠다. 콘 웅그르는 세상의 어떤 솜사탕보다 달콤하게 그녀의 입술을 비비더니 가볍게 진입을 시도했다. 한겨울의 혹한기를 맞은 것처럼 그저 얼어붙어 있던 레이니르는 저항하지 못했다. 짜릿하고도 숨 가쁜 쾌감이 일어났다. 그녀는 그의 두껍고 축축한 혀가 입안을 맛보는 것을 막지 못했다. 그러나 다른 건 할 수 있었다.

레이니르는 이제 그녀의 입안을 자기 집 안처럼 마음대로 돌아다니는 콘 웅그르의 혀를 있는 힘껏 깨물었다. 순간적으로 뜨거운 액체가 그녀의 입안에 퍼졌고, 그의 혀는 곧바로 물러났다.

레이니르는 콘 웅그르를 떠밀고는 몸을 숙여 입안에 남은 피를 뱉었다. 그러나 역겨운 구토감은 가시질 않았다. 입술이 닿았다! 그의 혀가 입안에 들어왔다!

레이니르는 몇 차례 더 헛구역질을 했다. 다행인지 불행인지 위속의 내용물은 나오지 않았다. 그러나 더럽혀진 기분은 사라지질 않았다. 아니, 더욱 짙어졌다.

"레이니르."

콘 웅그르가 입술에 맺힌 핏방울을 닦은 뒤 그녀의 이름을 발음하자 이 지저분한 기분은 급속도로 상승 곡선을 그렸다. 그가 그녀의 뺨을 만지자 반사적으로 레이니르는 그의 손을 후려쳐 버렸다. 콘 웅그르는 전혀 아픈 표정이 아니었다. 손에 통증을 느낀 건 레이니르였다.

"날 때리지 마. 네가 더 아플 거다."

콘 웅그르는 경고가 아니라 염려하듯 부드럽게 내뱉었다.

"닥쳐."

레이니르의 반응에 화가 났는지 무표정했던 콘 웅그르의 얼굴이 순간 돌처럼 굳어졌다. 드래곤의 왕으로서 그동안 한 번도 들어보지 못한 불손한 말이기 때문일 터. 레이니르는 쾌감을 느꼈다. 그녀는 그야말로 소나기처럼 쏘아붙였다.

"개새끼. 뭐? 날 진심으로 사랑해? 헛소리 작작 해. 또 갖고 놀려는 거야? 사랑한다 어쩐다 해서 농락한 건 한 번으로 충분하지 않아? 또 그러시겠다? 아, 한 번 더 하긴 했네. 타쿤인 척 가장해서 또 그랬지. 재밌니? 응? 드래곤들의 왕이라는 존재가, 기껏 인간 하나 가지고 노는 게 그렇게나 재밌는 거야? 그렇게 할 일이 없어? 병신 같은 자식."

"말조심해라."

콘 웅그르는 어느새 이를 악문 상태였다. 그는 잇새로 분명하게 경고했다.

"내가 아무리 널 사랑한다고 해도 봐줄 수 없는 게 있는 법이다."

"봐줄 수 없다? 하! 봐줄 수 없다고!"

레이니르는 발작하듯 소리쳤다. 도저히, 도저히 가면을 유지할 수가 없었다. 생명보다 더 소중한 남자에게 한 번 버림받고, 두 번 농락당한 여자에게 남은 건 상처뿐이었다. 지독히도 고통스러운 것. 그리고 상대에게 더 큰 아픔을 돌려주고픈 악의. 아니, 최소한 몇십 배로 더 괴롭히고픈 뜨거운 열망.

"네가 그런 말을 할 자격이 된다고 생각해? 너는 날 가지고 놀았어! 한 번도 아니고 두 번이나 그랬지! 그래 놓고 사랑을 들먹거리려? 그리고 뭐 어째? 봐줄 수 없다? 네가 감히 그딴 개소리를 해? 날 사랑한다고? 아니야! 너는 날 사랑하지 않아! 정말로 날 사랑한다면 그딴 소린 못해! 아니, 애초에 다른 남자의 껍데기를 뒤집어쓴 채 날 기만하지도 않았을 거야! 그렇게나 비참하게 버린 걸 용서해 달라고 무릎을 꿇고 비는 게 우선이야! 그게 사랑인 거야!"

"나는 콘 웅그르다."

그는 목이 찢어져라 비명 지르며 온몸으로 격렬한 감정을 발산하는 레이니르와 완전히 달랐다. 드래곤의 왕은 지극히 평온했다.

"나는 결코 무릎을 꿇지 않는다. 용서를 빌지도 않는다. 나는 네게 잘못하지 않았다. 그때는 너를 사랑하지 않았으니까 버리는 게 당연했다. 죽이지 않은 것만으로도 네게 특혜를 베푼 것이지."

치가 떨릴 정도로, 아니, 그 정도가 아니라 두 손으로 목을 졸라 죽여 버리고 싶을 정도의 오만함이 실려 있는 말이었다. 레이니르는 도저히 참을 수가 없었다. 이 거친 충동대로 콘 웅그르의 목을 조르기 위해 손을 뻗었으나, 붙잡혀 버렸다.

"이거 놔!"

레이니르는 다시 발작하듯 소리쳤지만 소용없었다. 콘 웅그르는 희미하게 분노한 눈빛으로 그녀를 응시한 채 놔주질 않았다. 레이니르는 이번에는 발로 그의 무릎을 걷어찼으나 마찬가지였다. 있는 힘껏 때려서인지 반동도 더 컸다. 특히 발가락은 부러지기라도 했는지 충격이 굉장했다.

"날 때리면 네가 다칠 거라고 아까 말했지."

레이니르가 고통을 참기 위해 입술을 깨무는 것을 본 콘 웅그르는 짜증 섞인 목소리로 내뱉었다.

"그러니 그러지 마라."

"닥쳐! 닥쳐! 이제 와 날 생각해 주는 말 따위, 하지 마! 넌 그럴 자격이 없어! 내게 손 하나 댈 수도 없어! 네가 양심이 있다면 결코 이럴 수 없는 거야! 대체 왜 나한테 이러는 거야! 대체 왜!"

이제 레이니르는 악을 쓰다 못해 쉰 목소리로 그르렁대고 있었다.

"사랑하니까."

대조적으로 콘 웅그르는 여전히 차분한 목소리였다. 아니, 감정이 담겨 있긴 했다. 불편하면서도 못마땅한 사실을 말하는 것처럼, 부정적인 느낌으로 가득했다. 그래서 레이니르는 순간적으로 몰아닥친 아찔한 황홀경에서 빠져나올 수 있었다.

"아니, 넌 날 사랑하지 않아! 불만에 가득 차서 그따위로 말하면서 그게 사랑이라고?"

"내가 불만을 느끼는 건 당연하다. 너는 인간이니까. 인간 따위니까. 감히, 인간 따위가!"

콘 웅그르는 이제 엄청난 냉기를 내뿜고 있었다. 공기 중에 떠돌아다니는 보이지 않는 수분이 전부 얼어버릴 만큼 차가웠다.

"내게 인간은 수없이 많은 벌레 중의 하나일 뿐이다. 개미. 그래, 개미와 같다. 그냥 발만 조금 움직이면 따로 힘을 쓰지 않아도 아주 손쉽게 죽일 수 있는 것들이지. 넌 내게 개미야. 야를 레이니르, 생각해 봐라. 네가 개미에게 사랑을 느낀다면 네 기분은 어떨 것 같지? 좋을 것 같나?"

콘 웅그르는 두 주먹을 불끈 쥐었다. 손등에 굵고 푸른 힘줄이 도드라지게 올라왔다.

"개미에 불과한 네가 대체 왜 내 반려인지, 이해할 수 없다. 사랑에 빠진 것도 그렇다. 널 버렸을 때만 해도 너 따윈 그냥 널리고 널린 인간 중 하나일 따름이었다. 그런데 이상하더군. 바로 사라질 수가 없었지."

레이니르는 버림받았던 당시를 떠올렸다. 상당히 크게 다친 데다가 농락당한 것뿐이라는 충격 속에 사로잡힌 상황이었으나, 그녀는 똑똑히 기억했다. 당시 콘 웅그르는 바로 떠나려고 했지만 뭔가 다른 이유 때문에 지체한 것 같았다. 그러다가 그녀를 죽일 듯이 노려보았다.

혹시, 그때 가지 못했던 건 나 때문이었나?

"널 두고 가버린 뒤에도 이상했다. 인간 따윈 그냥 흘려버리면 되는데 그게 안 되더군. 자꾸 떠올랐어. 끊임없이 궁금하더군. 네가 아직 살아 있는지, 뭘 하고 있는지, 새로운 남자는 만났는지…… 그래서 너를 찾았다."

콘 웅그르는 새로운 남자라는 단어를 이를 악문 채 내뱉었다.

"네가 센히 시 근처에서 머리카락을 자르는 것을 보았다. 나는 네 외모가 얼마나 뛰어난지 관심 없지만, 머리카락이 아름답다는 건 잘 알고 있다. 그런데 네가 자른, 네가 버린 머리카락은 더 이상……."

콘 웅그르의 시선이 레이니르의 머리카락으로 향했다. 짧게 자른 지 3개월이 넘은지라 어깨에 살짝 닿을 정도로 길어지긴 했다. 그러나 허리까지 내려왔던 이전 길이에 비하면 턱도 없었다.

"아름답지 않더군. 그래서 깨달았지. 내가 아름답다고 느꼈던 건."

콘 웅그르는 아주 어려운 문제의 답을 말하듯, 힘들게 이어 내뱉었다.

"너였다. 야를 레이니르, 너 자체."

그의 까만색 눈동자에 한줄기의 빛이 들어차기 시작했다. 레이니르는 그럴 수 있을 줄 몰랐다. 머리끝부터 발끝까지, 아니, 영혼까지 시커먼 남자가 빛을 내보일 줄은 꿈에도 알지 못했다.

"그래서 널 따라가 보니 마침 타쿤이란 인간이 죽어가더군. 불치병 때문에 어차피 몇 주 살지도 못할 그 몸을 입었다. 네 몸이 필요하다고 달라고 하니 냉큼 허락하더군. 자기 눈으로 널 조금이라도 오래 보고 싶다나."

인간의 몸을 입기 위해서는 허락이 필요한 법. 레이니르는 진짜 타쿤이 왜 허락했는지 알아차렸다. 그는 그녀를 오랫동안 짝사랑해 왔으니까.

"그러나 난 일반 드래곤들과 다르지. 인간은 날 감당하지 못한다. 그 육체는 며칠 가지도 않더군. 생각지도 못한 문제만 여럿 생기고."

콘 웅그르는 주먹을 쥔 두 손을 앞으로 뻗고는 손바닥을 쫙 폈다. 레이니르는 맨손 외에 다른 건 보지 못했다. 그러나 저 맨손이 얼마나 치명적으로 냉혹한지 아주 잘 알았다.

"내가 인간 따위인 척 가장했던 건 전부 널 얻기 위해서이다. 널 사랑하니까 그런 것이다. 기껏해야 백 년도 살지 못하는 너를 사랑하니까! 나도 모르게 그렇게 되어버렸지. 정말 기가 막힌 일이다. 후회한다. 차라리, 차라리!"

콘 웅그르는 두 손을 뻗어 그녀의 가늘고 긴 목을 감쌌다. 레이니르는 그가 아주 조금만 힘을 주면 자신의 목이 성냥개비처럼 손쉽게 부러질 거라는 사실을 알았다. 그러나 두려움 같은 건 찾아오지 않았다. 그녀는 대놓고 빈정거렸다.

"죽일 걸 그랬다고?"

"그래. 네가 태어났을 때 바로 죽여 버렸어야 했다. 내가 왜 인간 따위를 사랑해야 하는 거지? 드래곤들의 왕인, 이 세상에서 가장 강한 내가 대체 왜 너 같은 인간을 이렇게나 필사적으로 갈구해야 되는 거지? 대체 왜!"

레이니르의 목을 틀어쥔 손이 부들부들 떨리고 있었다. 눈빛이 치열한 살기로 번뜩이는 건 분명 격분을 억누르느라 그런 것일 터.

"네가 다른 남자와 사랑에 빠질까 봐 걱정되더군. 어이가 없었지. 한낱 인간의 마음을 내가 왜 염려해야 하는 거지? 네 미소를 받는 모든 남자들을 죽여 버리고 싶은 것도 황당하다. 왜 내가 한낱 인간 때문에 질투심에 사로잡혀야 하는 거지? 나는 콘 웅그르다! 너희 인간 전체를 눈 깜짝할 사이에 전부 말살할 수 있는 존재! 그런데 내가 왜! 내가 왜 너 따위의 표정 하나하나와 말 한마디에 천국과 지옥을 오가야 하는 거지? 내가 왜!"

콘 웅그르는 단순히 화를 내는 게 아니었다. 아주 깊은 곳, 영혼에서 우러난 울분을 토하고 있었다. 도저히 이해할 수 없는 감정에서 파생된 모든 것 때문이리라.

"태어난 즉시 널 죽였어야 했어! 그랬어야 했어! 그랬다면 내가 인간의 형체에 갇히지도 않았겠지!"

갇혔다는 게 무슨 뜻인지 궁금했으나 레이니르는 깊이 생각하지 않았다. 지금 중요한 건 그런 게 아니었다.

"그래. 믿을 수 없지만 어쨌거나 넌 정말로 날 사랑한다 그거구나?"

레이니르는 한쪽 입술을 들어올려 그의 코앞에서 대놓고 비웃었다.

"그런데 이걸 어쩌지? 이제 난 널 사랑하지 않는데."

격렬하게 노여움을 토했던 콘 웅그르는 한순간 얼음동상이 되었다. 곧 그는 레이니르의 목을 쥔 손에 힘을 주었다. 그러나 위협적일 정도로 힘을 세게 준 건 아니었다.

"헛.소.리."

콘 웅그르는 한 글자 한 글자 힘을 주어 발음했다.

"너는 나를 사랑해. 내가 널 버릴 때, 넌 더 이상 날 사랑하지 않는다고 맹세했지만 계속 사랑해 왔지. 너는 타쿤에게 끌린 게 아니야. 너는 나의 반려. 우리는 운명적으로 연결되어 있다. 너는 타쿤의 육체 안에 있는 나를 무의식중에 알아보고 사랑한 거다. 넌 나 자체를 사랑하는 거야. 그 감정이 사라질 리 없어, 절대로."

콘 웅그르는 동쪽에서 해가 떠오른다는 사실처럼 당연하게 내뱉었다. 레이니르는 이렇게 맞받았다.

"그렇게 오래 살았다지만 네가 사랑을 느낀 건 이번이 처음이지? 네가 잘 모르는 게 있어. 사랑이란 건, 감정이라는 건 말이야. 손바닥 뒤집듯이 갑자기 달라질 수도 있어. 그래. 네가 날 버렸는데도 널 죽 사랑해 온 건 사실이야. 하지만 네가 나를 두 번이나 기만했다는 사실을 깨달은 방금."

레이니르는 옆으로 손을 내밀어 손바닥 위로 아공간에 있는 무궁화 화관을 불러냈다. 거센 화염마법을 사용하자 화관은 순식간에 재가 되어버렸다.

"이렇게 됐어. 너에 대한 내 모든 마음이 이렇게 타버렸지. 완전하게."

콘 웅그르는 즉시 부인했다.

"거짓말."

레이니르는 이번에는 장미꽃 화관은 물론 처음에 받았던 장미의 잎사귀까지 불러내 또 재로 만들었다. 매캐한 냄새와 연기가 주변으로 무겁게 퍼지는 가운데 레이니르는 바닥에 떨어진 모든 재를 바람마법으로 움직여 손에 쥐었다.

"이제 나는 너를 사랑하지 않아."

레이니르는 쓰레기를 버리듯, 새까만 모든 재를 콘 웅그르의 얼굴에 내던졌다.

"더 이상은 아니야."

"⋯⋯거짓말."

재를 얻어맞은 콘 웅그르의 이번 말은 아주 늦게 흘러나왔다. 격렬한 고통에 시달리는 사람이 내뱉는 신음처럼, 끊어질 듯 희미했다.

"거짓말이 아니야."

레이니르는 알 수 있었다. 콘 웅그르는 언뜻 보기엔 무표정했다. 그러나 차분함을 가장한 저 경직된 얼굴 밑에 어떤 감정이 부글부글 끓어오르고 있는지 그녀는 알아차렸다.

지독한 절망.

레이니르는 웃었다. 한때 저 감정에 짓밟혔던 건 자신이었다. 그러나 1년 3개월이 지난 이제 입장이 반대로 바뀌었다.

"나는 너를 사랑하지 않는다. 나는 인간 따위를 마음에 품지 않는

다. 나는 곧 웅그르. 이 세상의 지존이다. 너 따위를 사랑하지 않는다."

레이니르는 내뱉었다.

"나는 널 사랑하지 않아. 나는 너 따위를 마음에 품지 않아. 나는 인간이니까. 사랑이 얼마나 고귀한지 잘 아는 존재니까. 너 따위를 사랑하지 않아."

콘 웅그르는 당시 그녀가 그랬듯이, 정말 그런 거냐고 묻지 않았다. 그러나 레이니르는 답을 주었다.

"정말 그런 거야."

그녀의 목을 쥐고 있는 콘 웅그르의 손에 힘이 하나도 없었다. 확인 도장을 찍듯 내뱉은 레이니르는 뒤로 물러날 수 있었다.

콘 웅그르는 온몸에 힘이 빠져나간 것 같았다. 그의 눈동자도 마찬가지였다. 여전히 지독히도 새까만 빛깔이었으나, 충격으로 뒤흔들리고 있었다. 상처받았기 때문이리라. 차라리 죽음이 반가울 만큼의 거대한 고통을 동반하는 상흔. 어떤 약을 바르더라도 치유될 수 없을 만큼 깊은 아픔.

쏜살같이 화살이 살아와 심장을 슬쩍 찌르자 레이니르는 통증을 느꼈다. 그러나 지금의 그녀에겐 다른 감정이 우선이었다. 온천수가 터진 것처럼 만족감이 하늘 높은 곳으로 콸콸 치솟았다.

레이니르는 세상에서 가장 기쁜 소식을 들은 사람마냥 환하게 웃으며 콘 웅그르를 바라보았다. 그는 동상처럼 우두커니 서 있을 따름이었다. 그러나 눈빛이 내뿜는 감정은 시시각각 변했다.

레이니르는 똑똑히 지켜보았다. 잔잔한 수면 위에 물방울이 떨어진 것처럼, 콘 웅그르가 눈빛으로 보여주는 상처는 더욱 커져만 갔다. 그는 고통을 참으려는 듯 손등에 푸른 힘줄이 드러날 정도로 거세게 주먹을 쥐었다.

쾌감이 일었다. 정말로 기쁘고 즐거웠다. 그러나 이상하게도, 갈수록 레이니르는 마음 한 부분이 껄끄러웠다. 그녀는 무시한 채 바닥에 마법진을 만들었다. 이 도마뱀과 더는 같이 있고 싶지 않았다.

"콘 웅그르."

레이니르는 오만하게 턱을 치켜들었다. 그와 시선을 마주했다. 참아내기 힘든 고통 때문에 마치 지진을 겪는 것처럼 눈빛이 뒤흔들리는 남자. 레이니르는 다시 한 번 만족하며, 작별 인사를 했다.

"안녕."

그리고 마법진을 발동시켜 콘 웅그르를 버리고 떠났다. 그가 그랬던 것처럼.

7.

후회가 들었다.

왕성의 침실로 돌아온 뒤, 레이니르가 가장 먼저 느낀 건 후회였다. 이전의 잘못을 깨치고 뉘우친다는 뜻의 감정.

그래, 잘못했다. 그렇게 감정을 폭탄처럼 터뜨려선 안 되었다. 세상에서 가장 큰 복수는 철저한 무관심이니까. 그거야말로 진짜 복수 방법이다.

하지만 도저히 참을 수가 없었다.

"뭐가 어쩌고 어째? 잘못하지 않아?"

속으로만 생각할 수가 없었다. 레이니르는 잠시 앉아 있던 침대에서 벌떡 일어나 넓은 침실을 헤매듯이 이리저리 돌아다니며 크게 비명 질렀다.

"잘못하지 않았다고?"

도저히 이해할 수가 없었다. 대체 어떤 사고방식을 가지고 있기에 처참하게 이용해 먹고 버린 걸 잘못하지 않았다고 생각한단 말인가? 거기다가, 다른 남자인 척 가장해서 그녀를 또다시 유혹했다. 그래 놓고 잘못하지 않았다고? 잘못하지 않았다고!

레이니르는 알고 있는 모든 종류의 비속어를 줄줄 내뱉기 시작했다. 그러나 줄줄이 욕설 퍼레이드를 해봐도 마음은 조금도 풀리질 않았다. 정말이지, 기분이 더러웠다. 오물이 둥둥 떠다니는 시커먼 구정물 속에 처박힌 느낌.

어째서 이런 거지?

콘 웅그르를 쓰레기처럼 버렸다. 그녀가 당한 그대로 상처를 주었다. 아니, 그대로는 아니었다. 그녀가 당한 것에 비하면 약간 덜한 정도.

더 강하게 보복하지 못해서 이런 걸까?

끝마무리를 제대로 하지 못한 기분이었다. 쓰레기를 태우기는 태웠는데 부스러기가 남아 있는 것 같았다. 손으로 제대로 치울 수 없는 찌꺼기.

그래, 더 잔인하게 복수했어야 했어.

더 거친 욕을 퍼붓고 말로든 행동으로든 고문을 더 많이 가했어야 했다. 차라리 죽는 게 더 나을 것 같은, 그 모질고 지독한 고통으로 후려쳤어야 했다.

나보다 훨씬 더 아파해야 해! 훨씬 더!

다시 나타나면 더 잔인하게 짓밟아주리라. 상처에 소금을 뿌리는 정도가 아니라 횃불로 지질 것이다. 완전히 태워 버려서……

그런데 과연, 다시 나타날까?

콘 웅그르, 드래곤들의 왕은 영원의 시간 동안 살아오면서 단 한 번도 겪지 않은 일을 이번에 당했다. 시퍼런 욕설을 여러 번 들었고 개미 같은 존재에게 버림받았다. 그런데도 보복하지 못했다. 그렇게 잔혹하고 피비린내 나는 성격의 소유자가 그대로 물러난다는 건 말이 안 되었다.

하지만…… 나타날 생각이 없다면? 순식간에 사랑이 식었다면? 그래서 다시 그녀를 찾아올 생각이 없는 거라면?

레이니르는 순간 암흑을 보았다. 빛이라고는 전혀 보이지 않는 새까만 공간. 온 세상이 그렇게 보였다.

레이니르는 눈을 질끈 감았다. 여전히 어둠뿐이었다. 두렵고 두려웠으나 그녀는 용기를 그러모아 눈을 떴다. 시야에 들어온 건 친숙한 침실로, 더 이상 암흑은 없었다. 하지만 레이니르는 기가 막혔다.

내가 지금 공포감을 느낀 건가? 그 도마뱀이 다시 나타나지 않을까 봐? 대체, 대체 내가 왜!

레이니르는 주먹을 쥐고 고통스러울 만큼 가슴을 세게 때렸다. 스스로가 더없이 혐오스러웠다. 두 번이나 그렇게 기만당했는데, 어째서 난 아직도 이런단 말인가?

대체 왜 나는 아직도 그자를 사랑하는 거지?

입술 밖으로 튀어나온 말이지만, 소리는 실제로 울리지 않았다. 레이니르 스스로 허락할 수 없는 일이기 때문이었다. 절대로 그럴 순 없었다. 절대로!

아니야, 아니야! 이건 미련일 뿐이다. 사랑이 아니다. 두 번이나 농락당했다는 충격 속에서 아직 완전하게 헤어 나오지 못한 탓이리라. 혼란스러워서 제대로 생각할 수 없기 때문일 터.

그자를 아직도 사랑하는 게 아니다. 아니야!

레이니르는 두 손으로 짧은 머리카락을 쥐어뜯을 듯이 붙잡았다. 미련을 떨치기 위해 이것을 잘랐었다. 그자가 그녀의 외모 가운데 유일하게 진심으로 칭찬한 것. 그래서 3개월 전 다시는 그를 사랑하지 않겠다고 맹세하며 26년 동안 길러온 긴 머리칼을 쳐냈었다. 그것으로 끝이 난 줄 알았다.

그러나 아니었던가? 정녕 아니었던가?

생각해 보면 이상하긴 했다. 10년이 넘는 시간 동안 알았으나 전혀 관심이 안 가던 타쿤이 갑자기 매력 있어 보였으니까.

레이니르는 그 첫 순간을 기억했다. 어즈로의 몸을 입은 드래곤에게 치명타를 입은 타쿤을 잠시 혼자 놔뒀었다. 숲 밖에서 왕성의 치료사를 부르고 다시 돌아갔던 그때, 타쿤은 이전과 같은 이목구비였으나 뭔가 다르게 보였었다.

난, 콘 웅그르를 알아본 걸까? 타쿤의 육체 속으로 들어간 그의 영혼을 발견하고 다시 끌린 건가?

깊이 생각하고 싶지 않았다. 무시하고픈 부분. 그러나 다른 생각이 떠올랐다. 레이니르는 심각한 감기몸살에 걸렸을 때를 기억했다. 그녀를 방문한 타쿤은 혐오감과 분노를 표현했었다. 당시엔 잘못 본 줄 알았으나, 이제 레이니르는 알게 되었다. 타쿤은, 콘 웅그르는 정말 그런 감정을 느꼈던 것이었다. 그녀 때문에 인간의 몸을 입게 됐으니까.

인간을 개미 따위로 낮춰보는 존재가 그런 짓까지 하다니? 얼마나 불쾌할까?

더없이 통쾌했다. 그러나 레이니르는 기분이 좋기만 한 건 아니었다. 천둥을 맞은 것처럼 깨달았기 때문이었다.

그 도마뱀은 정말로 날 사랑한다. 그게 아니라면 그런 혐오스런 짓까지 하지 않았을 테니까. 그는, 진심으로 나를 사랑한다!

"그게 어쨌다고?"

레이니르는 코앞에 그자가 있는 것처럼 두 눈을 부릅뜨고 잇새로 내뱉었다. 스스로를 향해 단정적인 말투로.

"그게 어쨌다는 건데? 넌 이제 그자를 사랑하지 않아. 비열하고 치사한 그런 도마뱀 자식, 사랑하지 않아. 그건 과거의 일이야."

만약 그자가 다시 나타난다고 해도.

"넌 더 큰 고통을 안겨줘야 해. 보복해야 해. 그래야 해!"

그래, 그럴 것이다. 그렇게 할 것이다. 반드시, 그럴 것이다!

레이니르는 맹세했다. 그녀는 그리 할 수밖에 없었다. 심장이 너무도 아프니까. 이전에 버림받았을 때보다 더 고통스러웠다. 그 때보다 더 아플 일이 생길 줄은 꿈에도 몰랐다.

아니야, 아파하지 말자. 그럴 가치조차 없는 일이야. 그러니까 울지 마. 울지 말라고.

그러나 레이니르는 자신을 달래는 데 실패하고 말았다. 그녀는 울었다. 완전히 진이 빠져 기절하듯 쓰러질 때까지, 그렇게 흐느끼고 또 흐느꼈다. 누군가 자신을 지켜보고 있다는 것을 알지 못한 채.

낯익은 체온이 손등을 따듯하게 덮고 있었다. 레이니르는 눈을 뜨기도 전에 누가 자신을 온기로 위로해 주고 있는지 알았다.

침대 앞에 앉아 있는 민 여왕은 근심으로 어두운 얼굴이었다. 크게 안도하는 기색도 보였다.

"여왕이시여."

레이니르는 서둘러 몸을 일으켜 앉았다. 여왕은 손을 뻗어 레이니르를 꼭 끌어안았다가 천천히 놓았다.

"정말 걱정했어요. 드레카르 말로는 엘이 나타나서 몇 마디를 한 뒤에 갑자기 사라졌다고 하더라고요. 타쿤이……."

레이니르는 무거운 고개를 아주 천천히 끄덕였다.

"네, 타쿤이 아니었습니다. 그…… 그자였습니다."

차마 이름을 발음할 순 없었다. 아직도 레이니르는 그럴 수가 없었다. 하지만 잠시 묻어두었던 분노가 다시금 치솟았다.

내가 뭘 잘못했다고 그따위 개자식의 이름을 말하지 못하는 거야?

"콘 웅그르였습니다."

생각보다 쉽게 입 밖으로 튀어나왔다.

"그자가 타쿤의 몸을 입었던 거죠. 그 자식이 그러더군요. 날 사랑한대요. 진심으로 그렇다고 하더군요."

레이니르는 코웃음을 치며 조소했다. 여왕이 얼마나 안타까운 눈빛으로 자신을 쳐다보는지 알지 못한 채, 저 멀리에 있을 콘 웅그르를 한껏 비웃었다.

"어이가 없더라고요. 드래곤에게 인간은, 인간이 바라보는 개미 같은 존재래요. 그런데 드래곤들의 왕인 자기가 개미를 사랑하게 됐다고 펄펄 날뛰더군요. 그리고 뭐라나? 미안하지 않대요. 그때는 사랑하지 않았으니까 이용하다가 버린 게 당연한 행동이라고, 살려준 것만으로도 특혜를 베푼 거래요. 그래 놓고 그 입으로 지금은 사랑한다 어쩐다 잘도 말하더군요. 그래서 버리고 떠났어요. 그 자식이 저한테 한 말을 고대로 읊어줬죠. 더 이상 사랑하지 않는다는 사실을 코앞에서 말해주고 돌아왔어요."

폭포수처럼 쏜살같이 내뱉은 뒤 레이니르는 자신이 혼신의 힘을 다해 달린 것처럼 헐떡인다는 것을 깨달았다. 힘들기 때문이었다.

내가 왜 이런 말 따위 때문에 괴로워해야 하지? 내가 왜?

"속이 시원한 거 있죠? 아니, 사실은 모자라다는 생각이 들어요. 날 두 번씩이나 기만했으니 더 상처 줬어야 했는데 말이에요. 그렇게 못해서 아쉬워 죽겠어요. 정말 그래요."

레이니르는 자신의 눈이 얼마나 형형하게 빛나는지 알지 못했다. 그녀는 그저, 말한 대로 안타까울 뿐이었다. 더 고통을 줬어야 했는데!

"레니."

민은 두 손으로 레이니르의 손을 꼭 부여잡았다. 위로의 손짓이었으나 용암처럼 끓어오른 여러 감정 때문에 시야가 흐려진 레이니르는 여왕의 배려를 바로 알아차리지 못했다.

"일단은…… 좀 쉬어요. 알았죠? 나중에 다시 이야기해요."

꽤 오래 잔 것 같기에 레이니르는 여왕의 말이 의아했다. 뭔가 이상한 느낌이 들자 그녀는 눈을 가늘게 뜨고 여왕을 자세히 관찰했다. 얼굴에 짙은 피로의 그림자가 드리워진 상태였다.

레이니르는 빠르게 원인을 추측해 보았다. 누흐 산의 원인 모를 폭발이라는 큰 사건 때문인 것 같지만, 다른 이유 때문이 더 커보였다. 순간, 짚이는 게 있었다.

"전 그자와 30분도 같이 있지 않았습니다. 바로 돌아왔는데……. 혹시 제가 이곳에 있다는 걸 모르셨습니까?"

"그래요. 레니가 왕성으로 돌아왔다는 걸 방금 전에나 알았어요. 레니는 하루 정도 행방불명이었어요. 드레카르가 아무리 마법을 써도 레니의 위치를 파악할 수가 없었어요. 그래서 우린……."

레이니르는 여왕이 마저 하지 않은 말을 깨달았다.

그녀가 죽은 줄 알았던 거였다.

"시녀가 이 침실을 청소하려고 들어왔다가 잠들어 있는 레니를 발견했어요. 정말 다행이에요."

민은 길고 긴 한숨을 내쉬었고, 레이니르는 너무 죄송해서 말도 나오지 않았다. 그녀는 무거운 고개를 떨어뜨린 채 입술을 악물었다. 민은 레이니르의 마음을 알아차렸는지 이번에는 두 손으로 안아주었다. 포근한 온기는 레이니르의 눈물샘을 여지없이 자극했다. 그러나 더는 울고 싶지 않았다.

레이니르가 눈물을 애써 참으며 눈을 질끈 감았을 때였다. 드레카르 왕이 침실로 들어왔다. 멀쩡히 살아 있는 레이니르를 두 눈으로 확인한 드레카르는 안도의 한숨을 짧게 내쉬었으나 그런 반응은 한순간이었다. 레이니르는 왕이 한순간 몸에 싸늘한 힘을 주며 맞은편 벽을 날카롭게 쳐다보는 것을 목격했다. 마치 그곳에 뭔가, 아니, 누군가가 있는 것처럼.

레이니르는 온몸의 피가 얼어붙는 기분이었다. 그녀는 치솟은 충동대로 행동했다. 팔찌에서 단검을 꺼내 그 방향을 향해 힘껏 내던졌다.

직선으로 날아간 단검은 곧 벽에 박혔다. 날아가던 도중에 검날에 묻은 몇 방울의 붉은 피가 벽을 타고 흘러내리기 시작했다. 레이니르는 크게 놀라고 말았다. 아무리 살기를 느꼈다지만 공격무기인 단검을 주저 없이 던진 자신의 폭력성 그리고 충분히 피할 수 있었을 텐데 그러지 않은 상대의 반응 때문이었다. 그러나 그녀는 후회하지 않았다.

"자존심이 없나 보지?"

레이니르의 비아냥거림이 끝나기도 전, 몸을 투명하게 만든 채 벽 앞에 서 있던 콘 웅그르가 모습을 드러냈다.

허리까지 오는 길고 긴 머리카락과 크면서도 두껍고 강한 몸집, 각지고 거칠지만 고결하면서도 아름다운 이목구비가 나타나자 레이니르는 순간 아찔했다. 특히, 빛을 품은 새까만 눈동자와 똑바로 시선을 마주하게 되자 온 세상이 멈춘 것 같았다.

"인간 따위한테 버림받아 놓고 다시 나타나? 드래곤들의 왕이 이렇게 구질구질하셔서야."

하지만 레이니르는 멈추지 않았다. 방금 자신을 휩쓴 감정 중의 하나가 안도감이라는 사실을 인정할 수 없기에, 그녀는 왕과 여왕이 같은 공간에 존재한다는 것도 잊고 계속해서 내뱉었다.

"다시 말해줘? 난, 이 개미는 더 이상 당신을 사랑하지 않아. 혐오하고 경멸할 뿐이야. 그러니 꺼져! 너 따위 개자식은 다시는 보고 싶지 않아! 다시는!"

악을 쓰자 바싹 마른 목이 갈라지는 기분이었다. 이렇게 계속 소리 질렀다간 갈라진 부분에서 피가 솟구칠 것 같았다.

"이만 꺼지란 말이야!"

하지만 레이니르는 두 주먹을 불끈 쥐고 연거푸 소리 질렀다. 그럴 수밖에 없었다. 도저히 용납할 수가 없었다. 한 번 처절하게 버린 것. 두 번이나 기만한 것 그리고 용서 따윈 구하지도 않는 저 철면피 같은 얼굴.

아니, 그것만이 아니었다. 레이니르는 콘 웅그르가 다시 찾아왔다는 사실 때문에 두근거리듯 펄럭이는 자신의 심장을 받아들일 수 없었다.

어째서 난 이러는 거야? 어째서!

"누구도 내게 명령을 내릴 순 없다."

콘 웅그르의 얼굴은 언뜻 보기엔 전혀 변화가 없었다. 그냥 무표정했다. 그러나 레이니르는 자신의 말이 계속될수록 그의 짙은 눈썹이 미미하게 꿈틀거린다는 것을 알아차렸다. 필시 분노 때문일 터였다. 그리고…… 상처?

"너라도 그렇다."

콘 웅그르는 눈 깜짝할 사이에 움직였다. 그는 침대 바로 앞으로 다가왔다. 레이니르는 고개를 한껏 젖혀야 한다는 것을 깨닫고 침대에서 벌떡 일어나 바닥에 섰다. 그래도 콘 웅그르보다는 작지만, 적어도 아까보다는 시선이 높아졌다.

"확실하게 깨닫게 되는군. 역시 네가 갓 태어났을 때 죽였어야 했어."

콘 웅그르의 말에는 백치라도 알 수 있을 만큼 진한 후회가 가득 실려 있었다.

"아니면 백안의 드래곤을 일시적으로 처리했을 때라도 그랬어야 했지."

표현 하나가 레이니르의 머릿속을 화살처럼 빠르게 스치고 지나갔다.

일시적이라고? 저번에 영구적으로 처리한 것, 아니었던가? 물론 그때 콘 웅그르는 백안의 드래곤을 죽이지 않고 뇌를 인간 반려가 죽은 곳 근처에 가둘 거라고 했었다. 하지만 뇌 형태인 백안의 드래곤이 탈출할 수 있을 리 만무했다. 그건 영구적인 처리가 아니었나?

"그 뒤에도 기회는 많았지. 하지만 이렇게 널 살려두게 됐고, 사랑하게 돼서 죽일 수 없으니 어쩔 수 없군."

콘 웅그르가 발음하는 사랑이라는 단어는 또다시 레이니르를 후려쳤다. 그를 죽도록 때리고픈 충동 그리고 눈물이 터져 나올 것 같은 기분이 동시에 솟았다. 그녀는 다른 것을 택했다.

"어쩔 수 없다? 세상에서 가장 우월한 존재가 어떻게 할 수 없는 게 있나 보지? 하, 헛소리 작작 하고 그만 사라져. 난 백 년도 살지 못하는 인간이야. 네가 개미라며 무시하고 경멸하는 족속이라고. 그냥 잠깐만 자고 일어나면 난 죽은 뒤일 거야. 너도 더 이상 나 때문에 혐오하는 인간으로 있지 않아도 되는 거고, 나도 더 이상 네 면상을 안 봐도 되는 거지. 서로 더 이상 짜증 나지 않게 되는 거야."

"그래. 나는 너를 혐오한다. 경멸한다. 짜증도 나고 분노도 느낀다."

정적이 내려앉은 수면 위처럼 고요했던 콘 웅그르의 목소리에 점차 힘이 들어갔다.

"그러나 나는 너를 죽일 수 없다. 무시할 수도 없고, 외면할 수도 없지. 그럴 수 있기를 간절하게 바라지만 말이다. 네가 짐작하는 것 이상으로, 나는 너를 처리하고 싶다! 그런데 그럴 수가 없다! 그럴 수가 없어!"

콘 웅그르는 이제 소리를 내지르고 있었다. 넓은 침실 전체가 터질 것처럼 아주 크게.

"그러니, 어쩔 수 없지. 해결책은 단 한 가지뿐이다."

콘 웅그르의 눈이 지독히도 오만하게 번뜩이기 시작했다.

"너를 가져야겠어, 완전하게."

그의 두 손이 움직였다. 열 개의 두껍고 긴 손가락은 레이니르의 목을 완전하게 감쌌다. 레이니르는 그가 조금만 힘을 주면 그녀의 목을 뚝 부러뜨릴 수 있다는 사실을 아주 잘 알았다. 하지만 그는 그러지 않으리라. 그가 바라는 건, 살아 있는 그녀를 완전하게 소유하는 것이니까.

두 가지의 감정이 일었다. 저 거만한 태도에 대한 역겨움. 그리고……

레이니르는 두 번째 감정은 무시했다. 어이가 없으니까. 미안하다는 말 한마디 못 들은 자신은 결코 그래선 안 되었다. 그럴 수도 없었다.

"거절하겠어."

그녀는 한겨울의 혹한보다 더 싸늘하게 내뱉었다.

"너 따위, 내가 싫어. 대체 몇 번이나 말해야 해? 싫다니까? 난 더 이상 널 사랑하지 않는다니까? 언제 알아들을래? 이해할 때까지 계속 말해줄까? 콘 웅그르 님, 세상에서 가장 강하고 존귀하신 분, 비록 제가 개미 같은 인간이지만 전 싫어요. 콘 웅그르 님이 싫다고요. 정말이에요. 그러니까 이만 구질구질하게 굴고 꺼져 주세요."

레이니르는 콘 웅그르가 으득 하고 소리가 날 만큼 이를 거세게 악무는 것을 똑똑히 지켜보았다. 이마에도 푸른 힘줄이 돋고 있었다. 세상에서 가장 강한 공격에 연이어 강타당하는 느낌이리라. 갈수록 더 커지는 아픔을 생생하게 느끼고 있을 것이다.

그래, 당신은 그렇게 당해야 해. 아니, 더 고통스러워해야 해. 그게 내가 바라는 거야. 그게 내가 원하는 거야.

그런데 왜…… 기분이 좋질 않지?

"나는 너를 진심으로 사랑한다, 레이니르."

콘 웅그르는 악문 잇새로 내뱉었다. 심장의 펄럭거림을 또다시 철저하게 무시하며 레이니르는 즉시 맞받았다.

"그래서 어쨌다는 건데?"

"그래서. 너를. 가질. 거다."

다시 으득 하고 이를 가는 소리가 나더니, 콘 웅그르는 끊어서 내뱉었다. 레이니르 또한 다시 내뱉었다.

"싫다니까. 오래 살더니 귀 먹었어? 싫다고! 난 네가 싫어! 싫어! 싫어!"

"네 감정이 어떻든."

콘 웅그르의 입술 밖으로 거친 숨소리가 새어 나왔다.

"나는 너를 가져야겠다. 내가 사랑하니까."

레이니르의 분노에 기름이 붙은 건 이 말이 울린 직후였다. 그녀는 활활 타오르는 격분의 마음을 터뜨렸다.

"너 따위의 소유가 되느니 차라리 죽어버리겠어! 내 부모님의 이름을 걸고, 그렇게 해버릴 거야! 내 말 알아들었어?"

돌아가신 부모의 이름을 걸고 내뱉은 말은, 100퍼센트 진심이라는 뜻이었다. 의지가 얼마나 굳은지 선언하는 증거이기도 했다. 아무리 인간이 아니라 드래곤이라고 해도 이게 무슨 뜻인지 모르지 않으리라.

실제로 그랬다. 콘 웅그르는 순간적으로 모든 것을 멈추었다. 행동은 물론 호흡조차 중단한 채 넋을 잃은 사람처럼 레이니르를 쳐다보았다. 그러나 그건 찰나의 순간이었다.

그녀에 대한 사랑을 털어놓은 뒤, 그의 새까만 눈동자는 한줄기의 빛을 품고 있었다. 드래곤 특유의 냉기 서린 어둠을 조금이나

마 밝히는 것. 하지만 이제 달라졌다. 콘 웅그르는 다시금 암흑 그 자체로 돌아가, 보는 것만으로도 **뼈가 얼어붙을 것 같은 냉혹한** 드래곤의 왕이 되었다.

"너는 너 자신의 의지로 내 소유가 될 것이다."

"내 말을 대체 뭘로 들었……."

레이니르는 말을 끝낼 수가 없었다. 콘 웅그르가 웃었기 때문이다. 더없이 상냥하고 순수해 보였다. 그래서 더 두려웠다.

"너는 네가 소중하게 생각하는 것을 위해 자의로 그리 할 것이다."

콘 웅그르는 미소를 지은 채 눈동자만 움직였다. 새까만 동공이 레이니르의 얼굴을 떠나 화살처럼 뒤로 향했다.

콘 웅그르가 목을 여전히 잡고 있지만 힘을 준 건 아니기에 레이니르는 고개를 돌릴 수 있었다. 뒤에는 까만색의 거대한 벽이 존재했다. 그녀는 그제야 콘 웅그르가 모습을 드러낸 즉시 벽을 만들어서 침실에 함께 있었던 민 여왕과 드레카르 왕을 차단했다는 것을 깨달았다.

"넌 저 둘을 아끼지?"

벽은 존재한 적이 없었던 것처럼 한순간에 사라졌다. 레이니르는 벽 안에서 무슨 일이 벌어지는지 몰라 더없이 초조하게 서 있는 민과 드레카르를 보게 되었다. 콘 웅그르의 손이 레이니르의 목을 쥐고 있는 것을 발견한 둘의 얼굴에 분노와 걱정이 떠올랐다. 드레카르는 즉시 팔찌에서 검을 꺼내 콘 웅그르의 목에 가까이 댔다. 그러나 콘 웅그르는 아랑곳하지 않고 레이니르만 쳐다보았다.

"이들이 죽는 걸 보고 싶나?"

레이니르는 아무 말도 할 수 없었다. 아무 말도. 그녀와 달리 콘웅그르는 말할 수 있었다.

"내 것이 되어라, 야를 레이니르. 그러지 않으면 네가 아끼는 이 왕과 여왕을 죽여 버리겠다."

침실에 완벽한 정적이 흘렀다. 그야말로 공포와 두려움의 침묵에 철저하게 짓눌린 상황.

레이니르는 말을 할 수 없는 건 물론이거니와 숨소리조차 낼 수가 없었다. 영혼을 악마에게 팔아서라도 지키고 싶은 두 사람이 자신 때문에 생명을 잃을 수도 있다는 가능성이 머릿속에 떠오르자마자, 차라리 미쳐 버리고 싶다는 생각이 즉각적으로 레이니르를 두들겼다.

레이니르는 순식간에 보랏빛으로 변한 입술을 열었다. 목이 바싹 말라 소리는 바로 나오지 않았다. 왕과 여왕을 건드리지 말라고, 그런 천인공노할 짓은 절대 해선 안 된다는 말을 하고 싶었다. 바짓가랑이를 붙잡고 애걸이라도 해야 했다. 비록 그녀 자신을 영원히 망가뜨리는 일이 되더라도, 어떤 짓이든 해야 했다.

간신히 레이니르가 입을 열었을 때였다.

"못 그래요."

민이 레이니르의 말을 가로채듯 말했다. 아무리 강력한 보호마법에 둘러싸인 상태라고 해도 여왕은 마력이 전혀 없는 연약한 인간에 불과했다. 그러나 지금 이 순간, 민은 세상에서 가장 강력한 생명체에게 당당하게, 그리고 차분하게 내뱉고 있었다.

"콘 웅그르 님, 당신은 나와 드레카르를 비롯해서 레니가 소중하게 생각하는 사람들을 다치게 할 수 없어요."

레이니르는 여왕의 당당한 태도를 경탄하기보다 경악했다.

어째서 저렇게 단언하시는 거지?

민은 추측이나 예측을 하는 게 아니라 확실하게 단정 짓고 있었다. 100퍼센트 정확하게 들어맞는 정답인 것처럼.

콘 웅그르도 레이니르와 같은 감정을 느끼는 모양이었다. 번뜩이는 분노 대신 어이없는 눈빛이 그의 눈동자에 떠올랐다.

"어째서 그런 말을 하는 거지?"

콘 웅그르의 으르렁거리는 말소리에는 제대로 답하지 않으면 가만두지 않겠다는 분명한 협박이 실려 있었다. 그의 목에 닿아 있는 드레카르의 검이 더 날카롭게 빛난 건 그때였다. 민은 드레카르의 손등에 손을 댔다. 검을 거두라는 뜻이었다. 드레카르는 미간을 찌푸렸으나 언제나 현명한 아내를 믿고 그렇게 했다.

"빨리, 답하라."

콘 웅그르가 대답을 독촉하고 드레카르가 검을 팔찌에 도로 넣었을 때 민이 입을 열었다.

"잘 알고 있을 텐데요, 정말로 나나 드레카르를 해친다면 무슨 일이 벌어질지."

"카르탄 왕국만이 아니라 대륙 전체가 요동치겠지. 그래, 드래곤들에게 인간들의 세상에 깊이 관여하지 말라고 명령한 건 나다. 하지만 마땅히 내 소유인 여자가 저리 나선다면—"

"대륙이나 인간들의 세상이나 그러는 것과는 상관없어요. 콘 웅그르 님, 레니가 사랑하는 사람들을 다치게 하면요."

민의 눈빛이 짙은 안타까움으로 흐려졌다.

"정말로 레니와 끝인 거예요."

콘 웅그르는 이해하지 못하는 눈빛이었다. 그는 마치 생전 처음 보는 생명체를 보는 눈빛으로 민을 쳐다보았다.

"레니는 다시는 콘 웅그르 님을 사랑하지 않을 거예요. 물론 지금도 상황이 콘 웅그르 님께 좋진 않아요. 아니, 정확하게 말하자면 아주 나쁘죠. 그런데 여기다가 레니가 사랑하는 사람들을 희생시킨다? 그렇게 하면 절대로 레니의 마음을 얻지 못해요. 그런 일은 영혼에 남는 상처예요. 윤회설이 진짜라면 레니는 이번 생이 아니라 다음 생에서도, 그다음 생에서도 계속 이 상처를 안고 살아갈 거예요. 콘 웅그르 님은 영원히 레니에게 버림받아 다시는 사랑받지 못할—"

"닥쳐라! 감히 인간 따위가 누구 앞에서 헛소리를 지껄이는가!"

민의 말이 계속될수록 빠른 속도로 얼굴이 새하얗게 질려가던 콘 웅그르는 결국 참지 못했다. 그는 방이 뒤흔들릴 정도로 크게 소리 지르고는 레이니르의 목을 감고 있던 두 손으로 민의 목을 움켜쥐었다.

"민!"

"여왕이시여!"

드레카르와 레이니르의 비명이 울린 건 동시였다. 그들이 행동을 취하기 전 민은 지극히 차분하게, 그러나 경고하듯 말했다.

"날 다치게 하면 영원토록 레니에게 사랑받지 못해요. 영원토록."

콘 웅그르는 이를 악물었다. 참을 수 없는 고통을 억누르느라 이마에 다시 푸른 힘줄이 돋았고 시커먼 두 눈동자는 아주 먼 거리에서도 볼 수 있을 만큼 거대한 분노로 타오르기 시작했다.

"놔라, 어서!"

드레카르는 다시 팔찌에서 검을 꺼내 콘 웅그르의 목에 바싹 가져다 대며 고함쳤다. 그러나 콘 웅그르의 눈은 민에게만 박혀 있었다. 활활 일어난 횃불 같은 그의 눈빛과는 달리 지극히 평온한 표정의 여자.

"당장 물러나!"

이번엔 레이니르가 비명 질렀다. 온 마음을 담아서.

"여왕님을 다치게 하면, 절대 용서 못해! 절대!"

긴말은 아니었으나 콘 웅그르를 움직이게 만들기엔 충분했다. 그는 눈을 질끈 감더니 입술을 일그러뜨렸다. 저 표정이 의미하는 바가 무엇인지 레이니르는 알지 못했다. 그녀가 알아차린 건, 바닥에 마법진이 생기더니 곧 콘 웅그르가 사라졌다는 사실이었다.

"콘 웅그르?"

레이니르는 눈을 깜빡이며 불러보았다. 그러나 답은 없었고 아무리 마력을 동원해도 그의 존재를 탐색할 수 없었다.

"그는 사라졌다."

답을 한 건 드레카르였다. 그는 콘 웅그르가 사라진 직후, 검을 팔찌에 도로 넣자마자 민을 품속에 꼭 끌어안은 상태였다.

"어디에 있는지 알 수가 없군. 원래 드래곤들의 위치는 파악할 수 없다."

"다시 안 나타나겠죠?"

레이니르는 자신의 질문이 어떤 식으로 들렸는지 알 수 없었다. 안도감일까? 아니면 아쉬움? 그것도 아니면 두 개 다?

"알 수 없다."

드레카르는 민의 이마에 오랫동안 입술을 눌렀다. 그는 레이니르의 존재도 잊고 부드러운 어조로 아내를 나무랐다.

"민, 드래곤의 왕을 상대로 그렇게 나서다니."

"답이 너무도 뻔하니까요. 걱정시켜서 미안해요. 드레카르, 잠깐만 자리 좀 피해줄래요? 레니에게 할 말이 있어요."

드레카르는 민의 입술에 키스하고 다시 한 번 꼭 끌어안은 뒤에야 자리를 떴다. 왕과 여왕의 사랑을 눈앞에서 보는 건 익숙한 일이지만, 레니는 오늘따라 마음이 뒤틀렸다. 저들은 언제나 서로의 곁에 있다. 하지만 난…….

"레니, 내 말 잘 들어요."

내내 평온했던 민은 이제야 심각한 얼굴이 되었다.

"아무 일도 없을 거예요. 콘 웅그르 님은 진심으로 레니를 사랑하니까요. 영원이라는 시간이 걸려 있으니 최후의 선을 넘는 일은 하지 않을 거예요. 그러니까 우리 때문에, 왕국과 대륙 전체 때문에 마음에도 없는 선택은 하지 말아요."

"선택…… 이요? 무슨 선택을 말씀하시는 건지 모르겠습니다."

레이니르는 솔직하게 털어놓았다. 여러 끈이 엉킨 것처럼 머릿속이 복잡했지만 근본적으로 이해가 되질 않았다.

"콘 웅그르 님을 받아들일지 말지에 대한 선택이요."

"여왕이시여, 전 이미 선택했습니다. 그를 더 이상 사랑하지 않으니 받아들이지 않기로……."

레이니르는 말을 끝낼 수가 없었다. 민의 눈에 선명하게 떠오른 절절한 안타까움 때문이었다. 민은 짧게 한숨을 내쉰 뒤 내뱉었다.

"레니 본인의 마음만 봐요. 다른 건 고려하지 말아요. 가장 중요한 건 레니의 감정이니까. 물론 지금은 생각 자체가 잘 안 될 거예요. 방금 일어난 일이니까요. 평상시처럼 생활하면서 시간을 두고 천천히 생각해 봐요. 그리고 잊지 말아요, 콘 웅그르 님은 인간이 아니라는 걸."

"그건 저도 잘 알고 있습니다."

그래서 인간을 개미처럼 취급하고 혐오하며 경멸하는 존재. 너무도 위대한 드래곤들의 왕.

레이니르는 두 주먹을 불끈 쥐었고, 민은 그녀의 어깨를 따스하게 토닥여 주었다.

"하다못해 한집에서 자란 일란성 쌍둥이도 성격이 달라요. 가치관도 똑같지 않고요. 그런데 콘 웅그르 님은 레니와 성별도 다르고 나이 차이도 굉장히 많이 나고 근본적으로 종족이 달라요. 기준점과 생각, 입장 같은 게 완전히 다를 수밖에 없어요. 물론 그렇다고 해도 레니를 그렇게 두 번이나 기만한 건 용납할 수 없는 일이긴 해요. 하지만 적어도, 시작점이 완전히 다른 존재라는 건 레니가 인정하는 게 좋겠어요."

"다르니까, 그러니까 용서하라는 말씀인가요?"

의도는 아니지만 레이니르가 듣기에도 자신의 말은 따지는 것처럼 들렸다. 무례한 짓이라는 것을 깨닫고 사과하려 했으나 민은 그러지 말라는 뜻으로 고개를 저었다.

"그건 아니에요. 용서를 할지 말지 판단하는 건 오로지 레니의 몫이에요. 레니만의 권리이기도 하고요. 내가 말하고 싶은 건 이거예요. 선택을 내리기 전에, 콘 웅그르 님이 우리의 기본 상식과는 완전히 다르게 생각하고 행동하는 존재라는 사실을 인정하는 게 좋을 것 같다는 거예요. 물론 콘 웅그르 님을 이해해 줄 필요는 없어요. 하지만 레니."

민은 짧게 한숨을 내쉬었다. 레이니르는 여왕이 자신을 안타까워하는 건지, 아니면 미련하다고 생각하는 건지 알 수가 없었다. 어쩌면 둘 다일지도.

"레니가 완전히 콘 웅그르 님을 떨쳐 버렸다면 이런 말도 하지 않았을 거예요. 그렇지만 그게 아니잖아요. 용서가 중요하긴 해요. 하지만 레니, 행복이 더 중요해요. 레니의 삶 전체에서 가장 중요한 건 행복, 바로 그거예요."

상황에 어울리지 않았으나 여왕은 싱긋 웃었다. 그러나 해맑은 것과는 거리가 한참 있어 보였다. 눈이 살벌하게 번뜩이고 있으니까.

"용서는 말이죠, 남은 평생 구하게 만들면 되는 거예요. 알았죠?"

이해할 수 없는 말이었다. 어떻게 잘못했다고 생각하지도 않는 도마뱀으로 하여금 평생 용서를 구하게 만든단 말인가?

레이니르의 얼굴에 떠오른 거부감을 보았는지 민은 레이니르를 꼭 끌어안았다. 여왕은 포근하고도 따뜻했다. 부모님처럼 그녀를 진실로 사랑하고 올바르게 이끌어주는 존재. 또한 그녀가 행복하기를 누구보다도 바라는 사람. 더군다나 여왕은 항상 옳았다.

여왕의 말대로 선택을 하고 나면 이 복잡한 아픔이 가라앉을까?

"어떤 선택을 하든 나와 드레카르는 레니를 지지할 거예요. 그러니 마음 편하게 생각해 봐요. 알았죠?"

민은 그 말을 남기고 사라졌다. 그리고 레이니르는 여왕의 조언대로 생각하기 시작했다.

"민."

드레카르는 아내가 레이니르의 침실 밖으로 나오자마자 꼭 끌어안았다. 그도 콘 웅그르가 정말로 왕국의 왕과 여왕을 해칠 거라고 생각하지는 않았다. 그러나 찰나의 순간, 품속의 여자를 잃을지도 모른다는 지독한 공포에 사로잡혔던 건 사실이었다.

"난 괜찮아요."

민은 지그시 웃으며 남편의 뺨에 입을 맞춘 뒤 귓가에 자그맣게 속삭였다.

"같이 목욕할까요?"

드레카르는 민을 안아 들고 빠르게 이동하는 것으로 답을 대신

했다. 그들의 침실에 도착한 뒤 그는 곧바로 연결된 욕실에 들어갈 생각이었다. 그러나 침실 안에 불청객이 있었다.

콘 웅그르.

왕과 여왕의 침실은 카르탄 왕국을 세운 건국왕의 생부, 황금 드래곤이 만든 것이라 허락받지 않은 존재는 범접할 수조차 없었다. 하지만 드래곤들의 왕이라 그런지 그는 잘도 들어와 있었다.

콘 웅그르는 언뜻 보기에는 살기를 뿜는 것도 아니고, 그렇다고 분노한 것도 아니었다. 그냥 무표정했다. 그러나 드레카르는 그가 심상치 않은 감정에 휩싸인 상태라는 것을 알아차렸다. 그렇다고 위험한 느낌은 없었으나 드레카르는 아내를 바닥에 내려놓고 말했다.

"민, 잠시 자리를 비키는 게—"

"너를 만나러 온 게 아니다."

콘 웅그르는 드레카르의 말을 단칼에 잘랐다.

"나는 여왕에게 용건이 있다."

"무슨 용건?"

"너에게 말하지 않을 것이다."

"그렇다면 여왕도 듣지 않을 것이다."

드레카르와 콘 웅그르 사이에 오가는 건 몇 마디에 불과했다. 그러나 민은 육식동물 두 마리가 누가 더 격한 기운을 내뿜는지 눈빛으로 겨룬다는 것을 알아차렸다. 꽤나 흥미로운지라 계속 구경하고 싶었지만, 그랬다간 피가 튀길 게 뻔했다.

핏줄은 못 속인다더니 똑같네.

민은 속으로 혀를 차면서 침착하게 입을 열었다.

"콘 웅그르 님, 전 드레카르에게 비밀이 없어요. 앞에서 말씀하셔도 돼요."

"싫다."

"그래요? 그러면 기다리세요. 목욕 좀 하고 올게요. 드레카르, 우린 욕실로 가요."

콘 웅그르의 표정이 뭐라 형용할 수 없는 것으로 바뀌었다. 민은 비슷한 얼굴이 된 남편의 손을 잡고 욕실로 데려갔다.

혹시 콘 웅그르가 씩씩거리며 쳐들어오는 게 아닐까 싶었으나 다행히도 그런 일은 없었다. 민은 오랜만에 아주 느긋하게, 그러니까 시간을 더 들여서 남편과 함께 목욕을 했다. 드레카르는 침묵을 지켰지만 걱정하는 눈빛으로 아내를 보았다.

"좀 당해봐야죠."

민은 남편이 옷을 입혀주자 입을 열었다.

"레니를 그렇게 상처 입혔으니까. 물론 내가 이런다고 복수가 되는 건 아니지만요."

드레카르는 살짝 미소 지으며 아내의 가는 목에 입술을 눌렀다. 마지막 단추를 잠그던 그는 도로 풀기 시작했다. 드레카르의 입술이 밑으로 미끄러졌다.

"나도 같은 생각이다. 그러니 좀 더 기다리게 해야겠군."

민이 남편과 함께 침실로 돌아온 건 한 시간이 더 흐른 뒤였다. 콘 웅그르는 무표정했으나 새까만 눈동자는 아까보다 훨씬 살벌했다. 그러나 민은 싱긋 웃었고, 드레카르는 걱정이 되긴 했지만 아내의 이마에 다정하게 입술을 누르고는 침실 밖으로 나갔다. 민은 상냥하게 제안했다.

"장미꿀 차, 좋아하세요? 드실래요?"

장승처럼 서 있던 콘 웅그르는 눈썹을 꿈틀거리다가 입을 열었다.

"레이니르는 너를 아주 따르지. 그러니 레이니르에게 말하라, 나를 받아들이라고."

"싫어요."

콘 웅그르는 두 주먹을 불끈 쥐었다. 살기를 느끼는 게 분명했다. 그러나 피에 굶주린 육식동물을 코앞에 둔 상황임에도 민은 속눈썹도 떨지 않았다.

"레니가 날 사랑하고 존경하는 건, 내가 레니를 똑같이 존중하고 사랑하기 때문이에요."

"나도 레이니르를 사랑한다."

콘 웅그르가 바로 답하자 민은 이렇게 맞받았다.

"하지만 레니를 존중하지는 않잖아요."

"레이니르는 인간이니까."

민은 짜증을 숨길 수가 없었다.

"그건 어쩔 수 없는 일이잖아요. 어떤 일이 있어도 달라지지 않는 사실이고요. 대체 언제까지 그 이야기를 들먹거릴 거예요? 레니가 늙어 죽을 때까지?"

콘 웅그르는 입을 다물었다. 민은 마음을 조금 가라앉혀 차분하게 말했다.

"레니에게도 조언했어요. 종족과 성별, 나이에 대한 차이를 일단 인정하라고요. 그건 콘 웅그르 님도 마찬가지예요. 거기다가 콘 웅그르 님은 반드시 해야 하는 게 더 있어요. 용서를 구하세요."

콘 웅그르가 얼굴을 일그러뜨리며 입을 열기 전이었다. 민은 빠르게 이어 말했다.

"콘 웅그르 님 본인은 그렇게 생각하지 않는 모양이지만, 인간의 관점으로 보면 콘 웅그르 님은 정말 큰 잘못을 두 번이나 저질렀어요. 사과하는 게 정상이에요. 물론, 그러기 싫으시겠죠. 하지만 레니의 마음을 얻기 위해서라면 최소한 미안한 척이라도 해야해요. 연기 잘하잖아요?"

비꼴 생각은 없었으나 민은 그런 어투로 말했다는 것을 깨달았다. 콘 웅그르는 이를 악물더니 악문 잇새로 내뱉었다.

"더는, 거짓말을 잘할 수가 없다."

잘할 수가 없다는 건 그래도 어느 정도는 할 수 있다는 말이네.

민은 짜증이 났지만 부드럽게 말하려고 노력했다.

"그게 힘들면 레니를 포기하던가요."

"뭐라고?"

"레니는 절대 용서하지 않을 테니까요. 아니, 못한다는 말이 더 맞겠네요. 진심 어린 사과를 한마디도 듣지 못했는데 어떻게 용서할 수 있겠어요? 그렇게나 큰 상처를 준 사람을 아무 일도 없었던 것처럼 다시 받아들일 수는 없는 법이에요. 콘 웅그르 님은 이해할 수 없겠지만 인간은 본래 그런 존재예요. 더군다나 레니는 자긍심이 강해요. 용서를 구할 수 없다면 포기하고 사라지는 게 나을 거예요. 사과할 생각이 전혀 없는 상대가 계속 앞에 나타나면 레니는 더욱 분노할 테니까요. 안 그래도 망가졌는데, 더 고통받겠죠."

"나는 왕이다. 드래곤들의—"

민은 콘 웅그르의 말을 가로챘다.

"레니에겐, 콘 웅그르 님은 드래곤들의 왕이 아니라 그냥 한 남자일 뿐이에요. 레니와 콘 웅그르 님은 서로에게 여자와 남자인 거죠. 그러니까, 드래곤과 인간이 아니라 남자와 여자가 존재하는 세상에서 선택하세요. 레니에게도 선택을 하기 전에 시간을 들여 생각해 보라고 했어요. 콘 웅그르 님도 그렇게 하세요. 용서를 구하고 레니의 사랑을 다시 얻기 위해 남자로서 노력할 건지, 아니면 드래곤의 왕으로서 자존심을 내세우다가 떠나 버릴 건지. 아, 다른 방법도 있긴 하네요. 아까 그랬던 것처럼 폭력적으로 레니를 벼랑 위로 내몰 수도 있긴 해요. 하지만 콘 웅그르 님, 이걸 알아 둬야 해요. 레니는 콘 웅그르 님에 의해 벼랑 끝으로 몰린다면, 살아날 수 있는 손을 내미는 게 콘 웅그르 님뿐이라고 해도 그냥 뛰어내릴 아이예요. 레니 성격 잘 아실 텐데요?"

갑자기 피곤했다. 그러나 민은 마저 말을 했다.

"내가 다른 세상에서 왔다는 것, 알죠? 내가 예전에 살았던 곳에서는 이런 우화가 있어요. 바람과 태양이 지나가는 나그네의 옷을 누가 먼저 벗기는지 내기를 했어요. 바람은 자신이 세게 불면

벗길 수 있을 줄 알고 그렇게 했죠. 하지만 추위를 느낀 나그네는 옷을 더욱 여몄고, 여분의 옷까지 입었어요. 바람은 실패한 거예요. 태양의 차례가 되자 태양은 따뜻한 빛을 뿌렸어요. 나그네는 여분의 옷을 벗었고, 태양이 더 따뜻한 빛을 흘리자 나머지 옷도 벗었죠."

완벽한 침묵이 침실에 내려왔다. 21년도 넘게 여왕으로 임하면서 상대의 감정을 잘 읽게 됐으나, 민은 콘 웅그르가 지금 무슨 생각을 하는지 전혀 알 수가 없었다. 그럼에도 분명한 건, 자신이 레이니르를 위해 해줄 수 있는 건 이제 다 했다는 사실이었다. 더 이상은 자신이 나설 일이 아니었다.

이제 당사자들의 선택만 남았다.

"카르탄 민 여왕."

한참 동안 침묵을 지키던 콘 웅그르는 무표정한 얼굴 그대로 입을 열었다.

"나는 레이니르의 곁에 계속 머물 것이다."

"조금 떨어져서 생각해 보는 게 낫지 않을까요?"

"그래서는 안 된다. 반드시, 곁에 있어야 한다."

콘 웅그르의 목소리는 건조했지만 민은 순간 움찔거리고 말았다. 생각지도 못한 불길한 예감이 들었기 때문이다.

"혹시…… 레니가 위험한가요?"

"그렇다."

민은 깨달았다.

"누흐 산이 폭발한 사건과 연관되어 있나요?"

"누흐 산의 천지에 백안의 드래곤의 뇌가 있었다. 마력이 있는 존재라면 꺼내지 못하게 장치해 두었지."

그런데 천지가 사라졌고, 누흐 산도 절반이나 없어져 버렸다. 민은 백안의 드래곤의 뇌 또한 사라졌다는 것을 깨달았다. 상황의 심각성을 알아차린 민은 파리한 기색으로 입을 열었다.

"누가 그런 일을……."

"회색 드래곤. 타쿤을 공격했던 그 드래곤 말이다. 어즈로라는 인간의 몸을 뒤집어썼지. 아마도 마력이 거의 없는 인간을 이용해 백안의 드래곤의 뇌를 꺼낸 것 같다. 그 인간은 이미 죽었을 거다. 가능하다면 이름을 알아내라. 백안의 드래곤이 그 모습으로 접근할 게 분명하니까. 나는 레이니르 곁에 있어야 한다. 백안의 드래곤이나 회색 드래곤 모두 레이니르를 노릴 것이다."

"다시 레니를 미끼로 삼는 건가요?"

"그렇다."

콘 웅그르는 너무도 아무렇지도 않게 내뱉었다. 언제나 차분한 성품을 자랑했으나 민은 순간 비속어를 내뱉고픈 충동을 느꼈다. 그러나 콘 웅그르의 눈동자가 지진이라도 겪는 것처럼 뒤흔들린다는 사실을 알게 되었다.

사랑하는 존재를 잃을 수도 있다는 가능성에 대한 공포 때문이리라. 아마도 생전 처음 느끼는 감정일 터. 아니, 콘 웅그르에겐 레이니르라는 존재 자체가 처음이었다.

"레니가…… 좋아하는 것을 해줘요."

민은 한 사람의 여자로서 진심 어린 조언을 해주었다.

"꽁꽁 얼어붙은 상처를 녹여서 없앨 수 있는 방법이에요."

콘 웅그르는 고맙다는 말은 하지 않았다. 그러기는커녕 턱을 치켜들고 오만하게 여왕을 깔아보았다. 그러나 미세하게 고개를 끄덕였다. 알아들었다는 뜻이었다.

콘 웅그르는 조용히 민을 지나쳐 침실 밖으로 사라졌다. 민은 미소를 지었으나, 곧 미간을 찌푸리게 되었다. 방금 본 것 때문이었다.

콘 웅그르의 목에 핏방울이 남아 있었다.

이상했다. 민은 레이니르가 던진 단검에 의해 콘 웅그르가 목을 살짝 긁혔다는 건 알았다. 하지만 그건 말 그대로 살짝인지라 드래곤 특유의 강력한 자체 치유력이 발동되어 금방 나았을 터였다. 그러니 콘 웅그르의 목에는 말라붙은 핏자국만 남아 있어야 했다.

그런데 어째서 핏방울이 남아 있는 거지? 마치 상처가 치유되지 않은 것처럼?

굉장히 이상한 일이었다. 잠시 생각하던 민은 고개를 흔들었다. 드래곤의 왕이 그 정도 작은 상처를 치유하지 못할 리 없다. 잘못 본 거겠지. 아니면 피가 아직 마르지 않은 건지도.

별일 아니겠지. 그럴 거야.

민은 조용히 결론을 내렸다. 그러나 이상하게도 마음 한 켠이 편하질 않았다.

8.

애정이 흘러넘치는 다정한 손길.

레이니르는 그녀의 머리카락을 부드럽게 쓸어 넘겨주는 사람 덕분에 미소를 지을 수 있었다. 더없이 소중하게 다뤄지고 있었다. 사랑받고 있다는 증거.

레이니르는 천천히 눈을 떴다. 침대 가장자리에 앉은 콘 웅그르가 경탄하는 눈빛으로 그녀를 바라보며 머리카락을 한 손으로 만지고 있었다. 아름다움을 찬미하는 표정이기도 했다.

"잘 잤나, 나의 레이니르?"

콘 웅그르는 그윽하게 속삭이며 고개를 숙여 그녀의 이마에 입술을 눌렀다. 따뜻했다. 그래서 레이니르는 번개를 맞듯 깨달을 수 있었다.

이건, 꿈이 아니라 현실이다. 과거가 아니라 지금 일어나는 일!

레이니르는 벌떡 일어나 앉으며 두 손으로 콘 웅그르를 있는 힘껏 떠밀었다. 그러나 그는 조금도 밀려나질 않았고, 레이니르는 손바닥이 아팠다.

"꺼져!"

아침부터 저 도마뱀과 마주치고 악을 써야 한다니, 머리끝까지 짜증이 치솟았다. 레이니르는 얼굴을 한껏 찌푸리며 다시 소리 질렀다. 그러면서 콘 웅그르가 방금 입을 맞춘 이마를 손등으로 박박 문지른 건 물론이었다.

"대체 왜 이렇게 귀찮게 굴어? 내 앞에 나타나지 말란 말이야!"

"레이니르."

콘 웅그르는 그녀의 이름만 내뱉은 채 잠시 입을 닫았다. 미간을 일그러뜨린 걸 보면 고통을 참느라 그런 것 같았다.

내가 이렇게나 냉대하는 게 마음 아프다 그건가?

"나는 진심으로 너를 사랑한다."

"나는 진심으로 너를 사랑하지 않아."

레이니르는 즉각 받아쳤다. 마음 깊은 곳에 있는 어떤 감정이 꿈틀거렸지만, 무시할 수 있었다. 콘 웅그르는 악문 잇새로 내뱉었다.

"네가 다시 나를 사랑하기를 바란다. 그래서 난, 그렇게 만들 생각이다."

"또 협박하려고?"

레이니르가 노골적으로 비아냥거리자 콘 웅그르는 눈을 질끈 감았다. 괴로움을 느끼는 것 같았다. 그는 한참 만에야 다시 입을 열었다.

"……아니다. 다시는 그러지 않겠다. 이건 약속이자 맹세이다."

"당신은 날 지켜주겠다며 약속하고 맹세했어. 하지만 결국 날 죽였지. 백안의 드래곤이 아니라 당신이 날 망가뜨렸어."

콘 웅그르는 뭔가를 말하려는 듯 입을 열었으나 아무 말도 하지 않고 결국 닫았다. 그는 파리한 안색으로 일어나더니 벽으로 가서 뒷짐을 지고 섰다. 마치 방 안을 지키는 경비원 같은 태도였다.

"나가."

레이니르는 참지 않았다. 그녀는 두 주먹을 불끈 쥔 채 벌떡 일어나 콘 웅그르의 앞으로 쏜살같이 달려가 소리 높여 외쳤다.

"나가라고! 내 눈앞에서 썩 꺼지란 말이야!"

"……아프군."

콘 웅그르의 말소리는 사막처럼 바싹 메말라 있었다.

"네가 나를 거부할 때마다 심장이 꿰뚫리는 느낌이다."

그는 한 손을 들어 자신의 심장 위에 올려두었다.

"정말 아프군. 내가 너를 버렸을 때, 이런 느낌이었나? 아니, 이 정도가 아니었겠군. 죽었다고 표현할 정도니까. 레이니르, 나는 미안하다는 감정 자체를 알지 못한다. 나는 실수하지 않으며, 내가 하는 모든 일은 옳기 때문이다. 너를 버렸던 것 또한 당시로서는 당연한 일이었다. 잘못했다고 생각하지 않는다. 나는 언제나 옳으니까."

레이니르가 다시 고래고래 악을 쓰기 전이었다.

"그러나 내가 달리 행동했다면 이런 고통은 없었겠지. 네가 이러지도 않겠지. 그리고 그전에 너도 아프지 않았겠지. 애초에 내가 그렇게……."

콘 웅그르는 말을 흐렸다. 레이니르는 그가 자신의 짧은 머리카락을 쳐다본다는 것을 알아차렸다. 그가 그녀를 버렸다는, 한눈에 보이는 극명한 증거.

"이상한 감정이 샘솟는다. 너를 버린 사실을 떠올리면, 이전까지는 아무 느낌이 없었지. 마땅히 옳은 일이라고 생각하니까. 아니, 생각했으니까."

콘 웅그르는 과거형으로 고쳐 말했다. 레이니르는 그게 무슨 뜻인지 알았다.

"이제는…… 글쎄, 이 감정이 무엇일까?"

그는 주먹으로 자신의 가슴을 두드렸다. 쿵쿵 하고 묵직하면서도 무거운 소리가 났다.

"처음 접하는 감정이다. 처음 떠오르는 생각이다. 그러지 말았어야 했다……. 다른 선택을 했어야 했다……. 그런 것들 말이다. 그런 생각이 감정으로 변했다. 그러나 이 감정의 이름을 알 수가 없군. 나는 모르는 게 없는 존재인데 말이다."

"당신은 이미 알고 있어."

"알고 있다고?"

레이니르는 노골적인 비웃음을 얼굴 가득 둘렀다. 그녀는 자신의 눈동자가 쾌감으로 번뜩인다는 사실을 잘 알았다.

"그래, 분명하게 들은 적도 있지."

"언제?"

"26년 전."

콘 웅그르는 그제야 깨달은 표정이었다. 그의 눈이 커졌고 몸 또한 움찔거렸다.

"내 어머니가 당신에게 그러셨다지?"

레이니르는 한 글자 한 글자 끊어서, 또박또박 발음했다.

"지.독.히.도. 후.회.할. 거.라.고."

"후회……."

콘 웅그르는 넋이 나간 눈동자로 다시 내뱉었다. 레이니르가 처음 들어보는, 공허한 목소리였다.

"후회……."

사전적으로, 이전의 잘못을 깨닫고 뉘우친다는 뜻. 많은 사람들이 몸으로 체감하고 입으로 내뱉는 말. 그러나 세상에서 가장 강력하고 가장 오랜 시간을 살아온 드래곤의 왕은 처음으로 느끼는 것일 터.

"당신은 실수했어. 잘못했어. 내게 죄를 지은 거야, 그것도 두 번씩이나."

"실수? 잘못?"

콘 웅그르의 눈이 다시 새까맣게 번뜩이기 시작했다.

"나는 콘 웅그르다! 항상 옳은 존재! 드래곤들의—"

"내게 당신은 드래곤들의 왕이 아니었어. 내게 당신은 그저 남자였지. 사랑하고 또 사랑하는 남자. 평생을, 아니, 이 삶이 아니라 앞으로 계속될 다른 생에서도 사랑하고, 사랑받고 싶은 존재.

그러나 당신에게, 당신에게……."

레이니르는 치솟는 눈물을 내리누르기 위해 잠시 잠깐 말을 흐렸다.

"난 그저 인간이었지. 경멸하고 혐오하는 개미 같은 존재. 그것뿐이었어."

"지금은 아니다. 지금은 아니야!"

"현재는 과거 때문에 만들어지는 거야. 지금의 내가 망가진 건이전의 당신이 저지른 짓 때문인 거지. 당신이 그런 거야. 당신이,나를 죽였어. 그런데 당신은 잘못을 인정하지도 않지. 그래, 무의식 속에서는 후회하고 있구나. 그것마저도 인정하는 걸 거부하고있지만 말이야."

"거부, 하지 않겠다면?"

콘 웅그르는 이를 악물고 있었다. 이마에 푸른 힘줄이 도드라지게 돋은 것으로 보아 의지력을 동원해 참아내고 있는 것 같았다.이런 말을 하는 게 정말 힘들고 굴욕적이지만, 억누르겠다는 뜻.

"후회를, 인정한다면?"

"후회한다 그거야? 그런데 말이야, 그런다고 뭐가 달라질 것 같아? 응? 당신을 증오하는 이 마음이 사라질 것 같아? 이전처럼 내가 당신을 열렬하게 사랑할 수 있을 것 같아? 아니야. 아니라고.정말로 당신이 어머니의 말대로 지독하게 후회한다고 해도."

의도적으로 레이니르는 말을 잠시 멈추었다. 이 상황이 너무도즐거웠다. 그가 자신에게 그런 것처럼, 자신도 그에게 상처를 줄수 있다는 사실 자체가 정말로 기뻤다.

"나는 당신을 사랑하지 않아. 사랑할 수 없어. 나는 말이야, 다른 남자를 만날 거야. 아니, 다른 여러 남자들을 만날 거야. 당신에게 그러했듯이 그들에게 사랑한다고 속삭이고 키스하고 애무하며 뜨겁게 밤을 보내—"

레이니르는 더 말하지 못했다. 콘 웅그르가 입술로 거칠게 그녀의 입을 틀어막았기 때문이다. 동시에 그는 두 손으로 그녀의 두 손목을 각각 낚아채 벽으로 떠밀었다. 거대한 남자와 벽 사이에 완벽하게 샌드위치가 되자 레이니르는 본능적으로 저항하려 했으나 실패했다. 그녀는 입술을 아프게 깨물고 강제로 입을 열게 만드는 그의 강력한 힘에 속절없이 당했다.

레이니르는 숨이 막혔다. 자신의 입술에서 흘러나온 짭짜름한 피가 혀에 닿았으나, 그녀는 곧 자신의 피 맛이 어떤지 느낄 수 없게 되었다. 그의 혀가 활동을 시작했기 때문이다. 축축하면서도 두꺼운 혀가 자기 집 안이라도 되는 것처럼 마구 돌아다니며 그녀의 입안 모든 부분을 건드리고 문질렀다.

추잡하고 더러워! 그러니까 뿌리치고 거부해야 돼!

레이니르는 스스로에게 명령했다. 그게 당연하니까. 그러나 입안에서 일어나는 건 더 많은 쾌감을 바라는 불길이었다. 숨을 헐떡이게, 유두를 곤두서게, 다리 사이를 축축하게 만드는 것.

콘 웅그르는 이제 한 손으로 레이니르의 두 손목을 움켜쥐고 벽에 짓눌렀다. 그는 자유로운 한 손으로 그녀의 가슴을 꼭 틀어쥐었다. 옷을 입은 상태였으나 워낙 얇은지라 그의 커다란 손바닥이 주는 열기는 생생하게 그녀의 피부로 퍼졌다. 찰흙을 가지고 놀

듯 힘차게 주무르기 시작한 손짓이 주는 거친 쾌감 또한 마찬가지
였다.

콘 웅그르에게 입술을 완벽하게 점령당한 상태가 아니라면 큰
신음을 내뱉었으리라. 레이니르는 자신의 몸 상태를 잘 알았다.
이 짧고 단순한 애무 때문에 얼마나 젖었는지.

"하지 마!"

레이니르는 비명처럼 전갈을 내질렀다. 온몸의 말초신경은 그
녀에게 닥치라고 명령했으나, 굴복하지 않았다.

"그만해! 이딴 짓, 원하지 않아!"

"원하지 않는다?"

콘 웅그르는 비웃음의 전갈을 날리며 이렇게 대응했다. 가슴을
마음껏 가지고 놀던 손으로 그녀가 걸친 원피스의 치맛자락을 걷
어 올리더니 다리 사이로 파고들어 갔다. 레이니르가 충격 속에
굳어 있을 때, 그의 굵은 손가락은 깊숙하게 들어갔다가 나왔다.

콘 웅그르는 레이니르의 입술을 놔주고는 방금 집어넣었던 손
가락을 눈앞에 보여주었다. 번들거리는 액체가 흥건하게 묻어 있
었다.

"원하지 않는다고?"

그는 으르렁거리며 다시 반문했다. 레이니르는 다리가 후들거
리는 게 수치심 때문인지 아니면 방금 짧은 시간 동안 느낀 쾌감
때문인지 알지 못했다. 알고 싶지도 않았다. 그녀는 그저, 단 한
가지에 집중했다.

복수.

"육체의 자동적인 반응이지. 난 당신 덕분에 쾌락이 무엇인지 잘 알게 됐으니까. 다른 남자들한테도 그럴걸? 확인해 봐야겠어."

콘 웅그르의 새까만 눈이 불타오르기 시작했다. 엄청난 분노 때문이었다. 아니, 분노를 훨씬 뛰어넘는 어마어마한 살기였다.

레이니르는 고개를 삐딱하게 만들고는 웃었다. 물론 한쪽 입술 끝을 올리는 비웃음이었다.

"그러고 보니, 당신이랑 제대로 한 적이 없지? 그래, 내 육체가 지금 욕정했으니까, 가장 가까이에 있는 당신이랑 일단 제대로 해 봐야겠어. 다른 남자들이랑은 그다음에 해야지. 비교할 생각이거든. 테크닉이나 크기가 얼마나 다를까? 일단 당신이랑 해보는 게 우선이네. 다른 남자들과는—"

"그만해!"

다소 파리하게 질렸던 콘 웅그르의 얼굴이 시뻘겋게 변하는 동시에 그의 입에서 불같은 고함이 거칠게 터져 나온 건 그때였다.

"그따위 말, 그만해라!"

"싫어."

콘 웅그르의 온몸에서 뿜어져 나오는 살기는 침실만이 아니라 거대한 도시 같은 왕성 전체를 메우고도 남을 만큼 엄청났다. 사실, 침실은 지진을 겪는 것처럼 미세하게 떨리고 있었다. 왕성 전체가 흔들리고 있으리라.

하지만 레이니르는 두려움 같은 건 느끼지 않았다. 그녀는 그저 즐거울 뿐이었다. 지독하리만치 냉정했던 남자가 이렇게나 감정을 토하다니?

망가졌다는 뜻이다, 그녀처럼.

"나는 내가 원하는 말은 무엇이든 할 거야. 내가 원하는 행동도 무엇이든 할 거야."

"후회한다고 했다! 내가, 지고의 존재인 내가 후회한다고 했어! 네게 한 행동이 잘못됐다고 인정했단 말이다! 그런데 너는—"

"그게 어쨌다는 건데? 응? 그게 어쨌다는 건데? 네가 그랬다고 내가 납작 엎드려서, 네, 황공하게도 드래곤의 왕께서 그래 주시니까 미천한 인간인 제가 다시 사랑해 드리겠습니다, 이럴 줄 알았어? 내가 왜 그래야 되는데? 내가 왜?"

"내가."

콘 웅그르는 레이니르에게서 손을 떼고 몇 걸음 뒤로 물러났다. 그러지 않으면, 그녀를 죽여 버릴 것 같다는 표정이었다. 그의 눈빛이 그렇게 말하고 있었다.

"어떻게 하길 원하지? 떠나는 건 할 수 없다. 나는 너를 사랑한다. 네가 다시 나를 사랑하길 바란다."

"떠나는 것을 제외하고, 내가 당신에게 바라는 건 하나야."

레이니르는 벽에 등을 기댄 채 팔짱을 꼈다. 콘 웅그르보다 키가 작았으나 턱을 오만하게 치켜들고 깔아보듯 그를 보았다.

"죽어버려, 차라리!"

콘 웅그르는 아무 말도 하지 않았다. 한참 동안 레이니르를 가만히 바라볼 뿐이었다. 레이니르는 콘 웅그르의 눈 속에 무언가가 피어나는 것을 보게 되었다. 나무의 깊고 깊은 뿌리 같은 것.

저건…… 혹시 상처인가? 영혼 속에 상처가 난 건가? 나처럼?

"네 어머니의 경고를 들었어야 했다. 후회한다. 네게 그러지 말았어야 했다. 네게…… 네게 그런 아픔을 주지 말았어야 했다."

콘 웅그르의 목소리에는 희미한 물기가 배어 있는 것 같았다. 그러나 레이니르는 무시했다. 가슴속에서 꿈틀거리는 감정 모두를 외면했다.

내가 당한 것보다 더 아파야 해! 그래야 돼!

"지독히도 후회한다, 지독히도……."

콘 웅그르는 쓰린 한숨을 길게 내쉬었다. 그러나 감정이 담긴 목소리를 내는 건 그게 끝이었다. 잠시 참을 수 없는 고통에 시달리는 것처럼 눈을 질끈 감고 있던 그는 눈을 떴다. 언뜻 평온해 보이지만, 실제로는 여러 종류의 늪에 빠진 것처럼 혼탁한 눈빛이었다.

"백안의 드래곤과 회색 드래곤이 너를 노리고 있으므로, 나는 가까이에서 너를 보호해야 한다."

레이니르는 바로 알아듣지 못했다.

"뭐라고? 무슨 말을 하는 거야?"

"내가 곁에 있는 게 싫어도 당분간은 참으라는 말이었다. 널 보호해야 하니까. 어즈로의 몸을 입은 회색 드래곤이 널 노리고 있다."

"진짜 타쿤을 죽인 그 드래곤 말이야?"

레이니르는 이제야 돌아가기 시작한 머리를 빠르게 움직였다.

"그렇다. 넌 내 반려로서 회색 드래곤에게 지니라는 인간에게 접근하지 말라고 명령했지. 회색 드래곤은 나에게, 그리고 나와 같은 위치인 내 반려, 너에게 불복종하지 못한다. 그래서 널 죽이려는 거다."

"내게 복종하면서 동시에 날 죽이려 든다고? 그게 말이 되는 거야?"

"드래곤들에겐 된다. 내 종족의 위계질서는 철저하다. 무조건 복종해야 하지만 명령을 받들고 싶지 않을 때도 있지. 그럴 때 상대를 죽이면 상대의 권력을 갖게 되는 거다. 상대의 위치로 올라가는 거지. 날 죽일 수 없으니 널 노리는 거다."

콘 웅그르는 건조하게 답했지만 레이니르는 순간 소름이 끼쳤다. 결국 약육강식이라는 뜻이니까. 강자에게 철저하게 복종하는 짐승들.

물론 사람의 세상도 엇비슷하긴 했다. 하지만 대륙에서는, 아니, 카르탄 왕국만 보더라도 약자든 강자든 법을 지켜야 하며 강자는 약자를 마음대로 죽이기는커녕 상처 입힐 수도 없었다. 또한 사회적인 약자의 경우 많은 배려를 받는 편이었다.

나와 완전히 다른 종족.

레이니르는 여왕이 어제 한 말을 이제야 이해했다. 인간의 형체로 있을 때 드래곤은 겉보기에 완벽한 인간으로 보일뿐더러 내키면 정말 인간인 척 연기할 수도 있었다. 그러나 근본적으로 기준점이 다른 존재였다. 애초에 사고방식이 같을 수 없었다.

하지만 그렇다고 날 그렇게 버리고 기만한 게 정당화되는 건 아니야, 절대로!

"누흐 산이 폭발하고 천지가 완전히 사라진 것도 회색 드래곤이 한 짓이다. 내가 천지 가장 깊은 곳에 백안의 드래곤의 뇌를 봉인했었다."

레이니르는 똑똑히 기억했다. 콘 웅그르는 뇌 상태인 백안의 드래곤에게 반려가 죽은 곳 근처에 처박혀서 다시는 만날 수 없다는 비극을 영원히 되새기라고 했었다. 아무리 반역을 꾀했다고는 하나, 그야말로 잔혹하기 그지없는 처벌.

"그 봉인은 마력이 없는 존재만 깰 수 있다."

이 세상은 반드시 마력이 있어야 육체를 지탱할 수 있기 때문에 대륙의 모든 사람들은 최소한의 마력을 가지고 태어났다. 다른 세상에서 온 카르탄 민 여왕만이 유일하게 마력이 없는 존재지만, 상식적으로 여왕이 백안의 드래곤의 뇌를 꺼냈을 리 없었다.

"여왕께서 그러셨을 리는 없으니 마력이 없는 다른 사람이 꺼냈다는 말이네. 그게 누구인지 알아?"

"모른다. 분명한 건 그 인간은 죽었을 거라는 사실이다. 백안의 드래곤은 회복한 뒤 그 인간의 모습으로 위장한 채 널 죽이려 들 것이다. 여왕에게 인간의 이름을 알아내라고 말했다."

"잠깐, 이미 죽었다고?"

"그래. 이 대륙에 살고 있는 인간들의 육체에는 전부 마력이 있지. 하지만 극소량을 가지고 있다면 육체가 사라질 때 완전히 마력이 없어지는 순간이 있다. 회색 드래곤은 그때를 이용해서 뇌를 꺼내게 했을 것이다. 누흐 산의 천지가 사라지고 폭발한 것으로 보아 이 방법은 성공했다."

"그렇다면 백안의 드래곤이 부활한다는 말이야? 하지만 뇌만

남았고 다른 부분은 소멸했으니까 다시 육체를 생성할 수 없는 것 아니야?"

"일반적으로는 그렇다. 그러나 같은 드래곤이 피와 살을 준다면, 인간의 형체 정도는 생성할 수 있다. 오래 버티지는 못하겠지만 일정 기간 동안 유지할 수도 있겠지. 더군다나 회색 드래곤은 자체 치유력이 굉장히 강하다."

레이니르는 푸른 드래곤을 먹고 온몸의 일부분이 푸르게 변한 데다가 조종마법과 고통의 마법을 남용한 탓에 몸이 무너져 내렸던 백안의 드래곤을 떠올렸다. 그녀의 어깨 살을 먹었고 엄청난 고통을 안겨준 존재. 콘 웅그르의 반려라는 이유 하나 때문에 그녀를 죽이려 들었던 드래곤. 그러나 레이니르가 백안의 드래곤에 대해 가장 선명하게 기억하는 건, 그 흉측했던 모습이 아니라 말이었다.

"그자는 널 마음에 두지 않았다."

바로 그 한마디. 그녀의 심장을 완전히 부숴 버린 것.

"백안의 드래곤은 이번에야말로 모든 수단을 동원해서 널 노릴 거다. 그때는 이름뿐인 반려였지만 지금은 아니니까."

"지금도 마찬가지야."

레이니르는 쏘아붙였다.

"그리고 대체 내가 왜 또다시 이런 위협을 받아야 해? 응? 왜 또 이래야 되는 거야? 당신 때문에 내 인생이 이미 망가졌는데, 또

비슷한 일을 겪어야 해?"

"네가 겪은 불편과 피해는 반드시 보상—"

"어서 그 둘을 잡아서 사라져 버려. 그게 내가 바라는 보상이야. 그리고 당신, 아무리 날 보호해야 한다고 해도 밖에 나가 있으면 안 돼? 당신과는 한 장소에 있고 싶지도 않아!"

순간 콘 웅그르의 얼굴은 흙빛이 되었다. 상상도 못한 고통을 겪는 사람처럼 보였다.

"보호를 위해서는…… 한 장소에 있어야 한다."

그는 힘겹게 이야기했다.

"불편해도 참아달라."

레이니르는 찬바람이 일어날 만큼 몸을 빠르게 돌려 무시하겠다는 의사를 나타냈다. 콘 웅그르의 시선이 쏟아졌지만 레이니르는 철저하게 외면했다. 그래야 하니까. 그녀는 시녀에게 전갈을 보내 아침 식사를 가져오게 했다.

"헉!"

시녀장은 레이니르의 약혼자이자 죽은 것으로 알려진 야를 버서커를 보고 기겁한 나머지 손에 들고 있던 큰 쟁반을 놓치고 말았다. 그러나 쟁반 위에 있던 모든 것은 바닥으로 떨어지지 않았다. 콘 웅그르의 보이지 않는 마법 덕분에 공중에서 멈추더니 다시 쟁반 위로 돌아갔고, 쟁반은 부드럽게 허공을 날아 레이니르의 테이블 위로 당도했다.

레이니르는 쟁반 전부를 콘 웅그르에게 내던지고 싶었다. 그가 모든 음식물을 뒤집어쓴 채 더러워진 꼴을 보고 싶었다. 하지만 그건 너무 유치한 짓이었다. 아니, 아무리 혐오하는 존재라도 그런 식으로 모욕을 줄 수는 없는 법이었다. 더군다나 음식이라니?

야를 하랄, 구국의 영웅이라 불리는 아버지가 돌아가신 건 레이니르가 다섯 살 때였다. 그러나 레이니르는 아버지의 가르침을 여럿 기억했다.

"음식은 꼭 먹을 만큼만 접시에 가져오고, 다 먹어야 한다. 이 음식이 네 앞까지 온 건 많은 사람들이 긴 시간 동안 땀 흘려 일했기 때문이야. 세상에는 아직 굶주리는 사람들이 아주 많단다. 그런 사람들을 생각해서라도 음식을 가지고 장난을 치면 안 돼. 알았지?"

아버지는 싫어하는 야채를 내던진 장녀를 눈물이 날 만큼 무섭게 야단친 뒤, 그녀가 죄송하다고 사과하자 꼭 안아주면서 부드러운 목소리로 속삭여 주었다. 그 뒤로 레이니르는 음식은 반드시 먹을 만큼만 접시에 가져와 남기지 않고 다 먹었다.

그런데 난 방금 이 음식을 그냥 콘 웅그르의 얼굴에 내던지려고 했던 건가?

사소한 일이긴 했다. 실제로 그런 것도 아니니 그냥 흘려버릴 수 있는 일이었다. 그러나 레이니르는 하늘에서 떨어지는 천둥에 직격당한 듯한 충격을 받았다. 깨달은 사실이 있으니까.

평생 동안 지킨 생활 습관이자 기본 규칙을 뒤엎는 걸 아무렇지도 않게 생각하다니?

남들이 보면 별거 아니라고 생각할 터였다. 하지만 레이니르에겐 그렇지 않았다.

또한, 떠오르는 기억이 있었다. 아무리 그녀가 콘 웅그르를 증오한다고 해도, 그가 능히 피할 수 있는 존재라고 해도 대뜸 단검부터 던진 건 해서는 안 되는 일이었다. 당시에 투명마법으로 모습을 가린 채 그녀의 침실에 있던 사람이 콘 웅그르가 아니라 다른 존재일 가능성이 희박하게나마 있었기 때문이다.

그러나 자신은 확인도 안 하고 일단 흉포하게 단검부터 던졌었다. 즉, 콘 웅그르가 아니라 다른 사람이었다면 크게 다쳤을 수도 있었다. 위험한 짓.

이 일뿐만이 아니었다. 단검에 다쳤는데도 아랑곳없이 손으로 시트를 갈기갈기 찢은 적도 있었다. 그로 인해 후스카르의 단장 자리에서 해임당한 건, 그게 정상적인 행동이 아니기 때문이었다. 또한 콘 웅그르가 타쿤으로 분했을 때, 몇 마디에 미쳐서 엄청난 공격마법을 뿜은 적도 있었다.

방금 다른 남자들 운운하면서 저열한 말을 지껄인 것도 마찬가지였다. 그 말을 한 이유는 단 한 가지뿐이었다. 콘 웅그르에게 고통을 주고 싶다는 것, 그것 하나.

목적은 달성했다. 콘 웅그르는 아파했고 레이니르는 쾌감을 느꼈다. 사실 지금도 기분이 더없이 좋았다. 그를 거부함으로써 고문하고 있으니까.

하지만 이게 옳은 일일까?

갑자기 그런 생각이 들었다. 물론 복수 자체는 옳은 일이었다. 그녀가 그렇게나 아프게 당했으니 몇 배로 보복하고 싶은 마음은 아직도 선명했다. 하지만 레이니르는 이제 알았다.

나는, 정말 이상해졌어.

후스카를의 단장 자리에서 해고된 건 그녀가 정신적으로 망가졌기 때문이었다. 물론 그건 콘 웅그르 때문이지 그녀 스스로의 잘못 때문은 아니었다.

하지만 그렇다고 아버지의 기본적인 가르침조차 되새기지 못하는 상태가 되다니? 음식 이야기는 사소한 부분이지만, 가장 밑바닥까지 내려온 느낌이었다. 아니, 더 깊이 처박힐 수도 있다.

물론 이것 또한 콘 웅그르 탓이었다. 이렇게 치졸하게 변한 건 모두 그에게 처절하게 배반당했기 때문이었다. 하지만 대체 언제까지 이래야 하지? 그리고 난 어디까지 가라앉을 거지?

"레이니르?"

시녀가 도망치듯 사라진 뒤, 침실 안에는 레이니르와 콘 웅그르뿐이었다. 그녀가 한참 동안 우두커니 앉아서 불규칙적으로 숨만 쉴 때 그가 입을 열었다.

"왜 그러지? 혹시 어디 아픈가?"

콘 웅그르는 아주 천천히 다가왔다. 그는 잠시 주저하는 기색이었으나 바로 옆에 선 채 허리를 숙이면서 레이니르의 이마에 손을 댔다. 한참 깊고도 복잡한 생각 속을 떠다니던 레이니르가 번뜩 정신을 차린 건 그때였다.

"내 몸에 손대지 마!"

레이니르는 반사적으로 콘 웅그르의 손을 후려치기 위해 두 손을 내밀었다. 손끝이 바로 앞에 있던 쟁반을 건드렸고, 그 바람에 아직 뜨거운 김을 흘리는 새하얀 스프는 물론 즙 많은 과일 조각이 옆으로 튀어 올라 콘 웅그르에게 향했다. 그의 뺨 한쪽에 스프가 묻은 건 물론이거니와 과일의 붉은 즙도 몇 방울이 튀었다.

콘 웅그르는 새까만 눈동자가 분노의 불길에 사로잡힌 상태였다. 생전 처음 당해보는 일에 엄청난 불쾌감을 느끼는 게 분명했다. 그러나 그는 묵묵히 한 손으로 뺨에 묻은 것을 닦아낼 뿐이었다.

"왜, 화를 안 내?"

레이니르는 다그치듯 캐물었다.

"아무리 내가 실수로 그런 거라지만 이런 일 처음 당하잖아? 드래곤의 왕이라는 분이 한낱 개미 따위한테 이런 모욕적인 일을 당했는데 왜 참는 거야?"

"네 말대로 의도가 아니니까. 더군다나 근본적인 생각을 바꿨다. 다른 인간들은 여전히 내게 개미 따위다. 이건 무슨 일이 있어도 바뀌지 않을 거다. 그러나 너는."

콘 웅그르는 그냥 일상적인 이야기를 하듯 차분히 말했다.

"이제 나의 여자다. 나와 동등한 존재. 그렇게 생각한다. 그러니 네가 내게 무슨 말을 하든, 무슨 행동을 하든 나는 화낼 권리가 없다. 그러고 싶지도 않다. 사실, 이상하다는 생각을 하는 중이다. 내게 고통을 주기 위해 의도적으로 다른 남자를 들먹거리는 아까 그 모습조차……."

콘 웅그르는 정말 신기한 것을 보는 것처럼 고개까지 옆으로 저어가며 그녀를 살펴보았다.

"아름답다. 네가 이리도 매력적인 존재인지 미처 알지 못했다. 처음에는 머리카락만 그런 줄 알았지만 갈수록 모든 것이 그렇게 보인다. 1분 1초가 흐를수록 더 많이 그리 생각된다. 그래, 화가 나긴 한다. 의도와는 상관없이 이건 모욕이니까. 하지만 이렇게나 아름다운 네게 어떻게 분노한단 말인가?"

"……내 마음은 더 이상 아름답지 않아."

레이니르는 무슨 말을 해야 할지 알 수가 없었다. 그녀는 그래서 심장박동을 외면하며 익숙하고 손쉬운 분노를 택했다.

"당신 때문에 그렇게 됐지. 정신적으로 망가졌어. 지저분한 밑바닥을 보이고 있다고!"

"그래도 사랑한다. 그 인간, 타쿤의 모습으로 있을 때 말했지."

콘 웅그르는 타쿤의 이름을 언급하며 얼굴을 찌푸렸다.

"네가 지금과 성격이 다르고 외모가 달라도 사랑할 거라고. 불치의 병을 앓아도, 불구가 되어도, 죽어버려도 사랑할 거라고."

그때처럼 콘 웅그르는 레이니르와 눈을 똑바로 마주했다.

"그건 진심이다. 나는 문자 그대로 네가 어떤 모습이 되든, 어떤 성격이 되든 사랑할 것이다, 영원히."

콘 웅그르는 새까만 눈동자를 흑진주처럼 반짝이면서 미소 지었다. 순간 레이니르는 생전 처음 보는 다정한 빛에 홀리고 말았다. 이전에 그가 거짓으로 그녀에게 사랑한다고 고백했을 때조차 보지 못했던 것.

이건, 진짜다!

연기하는 게 아니라 진심을 말하는 것이었다. 아니, 운명이었다. 콘 웅그르는 야를 레이니르가 어떤 존재가 되든 운명적으로 사랑할 것이다.

영원히.

"그러니, 레이니르."

콘 웅그르는 손을 올렸다. 그의 손끝이 그녀의 뺨에 닿은 순간, 정전기가 일어났다. 짜릿함에 레이니르는 한순간 잃었던 정신을 되찾았다. 그녀는 고개를 다시 옆으로 돌려 그를 외면했다. 하지만.

그의 고백을 들은 귀가 따끔거렸다. 그의 미소를 본 눈이 부셨다. 그의 마음을 느낀 심장이 뜨거웠다. 그의 미래를 본 영혼이…….

아니다, 아니야! 이런 몇 마디 말 따위로 용서해 줄 수 없어! 나를 한 번도 아니고 두 번이나 기만했어! 나를, 차라리 죽는 게 더 낫다고 생각하게 만들었어! 이렇게 밑바닥을 보이게 뒤흔들었어!

"나는 너를 영원토록 지켜주겠다."

레이니르가 막 저리 꺼지라고 외치기 직전이었다. 콘 웅그르는 태산보다 굳건하게 내뱉었다.

"이렇게 가까이에서 널 보호하는 건 백안의 드래곤과 회색 드래곤을 처리할 때까지다. 하지만 그 뒤에는 멀리서라도 널 안전하게 지켜주겠다. 이번 생에서만이 아니라 다음 생에서도, 그다음 생에서도 그러겠다. 네가 다치지 않도록 영원히 그리할 것이다."

레이니르는 저도 모르게 다시 고개를 돌려 콘 웅그르와 시선을 마주했다. 그의 눈동자는 방금처럼 더없이 확고한 진심을 말하고 있었다. 아니, 이것 또한 미래였다. 앞으로 진행될 운명.

"나는…… 이미…… 상처 입었어."

레이니르는 노력한 끝에 간신히 1년 3개월 전의 사건을 꺼낼 수 있었다. 콘 웅그르의 눈빛에 녹아내리지 않기 위해서였다.

"당신 때문에. 바로, 당신 때문에."

"그래서 후회한다. 지독히도 후회한다."

콘 웅그르가 읊조리듯 내뱉는 말은 쓰디쓴 한숨으로 그득했다. 영혼이 찢어진 상처를 되새기는 데 집중하고 있던 레이니르조차 알아차릴 수 있을 정도였다.

진심으로 후회한다는 뜻.

같은 상황에 처하게 된다면 그러지 않겠다는 의미이기도 했다. 즉, 그녀를 버리지 않고 사랑하겠다는 말. 이전처럼 달콤하고 열정적으로, 행복 그 자체인 그 상황으로…….

"나는, 나는 복수를 원해!"

레이니르는 소리쳤다. 이대로 넘어갈 순 없었다. 살아남은 게 기적일 정도로 엄청난 치명타를 여러 차례 입은 자존심을 위해서, 그리고 고통 때문에 몸부림치면서 보낸 지난 시간을 위해서.

"당신도 고통받기를 원해! 나처럼! 아니, 나보다 더!"

"고통받고 있다, 네가 생각하는 것 이상으로. 나는 망각忘却이라는 것을 알지 못하는 드래곤이다. 영생불멸하며 모든 것을 잊지 않는 존재. 앞으로 나는 이 지독한 후회의 감정을 기억할 것이다. 이번 삶이 끝나고 몇 번의 생을 거치면서 네가 잊는다고 해도 나는 또렷하게 볼 수 있다. 이 세상이 끝나기 전까지, 내가 네게 그런 상처를 줬다는 사실을 잊지 않을 것이다. 내가 느끼는 이 아픔 자체도 그리 할 거다, 영원히."

영원永遠.

어떤 상태가 끝없이 이어지는 것. 또는 시간을 초월해도 변하지 않는다는 의미.

그 단어가 시야에 확장되듯 들어온 순간, 레이니르는 보이지 않는 화살이 심장을 관통하고 지나가는 느낌이었다. 콘 웅그르는 드래곤이었다. 그가 말한 대로 고통은 끊임없이 이어질 터였다. 백 년도 살지 못하는 그녀와는 달랐다.

콘 웅그르는 그야말로 영원히 아파할 것이다. 그것이 그의 운명이었다. 지고의 생명체지만, 절대 피할 수 없는 일.

"……그래서? 그래서 어쨌다고?"

잘못한 건 내가 아니다. 그런데 어째서 내가 이 알량한 죄책감을 느껴야 하지? 내가 왜 아파해야 해?

레이니르는 두 주먹을 불끈 쥐고는 소리 질렀다.

"그 모든 건 당신이 자초한 일이야! 당신 탓이라고! 내 잘못이 아니야! 그러니까 그딴 말 따윈 하지 마! 내게 죄책감 같은 걸 심어주지 마!"

"나를 사랑하나?"

전혀 예상하지 못한 질문이기에 레이니르는 바로 방어하지 못했다. 그녀는 잠시 호흡을 멈추고는 발작하듯 소리쳤다.

"아니! 무슨 그런 바보 같은 질문을 하는 거야? 난 당신을 사랑하지 않아! 다시 말해줘?"

"사랑하지 않는다면 내 고통을 염려할 이유가 없다. 죄책감을 느끼지도 않을 터."

"죄, 죄책감은! 인간이라면, 감정을 가진 인간이라면 어느 때나 가질 수 있는 거야!"

말문이 막혔다. 언제나 청산유수 같은 말솜씨를 자랑하고 적절한 반응을 보였으나 이 순간 레이니르는 말을 더듬다가 본인이 듣기에도 조악한 말을 내뱉고 말았다.

내가 왜 이러는 거야? 역시 이 남자와 연결되면 난 제정신이 아니야!

레이니르는 다시 고개를, 아니, 몸을 돌려 콘 웅그르에게 등을 보여주었다. 더 이상 말하지 않겠다는 분명한 의사 표현이었다. 콘 웅그르는 레이니르의 의사를 알아들었는지 더는 관련 대화를 이어가지 않았다.

"식사, 하라. 다시 불렀으니 곧 올 것이다."

콘 웅그르는 그 말을 한 채 물러났다. 레이니르는 자신이 안도감을 느끼는지 아니면 아쉬워하는 건지 알 수 없었다. 그녀는 시녀가 다시 등장해서 식사를 두고 사라지자 묵묵히 먹은 뒤 침대로 가서 누웠다. 콘 웅그르의 시선이 계속 따라왔다.

온몸이 따가웠다. 아니, 뜨겁다는 표현이 더 정확했다. 그러나 레이니르는 생각하지 않으려고 애쓰며 그에게 등을 보여주는 자세로 시트를 머리끝까지 덮어썼다. 그래 봤자 콘 웅그르는 시트 정도는 투시해서 그녀를 볼 게 뻔하지만.

정말이지, 피곤했다.

분노와 수치심, 짜증, 죄책감 그리고…… 보이지 않는 곳에 꼭꼭 숨어 있어서 내던질 수 없는 기쁨과 환희의 감정이 머릿속은 물론 몸 전체까지 무겁게 만들고 있었다.

레이니르는 눈을 질끈 감았다. 어서 무의식 속으로, 콘 웅그르가 없는 세상으로 가고 싶었다.

그러나 잠든 레이니르는 꿈속에서도 그를 보았다. 사랑한다고 끝없이 속삭이는 콘 웅그르는 더없이 유혹적이었다. 레이니르는 그에게 손을 뻗었다. 그러나 서로의 손이 닿은 순간이었다. 그들의 머리 위로 기괴한 그림자가 졌다. 음침한 회색 그리고 우울한 푸른색과 흰색이 어지럽게 뒤섞인 것.

이대로 가만히 서 있으면 그림자에 짓눌릴 터였다. 빛을 보지 못하고, 아니, 눈앞의 콘 웅그르도 보지 못하고 영원히 저 불길한 그림자에 갇혀서…….

"싫어!"

레이니르는 비명을 내지르며 몸을 일으켰다. 괴상한 색상은 사라지고 익숙한 흰색의 벽이 눈에 들어왔다. 왕성에 있는 그녀의 침실.

"레이니르."

곧 낯익은 목소리와 얼굴이 나타났다. 콘 웅그르는 걱정으로 가득한 눈빛으로 침대 가장자리에 앉아 그녀를 바라보았다.

"악몽을 꿨나?"

"그래. 그런데……."

레이니르는 온몸을 부들부들 떨다가 두 팔로 상체를 껴안았다.

콘 웅그르는 그녀에게 손을 뻗었다가 닿기 직전에 거두었다.

"내가 왜 그런 꿈을 악몽으로 생각하는 거지? 왜 이렇게 두려운 거야? 그따위 일이!"

레이니르는 분노를 참을 수 없었다. 그녀는 주먹을 불끈 쥐고 상대를 죽여 버리겠다는 눈빛으로 콘 웅그르를 쏘아보았다. 그는 표정 자체는 경직되어 있었으나 여전히 그녀를 염려하는 눈빛이었다.

"레이니르?"

그녀는 그가 당혹해하는 목소리를 듣고서야 자신의 눈에 눈물이 고였음을 알아차렸다. 눈을 깜빡이자 뺨으로 한줄기의 눈물이 흘러내렸다.

"무슨 악몽을 꿨지?"

말투 자체는 명령조였으나 목소리는 솜사탕처럼 부드러웠다. 위로와 걱정의 마음을 담뿍 담고 있었다. 그래서 레이니르는 흐느끼듯 말하지 않을 수 없었다. 악몽의 내용이 아니라 그동안 품고 있던 생각을.

"왜 나를 그렇게나 잔인하게 버렸어? 그러지 않았다면…… 그러지 않았다면…… 날 조금만 더 생각해 줬다면…… 내가 이렇게 망가지진 않았을 거야."

"미안하다."

레이니르는 말을 들은 자신이 더 놀랐는지 아니면 말을 한 콘 웅그르가 더 놀랐는지 알 수 없었다. 그는 잠시 그녀를 뚫어져라 쳐다보기만 했다.

"내가…… 사과도 하는군."

콘 웅그르는 기막히면서도 어이없다는 표정이었다. 웃기까지 했다. 허탈한 감정 때문이리라.

"너로 인해 난 정말 다양한 감정을 겪게 되는군."

"겨우, 겨우 한마디로 내가 용서할 거라고 생각해?"

레이니르는 그렇게 내뱉었으나 목소리가 떨리고 있었다.

드래곤의 왕이 사과를 하다니?

저지른 짓에 비하면 미안하다는 말 한마디는 아무것도 아니지만, 결코 상상하지 못한 일이었다.

"그렇게 생각하지 않는다. 겨우 몇 마디 말과 몇 가지의 행동으로 나를 용서할 순 없겠지. 그래서 이번 생만이 아니라 다음 생에서도, 그 뒤에도 계속, 영원토록 너를 보호하면서 보여줄 생각이다. 너를 진심으로 사랑한다는 걸."

콘 웅그르는 미소 지었다. 세상에서 가장 값비싸고 소중한 보물을 보는 눈빛으로 환하게.

"사랑한다, 레이니르."

"나는…… 나는……."

레이니르는 혀끝까지 치솟은 말을 짓누른 채 다른 마음을 내뱉었다.

"당신을 고문하고 싶어. 차라리 죽여 버리고픈 충동도 들어."

"나를 죽이고 싶나?"

콘 웅그르는 두 손으로 레이니르의 손을 잡고는 그의 목을 붙잡게 했다. 그러고는 인사말을 하듯 가볍게 한마디 했다.

"죽여라."

레이니르는 기가 막혔다.

"어떻게 그렇게 쉽게 말해? 어떻게? 당신은 드래곤들의 왕이잖아! 당신이 없으면 정신이 나간 드래곤들이 모든 사람들을 죽이고 세상을 멸망시킬 수도 있는 거잖아!"

아무리 감정의 격류에 휘말린 상태라고 해도 레이니르는 현실을 알았다. 콘 웅그르는 이 세상에 반드시 필요한 존재였다.

"세상 전체보다 네가 더 소중하다."

아까 사과할 때처럼 이번에도 콘 웅그르는 놀란 표정이었다. 아니, 당황한 것 같았다. 그러나 그는 곧 엄청난 사실을 깨달은 눈빛으로 그녀를 바라보았다.

"그래…… 그렇군. 이 말이 맞다. 이 세상 그 어떤 것보다 너의 행동과 말, 마음과 의지 자체가 더 귀하다. 그런 거다. 그래, 그런 거야. 그러니 레이니르."

콘 웅그르는 그의 목을 붙잡고 있는 그녀의 손을 더욱 힘주어 잡았다.

"원한다면 죽여라. 나는 너의 의사를 존중한다. 그래, 그렇군. 지금 나를 죽이면 회색 드래곤과 백안의 드래곤 모두 너를 더 이상 노리지 않을 것이다. 너는 자동적으로 내 반려가 아니게 되어 회색의 드래곤은 그 인간 반려를 원하는 대로 할 수 있으니 만족할 테고, 백안의 드래곤은 내게 고통을 주려고 널 노린 것인데 내가 죽으면 복수할 이유가 사라진다."

레이니르는 다시 현실적인 이유를 찾아냈다.

"회색 드래곤의 손아귀에 떨어질 지니를 생각하면 그럴 수 없어!"

"그러나 네가 내 죽음을 원한다. 나는 네가 바라는 건 무엇이든 할 수 있다. 이 세상도 버릴 수 있다. 너를 사랑하니까."

"내가 널 사랑하지 않아! 나는 널, 사랑하지 않아! 사랑하지 않아!"

레이니르는 발작하듯 비명을 질렀다. 그러지 않을 수 없었다.

"사랑하지 않는단 말이야!"

"내가 사랑한다. 내가, 너를 사랑한다."

콘 웅그르는 끊임없이 속삭였다. 그 어떤 얼음이라도 녹일 수 있을 만큼 뜨겁게. 그 어떤 방어막이라도 뚫을 수 있을 만큼 강력하게. 그래서 레이니르는 방어하지 못했다. 이 순간, 고슴도치처럼 뾰족뾰족한 무장은 한순간에 해체되고 말았다.

"사랑한다."

콘 웅그르는 다시 미소 지었다. 1년 3개월 전에는 빛이 전혀 없었던 새까만 눈동자는 이제 암흑 속에서도 스스로 광채를 내뿜는 야광 흑진주처럼 빛나고 있었다.

더없이 아름다웠다. 레이니르는 완벽하게 홀려 버렸고, 다가오는 그의 입술을 거부하지 못했다.

"사랑한다."

쿤 웅그르는 다시 속삭인 뒤 그녀의 입술에 입술을 포갰다. 레이니르는 순간 움찔거렸다. 그녀는 황급히 고개를 뒤로 빼며 그의 뺨을 후려쳤다.

짝!

소리는 침실 전체를 울릴 만큼 컸다. 어찌나 세게 쳤는지, 레이니르는 손가락 끝부터 어깨까지 울리는 기분이었다.

"사랑한다, 레이니르."

뺨까지 맞는 모욕 중의 모욕을 당했건만 콘 웅그르의 목소리에 분노는 눈곱만큼도 없었다. 오히려 걱정하는 눈빛으로 방금 그를 후려친 그녀의 손을 잡아 입술로 가져갔다. 엄지부터 약지까지 레이니르의 모든 손가락 끝에 아주 천천히 입을 맞추었다. 아주 따듯하게.

"사랑한다."

콘 웅그르는 이어 레이니르의 손바닥 중앙에 아주 길게 입술을 댔다.

"사랑한다."

레이니르는 손을 간질이는 뜨거운 숨결만이 아니라 그윽하게 속삭이는 말도 참을 수가 없었다. 그녀는 입술을 한껏 깨물었지만, 눈물을 내리누르는 데 실패했다.

"사랑한다."

또다시 눈물이 뺨으로 흘러내렸다. 그러나 아까처럼 침대 위로 떨어지진 않았다. 그가 턱에 맺힌 눈물이 밑으로 사라지기 전에 입술을 댔기 때문이었다. 콘 웅그르는 그녀의 눈물을 입술로 빨아들이며 위로 조금씩 움직였다. 레이니르가 속눈썹을 파르르 떨면서 눈을 감자, 그는 입술로 그녀의 감은 눈 위와 이마를 훔쳤다.

"사랑한다."

콘 웅그르는 다시 말하며 미끄러지듯 레이니르의 입술로 다가 갔다. 그녀는 이번엔 그의 뺨을 치지 않았다. 두 팔을 그의 목에 둘러 끌어당겼다.

"사랑한다."

레이니르에게 입을 포위당하자 콘 웅그르는 이제 그녀의 머릿 속으로 직접 전갈을 보내서 마음을 전했다.

"사랑한다."

콘 웅그르의 목을 잡아당기는 레이니르의 손에 더한 힘이 들어 갔다. 또한 레이니르는 그의 입술 안으로 거칠게 들어갔다. 그녀 의 혀가 그의 것을 감자, 콘 웅그르는 목구멍 깊은 곳에서 신음을 흘렸다. 레이니르는 그 점이 마음에 들었다. 그녀는 더 큰 소리를 원했다.

레이니르는 의도적으로 콘 웅그르의 입에서 빠져나왔다. 콘 웅 그르가 손을 움직이기 시작한 게 그때였다. 그는 그녀의 허리를 두 손으로 붙잡아 자신의 허벅지 위에 앉혔다. 이어 그녀의 등과 허리를 매만지자 레이니르는 신음하며 고개를 젖혔고, 콘 웅그르 는 그녀의 가는 목에 입술을 대고 혀로 길게 핥아 내렸다.

축축하면서도 뜨거운 혀가 지나가는 부분에 불길이 일어났다. 콘 웅그르의 커다랗고 강한 손 또한 똑같은 열기를 그녀의 몸에 심기 시작했다. 그러나 레이니르는 그것만으로 만족하지 못했다. 그녀는 더한 것을 원했다. 괴로운 아픔을, 고통스러운 기억을 완 전히 잊을 수 있을 만큼 강렬한 것을 갈망했다.

레이니르는 짧은 손톱에 마력을 불어넣고는 불룩하게 솟은 콘 웅그르의 바지 중심 부분을 긁었다. 바지는 즉시 찢어졌고 그동안 그 속에 힘들게 눌려 있던 것이 나타났다. 그녀의 목을 깨물던 콘 웅그르는 시간이 멈춘 것처럼 그대로 굳어버렸다. 그래서 레이니르가 나섰다. 그녀는 무릎을 세워 앉으며 한 손으로 그의 것을 틀어잡았다.

"레이니르!"

콘 웅그르가 움직인 건 그때였다. 그는 목에 핏대를 세우며 그녀를 부르더니 그녀의 손목을 틀어쥐었다. 손을 떼게 하려는 행동이었으나 레이니르가 더 빨랐다. 그녀는 다른 손으로 뜨겁게 고동치는 그것의 끝을 긁었다. 콘 웅그르가 이를 아득 깨무는 소리가 침실 전체로 퍼졌다. 그의 거친 호흡이 덜컥 멈춘 건 물론이었다.

내가, 그를 조종할 수 있다. 난 내 마음대로 드래곤들의 왕을, 이 세상의 왕을 지배할 수 있다!

레이니르의 전신을 꿰뚫은 희열은 대단히 컸다. 그녀는 한쪽 입술이 올라가는 미소를 지으며 두 손으로 그의 것을 꼭 쥐고 열 손가락으로 끊임없이 매만지면서 탐색했다. 실크처럼 부드러우면서도 돌처럼 단단한 기둥은 예전 기억 그대로 대단히 크고 두꺼웠다. 이것이 몸 안으로 들어온다고 생각하니 두려울 정도였다.

"사랑한다."

콘 웅그르는 헐떡이고 있었다. 그녀의 손에 핵심을 붙잡힌 채 비스듬히 누운 것처럼 침대에 앉아 있는 콘 웅그르는 가쁜 숨을 내쉬면서도 속삭였다.

"사랑한다, 레이니르. 진심으로, 영원히."

그래서 레이니르는 생각을 하지 못했다. 아니, 못한 게 아니라 안 한 것일지도 몰랐다. 그가 그녀에게 어떤 상처를 줬는지 떠올리고 싶지 않으니까. 이 순간 그녀가 바라는 건 단 한 가지였다.

레이니르는 왼손으로는 그의 것을 쥔 채, 오른손으로는 입고 있는 원피스의 치맛자락을 걷어 올렸다. 자신의 입구에 대자마자 그 쾌감을 즐기지도 않고 그대로 주저앉았다.

신음도 나오질 않았다. 온몸이 쪼개지는 통증이 엄습했지만 레이니르는 아무 말도 하지 않은 채 그냥 가만히 굳어 있었다. 조금이라도 더 움직이는 것, 말하느라 입술을 조금 움직이는 것이라도 했다간 더 격렬한 고통에 시달릴 게 뻔하니까.

하지만 언제까지 이래야 하는 거지? 내가 왜 아파야 해? 내가 왜 또?

레이니르는 두 손을 불끈 쥐고 콘 웅그르의 어깨를 내려치기 시작했다. 움직이자 맞닿은 부분이 미세하게 마찰하면서 날카로운 고통이 다시 찾아왔다. 하지만 레이니르는 아픔보다 억울한 감정이 더 컸다. 짜증도 나고 열받기도 했다.

"나쁜 새끼."

레이니르는 콘 웅그르의 어깨는 물론 가슴도 쿵쿵 내려쳤다. 손톱으로 긁기도 했다.

"내가 왜 또 이렇게나 아파야 해! 내가 왜 또!"

"미안하다."

콘 웅그르는 폭발하기 직전인 듯, 벌겋게 변한 얼굴로 입을 열었다.

"사과한다."

"그게 다야? 그런 말 따위로 내가 용서할 것 같아?"

"용서하지 않아도 된다. 그래도 된다. 하지만 나는 끝없이 네게 용서를 빌겠다. 끝없이 사과하겠다. 그리고 너를 영원히 사랑하겠다. 영원히, 영원히."

콘 웅그르는 가쁜 호흡과 함께 내뱉었다. 그러지 않고는 견딜 수 없는 것처럼 끊임없이 속삭였다.

"후회한다. 너를 그리 대한 것, 너를 처음부터 사랑하지 않은 것을 지독히도 후회한다. 사랑한다. 용서를 빌겠다. 사랑한다, 나의 레이니르. 나의 영원의 반려, 사랑한다. 사랑한다."

레이니르는 눈을 질끈 감았다. 그러면서 콘 웅그르를 때리던 손으로 자신의 귀를 막았다. 저 유혹적인 말을 더는 듣고 싶지 않으니까. 그러자 콘 웅그르는 그녀의 머릿속으로 직접 전갈을 보냈다.

"사랑한다."

동시에 콘 웅그르가 움직이기 시작했다. 거친 열망을 억누르기 위해 주먹을 불끈 쥐었던 오른 손가락을 하나씩 떼더니 연결된 곳으로 가져갔다. 그의 검지가 보드라운 그녀의 금은색 숲을 쓸기 시작했다.

"사랑한다."

그러고는 숨어 있던 진주를 찾아냈다. 굵고 딱딱하며 뜨거운 손가락 끝이 진주를 누르면서 쓸자 레이니르는 순간 번개에 맞은 것 같았다. 그녀는 손톱을 세워 그의 어깨를 꼭 쥐면서 허리를 뒤로

휘었다. 콘 웅그르는 그 틈을 놓치지 않았다. 그는 다른 손으로 그녀의 원피스를 잡아채서 옆으로 벌렸다. 단추가 소리 없이 뜯겨지며 새하얗고 봉긋한 가슴 한쪽이 드러났다. 그는 독수리가 먹이를 잡아채듯 고개를 숙여 가슴을 입으로 잡아챘다.

콘 웅그르가 뜨거운 입으로 가슴을 게걸스럽게 빨기 시작하자 레이니르는 고개를 뒤로 더 젖히며 신음을 내뱉었다. 그의 단단한 치아가 위로 솟은 유두를 씹자 쾌감은 순간 그녀의 시야 전체를 흐릿하게 만들었다. 그것뿐만이 아니었다. 그가 두 손으로 그녀의 엉덩이를 세게 누르자 레이니르는 연결된 부위에서 처음으로 아픔 이외의 불길을 느끼게 되었다.

"사랑한다."

콘 웅그르의 입술이 올라와 이번에는 그녀의 입술을 탐욕스럽게 훔쳤다. 동시에 그는 그녀의 잘록한 허리를 붙들어 위로 올렸다가 더 깊이 들어오게 했다. 가쁘게 호흡하던 레이니르는 순간 숨이 완전히 막혔다. 짜릿한 아픔은 이제 그녀를 쾌감으로 내리치기 시작했다.

"사랑한다. 사랑…… 한다. 하아……."

이제 콘 웅그르는 신음마저 전갈로 그녀의 머릿속에 전달하고 있었다. 머리가 완전히 날아간 것처럼 생각을 할 수 없게 되었으나 레이니르는 또렷하게 들었다. 그가 마치 세뇌시키려는 듯 끊임없이 말하고 또 말하는 것을 놓치지 않았다. 그녀의 영혼은 그럴 수밖에 없었다. 그리고 그녀의 육체는, 다른 말을 들었다.

"사랑한다."

그래서 너와 하나가 되었다. 깊이, 더 많이.

콘 웅그르의 몸은 그렇게 외치고 있었다. 시간이 흐를수록 더욱 빠르고 거칠게 움직이면서 그는 그녀와 하나가 되었다. 더 깊고, 더 많이 그들은 완벽한 지점에 도달했다. 모든 것을 잊을 수 있을 만큼 강렬한 환희로 그득한 세상.

그러나 레이니르는 기억했다. 이 순간에서도 그녀는 지난날의 어두운 과거를 또렷하게 아로새길 수 있었다. 하지만 태양이 떠오르면 그림자가 생기는 것처럼 아주 당연하게 따라오는 게 있었다.

"사랑한다."

그렇게 말하고 속삭이며 소리치는 콘 웅그르의 고백.

"영원히, 야를 레이니르 너를 사랑한다. 진심으로!"

약속이자 맹세이며 미래인 동시에 운명인 것.

드래곤들의 왕은 인간인 나를 사랑한다. 이 세상 전부보다 더 많이, 더 깊이. 그리고 끝없이, 영원히.

그래서 레이니르는 이제 보지 않을 수 있었다. 고통을 기억하라는 영혼의 부르짖음을 듣지 않을 수 있었다. 그 자리에 사랑의 새로운 기억이 나타났다.

"콘……."

레이니르는 더는 말하지 못했다. 그냥 그렇게 속삭이며 그를 더욱 뜨겁게 안아주었다. 그리고 그녀를 사랑하는 남자는 그것만으로도 행복하게 미소 지었다.

9.

 레이니르는 눈을 뜨기 전에 허리의 손을 먼저 의식했다. 크고 강한 손은 소유권을 주장하듯 그녀의 허리를 틀어쥐고 있었다. 옆으로 누워 있는 그녀를 뒤에서 껴안은 자세. 그러나 콘 웅그르는 가까이는 있으나 손 이외에 다른 부분은 그녀에게 접촉하지 않은 상태였다.

 그냥 어쩌다 보니 이런 자세가 된 걸까? 아니면 내가 밀어낼 거라고 생각해서 그런 걸까?

 무엇이 답이든 레이니르는 콘 웅그르의 손을 조심스럽게 밀어낸 채 침대에 앉았다. 그의 품에 안겨 있고 싶지 않았다. 지금은 그의 손이 닿는 것도 싫었다.

 몇 시간 전과는 다른 생각이긴 했다. 그를 틀어쥐고, 밀고 들어간 건 그녀니까.

레이니르는 소리 없이 길고 긴 한숨을 내쉬었다. 인정하지 않을 수가 없었다.

결국 이 남자와 다시 그런 사이가 됐구나.

아니, 다시는 아니다. 콘 웅그르가 정말로 그녀를 사랑한다고 해도 이전과 똑같은 관계가 될 순 없다. 그가 크나큰 잘못을 저질렀으니까.

난 용서한 걸까? 아니, 아니다……

레이니르는 주먹을 불끈 쥔 자신의 손을 보고 깨달았다.

아직도 분노는 가라앉지 않았다. 육체가 아니라 영혼에 난 상처는 아무리 효력이 좋은 약을 바른다고 해도, 아무리 강한 치유마법을 쏟아붓는다고 해도 치유되지 않는 법이니까. 그러나.

레이니르는 물끄러미 내려다보았다. 콘 웅그르는 희미하게 미소를 머금은 채 평온한 얼굴로 잠들어 있었다. 그는 간절히 바라던 소망을 마침내 이룬 사람처럼 더없이 행복해 보였다.

콘 웅그르는 정말로 그녀를 사랑한다. 그게 아니라면 그렇게나 잔인하고 냉혹한 존재가 이런 표정을 지으며 잠을 잘 리 없다.

솔직히, 반가웠다. 기뻤다. 환희가 끓어올랐다. 하지만 레이니르는 마음의 절반에 아직 분노가 가득 차 있다는 것을 잘 알았다. 콘 웅그르의 이 행복한 표정을 망치고 싶으니까. 부서뜨리고 싶었다.

이 혼란스러운 마음은 언제 정리될까? 언제 평온하게 바뀔까?

알 수 없었다. 분명한 건, 아주 긴 시간 동안 이럴 게 뻔하다는 사실이었다. 그 일은 그녀의 생이 끝나는 순간까지도 잊을 수 없는 것이니까. 아니, 다음 생에서도 이어질 기억이다. 어쩌면 그 뒤에도…….

영원이라…….

콘 웅그르는 드래곤이었다. 말 그대로 끝없이 살아가는 생명체로 백 년도 살지 못하는 인간이 아니었다. 즉, 그는 앞으로 그녀가 거듭 죽는 것을 두 눈으로 똑똑히 봐야 했다. 더군다나 인간과는 달리 드래곤에겐 망각의 능력도 없다. 반려의 죽음에 따른 모든 고통을 영원히 기억할 터.

그건 마치…… 저주 같았다.

레이니르는 언제나 사랑은 축복이라고 생각했었다. 그러나 드래곤에게 인간에 대한 사랑이란, 저주였다. 차라리 죽어버리는 게 더 가벼운 고통일 터.

콘 웅그르는 이제 그런 고문을 받으며 살아갈 것이다. 영원히.

레이니르는 몸을 떨기 시작했다. 두려우니까. 무서웠다. 이 남자가 고통을 껴안은 채로 영원을 살아가야 한다는 사실이 공포스러웠다. 그녀가 사랑하는 존재가 그렇게나 비참해지는 건…….

그래, 난 이 남자를 사랑한다. 다시 사랑하는 건 아니었다. 아직까지도, 여전히 사랑한다는 말이 맞았다.

일찍부터 알고 있는 사실이었다. 자신이 그렇게 비참하게 버림받았는데도 계속 사랑하는 멍청한 년이라는 사실을 인정하고 싶지 않았기에 외면했던 것일 뿐.

그래, 내가 정말 멍청한 년이긴 하네.

레이니르는 스스로에게 아낌없이 욕설을 내뱉으며 일어나 연결된 욕실로 아주 천천히 걸어갔다. 온몸이, 특히 다리 사이의 은밀한 부분이 비명이 나올 만큼 쓰라리고 결렸다. 그녀는 입술을 꽉 깨물어 신음을 참고는 가장 뜨거운 온도의 욕탕 앞에 섰다.

일단 레이니르는 단추가 날아가고 반쯤 찢어진 원피스를 벗고는 아공간에서 손톱만 한 크기의 병을 꺼냈다. 근육통이나 찰과상 회복에 효과가 아주 좋은 약이었다. 그녀는 약을 물에 넣고는 몸을 던지듯 따라 들어갔다. 처음에는 뜨거운 온도 때문에 온몸에 소름이 돋았으나 곧 통증 대신 녹아내릴 것 같은 황홀한 느낌이 찾아왔다.

레이니르는 수면 위로 목을 내밀고는 눈을 감고 만족의 신음을 흘렸다. 잠시 둥둥 떠다니던 그녀는 욕탕 내부의 가장자리에 있는 의자에 앉았다. 나른한 졸음이 솔솔 왔다. 하지만 잠드는 대신 눈을 떴다. 안 그래도 방금까지 자다 일어났는데 더 그럴 순 없었다.

그러고 보니, 그걸 하고 나서 바로 잠들었던 거네. 난 왜 절정만 맞으면 훅 가는 거야?

물론 정신을 잃을 만큼 쾌락이 엄청나긴 했다. 크고 두꺼운 콘웅그를 품는 건 온몸이 찢어지는 것처럼 아팠지만, 통증은 금세 사라지고 대신 수십 배는 됨 직한 환희가 영혼 깊숙한 곳에서 폭발했었다.

내가 민감한 건가? 아니면 사랑하는 남자와 해서 그런 걸까? 다른 남자와는 어떨까?

레이니르가 그런 질문을 떠올렸을 때였다. 인기척이 느껴졌다.

누가 욕실에 들어섰는지 알아차렸으나 그녀는 굳이 돌아보지 않았다.

"목욕하고 있군."

"그러면서 생각하고 있지."

왠지 얼굴이 붉어지는 기분이었다. 레이니르는 자신이 쑥스러워한다는 것을 깨닫고 얼른 감정을 뒤로 밀었다. 수줍은 처녀도 아니고, 이런 느낌을 가질 필요는 없다.

"다른 남자와는 어떨까? 당신과 그런 것처럼 황홀할까?"

레이니르는 불같은 분노의 외침을 듣게 될 거라고 예상했지만 실제는 달랐다. 콘 웅그르는 침묵을 지킨 채 성큼성큼 다가와 그녀가 있는 욕탕 속으로 들어왔다. 물이 얼굴로 튀자 레이니르는 손으로 막았지만 곧 그럴 수 없게 되었다. 콘 웅그르가 그녀의 두 손목을 잡아채 욕탕 벽에 짓눌렀기 때문이다. 레이니르는 살기로 이글이글 타오르는 눈동자를 코앞에서 보게 되었다. 그러나 위협적인 느낌은 전혀 없었다.

"내가 다른 남자랑 자면 날 죽일 거야?"

레이니르는 정말로 궁금해서 물었다. 옷을 단정하게 입고 있었으나 콘 웅그르는 이마에 핏대가 서 있는데다가 표정이 일그러져 있기에 온몸 전체가 험악해 보였다. 그는 악문 잇새로 내뱉었다.

"그 남자를 세상에서 가장 잔혹하게 고문해서 죽일 거다."

"난 안 죽인다는 거로군."

"네겐 손대지 않는다. 무슨 일이 있어도 손가락 한 마디, 아니, 머리카락 한 올도 다치게 하지 않을 것이다."

"으흠, 믿음이 가네. 예전에 약속도 어기고 맹세도 깼지만, 이 상하게 지금은 믿을 수가 있어."

레이니르는 혼잣말을 하듯 내뱉었다. 콘 웅그르의 눈빛이 다소 부드러워졌다. 그러나 그는 다그치듯 캐물었다.

"다른 남자와 그럴 건가?"

"몰라."

"모른다고?"

"그래. 정말이야, 몰라. 드래곤의 사랑은 영원하다지? 하지만 인간은 그렇지 않아. 당신이 운명적으로 내 반려로 지정됐다고 해도 내 마음은 언제든지 달라질 수 있어. 당신에게 고통을 주려고 말하는 게 아니야. 나는 사실 자체를 말하는 거야."

"다른 남자를, 사랑할, 수도 있다, 그건가?"

콘 웅그르는 헐떡이듯 내뱉었다. 얼굴이 새파랗게 질리는 모습은 마치 심장을 난자당하는 사람처럼 보였다. 레이니르는 두 가지 감정을 느꼈다. 쾌감 그리고…… 아픔.

이 남자가 고통받으면 이제 나도 아파하는구나.

아니, 이전에도 그랬지만 복수심이 눈앞을 가로막아 보지 못했었다. 알면서 외면하기도 했었다. 이제는 그러지 못할 터.

"그래, 그럴 수도 있어. 인간이란 이런 존재니까. 그리고 나는 인간이지."

"그래서! 다른 남자가 눈에 들어왔다는 건가! 내가 아니라 다른 남자를 사랑할 거라는 건가! 아까까지만 해도 너는 나를 받아들였어! 그 짧은 시간에 마음에 바뀌었다는 건가!"

이제 콘 웅그르는 고함을 내지르고 있었다. 욕실 전체가 뒤흔들릴 만큼 큰 소리인데다가 그가 내뿜는 보이지 않은 힘에 의해 욕탕의 물이 지글지글 끓어오르기 시작했다. 그러나 신기하게도 레이니르는 귀가 아프지 않았고 몸에 닿아 있는 물이 뜨겁지도 않았다.

콘 웅그르가 그녀의 온몸을 보호하고 있기 때문이리라. 방금 말한 그대로 다치지 않게 배려하고 있는 것.

레이니르는 갑자기 울고 싶었다. 그녀는 눈물을 내리누르고는 고개를 살짝 저었다.

"마음이 바뀐 건 아니야. 그냥 사실을 말한 것뿐이야."

"그렇다고 해도 그런 말은 내게……."

콘 웅그르는 더 소리 내지 않았으나 레이니르는 그가 무슨 말을 하려고 했는지 알아차렸다. 그녀는 사과하고 싶었다. 상처를 줘서 미안하다고 말하고 싶었다. 그러나 마음속에 남아 있는 거대한 앙금이 그녀를 막았다. 콘 웅그르는 눈을 질끈 감고 레이니르의 손목을 놓고 두 손으로 끌어안았다.

"사랑한다, 레이니르. 사랑한다. 사랑한다."

콘 웅그르는 그녀의 귓가에 입술을 대고 속삭였다. 진한 고백은 물론 귓속으로 들어오는 뜨거운 숨결은 레이니르의 알몸을 간질이기 시작했다.

"날 정말 사랑해? 그럼 날 위해 뭘 할 수 있어?"

레이니르는 더는 들끓지 않지만 살결에 직접 닿으면 화상을 입을 것처럼 아직도 뜨거운 물을 바라보았다. 그녀의 육체도 이 물과 비슷한 온도이리라.

"후스카를의 일을 나 대신 할 수 있어?"

콘 웅그르는 탐탁지 않게 생각하는 눈빛이었으나 대답했다.

"그래."

1년 3개월 전 콘 웅그르는 은근하게 이런 소망을 펼친 그녀에게 노골적으로 냉기를 보여줬었다. 인간의 잡무라면서 깔본 건 물론이었다.

왠지 허탈했다. 레이니르는 짧게 한숨을 내쉬다가 피식 웃고는 이번에는 이런 말을 던졌다.

"내 노예라도 될 수 있어?"

"……그래."

이번 대답은 늦은데다가 콘 웅그르는 다시 이를 악문 채 말하고 있었다. 지독하게 싫어한다는 증거. 하지만 그는 다시 확실하게 말했다.

"그럴 수 있다. 네가 원한다면 네 노예가 되겠다."

"원해."

"그렇다면 나는 너의 노예다."

"명령이야. 나를."

레이니르는 혀로 자신의 아랫입술을 훑었다. 콘 웅그르의 시선이 자동으로 따라왔고, 그가 침을 삼키자 목울대가 꿈틀거렸다.

"핥아. 머리끝부터 발끝까지."

콘 웅그르는 옷을 전부 벗어 알몸이 된 뒤 두 손으로 그녀의 허리를 잡았다. 레이니르는 순식간에 그의 어깨에 짐짝처럼 올라갔다.

"이게 노예가 할 짓이야?"

버럭 고함을 내질렀으나 레이니르는 콘 웅그르와 살결이 닿자 빠른 속도로 흥분이 치솟았다. 그가 길고 두꺼운 손가락으로 엉덩이를 꽉 잡자 신음까지 내뱉을 뻔했다.

콘 웅그르는 말없이 침실로 빠르게 걸어가 레이니르를 침실 중앙에 내려놓았다. 베개를 그녀의 엉덩이 밑에 깔더니 양 허벅지를 단단하게 붙잡아 옆으로 벌렸다. 백금발의 숲은 물론 그 안에 숨겨진 것이 그의 눈앞에 고스란히 노출되자 레이니르는 순간 어찌할 바를 모른 채 다리를 오므리기 위해 바둥거렸다. 그러나 콘 웅그르의 힘은 강력했다.

"뭐, 뭐 하는 거야?"

"네 지시대로 핥으려고."

콘 웅그르는 한쪽 입술 끝을 들어올렸다. 눈빛 또한 오랜만에 먹음직스러운 먹이를 발견한 굶주린 사자의 것이 되었다. 그리고 그는 말한 대로 행동하기 시작했다. 숨어 있는 진주알을 찾아 축축하고 뜨거운 혀로 핥기 시작했다. 레이니르의 깊은 곳에서 흘러나오기 시작한 액체 또한 마찬가지였다. 절대 치아로 깨물거나 긁지 않았다. 손으로 만지지도 않았다. 그는 그저, 혀로 핥기만 했다. 그러나 그것만으로도 충분했다. 아니, 차고 넘쳤다.

"코오온!"

레이니르는 그의 이름을 신음이 아니라 비명처럼 내질렀다. 덜덜 떨리는 손을 그냥 놔둘 수가 없어 손톱을 세워 시트를 움켜쥐었다. 그러나 무엇을 잡았는지 인식할 겨를도 없이 그녀는 온몸을 폭격하는 절정의 쾌락에 그대로 소멸했다.

설핏 정신을 차린 레이니르는 뜨겁고 축축한 혀가 발가락을 핥는다는 것을 알아차렸다. 발가락 사이를 훑는 촉감은 대단히 자극적이었다.

저런 곳이 내 성감대였어?

레이니르가 새로운 사실을 깨달았을 때 콘 웅그르의 혀는 다시 곳곳을 누비기 시작했다. 발목은 물론 무릎 뒤, 허벅지 안쪽과 겨드랑이까지 말랑말랑하고 연약한 부분을 쓸면서 쾌감을 주었다. 그러나 레이니르는 더 이상은 그의 혀만으로 만족할 수 없었다.

더 뜨겁고 굵은 것이 필요했다.

"어서."

죽기 직전처럼 숨을 몰아쉬며 레이니르가 내뱉었다. 사실 지고 들어가는 것 같아서 이러고 싶진 않았지만, 이 망할 콘 웅그르가 지금 가장 급한 부분은 돌아보지도 않고 그녀의 목만 핥고 있으니 어쩔 수 없었다. 눈치 없는 드래곤에게는 직설적인 말이 필요했다.

"어서 들어와."

다리 사이가 고문을 받는 것처럼 아팠다. 크고 두꺼운 그를 받아들이는 건 아주 힘든 일일 터. 하지만 레이니르는 지금 이 순간, 공기보다 그것을 더 갈구했다.

"들어오라고!"

콘 웅그르는 이렇게 대응했다.

"싫다."

이 자식이!

레이니르가 이를 갈 때, 콘 웅그르는 이어 말했다.

"첫 번째 명령이 우선이지. 넌 핥으라고만 지시했다."

천연덕스럽게 대꾸하고 있었으나 콘 웅그르는 얼굴이 붉게 상기된데다가 그것은 하늘 저 높은 곳까지 치솟은 상태였다. 그러나 그러면서도 전혀 움직이질 않았다.

성질이 난 레이니르는 결국 참지 못했다. 그녀는 손으로 그의 것을 붙들고 이끌 수밖에 없었다.

노예 좋아하네, 나쁜 새끼.

여전히 아프긴 했으나 그것을 뒤엎고도 남을 만큼 황홀한 절정이 찾아왔다. 한참 뒤, 정신이 든 레이니르는 그제야 깨달았다.

이 남자, 내가 직접 행동하게 만든 건가? 내가 자기를 원한다는 분명한 증거니까?

그렇다면 콘 웅그르는 더 바라는 게 있을 터였다.

"레이니르."

그는 침대에 일어나 앉은 그녀의 이마를 입술로 가볍게 훔치며 속삭였다.

"사랑한다."

이어 콘 웅그르는 그녀의 두 뺨을 손으로 감싸며 시선을 마주했다. 그녀의 새파란 눈동자를 뜨겁게 응시하는 흑진주 같은 눈동자는 마치, 평생 동안 갈구한 것이 어서 다가오길 열망하는 사람처럼 보였다.

고백에 대한 답을 바라는 것이리라.

레이니르는 이렇게 반응했다.

"이제 외출 좀 하자."

레이니르는 콘 웅그르를 외면하듯 고개를 돌리며 심드렁하게
내뱉었다.

"우리, 이틀 꼬박 안 나간 거지? 왕과 여왕께 얼굴을 보일 때도
됐네. 식사도 좀 제대로 하고……. 아, 그러고 보니 제대로 먹질
않았는데 기운이 없는 건 아니네."

딱딱하게 변한 얼굴로 콘 웅그르가 답을 주었다.

"내가 원인이다."

"예전에 먹은 당신 피와 살을 말하는 거야? 내 마력이 커지고
힘이 강해진 건 나도 잘 알아. 하지만 식사를 이렇게나 오래 안 해
도 될 정도는 아니었어. 아, 목말라."

레이니르는 아공간에 항상 가지고 다니는 큰 물병을 꺼내 고개
를 한껏 뒤로 젖혀 마시기 시작했다.

"피와 살 때문이 아니라 내 정액 때문이다."

레이니르는 입안에 잔뜩 머금은 물을 분수처럼 뿜고 말았다. 하
늘을 쳐다보고 있었던지라 물은 고스란히 그녀의 얼굴로 내려왔
다. 하지만 레이니르는 닦을 생각조차 하지 못한 채 눈을 보름달
크기로 만들고 그를 쳐다보았다.

"정, 정…… 하여간 그거 때문이라는 거야?"

아무리 철판을 자랑하는 성격이라도 레이니르는 차마 정확하게

발음할 수가 없었다.

"내가 그걸 먹은 것도 아닌데 왜!"

"네 몸에 들어가서 흡수됐으니까."

"그러면 역대 드래곤들과 그런 인간들은 다 강해지는 거야?"

"그건 아니다. 내가 콘 웅그르이고, 지금은 상황이 특수하기 때문이다."

"설명해 봐."

콘 웅그르는 내키지 않는 얼굴이었다. 그러나 레이니르가 눈을 똑바로 뜨고 따지듯 재차 요구하자 입을 열었다.

"나는 언제나 공식적인 방법으로 인간들의 세상에 왔었다. 단한 번도 비공식적인 방법을 써서 인간의 몸을 입은 적이 없다. 이번에 타쿤의 몸을 이용한 게 처음이지. 원래 인간 따위의 몸을 입을 생각은 없었다. 하지만 네가 날 거부할 게 뻔한데다가 타쿤이 죽기 직전이었던지라 깊이 생각하지 않고 그렇게 됐지."

콘 웅그르는 처음부터 설명하고 있었다. 원하는 답이 아니었으나 레이니르는 잠자코 귀를 기울였다.

"타쿤으로 있으면서 너에 대한 감정을 정확하게 알아낼 생각이었다. 그러나 인간의 육체가 나를 감당하지 못하더군. 채 며칠이 흐르기도 전 타쿤의 육체는 완전히 사라졌다. 그 뒤부터는 내 육체를 변형시키는 동시에 환영마법도 사용해서 타쿤의 모습을 유지했었다."

그러니까, 비즈진 산에서 내게 쾌락을 안겨다 준 건 타쿤의 육체가 아니었다는 거로군.

레이니르는 안도감을 느끼는 자신을 발견했고, 그래서 짜증이 났다. 그 시기는 그에게 완벽하게 버림받은 줄 알았을 때이니 다른 남자를 얼마든지 만나도 되었었다. 그런데 콘 웅그르라는 사실에 안도하다니?

결국 난 이 남자를 벗어날 수 없는 운명인 걸까?

사실, 다른 남자를 만나고픈 마음은 없었다. 다른 남자와 그 일을 하면 어떤 느낌이 들지 궁금했지만 구체적인 건 전혀 상상이 되질 않았다. 뭐랄까, 아예 성립할 수 없는 일 같았다.

나는 혹시…… 타쿤이 콘 웅그르라는 사실을 알고 있었던 걸까? 은연중에 눈치챘던 건가?

레이니르는 문득 그런 생각이 들었다. 콘 웅그르도 그녀가 무의식중에 타쿤의 육체 안에 있는 그를 알아차리고 끌린 거라고 했다. 그리고 사실, 타쿤은 갈수록 콘 웅그르의 말투와 행동을 구사했으나 그녀는 깊게 생각하지 않았었다. 분명한 의심이 떠올랐을 때는 엘 공주에게 부탁 한마디만 하면 결론이 나오는데 그러지 않았다. 마치, 진실을 아는 게 두려운 것처럼.

레이니르는 길고 긴 한숨을 쉬면서 자신에게 욕설을 날렸다. 그렇게 버림을 받았는데도 계속 사랑한 자신은 바보가 맞았다. 아까 생각했던 것처럼 멍청한 년이었다.

레이니르는 자신을 향해 고개를 절레절레 저어 보이고는 콘 웅그르의 말에 집중했다.

"문제는, 비공식적인 방법을 사용한다면 30년 동안 인간의 몸을 벗을 수 없다는 점이다. 그게 적당한 규제라는 생각이 들어 태초에 내가 그리 정해두었지. 그렇게 정할 때 나는 내가 인간의 몸에 들어갈 일은 없을 거라고 생각했었다. 때문에 인간의 연약한 육체가 다른 드래곤들보다 훨씬 더 강한 나를 감당하지 못한다는 사실은 고려하지 않았다."

레이니르는 콘 웅그르의 육체를 머리끝부터 발끝까지 죽 훑어보았다. 눈으로 보기도 그렇고 탐색마법을 써봐도 별다른 점은 보이지 않았다. 그러나 그건 콘 웅그르가 누구에게도 탐지당하지 않을 만큼 강력한 힘의 소유자이기 때문일 터.

"실제로 인간의 육체는 나를 감당하지 못했지. 규칙대로라면 몸이 없어진 즉시 난 목숨을 잃었을 터. 나는 내가 만든 규칙보다 더 강하기에 그런 일은 벌어지지 않았으나 후유증이 생겼다."

레이니르는 콘 웅그르가 정체가 드러났을 때 분기로 가득 차서 내뱉은 말을 기억했다. 그때 그는 생각지도 못한 문제가 생겼다고 했었다.

"인간의 형체에 갇혔다고 말했었지? 그게 후유증인 거지? 갇혔다는 게 정확하게 무슨 뜻이야?"

"말 그대로다. 더는 드래곤의 모습을 취할 수가 없다. 회복은 되겠지만 몸에서 벗어날 수 없는 기간인 30년은 걸릴 것 같군."

"그러니까, 30년 동안은 약해진다는 거구나. 하지만 당신은 이 세상 전체를 통틀어 최강이잖아? 약해졌다고 해도 백안의 드래곤보다는 강한 거 아니야?"

그렇게 물으면서도 사실 레이니르는 마음이 편하질 않았다. 뭔가 불길했다.

"그건 그렇다. 그러나 문제가 생길 수도 있다. 후유증 때문에 자체 치유력이 거의 사라진 상태니까. 일반적인 인간의 육체와 비슷한 상태가 되었지."

"뭐라고? 지금, 뭐라고 말한 거야?"

똑똑히 들었음에도 레이니르는 다그치듯 고함지르고 말았다.

"인간과 비슷한 상태라고?"

"육체만. 상처가 잘 낫질 않는군."

콘 웅그르는 오른손을 들어 목 왼쪽을 만졌다. 레이니르는 코앞까지 다가가 자세히 살펴보았다. 무언가 날카로운 것이 스치고 지나간 흔적이 있었다. 레이니르는 이틀 전에 자신이 던진 단검 때문에 생긴 상처라는 것을 깨달았다.

"마력도 많이 감소했지만 그건 염려하지 않아도 된다. 백안의 드래곤이나 회색 드래곤 모두 상대할 수 있다. 그들의 소재지를 파악할 수 없는 게 문제지만."

콘 웅그르는 미간을 찌푸렸다.

"백안의 드래곤은 추적을 피할 수 있는 능력이 있기에 원래 알수 없지만, 회색 드래곤은 어디에 있는지 알 수 있었다. 누흐 산천지 근처에 회색 드래곤이 있다는 사실을 감지했을 때 폭발이 일어났지."

"그래서 회색 드래곤이 백안의 드래곤의 뇌를 가져갔다는 걸알게 된 거구나."

"그렇다. 그 뒤로 회색 드래곤은 내 영향력 안에서 완전히 사라졌다. 회색 드래곤이 백안의 드래곤을 인간 형태로 회복시켰고,

백안의 드래곤이 추적을 피하는 힘을 회색 드래곤에게도 사용한 것으로 보인다. 둘 다 상당한 힘을 잃었을 거다. 싸움 자체는 어렵지 않을 것이다. 그러나 만약 내가 치명타를 입게 된다면—"

레이니르는 그의 말이 끝나기 전 한숨 쉬듯 내뱉었다.

"죽는 거구나."

콘 웅그르는 긍정하지 않았으나 레이니르는 답을 알았다.

"왜 그렇게 평온한 거야?"

콘 웅그르의 태도가 정말 마음에 들지 않았다. 분기가 치솟자 레이니르는 두 주먹을 불끈 쥔 채 날카롭게 따지듯 외쳤다. 콘 웅그르는 잠시 침묵을 지킨 채 미소만 지었다. 눈까지 반짝이는 걸 보니 아주 흡족하게 생각하는 것 같았다.

"미쳤어? 지금 왜 웃는 거야?"

"나를 걱정해 주니까. 그 소박한 사실이 거대한 기쁨이 된다."

레이니르는 말이 막혔다. 그녀는 눈초리를 위로 쭉 찢은 채 허리에 두 손을 올리고 그를 노려보았다.

"그런 모습도 아름답군."

콘 웅그르는 더욱 그윽한 목소리로 속삭였다.

"절정에 오를 때가 더 매력적이지만."

"그런 소리, 하지 마!"

레이니르는 얼굴이 달아오르는 것 같아 버럭 고함을 쳤다. 그러나 콘 웅그르는 고개를 숙여 그녀의 이마에 보드랍게 키스했다.

"사랑한다."

"그만 좀 해. 귀에 못이 박히겠어. 지금 날 세뇌하는 거야?"

"아니, 그냥 사실을 말하는 것뿐이다. 사랑한다. 사랑한다, 레이니르."

콘 웅그르는 인사말을 하듯 아주 자연스럽게 연이어 내뱉었다. 레이니르는 이상하게도 그때마다 망치로 머리를 쿵쿵 맞는 기분이었다. 아픈 건 아니었다. 그냥, 눈앞에 번개가 번쩍번쩍 치는 것 같았다. 그래서 머릿속이 텅 비었고 눈앞의 남자만 보였다. 세상의 전부인 것처럼.

젠장!

레이니르는 고개를 옆으로 돌리며 손으로 콘 웅그르를 떠밀었다. 그는 밀리는 대신 그녀의 손목을 끌어당겨 품속에 꼭 껴안았다.

"사랑한다."

콘 웅그르는 고개를 숙여 그녀의 귓가에 입술을 가까이 대고 달콤하게 속삭였다. 레이니르는 온몸을 부르르 떨었다.

"그, 그만해! 지겨워!"

"그러면 말하지 말까?"

"아니!"

바로 소리친 레이니르는 콘 웅그르가 행복하게 미소 짓자 성질이 났다.

내가 왜 이렇게 바보가 된 거야?

"이런 쓸데없는 말은 그만하고, 진지한 이야기로 돌아가자."

"내겐 이게 더 진지한 이야기이다."

온몸에 열이 올랐다. 절반은 기쁨 때문이었으나 나머지는 짜증 때문이었다. 레이니르는 이를 악물었다.

"나나 다른 사람들은, 아니, 전 세계 사람들은 당신 목숨을 더 진지하게 생각해. 당신이 죽어버리면 언젠가 미친 드래곤이 나타나서 제멋대로 세상을 멸망시킬 수도 있다는 말이잖아? 해결책을 찾아봐. 빠른 시일 내에 드래곤의 육체를 도로 찾고, 마력도 제대로 쓸 수 있는 방법은 없어? 이대로 있다간 백안의 드래곤과 회색 드래곤에게 못 이기는 거 아니야?"

"아까 말했지. 나는 지지 않는다. 이긴다. 이게 세상의 진실이다."

콘 웅그르는 이번에도 당연한 이야기를 하듯 담담하게 말하고 있었다.

"나는 그들의 왕이니까."

"힘이 떨어진 왕이지. 어쨌든, 이긴다니 다행이네."

레이니르는 비꼬았다가 가슴을 쓸어내렸다.

"깨끗하게 처리해. 죄 없는 사람들이 죽는 건 보고 싶지 않아."

그녀는 죄 있는 사람들이 죽는 건 신경 쓰지 않았다. 이번 일에 죄가 있는 건 드래곤들이지만.

"레이니르."

콘 웅그르는 그녀의 양어깨에 손을 올려두고는 진중하게 내뱉었다.

"먼저 네게 말해둘 일이 있다."

"말해."

짧게 명령조로 내뱉은 레이니르는 자신이 그를 꽤나 무례하게 대한다는 것을 알아차렸다. 그러나 이전처럼 달콤하고 예의 바르게 속삭이고 싶진 않았다.

"이번에도 너를 미끼로 삼을 거다."

콘 웅그르의 말이 주는 충격은 대단히 컸다. 그러나 레이니르는 그대로 기절하거나 무력하게 서 있는 대신 묵묵히 들었다.

"회색 드래곤은 네가 내린 명령 때문에, 백안의 드래곤은 내게 고통을 주기 위해 널 노리고 있다. 그러니 널 이용하는 게 그들을 가장 빨리 처리할 수 있는 방법이다. 시간이 많지 않다. 지금은 백안의 드래곤과 회색 드래곤 둘만 내게 반기를 들었지만, 더 강한 권력을 노리는 다른 드래곤들이 추후 합류할 가능성도 있다. 내게 약점이 생겼으니까. 어차피 내게 이길 수 없다는 건 다들 잘 알고 있지만 약점을 잡고 나를 휘두를지도 모른다. 세상의 질서를 어지럽힐 수도 있다는 뜻이지."

콘 웅그르의 말투는 건조했다. 노골적으로 감정을 표하는 건 아니지만, 그는 분명 영생불멸하는 지상 최강의 존재에게 취약점이 생겼다는 사실을 불만스럽게 생각하는 게 분명했다. 더군다나 그 약점이라는 건 기껏해야 백 년도 살지 못하고 연약하기 그지없는 인간이었다.

사실, 레이니르는 콘 웅그르의 현재 심정을 이해했다. 개미한테 휘둘린다면 그녀도 짜증이 날 테니까. 하지만 그녀는 절대 내뱉을 생각이 없었다.

"레이니르, 나에겐 세상이 멸망하지 않도록 행동할 의무가 있다. 내가 드래곤의 왕이자 이 세상에서 가장 강한 존재인 건 누구보다도 이 세상의 질서를 가장 잘 유지할 수 있기 때문이다. 태초에 세상이 태어난 순간부터 나는 이 의무를 훌륭하게 수행해 왔다. 나는 내 직위에 언제나 만족했지. 그런데 26년 전 반려가 태어났다는 사실을 알게 되었다."

콘 웅그르는 어깨를 잡고 있던 손을 올려 레이니르의 뺨을 감쌌다.

"아직도 이해할 수 없다. 어째서 창조주께서는 내게 백 년도 살지 못하는 인간을 반려로 주신 것일까? 처음에는 널 미끼로 삼아 감히 날 배반한 백안의 드래곤을 처단하라는 뜻이라고 생각했다. 실제로 백안의 드래곤을 처음에 그렇게 처리했고, 다시 그렇게 처단할 것이다. 그러나 그 일 하나 때문만은 아닌 것 같다. 레이니르, 너는 알고 있나? 네가 왜 내 반려가 됐는지?"

콘 웅그르는 화를 내는 게 아니었다. 정말로 궁금하게 생각하고 있었다.

"나는 태어난 지 겨우 26년밖에 안 된 인간일 뿐이야. 셀 수도 없는 긴 시간 동안 드래곤의 왕으로 살아온 당신도 모르는데, 내가 어떻게 알아?"

콘 웅그르는 깊이 실망한 눈동자였다. 레이니르는 고개로 밖을 가리켰다.

"이만 나가자. 미끼가 될 거라면 확실하게 돼야겠지. 왕과 여왕께 의논하자. 생각난 게 있어."

막 침실을 나서려고 할 때였다. 콘 웅그르가 그녀의 손을 붙잡았다.

"싫어."

레이니르는 뿌리치지는 않았다. 그러나 분명하게 내뱉었다. 콘 웅그르는 아주 천천히 손을 뺐다. 돌처럼 굳은 얼굴로.

콘 웅그르의 손이 닿았던 부분이 욱신거리는 것 같았다. 이 통증을 멈추려면 다시 손을 잡으면 될 터. 그러나 레이니르는 무시하며 침실 밖으로 나섰다.

"안녕하세요."

레이니르가 평소 습관대로 눈웃음을 머금고 상냥하게 인사하자 앞을 지키는 남자 발키리들은 순간 넋이 나간 얼굴이 되었다. 그러나 그들은 곧 얼어붙고야 말았다. 뒤이어 침실에서 나온 콘 웅그르가 엄청난 살기를 내뿜었기 때문이다. 아니, 살기 정도가 아니라 잔인하게 고문해서 죽여 버리고 말겠다는 분명한 협박이었다.

발키리들은 이겨내려고 노력했으나 소용없었다. 모든 공기가 거대한 압력으로 변해서 격하게 짓누르자 결국 그들은 몇 초 만에 무릎을 꿇고 앉을 수밖에 없었다.

"뭐 하는 거야?"

레이니르는 뒤를 돌아보며 날카롭게 소리 질렀고, 콘 웅그르는 온몸에서 살기를 지우고는 발키리들을 풀어주었다. 그러나 레이니르에게 이 말을 덧붙였다.

"다른 남자들에게 웃어주지 마라."

"싫어."

레이니르는 그의 명령을 단칼에 날려 버렸다.

"웃어주든 유혹하든 내 마음이야. 참견하지 마. 당신은 그럴 권리 없어."

연이어 그녀는 앙칼지게 쏘아붙이고는 외면하듯 고개를 다시 돌려 앞을 바라본 채 걷기 시작했다. 짜증이 난 나머지 지나가다가 마주치는 모든 사람들에게, 특히 남자들에게 평소보다 더 환하게 웃어준 건 물론이었다.

모든 사람들은 레이니르의 아름다운 미소에 더없이 감탄했지만 몇 미터 간격으로 따라오는 남자 때문에 크게 경악했다. 1년 3개월 전, 괴한에게 살해당했다고 알려진 레이니르의 약혼자, 야를 버서커였으니까.

발키리들은 버서커의 정체가 드래곤들의 왕이라는 사실을 알고 있었다. 또한 눈치 빠른 몇몇은 콘 웅그르가 떠났고 레이니르가 실연당했다는 것을 알아차리긴 했다. 그러나 그들은 물론이거니와 콘 웅그르를 버서커로만 알고 있는 사람들도 이 남자가 다시 나타날 거라고 생각하진 않았었다.

하지만 지독하리만치 새까만 남자가 다시 모습을 드러냈다. 그것도 레이니르를 졸졸 따라다니는 느낌을 풀풀 풍기면서. 더군다나 앞서서 걷고 있는 레이니르는 그 남자를 완전히 무시하는 태도였다.

"여왕께선 이곳에서 쉬고 계시지요?"

레이니르는 왕족들의 보금자리 앞에서 걸음을 멈춘 채 발키리에게 상냥하게 물었다. 대륙 최고의 미인이 코앞에서 환하게 웃어주자 발키리는 잠시 눈만 껌뻑거렸다. 옆에 있는 여자 발키리, 셀

이 그런 동료에게 눈을 흘기며 답을 주었다.

"네. 왕께서도 함께 계십니다. 들어가실 거지요? 제가 여왕께 허락을 구하겠습니다."

곧 셀은 들어오라는 여왕의 답을 전했다. 안으로 막 걸음하려던 레이니르는 우뚝 행동을 멈추었다. 저 멀리에서 날아오는 시선 때문이었다.

야를 란크스였다. 타쿤을 아주 존경하고 따르는 발키리로, 타쿤의 사촌 여동생을 약혼녀로 두었던 남자. 거리가 상당히 멀었으나 레이니르는 란크스가 크게 당황한 눈빛으로 자신과 콘 웅그르를 번갈아 쳐다본다는 것을 알 수 있었다.

타쿤은 이미 죽었다는 걸 어떻게 말해야 할까?

레이니르는 속으로 한숨을 참으며 일단 왕족들의 보금자리로 들어갔다. 왕과 여왕은 의자에 마주 앉아 차를 마시고 있었다. 레이니르는 그들이 서로의 한 손을 마주 잡고 있는 것을 보았다. 깊게 사랑한다는 증거.

"왕이시여, 여왕이시여."

레이니르는 허리를 숙여 군주들에게 예를 표한 뒤, 거두절미하고 말했다.

"백안의 드래곤과 회색 드래곤을 잡기 위해 제가 미끼가 되어야 합니다. 준비 중이었던 연회를 이용할까 합니다."

드레카르가 콘 웅그르를 노려보는 가운데 민은 손짓으로 레이니르를 테이블로 불렀다. 레이니르는 야단맞는 아이가 된 기분이었으나 조심스럽게 다가가 빈 의자에 앉았다.

"콘 웅그르 님도 앉으세요."

민은 상냥하게 말했고, 콘 웅그르는 드레카르를 마주 쏘아보면서 앉았다.

"차, 마실래요?"

"네, 감사합니다."

콘 웅그르가 여왕의 제안을 무시하자 레이니르가 얼른 답했다. 여왕의 시녀장이 새 장미꿀 차와 잔을 가지고 들어왔다. 장미꽃이 뜨거운 꿀물에 들어가 봉오리를 활짝 벌릴 때까지 왕족들의 보금자리는 침묵으로 가득했다. 그리고 카르탄 왕국의 왕과 드래곤들의 왕이 주고받는 사나운 눈빛뿐이었다.

"그만 좀 해."

군주들의 앞인지라 레이니르는 애써 부드럽게 말했다.

"우린 왕과 여왕께 이야기를 하러 온 거야."

"이야기, 하라."

콘 웅그르는 말은 했으나 여전히 험악하게 드레카르를 쳐다보고 있었다. 레이니르는 성질이 부글부글 끓어올랐다.

"레이니르."

드레카르는 눈빛은 콘 웅그르를 토막 내고 싶다는 듯 살벌했으나 미소를 지은 채 입을 열었다.

"네 아버지, 하랄이라면 저자를 반대했을 거다. 그것도 아주 극렬하게."

콘 웅그르가 이를 악문 게 이때였다. 그는 악문 잇새로 내뱉었다.

"쓸데없는 말을 하는군."

"이게 왜 쓸데없지? 중요한 사실이다."

"중요하지 않다."

"그거야 당신 혼자만의 생각이지. 레이니르는 아버지의 의사를 아주 중요하게 생각하니까. 레이니르, 그렇지?"

답하지 않으면 안 될 분위기였다. 레이니르는 저도 모르게 고개를 끄덕였다가 콘 웅그르의 혹한 같은 시선에 찔렸다.

"그래서?"

"응?"

"그래서 네 죽은 아버지의 의향대로 행동하겠다는 건가?"

콘 웅그르는 이제 레이니르를 잡아 죽일 듯 쏘아보고 있었다. 엄청난 살기가 뿜어져 나오자 실내의 공기가 끓어오르기 시작했다. 찻주전자나 찻잔, 테이블이 미세하게 흔들렸으나 레이니르는 위협을 느끼지 못했다. 그녀는 무심하게 내뱉었다.

"진정해."

"대답이나 하라."

"몰라. 생각 안 해봤어. 여왕이시여, 제가 얼마 전에 이번 연회에 참석하는 사람들의 명단을 보여 드렸었지요? 그걸 다시 살펴봐야 할 것 같습니다. 지금은 콘 웅그르가 건재하니까 함부로 못 올 것 같고, 아무래도 연회 때를 맞춰 두 드래곤이 공격하지 않을까 합니다. 많은 사람들이 오가니까 그들 입장에서는 그때 섞여서 들어오는 게 제게 접근하기 쉬울 테니까요."

레이니르는 바로 화제를 돌려 버렸다. 콘 웅그르의 송곳 같은 시선이 옆얼굴을 찌르고 들어왔지만 그녀는 무시했다.

"드래곤 두 마리라……."

드레카르는 골치 아픈 표정이었다. 콘 웅그르가 말을 던졌다.

"나는 지지 않는다."

"승패는 걱정하지 않는다, 당신은 드래곤들의 왕이니까. 그러나 많은 사람들이 몰리는 연회 때 사건이 터지면 희생이 생길 수도 있다."

"회색의 드래곤이나 백안의 드래곤 모두 가능하다면 쓸데없는 피는 흘리지 않을 거다. 둘 다 힘이 충만하지 않을뿐더러, 회색의 드래곤의 목적은 왕성에서 보호받고 있는 인간 아이니까 그 아이에게 피해가 가지 않도록 애쓰겠지. 내가 감시하고 있으니 따로 아이를 빼내 가지도 못할 것이다."

"그건 말 그대로 가능하다면 그럴 거라는 말이지, 반드시 그렇게 한다는 말은 아니지 않나? 위기에 몰리면 무슨 짓을 할지 모르는 것 아닌가?"

"그건 그렇다. 그래서 두 드래곤을 붙잡는 즉시 내가 원하는 다른 공간으로 이동시키는 결계를 칠 생각이다."

괜찮은 계획 같았다. 레이니르가 고개를 끄덕일 때, 콘 웅그르는 천천히 이어 설명했다.

"그러나 결계를 만들기 위해서는 내 피가 많이 소모된다. 현재 내 치유력은 인간 수준이고 치유마법을 받아도 효과가 없다. 즉, 결계를 친 뒤에 내가 두 드래곤과 제대로 싸울 수 있을 만큼 회복하기까지 시간이 걸린다는 뜻이다."

크게 놀라는 왕과는 달리 여왕은 짧게 한숨을 내쉬는 것으로 반응했다.

"여왕이시여, 혹시 알고 계셨습니까?"

"목의 상처가 아물지 않은 것을 봤거든요. 내가 잘못 본 거라고 생각했는데……. 콘 웅그르 님, 연회는 2주 뒤에 열 예정이에요. 그때쯤엔 상태가 어떨 것 같나요?"

콘 웅그르는 잠시 미간을 찌푸렸다. 뭔가 생각을 하는 것 같았다. 레이니르는 2주 뒤에 벌어질 일을 고민하느라 그런 것이라 여겼다.

"2주라면 그렇게 좋지 않을 거다. 다른 준비도 해야 하니까."

"다른 준비? 방어마법?"

"그래. 전체적으로 보면 방어마법이라고 볼 수 있지."

전체적으로?

말에 뭔가 다른 의도가 포함된 것 같았으나 레이니르는 묻지 못했다. 콘 웅그르가 이어서 한 말 때문이었다.

"내 피를 절반쯤 써야 한다."

레이니르는 순간 가슴에 내려앉은 거대한 돌덩이 때문에 바로 반응하지 못했다. 그녀는 마른침을 삼켰다.

"저, 절반이나? 그러면 죽는 거 아니야?"

콘 웅그르는 태양이 동쪽에서 떠오른다는 당연한 사실을 말하듯 내뱉었다.

"나는 죽지 않는다."

"그래. 피를 반이나 뽑아내도 죽지는 않나 보지? 하지만 치명타잖아! 여왕이시여, 연회를 조금 늦춰야겠습니다."

콘 웅그르는 손을 들어 막았다.

"아니다. 그렇게 하면 두 드래곤이 경계할 거다."

"어차피 우리가 방어하고 있다는 건 잘 알 거야. 수백 명의 사람들이 왕성에 드나드는 연회 때가 내게 가장 가까이 접근할 수 있는 기회라는 것도 잘 알 테고. 몇 주 더 늦춘다고 달라질 건 없어."

"그러나―"

"2주밖에 못 쉬면 날 제대로 보호 못할 거야. 내가 죽는 꼴 보고 싶어? 내 말 들어."

레이니르는 콘 웅그르의 말을 싹둑 자르고는 아예 통보를 내린 뒤 신기한 것을 보는 듯한 표정의 왕과 여왕에게 고했다.

"연회를 2주 뒤가 아니라 한 달 뒤에 치렀으면 합니다."

"음. 그렇게 할게요. 사실 정보를 모으는 데 시간이 걸리고 있긴 해요. 콘 웅그르 님, 이전에 말씀하신 대로 마력이 없는 사람들에 대해서 조사하고 있어요."

레이니르는 민이 내뱉은 정보라는 단어에 피가 끓는 자신을 발견했다.

"어느 정도 윤곽이 나오긴 했어요. 모든 사람들이 마력을 가지고 있는 이 세계에서 거의 없다고 할 만큼 적은 마력을 가지고 태어나는 사람은 아주 희귀하니까요. 대략 이십 명 정도가 나오더군요. 이건 왕성에 출입할 수 있을 만큼 지위가 어느 정도 있는 사람들만 말하는 거예요."

"목록을 알고 싶습니다."

레이니르가 청원을 올리자 드레카르가 한 손을 앞으로 뻗었다. 테이블 위의 허공에 이십 명의 이름과 얼굴이 영상으로 떠올랐다. 레이니르는 그들을 찬찬히 훑어보았다. 그녀의 시선을 가장 잡아 끈 건 한 여자였다.

"틴도 있군요."

찬드라 시장, 콜세의 외동딸. 손꼽히는 미녀지만 버릇없는 성품의 소유자.

짜증이 나서 왕성에서 내쫓았지만, 정신 좀 차려보라고 이번 연회에 초대했었다. 콜세의 입장을 배려해 준 측면도 있었다.

"레니, 틴이라고 생각해요?"

"가능성이 없는 건 아닙니다. 마력이 거의 없게 태어난 틴을 살리기 위해 콜세가 수많은 금력을 동원했다는 정보를 수집한 기억이 있습니다."

레이니르는 다른 열아홉 명에 대해서도 알고 있는 정보를 줄줄 말하기 시작했다. 이야기가 끝났을 때 왕과 여왕은 감탄한 표정이었다. 레이니르는 뿌듯했다.

"현재 스무 명 전부에게 후스카를 붙여놓았다. 그러나 아직까지는 별다른 보고가 없다."

"드래곤들은 연기를 잘하니 본색을 드러내기 전에는 알 수 없을 것 같습니다."

왕의 말에 레이니르는 그렇게 답하면서 콘 웅그르를 흘긋 보았다. 콘 웅그르는 무표정한 얼굴이었다.

"그들에게 차례로 혜안을 가진 엘을 보낼까 싶다. 엘이라면 판별할 수 있겠지."

이번에 드레카르의 말에 답한 건 콘 웅그르였다.

"그래, 판별이야 할 수 있겠지. 하지만 아마 카르탄 엘은 살해당할 것이다. 나나 레이니르가 카르탄 엘과 같이 가는 방법도 있지만, 나는 두 마리의 드래곤을 동시에 상대하면서 레이니르 이외의 사람까지 보호할 여력이 없다. 아무리 카르탄 엘이 혼혈치고 매우 강하다고는 하나 두 드래곤들에겐 이길 수 없다."

콘 웅그르의 목소리는 소름이 끼칠 만큼 지극히 냉랭했다. 레이니르는 왕의 까만 눈동자에 분노의 불꽃이 튀는 것을 보았다. 여왕 또한 단정한 미간을 일그러뜨린 상태로 입을 열었다.

"그렇다면 어떻게 해야 하는 건가요? 엘을 멀리 떨어져 있게 하라는 건가요?"

"그래, 그게 나을 거다. 백안의 드래곤이 아직까지도 카르탄 엘에게 손대지 않은 걸 보니 죽일 생각은 없는 것 같다. 그러나 조심해서 나쁠 건 없겠지. 카르탄 엘에게 스무 명 근처는 물론이거니와 두 드래곤을 처리하기 전까지는 왕성에 아예 접근하지 말라고 경고를 줘라."

드레카르는 고개를 끄덕였고 민은 길게 한숨을 내쉬었다.

"엘의 안전을 위해서라도 일이 빨리 끝나야겠네요. 연회를 이용할 수밖에 없는 거군요."

"그래. 그들은 다른 인간들과 섞여서 왕성에 들어와 레이니르에게 접근할 것이다. 그러면 내가 결계를 즉시 발동시켜 그들을 다른 곳으로 옮겨가 그곳에서 결판을 낼 생각이다."

"말은 간단하네."

레이니르는 쏘아붙이듯 내뱉었다. 콘 웅그르가 이 일을 단순하게 취급하는 게 마음에 들지 않았다.

잘못되면 세상이 뒤집어질 가능성이 높았다. 아니, 그전에 콘 웅그르가 죽는 게 우선이었다.

죽음. 그의 죽음이라…….

더 생각하고 싶지 않았다.

"그들이 보기에도 뻔한 함정인데, 계획대로 될까?"

"될 것이다. 그전까지는 내가 건재하다고 생각할 테니 공격하지 못할 거다. 그때가 되면 그나마 왕성 안으로 들어올 수는 있지. 그리고 그들도 육체를 추스를 시간이 필요할 것이다. 회색 드래곤은 상당히 많은 피와 살을 백안의 드래곤에게 줬을 테고, 백안의 드래곤은 인간 형체는 찾았겠지만 마력을 회복할 시간이 필요하니까."

"그렇다면 이번 연회가 아니라 언젠가 있을 다음 행사 때를 노릴 수도 있지 않을까?"

"그건 아니다. 회색의 드래곤은 드래곤답지 않게 매우 성급한 성격의 소유자이다. 그 인간 아이를 가지고 싶어서 날뛰고 있겠지. 그리고 백안의 드래곤은 회복한다고 해도 한계가 있을 거다. 드래곤으로서의 육체가 사라진 전적이 있기에 일정 시간이 지나면 인간의 육체도 완전히 무너질 거다. 최대로 버틸 수 있는 게 한 달이겠지."

"그래요. 레이니르가 말한 대로 연회를 한 달 뒤로 바꿀게요. 초대받은 사람들이 왕성에 출입하는 것도 당일로 제한하겠어요."

"내가 완전하게 회복하기 전까지 나와 레이니르는 침실 밖으로 나오지 않을 것이다. 두 드래곤이 혹시 내 상태를 눈치챌지도 모르지만, 그게 더 안전하다."

왕과 여왕 앞이었으나 침실이라는 단어는 레이니르의 귀를 뜨겁게 만들었다. 아니, 귀만 온도가 오른 건 아니었다.

"지금 즉시 침실로 가서 결계를 치겠다."

콘 웅그르는 자리에서 일어나며 레이니르에게 손을 내밀었다. 잠시 레이니르는 손을 쳐다보기만 했다. 그러자 콘 웅그르는 저번에 그랬던 것처럼 그녀를 번쩍 들어 짐짝처럼 어깨에 얹었다.

"내려놔, 이 변태 도마뱀아!"

레이니르는 바동거리며 비명을 질렀지만 소용없었다. 콘 웅그르는 황당하게 바라보는 드레카르와 민을 무시하고는 밖으로 걸음을 옮기기 시작했다.

"야! 이 바보 콩아! 안 돼! 다른 사람들이 보게 하면 정말 죽여 버릴 거야!"

오리처럼 꽥꽥 소리 질렀지만 콘 웅그르는 눈썹 하나 까딱하지 않았다. 그는 말 그대로 계속 걸어서 그녀를 침실까지 데려갔다. 마치 10년처럼 느껴지는 그 10여 분 동안 레이니르는 환영마법을 써서 모습을 가리거나 마법진을 만들어서 이동하려고 했으나 번번이 콘 웅그르에게 막히고 말았다. 결국, 지나가는 길에 마주친 백여 명의 모든 사람들에게 몸으로 선언하고 말았다. 콘 웅그르의 여자라는 사실을. 아니, 짐짝이라는 말이 더 정확한가?

"이, 이 개똥아!"

다른 사람들의 귀를 의식해 내내 은밀한 전갈로 온갖 욕을 다채롭게 퍼부었던 레이니르는 침실로 돌아오자마자 소리 내어 내뱉었다.

"나쁜 자식! 날 구경거리로 만들었어!"

부끄러움과 수치심 때문에 온몸의 온도가 한계 이상으로 치솟은 상황이었다. 이성을 잃은 레이니르가 막 마법으로 공격해서라도 바닥으로 내려오려고 할 때였다. 콘 웅그르는 종이로 만든 공을 던지듯 그녀를 아주 쉽고 가볍게 침대로 내던졌다. 아프진 않았으나 당황한 레이니르가 얼굴을 찡그리며 벌떡 일어나 앉을 때였다. 침실 중앙으로 간 콘 웅그르는 레이니르를 향해 한 손을 내밀었다. 주인이 부른 게 아닌데도 레이니르의 팔찌에 들어 있던 단검은 바로 튀어나왔다.

단검은 콘 웅그르의 오른손 바로 앞까지 날아갔다. 그는 무심하게 레이니르를 쳐다보더니, 오른손으로 단검을 잡고 왼쪽 손목을 정확하게 그었다. 피가 분수처럼 솟구쳤다. 너무도 시뻘게서 보기만 해도 구역질이 날 것 같은 액체.

이전까지 레이니르는 피 같은 건 아무렇지도 않게 생각했었다. 그녀의 손으로 범죄자의 내장까지 빼내서 고문한 적도 있는 만큼 육체를 징그럽거나 무섭다고 생각한 적은 단 한 번도 없었다. 그러나 바닥으로 흘러내려 점점 더 커지는 피 웅덩이를 보면서, 그녀는 영혼이 뒤흔들리는 기분이었다. 두려웠으니까.

이 남자의 생명이 꺼질까 봐 무서웠다. 그녀를 사랑해 주는, 그녀가 사랑하는 존재가 죽어버릴까 봐 겁이 났다.

"레이니르."

웅덩이가 사람 하나를 삼킬 만큼 거대해졌는데도, 그렇게나 피를 흘렸는데도 콘 웅그르는 아무 고통도 느끼지 못하는지 표정의 변화가 없었다.

"나를 걱정하는가?"

레이니르는 반사적으로 짖어대듯 소리쳤다.

"아니! 아니야!"

"그런데 왜 울지?"

그제야 레이니르는 깨달았다. 눈앞이 태풍을 겪는 배처럼 흔들리는 건 끝없이 흘러내리는 눈물 때문이라는 것을.

"너는 나를 걱정하는 거다. 나를 사랑하니까."

콘 웅그르의 얼굴에 그제야 표정이 떠올랐다. 피가 거의 빠져나가 시체처럼 질린 얼굴에 미소가 피어나기 시작했다. 태양보다 더 뜨거운 환희로 그득한 것.

"아직도 나를 사랑하니까. 그렇지?"

레이니르는 파르르 떨리는 입술을 열었다. 그녀 자신도 무슨 내용인지 모르는 말이 흘러나오기 전, 콘 웅그르의 눈이 감겼다. 그는 그대로 앞으로 쓰러졌다. 레이니르가 즉시 공기마법을 사용한 덕분에 그의 몸은 피 웅덩이에 잠기기 직전에 허공에서 멈추었다. 그녀는 조심스럽게 마법을 운용해서 그를 침대로 옮겼다. 그리고 그때, 피 웅덩이가 움직이기 시작했다. 알 수 없는 복잡한 글씨로 변했는데, 두 글자였다. 하나는 다른 곳으로 이동한 것처럼 완전히 사라지더니 다른 하나는 콘 웅그르에게 다시 흡수되었다.

"결계가…… 발동한다."

고개를 베개에 뉘어줄 때 콘 웅그르는 희미하게 속삭이듯 내뱉었다.

결계가 발동했는데 왜 한 글자는 밖으로 사라지고 다른 하나는 콘 웅그르의 몸으로 도로 온 거지? 둘 다 밖으로 나가야 하지 않나?

의문이 떠올랐으나 곧 레이니르는 그런 건 신경 쓰지 않게 되었다. 콘 웅그르의 얼굴이 더욱 창백하게 변했기 때문이다. 그러나 그녀를 바라보는 그의 눈빛은 불처럼 뜨거웠다.

"사랑한다, 레이니르. 다쳐선 안 된다. 그러니 내가 깨어날 때까지 이 안에서만……."

그 말이 끝이었다. 콘 웅그르는 눈을 감았다. 순간 심장이 내려앉았으나 레이니르는 곧 그의 입술에서 규칙적인 호흡이 흘러나온다는 것을 알아차렸다.

죽은 게 아니다. 살아 있어. 살아 있어!

레이니르는 스스로에게 말하고 또 말했다. 그리고 지진을 겪는 것처럼 떨리는 손으로 눈물을 닦고는 그를 껴안았다. 피가 상당량 사라졌으나 그의 몸은 단단하면서도 여전히 뜨거웠다. 평생을, 아니, 다음 생에서도, 그다음 생에서도 느끼고 싶은 온기.

"빌어먹을 콩 같으니라고."

레이니르는 욕을 내뱉으면서도 마음을 담아 그의 이마에 부드럽게 키스했다. 그런 뒤, 한 몸이 된 것처럼 바싹 붙어 앉은 채 곁을 지키기 시작했다.

란크스는 방금 들은 것을 믿을 수가 없었다. 그는 악문 잇새로 희미하게 되물었다.

"타쿤 님이, 돌아가셨다고요?"

"그렇다. 석 달 전에 센히 시의 전 행정관 어즈로가 아홉 살짜리 여자애를 탐했던 사건을 알고 있지?"

드레카르 왕의 얼굴은 매우 어두웠다. 아끼던 백인대장을 잃은 슬픔 때문이었으나 란크스는 그것을 보지 못했다. 그를 괴롭히기 시작한 거대한 감정 때문이었다.

"그 사건에 휘말려 타쿤이 죽었다."

"그렇다면, 그렇다면 최근의 타쿤 님은—"

"타쿤이 아니라 콘 웅그르였다."

"콘 웅그르라면, 드래곤의 왕이자 야를 버서커로 위장했던……"

란크스의 얼굴이 분노로 시뻘겋게 달아올랐다.

"그자가! 그자가 란크스 님을 죽인 겁니까?"

"아니다. 어즈로의 몸을 입은 회색 드래곤이 타쿤을 죽인 것이다. 콘 웅그르가 타쿤의 몸을 입은 건 우연이다. 그리고……"

드레카르는 잠시 망설였으나 타쿤이 이미 죽어가는 불치병 환자였다는 자세한 이야기는 하지 않기로 결정했다. 이미 란크스는 약혼녀를 심장병으로 잃었다. 그런데 약혼녀의 사촌 오빠까지 같은 병이었다는 사실을 알게 되면 더 큰 충격을 받으리라. 타쿤이 가장 가까운 사이인 란크스에게 병을 함구한 것도 아마 그런 이유 때문이라 짐작되었다.

"란크스, 네가 타쿤을 얼마나 따랐는지 알고 있다. 그렇기에 너에게만 진실을 말해준 것이다. 대외적으로 타쿤은 레이니르의 전 약혼자, 야를 버서커의 재등장에 실망해서 멀리 떠난 것으로 알려질 것이다. 그러니 침묵하라."

발키리로서, 본능적으로 란크스는 그러겠다고 고개를 끄덕였다.

"적당한 때가 되면 타쿤이 선善을 행하다가 목숨을 잃었다는 사실을 공표할 것이다. 발키리 명예단장으로 임명해서 성대하게 장례를 치러줄 것이다."

이게 드레카르가 망자에게 해줄 수 있는 유일한 배려였다. 큰 소용은 없겠지만, 남은 사람들에게도 약간의 위로가 되어주리라.

"란크스, 혹시 휴가가 필요하다면 얼마든지 말하라."

"아닙니다. 괜찮습니다."

자동적인 대답에 드레카르는 짧게 한숨을 내쉬었다. 괜찮지 않다는 걸 잘 아니까. 하지만 휴식을 취하는 것보다는 바쁘게 의무를 수행하는 게 슬픔을 잊는 데 도움이 될 터였다. 드레카르는 란크스의 어깨를 두드려 주고는 조용히 숙소에서 나갔다.

남겨진 란크스는 침대에 주저앉아 눈물을 삼켰다. 그는 발키리로서 업무를 볼 때도 그렇게 했다. 그러나 일과가 끝난 뒤 왕성 근처의 술집에서 홀로 술을 마실 때는 그리 하지 못했다. 그는 울면서 이름을 불렀다.

"타쿤 님……."

사랑하는 약혼녀와의 유일한 끈이 끊어졌다. 성별이 다르지만 수려한 이목구비가 주는 느낌이 엇비슷해, 지난 7년 동안 란크스는 타쿤을 보면서 사랑하는 여자와의 추억을 되새길 수 있었다. 그러나 이젠 그러지 못할 터.

"그렇게 죽어버리다니……."

울부짖음이 담긴 눈물이 바닥에 떨어질 때였다. 등 뒤로 누군가가 다가와 섰다. 검은 그림자가 란크스의 머리 위로 내려앉는 동시에 나른한 유혹 같은 전갈이 그의 머릿속으로 들어왔다.

"복수하고 싶나?"

10.

콘 웅그르는 3주가 지날 때까지 눈을 뜨지 않았다. 시체 같은 낯빛 그대로 침대에 누워서 돌처럼 꼼짝하지 않았다. 하지만 죽지 않았다. 살아 있다.

레이니르는 깨어 있을 때 매 시간마다 콘 웅그르의 생존을 확인하면서 거듭 안도의 한숨을 내쉬었다. 이런 자신이 짜증 나지 않는 건 아니었다. 그러나 어찌 됐든 이 남자를 사랑하는 건 사실이었다.

음, 그래. 평생 갈궈야지.

못된 도마뱀 왕이지만 어쨌든 받아들이기로 선택했다. 하지만 그렇다고 이전처럼 그가 바라는 것만 하면서 살 생각은 추호도 없었다. 후스카를의 단장으로서, 그가 싫어하는 짓도 종종 하면서

멋대로 살아갈 생각이었다.

"용서는 말이죠, 남은 평생 구하게 만들면 되는 거예요. 알았죠?"

레이니르는 민 여왕이 눈을 번뜩이며 한 말이 무슨 뜻인지 그제
야 깨달았다. 사랑의 감정이 커서 그를 뻥 차버릴 수 없다면, 함께
있으면서 괴롭히는 동시에 드높게 대접받는 게 더 낫다는 뜻이었
다.

드래곤들의 왕에게 떠받들어진다……. 나쁠 게 없는 삶이었다.
아니, 아주 좋은 인생이리라. 세상에서 가장 강한 그를 노예로 부
려먹을 수 있기도 하고. 물론 콘 웅그르는 저번에 그런 것처럼 제
멋대로 구는 노예가 되겠지만.

그러나 뭐가 어찌 됐든 일단 일주일 뒤의 연회를 무사히 치러야
했다. 정확하게 말하자면, 회색 드래곤과 백안의 드래곤을 잡는
게 먼저였다.

과연 그들을 붙잡을 수 있을까?

콘 웅그르가 정상 상태였다면 염려하지 않았을 터였다. 그때의
그는 세상에서 두 번째로 강하다는 백안의 드래곤을 손바닥 뒤집
는 것처럼 아주 쉽게 박살 냈었다. 그러나 현재, 비공식적인 방법
을 쓴 탓에 마력이 반으로 줄어든데다가 무엇보다 자체 치유력이
없어져서 인간과 같았다. 아니, 인간과 완전히 똑같은 건 아니었
다. 그랬다면 3주일 전에 그렇게나 피를 흘렸을 때 바로 죽어버렸
을 테니까.

"바보 도마뱀."

레이니르는 툴툴거리다가 콘 웅그르의 뺨을 손으로 만졌다. 차갑고 여전히 안색은 창백한지라 걱정을 안 할 수가 없었다. 물론 그는 절대 지지 않는다고, 죽지 않는다고 장담했지만.

자기가 불사신도 아니고 뭘 안 죽는다는 거야? 내참, 이렇게 오만해서야.

"얼른 정신 좀 차려."

레이니르는 구박하듯 내뱉었다. 그러나 콘 웅그르의 눈은 여전히 꾹 감겨 있을 따름이었다. 레이니르는 그를 노려보다가 아공간에서 검은색 펜을 꺼냈다.

야를 레이니르의 노예라고 쓸까?

레이니르가 펜을 이마에 대기 직전이었다. 조용하게 감겨 있던 콘 웅그르가 눈을 번쩍 떴다.

"콩!"

레이니르는 저도 모르게 환하게 웃으며 그의 목을 끌어안았다. 그가 마주 껴안을 줄 알았으나 그러지 않았다. 대신 콘 웅그르는 그녀를 살짝 뒤로 밀더니, 누운 상태 그대로 그녀가 오른손에 들고 있는 펜을 빼앗았다.

"이걸로 뭘 하려고 했지?"

"안색이 아직 나쁘네. 뭐 맛있는 거 먹을래?"

떠오르는 변명이 없는지라 레이니르는 아예 무시했다. 더불어 생글생글 웃었다.

"이 펜으로 내 이마에 뭔가를 쓰려고 했던 것 같은데?"

"시녀에게 전갈로 부탁했어. 곧 가져올 거야."

"무슨 말을 쓰려고 했지?"

"고기 요리가 원기회복에 최고야."

콘 웅그르는 따지던 것을 멈추고 눈을 가늘게 뜨며 레이니르를 노려보았다.

"고기 요리를 만병통치약으로 생각하나?"

"응. 피부도 좋아지고, 기운도 나고, 노화 방지도 되고, 음, 그리고 또 뭐가 있더라? 아무튼 다 좋아져. 무조건 고기만 먹으면 돼. 고기가 최고야."

레이니르는 열렬하게 말하다가 어느새 흘러나온 침을 닦았다.

"말하다 보니 먹고 싶네. 많이 가져오라고 했으니 나도 먹어야지."

콘 웅그르가 여전히 쏘아보고 있었으나 레이니르는 생긋 웃을 뿐이었다. 곧 벽을 통해 고기가 가득 쌓여 있는 쟁반이 들어왔다. 왕과 여왕을 제외한 다른 사람들은 출입이 불가능한 상황인지라 이제까지 음식은 전부 이렇게 들어왔었다.

"자, 먹자."

레이니르는 공기마법을 사용해서 쟁반 전체를 침대로 가져왔다. 콘 웅그르가 천천히 일어나 침대에 앉은 가운데 그녀는 포크로 따끈한 김을 뿜는 가장 큰 고기 조각을 찍어 그의 입으로 가져갔다.

"내가 먹여줄게. 고맙지?"

"그래. 참으로 고맙—"

레이니르가 입으로 고기를 쑤셔 넣었기에 콘 웅그르는 말을 다 하지 못했다. 그녀를 쳐다보는 눈길이 더 따가워졌지만 레이니르는 빤빤하게 웃으며 포크를 놀려 그의 입에 더 넣은 뒤 그녀도 고기를 먹었다.

"음, 진짜 맛있다."

"내가 이전에 만들어준 것보다 더?"

콘 웅그르의 질문은 마치…… 은근히 떠보는 것 같았다. 레이니르는 웃음을 참았다.

"아니, 당신이 만든 게 더 맛있어."

그게 사실인지라 레이니르는 솔직하게 답했다.

"그런데 그거 무슨 고기였어? 딱 먹어보면 돼지인지 소인지 닭인지 다 알거든. 그런데 그건 처음 먹어보는 거였어. 저번에 물어보려고 했는데 깜박했네."

"곰."

레이니르는 잘못 들은 줄 알았다. 그러나 콘 웅그르가 이런 거짓말을 할 리 없을뿐더러 갑자기 기억이 났다. 비즈진 산에서 처음에 모습을 드러낸 그의 옷에는 곰의 피가 묻어 있었다.

"곰 고기라니……."

콘 웅그르가 타쿤으로 있을 때 감옥에서 '둘이 먹다 하나가 죽어도 모를 정도로 세상에서 가장 맛있는 고기 요리법'을 읽었던 것도 떠올랐다.

"그 책을 보고 만든 거야?"

"그래. 그 책에 의하면 곰 고기가 가장 맛있다고 하더군. 곰은 근육이 많아서 대부분은 질기지만 부위를 잘 쓰면 된다고 했지."

콘 웅그르는 진지하게 설명했고, 레이니르는 웃음을 참을 수가 없었다. 그녀는 배를 잡고 웃기 시작했다.

"뭐가 그리 웃기지?"

콘 웅그르는 이해할 수 없다는 표정이었다. 레이니르는 답하지 않은 채 한참이나 깔깔거렸다. 그는 짜증으로 가득한 얼굴이 되었으나 그녀가 웃으면서도 포크로 고기를 계속 주자 받아먹었다.

"다시 잠들겠다."

음식을 전부 먹은 뒤 콘 웅그르는 천천히 말했다.

"수면을 더 취해야 회복이 빨라진다."

"그런데 지금은 왜 깨어났어?"

당연한 수순이라는 건 알았으나 레이니르는 기분이 약간 나빠졌다.

젠장. 겨우 이런 걸로 섭섭해하다니, 난 대체 왜 이렇게 무른 성격인 거야?

"네가 내 얼굴에 낙서하려고 했으니까."

"뭐야. 당신, 어떻게 자면서도 그런 걸 알 수 있는 거야? 자는 거 맞아?"

"6일 뒤 연회 전날에 깨어나겠다."

콘 웅그르는 레이니르의 질문을 무시하고는 다시 침대에 바로 누워서 눈을 감았다. 지켜보는 레이니르는 왠지 심술이 났다. 그녀가 다시 펜을 들 때였다.

"하지 마라."

콘 웅그르의 입술이 벌어지더니 한마디를 내뱉었고, 레이니르는 웃고 말았다. 콘 웅그르는 입술로 희미한 미소를 그리더니 곧 고른 호흡을 내쉬며 깊게 잠들었다. 그런 그를 바라보며 레이니르는 다시 피식 웃고는 6일 뒤를 기다렸다.

"레이니르."

연회 전날, 새벽에 레이니르를 깨운 건 콘 웅그르였다. 그의 목소리는 여전히 사내답게 굵으면서도 풍성했다. 레이니르는 온몸으로 울림이 퍼지는 느낌이었다.

"이제 나가야겠다."

그는 천천히 몸을 일으켰다. 어젯밤까지만 해도 창백하던 콘 웅그르의 얼굴은 이제 혈색이 완연하게 돌아와 있었다.

"회복, 다 된 거야?"

레이니르는 콘 웅그르의 왼쪽 손목을 붙잡았다. 거의 4주간 내내 휴식을 취한 덕분에 이젠 가느다란 흔적만 남아 있을 뿐이었다.

살아 있다.

레이니르는 고개를 숙여 그의 손목 상처 위에 입술을 눌렀다. 콘 웅그르가 큰 몸을 움찔거렸고, 그녀는 자신이 어떤 행동을 했는지 깨달았다.

젠장, 난 뱀도 없나?

"뭘 그렇게 쳐다봐?"

얼굴이 달아올랐으나 레이니르는 시비를 걸 듯 내뱉고는 벌떡 일어나 바닥에 서서 콘 웅그르에게 등을 돌렸다.

"이만 나가자. 아, 그전에 식사부터 해야겠어. 배고파."

"사랑한다."

콘 웅그르가 뒤에서 레이니르를 껴안았다. 그는 그녀의 귓가에 열렬하게 속삭였다.

"정말로, 영원히 사랑한다."

레이니르는 입술을 꽉 깨물어 새어 나오는 말을 막았다. 그러자 그가 이렇게 물었다.

"레이니르, 너는 어떻지?"

그녀의 허리를 가볍게 쓸던 콘 웅그르의 손에 독촉하듯 힘이 들어갔다. 놓아주지 않겠다는 듯 열 손가락 전체로 허리를 압박하자 레이니르는 순간 숨이 막혔다.

"답을, 하라."

콘 웅그르는 그녀의 귓속으로 뜨거운 숨을 불어넣다가 귓불을 자근자근 깨물기 시작했다. 쾌감이 솟구쳤다. 레이니르는 고개를 뒤로 젖혔고, 콘 웅그르는 그녀의 가늘고 긴 목을 혀로 길게 핥았다. 축축하고도 뜨거운 촉감이 잔잔한 수면 위에 떨어진 물방울처럼 온몸으로 퍼졌다.

"왜 답을 안 하는 거지? 아, 내가 만지고 있어서인가?"

콘 웅그르는 그제야 알아챈 목소리였다. 그는 말하는 즉시 손을 놓고는 레이니르를 앞으로 떠밀었다. 정신이 번쩍 든 그녀는 뒤돌아 앙칼진 눈으로 노려보았다.

"왜 중단해?"

"답을 하면, 안아주겠다. 아니, 이건 지금은 안 되겠군. 할 일이 많으니까. 내일 모든 일이 끝나면 그래 주지. 물론 그전에 너는 답을 해야 한다."

"무슨 답?"

"몰라서 묻는 건 아닐 테고."

레이니르는 팔짱을 꼈다. 사실 꽤 짜증이 난 상태였다.

"몰라."

"모른다고? 내가 무슨 답을 바라는지 모른다고?"

콘 웅그르는 목에 핏대가 드러날 만큼 크게 고함질렀다. 레이니르는 귀를 후비면서 얼굴을 찡그렸다.

"시끄러워."

콘 웅그르는 이를 악문 채 씩씩거렸고, 레이니르는 그 모습이 만족스러웠다. 이 남자를 괴롭히는 건, 사실 꽤나 재밌었다.

"식사 왔네."

벽을 통해 고기가 들어오자 레이니르는 공기마법으로 테이블로 옮겨왔다. 그녀가 맛있게 먹을 때, 콘 웅그르는 우두커니 선 채 움직이질 않았다. 그녀가 거의 식사를 끝냈을 무렵에야 의자로 와서 앉았는데, 여전히 표정은 매우 좋지 않았다. 특히 눈빛은 눈앞에 있는 모든 것을 불태울 것처럼 뜨겁고 강렬했다.

"……아무래도 안 되겠군."

연한 고기가 아니라 질긴 고무를 씹는 것처럼 식사한 콘 웅그르는 악문 잇새로 그렇게 중얼거렸다. 레이니르는 고개를 갸웃거리며 물었다.

"뭐가 안 되겠어?"

"그런 게 있다."

레이니르가 쏘아보자 콘 웅그르는 무시한 채 화제를 돌렸다.

"오늘은 왕성 전체를 직접 탐색할 생각이다. 결계가 잘 걸렸는지, 왕성 안에 문제가 없는지 확인해야 하니까."

"마법으로 하는 게 아니라 직접 한다고?"

"그래. 그게 더 확실하니까. 모든 장소에 갈 생각인 건 아니다. 일정 크기 이상인 곳에만 갈 것이다."

"어느 정도 크기?"

콘 웅그르가 답을 하자 레이니르는 테이블 위로 손을 뻗었다. 그녀가 만든 영상이 나타났다. 거대한 도시 같은 왕성 전체의 미니어처였다.

"일단 연무장 다섯 곳."

레이니르가 손가락을 까닥거리자 말한 곳이 빛났다. 그녀가 이어 여러 곳을 말하자 해당 장소는 똑같이 빛을 발했다. 몇 분 뒤 레이니르는 빛이 나는 장소만 테이블 위에 남겼다.

"여길 가보면 될 거야. 생각보다 꽤 많네. 부지런히 움직여야겠어."

"나가지."

콘 웅그르는 문 앞에서 그녀에게 손을 내밀었다. 레이니르는 그의 크고 강하면서도 우아한 손을 멀뚱히 쳐다보기만 했고, 결국 콘 웅그르는 성질을 냈다.

"저번처럼 내 어깨에 실릴 텐가?"

"뭐?"

"아니면 손을 잡을 건가? 둘 중에 하나만 선택하라."

"선택하긴 뭘 선택해? 어이가 없어서. 둘 다 싫거든?"

레이니르는 두 손을 허리에 두고는 픽 내뱉었다. 콘 웅그르는 대놓고 길게 한숨을 내뱉고는 그녀의 손목을 잡아챘다.

"이거 안 놔? 당신이랑 아직 손잡은 채 다니기 싫단 말이야."

"결계가 완성되었지만 앞으로 매우 위험할 거다. 이전에는 괜찮았으나 앞으로 침실 밖에서는 절대로 접촉이 끊어지면 안 된다. 그리고 내가 후회한다고 했지. 널 사랑한다고 했고. 이 내가, 사과까지 했다! 그런데 겨우 손잡는 것도 안 된다 그거인가? 너는 대체……."

콘 웅그르의 얼굴이 처참하게 일그러지자 레이니르는 조금 미안해졌다. 결국 그녀는 못 이기는 척 더 저항하지 않았다. 떨어져서 다니는 게 위험한 건 사실이니까.

"좋아. 허락해 줄게."

레이니르는 마치 성은을 베푸는 것처럼 말했다. 다시 콘 웅그르의 얼굴은 팍삭 찌그러졌으나 그녀가 손을 잡자 조금 풀렸다. 그러나 말 그대로 조금뿐으로, 위로 죽 올라간 콘 웅그르의 짙은 눈썹은 내려오질 않았다. 그건 이후로 열두 시간 동안 왕성의 큰 공간을 살펴볼 때는 물론이거니와, 점심에 잠시 왕족들의 보금자리로 가서 드레카르 왕, 민 여왕과 함께 식사를 할 때도 마찬가지였다.

"방어를 위해 모든 발키리들이 동원될 거다."

드레카르는 연회에 대해서 말하다가 레이니르가 알아야 할 이야기를 꺼냈다.

"네가 콘 웅그르와 침실 안에서 머무르기 시작한 뒤 란크스를 불러 타쿤의 사망 사실을 말해주었다. 그에게는 그러는 게 맞으니까."

레이니르는 왕의 배려에 감사했다. 하지만 자신이 따로 말을 해줘야 한다는 사실을 모르지 않았다. 타쿤을 마지막으로 본 건 그녀이기 때문이었다.

란크스에게, 아니, 근본적으로 타쿤에게 더없이 미안했다. 물론 레이니르도 타쿤이 어차피 살아남지 못했을 거라는 사실은 잘 알았다. 그녀의 존재 유무와 상관없이 타쿤은 그 자리에 나타났을 테고, 어즈로의 몸을 입은 그 성질 급한 회색 드래곤에게 당했을 테니까.

하지만 안타깝지 않은 건 아니었다. 오랜 시간 한결같은 마음으로 그녀를 사랑한데다가 죽음을 목전에 둔 상황에서도 그녀에게 피하라고 당부한 남자니까. 마음이 아프고 미안했다.

"일이 완전히 끝나면 란크스와 따로 자리를 마련해요. 일단은 이 일에 집중해요."

레이니르의 기분을 읽은 민은 안타까운 마음으로 말하며 손을 뻗어 잠시 콘 웅그르가 손에서 놓은 레이니르의 손등을 따뜻하게 감쌌다. 콘 웅그르가 움직인 건 그때였다. 그는 민의 손을 검지로 툭 쳐서 뒤로 밀더니 레이니르의 손을 꼭 붙들었다. 마치 자기 소유라고 주장하듯.

"방금 뭘 한 거야?"

너무도 어이가 없어 레이니르는 되묻고 말았다. 드레카르는 콘 웅그르를 눈빛으로 죽일 듯이 노려보았고, 민은 재미난 것을 구경한 사람처럼 활짝 웃었다.

"할 일이 많을 테니 이만 나가 봐요."

콘 웅그르는 바로 일어나서 질질 끌고 가듯 레이니르를 데려갔다. 밖으로 나올 때 깔깔대는 웃음소리를 언뜻 들었지만 레이니르는 자신이 잘못 들은 거라고 생각했다. 민 여왕은 저렇게 10대 말괄량이처럼 웃는 사람이 아니니까.

"가지."

콘 웅그르는 그녀를 잡아끌고 걷기 시작했다. 레이니르가 그를 뚫어져라 노려보는 것을 무시하며, 그녀의 손과 접착제로 연결된 것처럼 꼭 붙든 상태로.

레이니르는 정말 불편했다. 어딜 가든 자석처럼 따라오는 주변 사람들의 시선 때문이었다. 사실 이렇게 손을 잡고 다니는 건 왕성에 머무르는 수천 명의 사람들에게 광고하는 것이었다. 우리 연애해요, 라고. 물론 그것치곤 약간 이상하긴 했다. 왕성 곳곳을 끊임없이 다니고 있으니까. 하지만 다들 레이니르가 남자와, 더군다나 전 약혼자로 알려진 존재와 손을 꼭 잡고 다니는 것에만 집중하느라 다른 건 생각하지 못하는 모양이었다.

"축하드려요, 레이니르 님!"

"좋으시겠어요!"

어떤 사람들은 죽었던 야를 버서커가 기적적으로 회생한 것으로 생각하는지 환하게 웃으며 기뻐해 주었다. 윙크하며 휘파람을 불거나 박수치는 사람도 있었다.

젠장.

마음속에는 욕이 마구 굴러다녔으나 레이니르가 할 수 있는 행동이라곤 미소 짓는 것뿐이었다. 내내 그렇게 사람들의 구경거리가 된 채 돌아다니다가 밤 10시가 됐을 때, 콘 웅그르는 이렇게 말했다.

"왕성은 안전하다."

레이니르는 이제 돌아갈 수 있다는 사실에 속으로 길고 긴 안도의 한숨을 내쉬었다.

"이만 가자."

"잠깐. 웃어봐라."

"뜬금없이 왜?"

"너는 웃는 게 정말 아름다우니까. 사랑한다, 레이니르. 외모만이 아니라 영혼도 세상에서 가장 아름다운 너를 사랑한다."

전갈이지만 콘 웅그르는 세상에서 가장 단단한 얼음도 녹아내릴 만큼 달콤한 목소리로 속삭였다. 눈웃음도 황홀한 건 마찬가지였다.

레이니르는 아무 생각도 하지 못하고 본능의 지시대로 웃었다. 그리고 콘 웅그르는 만족하며 그녀의 이마에 입술을 누르고는 잡고 있는 손을 이끌었다.

두근, 두근.

갑자기 커진 심장박동에 신경 쓰느라 레이니르는 보지 못했다.

저 멀리에 있던 란크스가 다정한 그들을 보고 얼굴을 일그러뜨리는 것을.

"자라."

방금까지 달콤한 초콜릿 같았던 콘 웅그르는 침실로 돌아오자마자 심드렁한 태도로 손을 놓았다. 뭔가를 기대하던 레이니르는 기분이 확 나빠졌고, 그를 노려보다가 침대에 누웠다. 잠을 설칠 줄 알았지만 즉시 잘 수 있었다.

이 도마뱀이 혹시 수면마법을 썼나?

다음날 아침, 깨어난 레이니르는 옆에 잠들어 있는 남자를 쏘아보았다. 그녀는 콘 웅그르의 어깨를 때리기 위해 주먹을 쥐었다. 막 내려치려고 할 때 그가 눈을 번쩍 뜨더니 손목을 잡아챘다.

이 남자는 진짜, 눈을 감아도 보이나? 다른 곳에도 눈이 달린 건가?

"왜 그러는 거지?"

"혹시 나한테 수면마법 썼어?"

"그래."

"뭐가 어쩌고 어째?"

"네가 깨어 있으면 참을 수 없으니까. 널 계속 가졌을 거다. 그러면 지금까지 휴식을 취하지 못하고 깨어 있었겠지. 오늘 일에 지장이 가면 안 된다."

뭐라고 말하고 싶었으나 레이니르는 입이 떨어지질 않았다.

"그리고 난 네가 답하기 전에는 하지 않을 거다."

그러나 그 말에는 침묵을 지킬 수가 없었다.

"뭐라고?"

"가서 씻어라. 그래야 **고기**를 먹고 나가지."

두 글자가 크게 울렸다. 레이니르는 콘 웅그르를 한껏 쏘아보다가 움직였다. 식사를 비롯해서 모든 준비를 끝낸 뒤 나갈 채비를 하자, 콘 웅그르가 다가와 한 손을 내밀었다. 잡으라는 뜻이리라.

레이니르는 깊이 고민하지 않고 손을 올렸다. 어제도 그러긴 했지만, 오늘은 특히 중요한 날이니까. 더 안전하게 보호받아야 했다.

죽지 않을 것이다. 아니, 애초에 다치지도 않을 것이다. 그녀를 사랑하는 사람들을 위해 그리 해야 했다.

"방문자들이 왕성의 정문을 통해 들어오고 있다."

연회장에 도착한 뒤 콘 웅그르는 가장 앞에 있는 테이블에 자리를 잡고 지그시 눈을 감은 채 내뱉었다. 힘을 확장해서 주변을 탐색하는 게 분명했다. 옆에 앉은 레이니르도 마력을 쓰려고 했으나 그는 짤막한 고갯짓으로 막았다.

"그러지 마라."

"왜?"

"오직 너 스스로를 보호하는 것에만 힘을 사용해라. 혹시 만일의 상황이 닥치더라도 내게 힘을 보탤 생각은 하지 마라. 가장 중요한 건 네 안전이다."

명령조라 무뚝뚝하기 그지없었으나 콘 웅그르의 말은 그녀에게 안도감을 주었다. 그녀의 안전만을 생각한다는 마음이 물씬 드러나니까. 레이니르는 미소를 지으며 고개를 끄덕였고, 기다리기 시작했다. 누군가 중 한 명의 몸을 입은 백안의 드래곤이 걸려들기를.

하지만 정오부터 시작된 연회가 그날 밤 10시에 끝날 때까지 누구도 이상 행동을 취하지 않았다. 누구도.

"함정에 순순히 빠지지 않겠다는 거로군."

모든 참석자들이 왕성에서 물러난 뒤 드레카르는 왕성에서 가장 안전한 장소인 왕과 여왕의 침실로 레이니르와 콘 웅그르를 불러들였다.

"이제 어찌할 계획인가?"

"아직 두 시간이 남아 있다."

콘 웅그르는 오늘 내내 그랬던 것처럼 무표정했다. 연회장 안에서도 저랬던지라 이백 명이 넘는 모든 참석자들은 처음에는 약간 불안한 기색으로 콘 웅그르를 쳐다봤었다. 그러나 누가 멋있고 섹시한지 찾아보느라 곧 콘 웅그르에게는 더 신경 쓰질 않았다. 물론 그들이 그러든 말든 콘 웅그르가 모든 참석자들을 철저하게 탐색했다는 것을 레이니르는 잘 알았다.

"하지만 누구에게도 다른 점은 없었다. 그들 중에 하나가 아닐 수도 있다."

"드래곤은 연기를 잘하니까, 당신처럼."

드레카르는 콘 웅그르를 노려보면서 찌르듯 한마디를 덧붙였고, 레이니르는 더는 그러지 않는다는 말을 하고픈 충동을 느꼈다.

난 그렇게나 당해놓고 이 남자를 두둔해 주고 싶은 거구나. 쳇.

"남은 두 시간 동안 반드시 찾아내서 처리하라. 레이니르를 세 번이나 미끼로 삼을 순 없다. 그렇지 않은가?"

드레카르의 노골적인 명령에 콘 웅그르의 얼굴이 일그러졌다. 콘 웅그르의 온몸에서 뿜어져 나온 분기가 침실 전체를 뒤흔들기 직전이었다.

"콘 웅그르 님, 부탁드려요. 저도 콘 웅그르 님만큼이나 레이니르의 안전을 걱정하고 있거든요. 그건 드레카르도 마찬가지고요. 그렇죠?"

민이 걱정하는 목소리로 남편을 바라보며 말을 이었다. 드레카르는 썩은 식초를 마신 얼굴이었으나 여왕의 눈초리 끝이 위로 올라가자 하기 싫다는 티를 팍팍 내며 내뱉었다.

"그렇다."

"콘 웅그르 님, 백안의 드래곤이 육체에 문제를 안고 있다고 하셨죠? 그래서 오늘 정도까지가 견딜 수 있는 마지막 날이라고요?"

"아마도 그렇다."

콘 웅그르는 드레카르와 불꽃, 아니, 거대한 화염이 튀는 눈싸움을 하면서 답했다. 레이니르가 조마조마한 마음으로 지켜보는 것과는 달리 민은 빙긋 웃으며 이렇게 제안했다.

"전 레니와 자정까지 이곳에 있을게요. 안전하니까요. 콘 웅그르 님과 드레카르는 그 시간까지 왕성을 다시 한 번 살펴주시겠어요?"

"아니, 아무리 이곳이 안전하더라도 레이니르는 내 곁에서 떨어지면 안 된다. 나와 접촉이 끊어져선 절대로 안 된다. 위치추적 마법을 붙였으나 백안의 드래곤의 결계에 레이니르 혼자 걸려들면 쫓아가기 쉽지 않다. 반드시 손이라도 잡고 있어야 한다."

콘 웅그르는 계속 잡고 있는 레이니르의 손에 힘을 더 주었다. 그는 마치 겁을 집어먹은 사람처럼 보였다. 그의 눈빛 또한 태풍이 불어닥치기 직전의 촛불처럼 불안하게 일렁이고 있었다.

아니, 아니야.

레이니르는 생각을 수정했다. 이 오만하다 못해 육만하고 칠만한 도마뱀이 겁을 먹을 리 없으니까.

"나도 합류하겠다."

드레카르가 한마디 하며 일어났고, 레이니르는 서둘러 말렸다.

"왕이시여, 저희가 찾아보겠습니다. 이 안에 계셔주세요."

카르탄 왕국의 왕은 아주 강하지만, 상대는 드래곤 두 마리였다. 레이니르는 만에 하나 왕이 다칠 수도 있다는 걸 잘 알았다. 절대로 그런 일이 벌어져서 안 되었다.

"레이니르의 말이 옳다. 너는 방해만 된다."

콘 웅그르는 드레카르 왕의 짙은 눈썹 끝이 위로 죽 올라가는 말을 내뱉었다. 드레카르의 온몸에서 분기가 뿜어져 나오자 레이니르는 어서 나가라는 민의 손짓대로 서둘러 콘 웅그르를 잡아끌어 침실 밖으로 나왔다.

앞에는 항상 왕과 여왕이 있는 곳을 따라다니며 경호를 하는 발키리들이 서 있었다. 보통 때 왕과 여왕에게 각각 열 명이 붙지만, 왕성에 행사가 개최되면 안전 때문에 숫자는 두 배로 늘어났다. 이미 종료됐지만 오늘도 연회가 있었기에 총 마흔 명의 발키리들이 원으로 된 침실 주변을 둘러싸고 있었다.

교대했구나.

여덟 시간마다 3교대를 하게 되어 있는 발키리들은 아까 레이니르가 침실로 들어갈 때와 다른 사람들로 교체된 상태였다. 자동적으로 그들에게 빙긋 웃어준 레이니르는 3미터 거리에 서 있는 덩치 큰 발키리 뒤에 가려져 있다가 반걸음 앞으로 나온 사람을 발견했다.

야를 란크스였다. 그는 연회가 열릴 때 다른 곳에서 근무했기에 레이니르는 그를 한 달 만에 보는 것이었다. 언뜻 보기에도 란크스는 안색이 안 좋은데다가 체중이 꽤 줄어든 상태였다.

아마도 약혼녀의 사촌 오빠, 타쿤을 잃은 충격 탓이리라.

레이니르는 순간 어찌할 바를 몰라 하다가 고개를 살짝 숙이는 것으로 인사를 대신했다. 란크스는 무표정한 얼굴로 갈색의 눈을 깜빡였다. 감았다가 뜬 눈동자는 더 이상 갈색이 아니었다.

기름에 물이 섞인 것처럼 일그러진 푸른색이 들어간 새하얀 눈동자.

콘 웅그르가 레이니르에게 엄청난 보호마법을 씌운 것과 란크스가 눈에 보이지도 않는 빠르기로 팔찌에서 검을 꺼내 달려온 건 동시에 일어난 일이었다.

슈우욱.

너무도 빨라서 레이니르는 보지 못했으나 들을 수는 있었다. 아주 날카로운 검이 무언가를 절단하는 소리였다.

무엇을? 무엇을 자른 거지?

레이니르는 눈으로 확인하기 전에 느꼈다. 생명줄이라도 달린 것처럼 그녀의 손목을 꾹 붙들고 있던 콘 웅그르의 손에서 힘이 순식간에 빠져나갔다. 아니, 완전히 사라졌다는 게 더 맞는 표현이었다. 더 이상 그녀의 손목을 잡을 수 없게 됐으니까.

레이니르는 몸을 돌렸고, 보았다. 란크스의 검에 의해 깨끗하게 절단된 콘 웅그르의 손목이 밑으로 떨어지고 있었다.

후드득.

손목에서 피가 튀어나온 건 바로 그때였다. 핏방울이 눈을 침범하자 레이니르는 반사적으로 눈을 감았다가 떴다. 똑똑히 보았다. 몇 초 전까지 그녀에게 따뜻한 온기와 보호를 제공했던 콘 웅그르의 손은 이제 뻘건 피를 꾸물꾸물 흘리며 바닥으로 추락한 상태였다.

"콘!"

레이니르가 내지른 한 음절의 비명이 끝나기도 전이었다. 그녀는 온통 새하얗고 경건한 느낌을 주는 왕성의 벽이 아니라 다른 것을 보게 되었다. 모든 것이 새까맣고 불길한 공간이 눈앞에 펼쳐졌다. 따뜻한 빛이라고는 조금도 없는, 뼛속까지 시린 냉기로 터질 것 같은 곳.

낯익었다. 뱀이 등골을 타고 흐르는 것 같은 소름 끼치는 느낌 속에서, 레이니르는 이 장소에 예전에 와본 적이 있다는 것을 깨달았다.

약 1년 4개월 전, 칼리 시의 도서관 개관 행사가 끝난 뒤 납치되듯 끌려간 곳이었다. 결계. 백안의 드래곤만의 공간.

그녀만 끌려온 것도 그때와 같았다. 혼자가 된 것이었다, 또다시. 그리고 또 다른 것도 같았다.

"야를 레이니르."

눈 한 번 깜빡하는 사이에 10미터 거리에 등장한 존재도 그때와 같았다. 물론 외모는 다르긴 했다. 1년 4개월 전 백안의 드래곤은 대나무처럼 매우 가느다란 몸과 평범하기 그지없는 얼굴이었다. 발끝까지 오는 혼탁한 하늘색 머리카락과 눈동자가 굉장히 기괴했으나 그 외에는 특이할 게 없는 외모.

현재 눈앞에 서 있는 존재는 눈동자만 그런 색이었다. 얼굴과 몸은 그녀가 알던 란크스로, 언뜻 보기엔 단단한 근육질에 단정한 이목구비를 가진 남자로 보였다. 그러나 겉으로만 그럴 뿐 실제로는 다른 존재였다.

인간의 몸을 입었으나 완전히 다른 생명체, 드래곤.

"곧 웅그르의 마음을 정말로 사로잡을 줄이야."

드래곤으로서의 육체가 망가졌다는데, 드래곤의 목소리는 나오는 모양이었다. 외모와는 다르게 여자의 목소리였다.

"정말 놀라워."

"⋯⋯백안의 드래곤."

레이니르는 한숨을 쉬듯 내뱉었다. 아니, 한숨이 아니라 공포와 두려움이 섞인 얼어붙은 호흡이었다.

"다시 만나서 반가워요."

뜬금없고 실없는 말이었으나 레이니르는 마음을 가라앉히기 위해 가볍게 한마디 했다. 처참한 고문을 당하기 직전이 아닌 것처럼, 목숨이 경각에 달려 있는 상황이 아닌 것처럼.

"그동안 누흐 산 천지에 갇혀 있었다죠? 답답했겠네요."

"아니다. 답답한 건 아니었지. 단지 고통스러웠을 뿐이다. 사랑하는 그가 다시 환생하더라도 영원히 만날 수 없다는 사실 때문에 너무도 비참했다."

레이니르의 속셈을 아는지 모르는지 란크스의 몸을 입은 백안의 드래곤 또한 짧게 한숨을 내쉬었다. 혼탁한 눈빛이 아련하게 변하는 것으로 보아 죽어버린 연인을 떠올리는 것 같았다.

"하지만 탈출했으니, 그를 다시 만날 수 있을지도 모른다."

"기쁘겠어요."

"그렇다."

백안의 드래곤은 만면 가득 웃음을 지었다. 갈구하던 장난감을 선물받은 아이처럼 순수한 기쁨이 엿보였으나 레이니르는 속지 않았다. 웃고 있는데도 눈동자의 번뜩임은 여전히 기괴하니까.

"란크스는 어떻게 된 거죠?"

물론 죽었다는 건 알았다. 그게 아니라면 몸을 입을 수 없으니까.

"죽인 건가요?"

"내가 죽인 게 아니다. 회색의 드래곤이 그랬지. 콘 웅그르에게 복수하고 싶냐고 물었는데 아니라더군. 복수의 대상은 콘 웅그르가 아니라 회색 드래곤이라고."

레이니르는 란크스가 깊은 슬픔에 빠져 있었음에도 상황을 제
대로 직시했다는 것을 깨달았다. 지고의 생명체인 드래곤에게 굴
복하지 않고 대응한 란크스의 용기에 박수를 보내고 싶었으나 안
타까움이 더 컸다. 그 뒤로 어떤 일을 당했는지 너무도 뻔하니까.

"란크스는 복수하겠다며 회색 드래곤에게 달려든 건가요?"

"그렇다. 죽기 직전 내가 란크스의 몸을 입었지."

레이니르는 치미는 분기를 누르기 위해 주먹을 꾹 쥐었다. 손톱
은 짧지만 손바닥으로 파고들었다.

"란크스가 순순히 허락하지 않았을 텐데? 아, 조종마법을 썼겠
군요."

"똑똑하구나."

란크스의 얼굴로 백안의 드래곤은 웃었다. 아주 살벌하게. 긴
세월 동안 벼르고 벼르던 복수의 대상을 코앞에 둔 것처럼.

"이대로 가만히 있다간 사랑하는 그를 만날 수 없지. 콘 웅그르
는 분명 날 다시 가둘 거거든. 또 그렇게 감금당하기 전에 내가 먼
저 콘 웅그르를 죽여야 하지만, 그렇게나 강한 우리의 왕을 죽일
순 없지. 회색 드래곤은 반려 때문에 눈이 뒤집혀서 죽일 수 있을
거라며 헛된 꿈을 꾸던데, 그건 말 그대로 헛된 생각이야. 내가 이
런 상태가 아니라 정상이더라도 결코 이길 수 없지."

백안의 드래곤은 비웃음을 던졌다. 그건 회색 드래곤을 향한 것
일 터.

"난 죽고 싶다. 죽어야 내 반려를 만날 수 있지. 그러니 이 방법

뿐이다."

백안의 드래곤은 조용조용하게 말하고 있었으나 레이니르는 공포의 철퇴가 온몸을 후려치는 기분이었다. 그러나 레이니르는 그대로 뻣뻣하게 몸을 굳히고 있는 대신 마력을 준비하며 되물었다.

"무슨 방법?"

"곧 웅그르의 눈앞에서 널 죽이는 방법. 물론 그냥 죽이는 걸로는 안 되지. 한 번도 해본 적이 없어서 잘 될지 모르겠어. 네 심장과 뇌를 먹어서 영혼을 해치울 생각이다."

먹어서 영혼을 없앤다고? 그게 가능한 일인가?

기가 막힌 나머지 레이니르는 비웃음을 내뱉을 뻔했으나 순간 예전의 기억이 머리를 스치고 지나갔다. 지난번에 나타났을 때 백안의 드래곤은 그녀의 영혼까지 없앨 수 있지만 하지 않겠다고 말했었다.

"네 몸속에 있는 곧 웅그르의 피와 살 때문에 제대로 먹을 수 있을지 알 수가 없어. 하지만 시도는 해볼 생각이야. 어차피 나야 죽음을 각오했으니 먹고 죽으나 안 먹고 죽으나 그게 그거지."

백안의 드래곤은 빙긋 웃었다.

"영혼은 육체의 모든 부분에 깃들어 있다지만 인간은 가장 핵심적인 부분인 두뇌와 심장이 없어지면 모든 기억이 사라져서 환생할 수 없다고 하더군. 그러니까, 완전히 소멸하는 거지. 곧 웅그르가 아무리 냉혹하다고 해도 진정으로 사랑하는 여자가 바로 앞에서 그렇게 되면 분노에 미치겠지. 그러니."

백안의 드래곤은 바닥으로 내렸던 검을 들어 레이니르를 겨냥했다. 콘 웅그르의 손목을 잘랐던 것. 그 날카로운 검날에 묻어 있던 새빨간 피가 바닥으로 뚝뚝 떨어졌다.

"죽어라."

레이니르가 눈을 깜빡한 순간이었다. 어느새 코앞으로 달려든 백안의 드래곤이 그녀를 향해 거칠게 검을 휘둘렀다.

"레이니르가 란크스에 의해 사라졌다고요?"

5분 전 레이니르에게 일이 생겼다면서 드레카르가 갑자기 침실 밖으로 나가자 조용히 기다리던 민은 막 들어온 소식에 비명처럼 말을 내질렀다. 그러나 곧 그녀는 두 손으로 입을 막았다. 이렇게 기겁할 때가 아니었다. 자신은 여왕이었다. 언제 어느 때나 침착하게 상황을 주시한 채 냉철한 판단을 내려야 하는 존재.

그러나 힘들지 않은 건 아니었다. 민은 마음을 다지고 또 다지며 똑바로 고개를 들어 발키리의 단장, 필에게 답을 요구했다.

"콘 웅그르 님은 대체 뭘 하고 있나요?"

"손목이 잘렸습니다. 그리고 그 자리에 가만히 있습니다."

필이 경직된 얼굴로 그렇게 답하자 민은 저도 모르게 자리를 박차고 나갈 뻔했으나 위치를 자각했다. 왕국에 문제가 생겼을 때, 자신은 언제나 침실 안에서 안전하게 보호받아야 했다. 그건 선택할 수 있는 사항이 아니라 기본 의무였다.

"보여줘요."

민은 뻣뻣한 고개를 들면서 요구했고, 필은 즉시 벽 쪽으로 손을 뻗었다. 경건함이 느껴지는 새하얀 벽에 전신거울 크기의 화면이 일렁이며 나타나 몇 미터 거리인 바깥의 상황을 보여주기 시작했다.

가장 먼저 보이는 건 새빨간 피였다. 바닥에 펼쳐져 있는 사람 키만 한 뻘건 웅덩이 중앙에 콘 웅그르가 경직된 표정으로 한쪽 무릎을 꿇고 앉아 있었다. 그의 얼굴은 핏기가 전혀 없었다. 깨끗하게 잘린 그의 왼쪽 손목에서 흘러나오는 엄청난 양의 피 때문이었다.

"콘 웅그르!"

드레카르는 다른 발키리들처럼 피를 밟지 못하고 웅덩이 밖에 서 있었다. 투명하면서도 보이지 않는 것이 벽을 친 것처럼 진입을 막고 있었다.

"레이니르는 어디에 있지? 레이니르를 놓치다니! 어떻게 이런 멍청한 실수를 하는가!"

격렬하게 토하듯 내뱉으면서도 드레카르는 상황을 짐작했다. 아마도 콘 웅그르는 뭔가 이상하다는 것을 깨달은 즉시 모든 보호 마법을 레이니르에게 덮어씌웠을 터였다. 하지만 란크스의 몸을 입은 백안의 드래곤이 공격한 건 콘 웅그르였다. 강력한 육체가 인간처럼 허약하게 전락한 존재. 손목은 쉽게 잘려 나갔을 테고, 그리하여 백안의 드래곤은 콘 웅그르와 떨어진 레이니르를 납치할 수 있었을 터.

뭐가 어찌 됐든 그건 이미 지난 과거였다. 중요한 건 현재와 미래였다. 앞으로 레이니르가 살아남을 것인가, 바로 그것.

"지금 레이니르는 어디에 있지?"

"……결계."

백지장보다 더 허연 얼굴로 눈을 꾹 감은 채 침묵을 지키던 콘 웅그르의 입이 그제야 열렸다.

"레이니르는 백안의 드래곤의 결계에 갇혔다, 그때처럼."

1년 4개월 전 레이니르는 칼리 시의 도서관 앞에 펼쳐진 결계에 사로잡혔었다. 백안의 드래곤의 힘이 현실보다 훨씬 더 강하게 펼쳐지는 공간. 또한 결계는 매우 강력해서 현실의 어느 지점에 존재하는지 알기 힘들뿐더러 부수는 것도 거의 불가능했다.

"결계는 어디에 있지? 찾아낸다면 당장 깰 수 있나?"

드레카르는 결계의 정확한 위치를 찾기 위해 노력하며 다그치듯 캐물었다. 활활 타오르는 불같은 드레카르와는 달리 콘 웅그르는 경직된 얼음 같은 목소리로 답했다.

"근처인 건 맞지만 정확한 위치를 파악할 순 없군. 이건 백안의 드래곤이 거의 모든 힘을 짜내어 만든 것이다. 희미하게 느껴지는 기운을 분석해 보면 깰 수 없는 대신 30분 뒤에 저절로 사라지게 되어 있다."

"30분? 30분이라고? 레이니르가 죽는 데 필요한 시간은 단 3초다!"

"알.고. 있.다."

콘 웅그르는 한 글자 한 글자 끊어서 답했다. 여전히 차분하기 그지없는 존재에게 더없는 살의를 느꼈으나 드레카르는 충동대로 콘 웅그르에게 주먹을 휘두르는 대신 발키리들에게 물러나라고 외치며 드래곤으로의 변신을 준비했다. 콘 웅그르가 고개를 저었다.

"변신해도 소용없다. 지금 상태로는 누구도 결계 안으로 들어갈 수 없지."

"그래서? 레이니르가 죽는 걸 그대로 방치하겠다 그건가?"

"그럴 생각은 추호도 없다. 어떤 대가를 치르더라도 안전하게 구해낼—"

얼굴이 이젠 파리하다 못해 시체 같은 회색이 된 콘 웅그르는 말하다 말고 한쪽 입술 끝이 올라가는 미소를 지었다. 그의 새까만 눈동자는 기쁨의 빛을 뿜었다.

"찾았다."

콘 웅그르를 중심으로 퍼졌던 그의 피 웅덩이가 움직이기 시작했다. 한 방울씩 튀어 오르는 구슬처럼 허공으로 올라가더니 5미터 높이의 천장에 한꺼번에 달라붙었다.

"거기냐!"

콘 웅그르는 자리에서 일어나 고개를 들어 천장을 향해 다치지 않은 오른 손바닥을 펼쳤다. 천장으로 전부 올라간 그의 붉은 피는 액체가 아니라 살아 있는 생물체처럼 꾸물거리더니 흡수되듯 사라져 버렸다.

쩌적.

두꺼운 유리에 길게 금이 가는 소리가 울렸다. 실제로 천장에 실금이 간 흔적이 생겼으나 말 그대로 실금뿐으로 더 이상 깨지질 않았다. 콘 웅그르의 시선이 바닥에 덩그러니 남아 있는 잘린 왼손으로 향한 게 그때였다.

손은 빠르게 공중으로 떠올라 콘 웅그르의 오른 손바닥 안으로 들어갔다. 그가 주먹을 쥐자 잘린 손은 단단한 뼈와 강한 근육으로 이뤄진 신체 부위가 아니라 물컹거리는 젤리라도 되는 양 몇 조각으로 부서졌다. 두 개의 가느다란 실금만 나 있던 천장에 돌을 맞아 깨진 유리창 같은 삐죽삐죽한 구멍이 생긴 건 그때였다.

사람 머리 크기만 한 내부가 보였다. 그저 시커멓기만 해서 암흑 이외에 다른 건 보이지 않았다. 그러나 드레카르는 저 안에 레이니르가 있다는 것을 잘 알았다. 그리고 레이니르의 생명이 경각에 달려 있다는 것도.

막 드레카르가 움직이기 전이었다. 콘 웅그르가 하늘로 치솟았다. 구멍은 작아서 거대한 덩치의 콘 웅그르는 통과할 수 없을 것 같았다. 그러나 그는 상어의 이빨처럼 제멋대로 깨진 뾰족한 부분을 그대로 밀고 올라갔다.

사아악. 뚜두둑.

잘 벼려진 칼날이 살을 가르는 소리, 단단한 것과 충돌해 뼈가 부러지고 으스러지는 소리가 주변 모든 사람들의 귀를 때렸다. 이어 피가 확 터지는 소리가 나더니 또 다른 피비린내가 퍼졌다.

"콘 웅그르! 현재 당신의 육체 상태는 인간과 비슷하다! 그렇게 피를 흘리다간 정말 죽는다! 드래곤의 왕이면서 의무는 팽개친 채 죽을 생각인가!"

기가 막힌 드레카르는 따지듯 전갈을 보냈다. 콘 웅그르는 들은 척도 하지 않았다. 끈적이는 새빨간 피는 물론 예리하게 잘린 살덩어리가 바닥으로 추락하는 가운데 드래곤의 왕은 계속 올라갔고, 구멍을 더 벌려서 결국 결계 안으로 발끝까지 다 들어갔다. 아니, 몸을 우겨넣었다는 게 더 맞는 표현일 터.

드레카르는 반쯤은 감탄하며, 나머지 반쯤은 진저리를 치면서 빠르게 움직였다. 그러나 그가 구멍 앞으로 간 순간이었다. 암흑의 구멍은 더 이상의 침입자를 허용하지 않겠다는 듯 흔적도 없이 사라졌다. 드레카르가 이를 악물고 강한 마력을 쓰기 위해 변신을 준비할 찰나였다.

"왕이시여!"

발키리들의 필사적인 전갈이 드레카르의 머릿속으로 들어왔다. 그리고 엄청난 폭발음이 옆 벽에서 터져 나왔다.

11.

레이니르는 피했다. 란크스의 몸을 입은 백안의 드래곤은 너무
도 빨라서 흐릿한 잔상으로만 보였지만, 위기를 느낀 순간 레이니
르는 몸을 옆으로 날렸다. 그러나 스치기만 해도 오장육부가 찢어
질 것 같은 날카로운 검은 집요하게 쫓아왔다.

이어질 공격을 예상한 레이니르는 본능대로 몸을 옆으로 굴렸
다. 검은 방금 레이니르가 있던 자리를 내리찍었다. 어찌나 세게
내리쳤는지 검은 칼날이 반으로 동강나고야 말았다.

레이니르가 주목한 건 검으로도 바닥을 뚫을 수 없다는 사실이
었다. 그만큼 결계가 단단하다는 뜻. 그러나 그녀는 다른 사실을
알고 있었다.

저번에 그녀의 피로 결계에 구멍을 냈었다. 몸에 흐르는 콘 웅

그르의 피와 살 덕분이었다. 이번에도 통할까?

"쓸모없군."

백안의 드래곤이 짜증을 내며 검을 뒤로 내던질 때, 레이니르는 팔찌에서 단검을 꺼내 왼쪽 손바닥을 그어 몇 방울의 피를 바닥으로 뿌렸다. 그러나 새까만 공간은 전혀 변화가 없었다. 절망감이 레이니르를 고통스럽게 쑤셨다.

이대로 포기할 순 없어! 돌아가야 해!

콘 웅그르의 얼굴이 눈앞에 선했다. 사랑한다고 속삭이며 그녀가 세상 전부보다 중요하다고 단언한 남자.

내가 이대로 죽어서 영혼까지 완전히 소멸한다면…….

찰나의 순간, 레이니르는 미래를 보았다. 그녀는 예지자로 태어난 어머니와는 달리 미래를 보는 능력은 없지만, 알 수 있었다.

드래곤들의 왕, 이 세상에서 가장 강력한 존재는.

세상이 끝나기 전까지.

오로지 혼자서.

견딜 수 없는 고통에 몸부림치며.

살아가야 했다.

그녀가 이대로 소멸한다면.

"난 살아야 해! 살아날 거야!"

필사적으로 레이니르는 절규하듯 비명을 질렀다. 모든 갈망을 담아.

"그렇게까지 절실하게 말하다니, 정말 살려주고 싶군."

백안의 드래곤은 감동받았다는 듯 두 손으로 박수까지 쳤다. 전체 넓이를 알 수 없는 공간에 박수 소리가 울렸으나 곧 사라졌다. 존재한 적 없었던 것처럼.

"예전에 말했지, 비록 인간에 불과하지만 너를 아낀다고. 지금도 그건 마찬가지다. 되도록이면 고통을 주고 싶지 않아. 하지만 난 복수를 해야 해."

"이쯤에서 멈추면 안 될까? 당신은 약간이지만 복수를 했어."

먹혀들지 않겠지만 레이니르는 아무 생각이나 다급하게 던졌다. 백안의 드래곤은 반려를 잃고 미쳐서 제대로 생각할 수 없는 상태였다. 가능성이 없어 보이지만 혹시 몰랐다.

"콘 웅그르는 한쪽 손목을 잃었어. 고통받았다는 말이야. 그리고 지금 이 순간에도 날 미치도록 걱정하고 있을 거야."

"음, 그렇겠군. 그런 것도 약간 복수가 되겠어."

백안의 드래곤은 고개를 선선히 끄덕였다. 그러나 씩 웃는 얼굴은 더없이 살벌했다. 어느새 길어진 송곳니가 주체할 수 없는 살기로 번뜩였기 때문이다. 레이니르는 포기하지 않았다.

"그리고 말이지, 난 성질이 못됐어. 더군다나 뒤끝이 장난 아니거든. 그리고 난 앞으로 콘 웅그르를 노예로 부려먹을 거야. 그가 싫어하는 짓도 막 시킬 거거든."

레이니르가 따박따박 쏘아댄 말에 백안의 드래곤은 이해를 못하겠다는 듯 고개를 삐딱하게 저었다.

"그러니까, 나 같은 여자를 반려로 둔 콘 웅그르는 앞으로도 짜증 날 거라는 뜻이야. 환생을 거듭하게 되면 어떻게 달라질지 모르지만 왠지 이 성격은 안 바뀔 것 같거든. 영원히, 그를 내 방식대로 괴롭힐 거라는 말이야."

"재미있는 주장이네."

백안의 드래곤은 정말 그렇게 생각하는 듯 빙긋 웃었다. 이번에는 살기가 보이지 않는 그냥 미소였다. 그러나 레이니르는 긴장을 늦추지 않았다.

"하지만 그걸로 부족해. 아주 많이. 그러니까—"

"회색 드래곤은 어디에 있어?"

시간을 끌어야 했다, 시간을!

레이니르는 필사적으로 또 다른 질문을 끌어내 던졌다. 다행히 백안의 드래곤은 그녀에게 덤벼드는 대신 질문을 생각하는 듯했다. 푸른색이 기괴하게 섞인 새하얀 눈동자가 멍하니 흔들렸다.

"아, 그러고 보니 그렇네. 회색 드래곤이 어딜 갔을까?"

"뇌 상태였던 당신을 누흐 산의 천지에서 꺼내고 피와 살을 줘서 인간의 형태로 만들어준 게 회색 드래곤 맞잖아? 회색 드래곤은 란크스를 죽인 뒤에 어디로 갔어? 오늘 연회에 참석했었어?"

"응. 틴. 회색 드래곤은 이미 어즈로의 몸을 입은 상태라서 환영 마법으로 그 여자인 척했었지."

동쪽의 도시, 찬드라의 시장인 콜세의 외동딸. 외모는 아름답지만 질투가 심하고 버릇이 없는 여자애.

오늘 연회 때 레이니르도 틴을 봤다. 백안의 드래곤이 가장한 것 같아서 유심히 살펴보았으나 별다른 건 없었다.

"회색 드래곤은 당신을 누흐 산의 천지에서 꺼낼 때 마력이 없는 틴을 이용했군."

"맞아, 그랬지. 그리고 회색 드래곤은……."

백안의 드래곤은 한 손을 들어 머리카락을 긁적거렸다. 육체 자체는 건장한 성인 남성인 란크스였으나 엉뚱한 동작이나 눈빛은 너무도 순수해 보였다. 어린아이처럼 보일 정도였다. 그러나 레이니르는 선과 악을 모르는 어린아이가 얼마나 잔혹해질 수 있는지 잘 알고 있었다. 이전에 백안의 드래곤이 그녀에게 무슨 짓을 했는지도.

레이니르는 속으로 시간을 재기 시작했다.

"아, 내게 뭔가 이야기를 했어?"

정확히 2분 39초가 흐르자 백안의 드래곤은 원하던 장난감을 움켜쥔 어린아이처럼 환하게 웃었다.

"그러고 나서 사라졌지. 곧 올 거야, 시간에 맞춰서. 음, 다행이야. 딱 맞네."

"대체 뭘 하려는 거야?"

레이니르는 비명처럼 소리쳤고, 백안의 드래곤은 더 이상 순수해 보이지 않았다. 성숙하다 못해 노회한 존재처럼 보였다. 이게 오랜 시간 살아온 백안의 드래곤의 진짜 모습일 터.

"이제, 회색 드래곤과 큰 웅그르가 온다."

다시금 백안의 드래곤이 움직였다. 레이니르는 피하려고 했으나 이번엔 그럴 수가 없었다. 그만큼 백안의 드래곤은 빨랐다.

백안의 드래곤은 갈퀴 같은 다섯 손가락으로 그녀의 목을 틀어쥐어 바닥에서 들어 올렸다. 레이니르는 깨달았다. 백안의 드래곤은 이제까지 그녀를 가지고 논 것이었다. 시간을 끌기 위해서.

즉, 백안의 드래곤은 회색의 드래곤이 콘 웅그르를 끌고 들어올 때까지 시간을 끈 것이었다. 정확한 시간에 콘 웅그르에게 반려의 소멸을 보여주기 위해.

안 돼! 난 죽지 않을 거야!

레이니르는 소리치려 했으나 그럴 수 없었다. 목을 붙잡은 손길은 너무도 힘이 셌다. 말은 물론 호흡도 하지 못했다. 숨을 쉴 수가 없자 빠르게 폐가 비명을 지르기 시작했다. 레이니르는 모든 마력을 동원해 백안의 드래곤을 공격했다. 그러나 어떤 것도 통하질 않았다.

레이니르는 그대로 굴복하지 않았다. 그녀는 공기를 단검 모양으로 만들어서 자신의 팔을 그었다. 손등 위의 핏줄이 찢어지면서 고통과 함께 뿜어져 나온 그녀의 피는 백안의 드래곤에게 향했다. 백안의 드래곤은 피를 피해서 그녀를 내던지듯 놓고 한 걸음 뒤로 물러났다.

바닥에 쓰러진 레이니르는 콘 웅그르의 피와 살을 먹은 자신의 피가 하나의 무기임을 다시금 깨달았다. 그녀는 공기마법으로 피를 모아 단검 모양으로 형성했고, 몸을 일으키며 백안의 드래곤에게 내던졌다. 그러면서 손등에서 계속 흘러나오는 자신의 피를 양껏 손바닥에 묻혀 바닥에 문질렀다.

붉은 피가 많이 닿은 결계의 검은색이 회색으로 변했다. 그리고 바로 그 부분에 실금이 갔다. 또한 레이니르는 자신의 피로 만든 단검이 백안의 드래곤의 손등에 꽂힌 것을 보았다. 그러나 희망을 갖기에 일렀다. 백안의 드래곤은 짜증이 난 얼굴로 다른 손으로 피의 단검을 붙들어 으스러뜨렸다. 단검 조각은 증발하듯 연기로 변하더니 사라졌다. 안타깝게도 백안의 드래곤이 입은 상처는 그다지 깊지 않았다.

레이니르가 빠르게 다시 마력으로 단검을 형성할 때였다. 회색으로 변했던 바닥 부분이 무언가가 계속 치고 있는 것처럼 쿵쿵거리는 무거운 소리가 났다. 레이니르가 희망을 품었을 때, 백안의 드래곤은 아주 상냥한 목소리로 이렇게 속삭였다.

"미안해."

갓난아기에게 자장가를 불러주는 것처럼 다정한 목소리.

"조금, 아니, 많이 아플 거야. 내 모든 힘을 동원할 테니까."

레이니르는 본능적으로 단검 형성을 중지한 채 모든 힘을 쥐어짜 내 방어마법을 형성했다. 그러나 소용없었다. 어느새 백안의 드래곤은 코앞까지 와 있었다. 그녀의 것은 물론이거니와 콘 웅그르가 그전에 수백 겹으로 씌워놓은 모든 방어마법을 한순간에 먼지로 만들고는 손을 뻗었다. 비수처럼 날카로운 손톱 끝은 레이니르의 심장 위에 정확하게 꽂혔다.

레이니르의 입에서 처절한 비명이 터져 나온 것과 금이 가고 회색으로 흐려졌던 바닥의 일부분이 유리창처럼 깨지기 시작한 건 동시에 일어난 일이었다. 그러나 레이니르는 아무 소리도 듣지 못했다. 그녀는 하늘에서 떨어진 벼락이 머리끝부터 발끝까지 지지는 듯한 통증에 정신을 잃었다.

"안 돼. 기절하면 안 돼."

의식이 완전히 사라지기 전 안타깝게 속삭이는 소리가 들렸다.

백안의 드래곤의 것이었다.

"결계는 20분은 더 지속될 거야. 그동안 정신을 차리고 있어야 해. 그래야 심장과 뇌가 뜯기고 영혼도 소멸하는 걸 네 눈으로 똑똑히 볼 거 아니야? 네 고통을 그자도 알게 될 테고 말이야."

백안의 드래곤이 무슨 수를 쓴 건지 한순간에 시커멓게 변했던 레이니르의 시야는 태양이 코앞에 떠오른 것처럼 아주 환하게 바뀌었다. 그러나 통증은 그대로였다. 차라리 죽는 게 더 나을 것 같은, 온몸의 모든 세포가 갈가리 찢어지는 고통은 가슴을, 아니, 온몸을 태우고 있었다. 최소한, 기절하고 싶었다. 그러나 레이니르는 그럴 수 없었다. 그녀는 형용할 수 없는 고통 속에서도 똑똑히 볼 수밖에 없었다. 백안의 드래곤이 한 손으로 그녀의 심장을 뜯어내는 것을.

"정말 미안해."

백안의 드래곤은 다시 한 번 사과한 뒤 심장을 완전히 가져갔다. 그러나 말의 내용과는 달리 기괴한 눈동자는 희열로 번뜩이고 있었다. 백안의 드래곤은 입맛까지 다셨다.

"뇌와 이것을 먹으면……."

백안의 드래곤의 손안에 들린 심장은 주인과 분리되었으나 아직도 펄떡펄떡 뛰고 있었다. 어떤 고통을 겪어도 살고 싶다는 듯, 최선을 다해 움직이고 있었다.

그러나 심장의 주인은 그러지 못했다. 백안의 드래곤이 무슨 수작을 부렸는지 의식은 잃지 않았으나 레이니르는 조금도 움직일 수 없었다. 그녀가 할 수 있는 건 사지에 연결된 줄이 끊어진 인형처럼 그 자리에 가만히 쓰러진 채 빼앗긴 심장을 쳐다보는 것뿐이었다.

"네 영혼은 소멸하는 거야, 완전히!"

란크스의 입 부분이 변하기 시작했다. 혀는 파충류의 것처럼 길고 징그럽게 변했고, 인간의 고른 치아는 순식간에 상어의 이빨처럼 무시무시하고 뾰족한 것이 되었다.

내 심장을 한입에 삼키려고 저러는구나.

너무도 잔혹한 고통에 난도질당하고 있었으나, 레이니르는 가까스로 몇 가지를 생각할 수 있었다.

이대로 먹혀 버리면.

콘 웅그르는.

혼자서 영원히!

최후의 힘이 발휘된 건 이 순간이었다. 레이니르의 몸에서 뿜어져 나온 마력은 바닥에 흥건한 그녀의 모든 피를 단검 형태로 바꾸어 백안의 드래곤의 눈을 깊게 긁었다.

"크야아—"

백안의 드래곤은 비명 아닌 비명을 터뜨렸고, 손에 들고 있던 심장을 밑으로 떨어뜨렸다. 그 순간이었다. 바닥을 계속 밀고 올라오던 것이 마침내 위로 완전히 솟아올랐다.

레이니르는 보았다. 허리까지 오는 긴 머리카락은 물론 차가운 눈동자와 짙은 눈썹, 검은 옷 때문에 암흑 속에 존재하는 것 같았던 남자는 이제, 달랐다. 온몸이 시뻘건 피로 도배된 상태이기 때문이었다.

마치 좁은 문을 밀어서, 아니, 으스러뜨리면서 통과한 것처럼 왼쪽 어깨는 밑으로 푹 내려가 있었다. 뼈가 완전하게 탈골되었다는 증거였다. 그리고 상어의 뾰족하고 긴 이빨 같은 것이 온몸을 훑고 지나갔는지 어깨는 물론 몸 여기저기의 살과 근육이 깊게 찍혀서 잘려 나간 상태였다. 어깨 부분은 새하얀 뼈가 드러날 만큼 살이 사라졌고, 잘린 왼쪽 손목에서는 피가 줄줄 흘러나오고 있었다.

특이하게도, 얼굴은 깨끗한 편이었다. 상처가 없으니까. 그러나 엄청난 양의 출혈 때문에 안색은 시체보다 더 창백했고 강력한 의지를 보여주듯 굳게 다물린 입술은 보랏빛이었다.

그래서 레이니르는 마음이 아팠다. 자신이 처한 상황보다, 그가 아픔을 겪고 있다는 사실이 더없이 안타깝고 슬펐다. 말하고 싶었다, 난 괜찮다고. 그러나 레이니르는 그게 사실이 아니라는 걸 잘 알았다.

"콘 웅그르!"

시력을 회복한 백안의 드래곤이 비명 같은 절규를 내질렀다.

"당신은 반려를 잃는 게 어떤 건지 알아야 해! 그 처절한 고통 속에 영원히 빠져 있어야 돼!"

백안의 드래곤은 빠르게 두 팔을 앞으로 뻗었다. 바닥에 떨어진 레이니르의 심장을 다시 쥐기 전, 콘 웅그르가 움직였다. 레이니르가 고통 때문에 파르르 떨리는 속눈썹으로 눈을 한 번 깜빡인 순간 어느새 콘 웅그르는 그녀의 심장을 한 손에 조심스럽게 든 채 눈앞에 한쪽 무릎을 꿇고 앉아 있었다.

레이니르는 괜찮다고 속삭이고 싶었으나 아직도 말을 할 수가 없었다. 입술을 벌리는 것조차 불가능한 상황. 그렇기에 그녀는 듣고 싶었다. 콘 웅그르의 그윽한 목소리를, 괜찮을 거라고 다독여 주는 속삭임을 듣고 팠다. 그러나 그는 아무 말도 하지 않았다.

이전처럼, 1년 4개월 전처럼 그녀를 사랑하지 않아서가 아니었다. 차라리 죽는 게 더 나을 것 같은 고통에 시달리는 상황이지만, 레이니르는 피칠갑 상태로 나타난 콘 웅그르의 마음을 모르지 않았다. 또한 그의 눈이 더없이 직설적으로 말하고 있기 때문이었다.

평소 콘 웅그르의 새까만 눈동자는 지극히 고결하면서도 고상한 느낌을 주었다. 감정에 휘둘리는 인간이 아니라 차디찬 이성을 가지고 움직이는 고등한 존재이기 때문이었다. 그러나 지금은 달랐다. 더 이상 그는 언제 어느 때나 시리도록 냉혹하게 행동하는 드래곤들의 왕으로 보이지 않았다.

남자였다. 사랑하는 여자를, 세상의 유일한 빛을 영원히 잃을까 두려워 소름 끼치는 공포에 압도당한 남자.

처음 겪는 일이리라. 셀 수도 없을 만큼 오랫동안 살아온 존재지만, 겁에 질리는 건 단 한 번도 경험하지 못한 일일 터.

그래서 말을 하지 못하는 것이었다. 무슨 말을 해야 할지 모르니까 그저 침묵을 지키는 것뿐.

콘 웅그르는 자유로운 손을 천천히 뻗어 레이니르의 얼굴 가까이 가져왔으나 만지지 않고 바로 앞에서 멈추었다. 레이니르는 자신이 혹 더 아파할까 봐 그러는 것임을 깨달았다. 또한 그녀는 그의 손끝이 미세하게 흔들리고 있다는 것도 알게 되었다.

"죽을 거다! 당신의 반려는 비참하게 죽을 거야! 지금도 차라리 죽고픈 고통을 겪고 있다! 기분이 어떻지? 당신 때문에 반려가 저렇게 됐다는 사실이 괴롭지? 그렇지?"

노골적인 이죽거림으로 터져 나갈 것 같은 백안의 드래곤의 외침은 레이니르를 짓눌렀다. 그러나 레이니르가 느끼는 공포는 곧 닥칠 죽음 때문만은 아니었다. 그 뒤의 일이었다.

환생해서 콘 웅그르를 다시 만나기까지 시간이 얼마나 걸릴까?

수십 년, 수백 년, 아니, 수천 년이 더 흘러야 할지도 몰랐다. 그 동안 콘 웅그르는 혼자 존재할 터.

오로지 혼자.

"이번엔 죽이는 것밖에 못했지만, 다음에는 네 반려의 뇌와 심장을 다 먹어치워서 완전히 소멸시킬 거야! 알아? 완전히! 완전히 없애 버릴 거야! 아주 철저하게! 날 살려두면, 또 가둬두면 탈출해서 언젠가 그럴 거야! 언젠가 반드시!"

백안의 드래곤은 악에 받쳐 소리 지르고 있었다. 그러나 레이니르는 외침 속에 숨어 있는 단 하나의 감정을 읽어냈다. 죽음에 대한 갈망. 어서 나를 죽이라고, 그러지 않으면 네가 소중하게 여기는 존재를 파괴하고 말겠다는 일념으로 똘똘 뭉친 뜨거운 감정.

"나를 놔두면 네 반려의 영혼까지 먹ㅡ"

백안의 드래곤은 말을 끝까지 하지 못했다. 날아온 것이 목을 꿰뚫고 지나갔기 때문이다. 곧 그것은 콘 웅그르의 손으로 돌아갔다. 그가 어느새 그녀의 팔찌에서 꺼낸 단검이었다. 레이니르는 백안의 드래곤의 목에서 피가 터져 나오는 것을 보았다. 백안의 드래곤은 멍한 표정으로 비틀거리다 두 무릎을 꿇고 앉았다.

콘 웅그르는 단검을 바닥에 내려놓고는 한 손에 조심스럽게 들고 있는 심장을 레이니르의 가슴 앞으로 가져갔다. 그러나 순서가 이게 아니라는 듯 고개를 가로젓고는 손바닥을 백안의 드래곤 쪽으로 뻗었다. 바닥을 흠뻑 적신 백안의 드래곤의 피는 물론이거니와 콘 웅그르의 몸 여기저기에 묻어 있는 그의 피가 허공으로 솟아오르더니 손 위로 모여들었다. 그는 레이니르가 아공간에 항상 가지고 다니는 물병을 꺼내 물을 다 쏟아버리고 백안의 드래곤과 그의 피를 채워 넣었다. 레이니르는 콘 웅그르의 의도를 알아차렸다.

콘 웅그르는 직접적으로 레이니르에게 손을 대지 않고 공기마법을 사용했다. 공기마법의 도움으로 쓰러져 있던 레이니르는 비스듬하게 앉은 자세가 되었고 피가 든 병이 그녀의 입가로 다가왔다. 레이니르는 살고 싶고 어서 고통이 멈추기를 손꼽아 기다리고 있었으나 본능적으로 식인에 대해 거부감을 느꼈다. 그리고 기본적으로 몸 상태가 최악이기에 마실 수가 없었다.

콘 웅그르는 입안 가득 피를 머금고는 레이니르에게 입을 맞추고 공기마법으로 혀를 건드려 삼키게 도와주었다. 혹 고통을 줄까봐 저어하는 듯, 여전히 다른 부분은 접촉하지 않은 상태였다.

아무리 치명상, 아니, 그 정도가 아니라 죽는 게 당연한 상처를 입은 상태라도 레이니르는 입안으로 비릿한 피가 들어오자 구역질이 났다. 그러나 그녀는 잘 알았다.

살아야 한다. 그래야 이 남자가 슬퍼하지 않는다!

레이니르는 젖 먹던 힘까지 모아 인내심을 발휘했다. 다행히 토하지 않고 병에 들어 있는 백안의 드래곤과 콘 웅그르의 피를 전부 마실 수 있었다. 곧 그녀의 육체는 엄청난 치유력을 발휘하는 드래곤의 피를 열렬하게 환영하기 시작했다. 미칠 것 같은 고통이 아주 빠른 속도로 줄어들기 시작한 건 동시에 일어난 일이었다. 콘 웅그르는 희미한 미소를 지은 채 한 손에 들고 있던 그녀의 심장을 원래 자리로 밀어 넣으려고 가슴 앞까지 가져왔다. 그때였다. 바로 앞의 바닥이 열렸다.

들어오기 위해 육체를 무너뜨렸던 콘 웅그르와는 달리, 남자는 무료 통행권을 가진 존재답게 산책하듯 그냥 나타났다.

"드래곤들의 왕이시여."

센히 시의 전 행정관인 40대 후반의 어즈로는 좋은 사람이라고 소문난 그대로, 서글서글하고 유쾌한 인상의 소유자였다. 목소리도 마찬가지였다.

"오랜만에 뵙습니다."

어즈로, 아니, 회색 드래곤은 다른 부분은 멀쩡했으나 날카로운 무기에 당한 듯 얼굴에 깊은 상처가 있었다. 하지만 콘 웅그르가 이전에 설명해 준 대로 치유력이 정말 강한지, 상처는 순식간에 사라져 버렸다.

결계에 들어오기 전에 전투를 겪은 건가? 혹 드레카르 왕님과 붙었던 건가? 왕께선 무사하실까?

레이니르가 결계 밖에 있는 사람들을 걱정할 때, 어즈로의 몸을 입은 회색 드래곤은 사람 좋은 미소를 유지한 채 이어 말했다.

"아무리 왕께서 약해졌다고는 하나, 제가 그것과 뇌를 먹어서 저 발칙한 인간 여자의 영혼까지 소멸시킬 상황은 못 되는군요."

회색 드래곤의 시선은 콘 웅그르가 소중하게 쥐고 있는 레이니르의 심장에 못 박혀 있었다. 콘 웅그르는 보기만 해도 얼어붙어 버릴 것 같은 살기를 내뿜었다.

"에이, 무서워라. 그렇게 화를 내시다니. 그런데 말이죠, 더 분노하실 겁니다. 제가 어젯밤에 준비한 게 있거든요."

회색 드래곤은 눈썹이 휘어지는 웃음을 머금었다. 회색의 평범한 눈동자에 기름 위의 물처럼 한순간 연한 갈색이 떠올랐다. 그리고 진한 주홍빛도.

다른 드래곤들을 먹은 거야?

레이니르는 깨달은 사실에 솟구친 구역질을 간신히 참았다. 아무리 역겨워도 몸을 회복시켜 주는 것을 토할 수는 없었다.

"덕분에 제가 좀 많이 강해졌습니다. 그리고 왕께서는 많이 약해졌죠. 그래서 그렇게 다친 것 아닙니까? 이럴 줄 알았으면 오늘 말고 이전에 습격할 걸 그랬습니다! 하하!"

회색 드래곤의 눈이 거칠게 번뜩였다.

"이렇게 된 상황이니, 저는 인간 여자가 아니라 왕을 죽이겠습니다. 그리고 내가 왕이 되어 내 반려를 마음껏 가지겠습니다!"

회색 드래곤은 포효하듯 소리치더니 거대한 드래곤의 형체로 변하기 시작했다. 회색 드래곤의 꼬리가 레이니르의 머리로 쏜살같이 향하자 콘 웅그르는 몸을 방패로 내세웠다. 그러나 그는 막지 못했다. 애초에 회색 드래곤이 노린 건 레이니르의 머리가 아니라 다른 부분이기 때문이었다. 꼬리는 가까이 오다가 한순간에 휘어지더니 콘 웅그르가 소중하게 들고 있던 레이니르의 심장을 강타했다.

멈추기 직전이었던 인간의 심장은 드래곤의 거대하고 강한 힘에 그대로 으스러지며 옆으로 날아갔다. 그리고 회색의 드래곤이 연이어 내보낸 공격마법에 의해 그야말로 먼지가 되어버렸다. 완전하게 소멸한 것.

강한 치유력을 가진 치료사들은 잘린 사지도 새로 솟게 만들고, 없어진 장기도 창조할 수 있었다. 이론상으로는 그랬다. 그러나 인간의 육체가 성립할 수 있는 최소한의 두 가지, 뇌와 심장은 없어질 경우 회복이 불가능했다. 부상이나 병 같은 건 치유되지만 완전히 그 부분 자체가 사라진 경우에는 치료할 수 없었다.

심장이 소멸했다. 그건 즉, 죽을 수밖에 없다는 뜻.

콘 웅그르가 철옹성처럼 다물고만 있던 입을 연 게 이때였다. 그는 짐승이 포효하듯 무언가를 소리쳤다.

드래곤들에게만 말한 것인지 레이니르는 전혀 들을 수가 없었다. 그러나 콘 웅그르가 내뿜는 기세는 마치 거친 폭풍 같았다. 눈을 뜰 수도 없을 만큼 강한 바람이 터져 나오더니 백안의 드래곤은 물론이거니와 엄청난 덩치로 변신한 회색 드래곤도 수십 미터 뒤로 밀려났다. 파충류답게 길쭉한 동공으로 변한 회색 드래곤의 눈동자가 태풍에 휘말린 조각배처럼 뒤흔들리기 시작했다.

"레이니르."

마침내 콘 웅그르가 소리를 냈다. 그의 잔혹한 시선은 회색 드래곤에게 꽂혀 있었다. 회색 드래곤은 한눈에 다 들어오지도 않을 만큼 거대한 육체로 변한 상태였으나 마치 세상에서 가장 흉포한 육식동물 앞의 초식동물이 된 것처럼 호흡조차 멈춘 채 벌벌 떨고 있었다.

"레이니르."

콘 웅그르는 다시 말했다. 형형하게 빛나는 안광과는 달리 그의 목소리는 지극히 다정했다. 뜨겁게 사랑을 나누고 난 뒤 꼭 껴안은 채 나른한 여운을 즐기며 사랑한다는 말을 속삭일 때처럼 따뜻했다.

"레이니르."

다시 부르고 또 부른 뒤 콘 웅그르는 말했다.

"살아달라."

그리고 덧붙였다.

"제발."

드래곤들의 왕이 애걸하고 있었다. 아니, 그녀의 남자가 애원하고 있었다. 그래서 레이니르는 답할 수 있었다. 회복이 진행되고 있으나 생명의 핵심인 심장의 공백 때문에 아직 몸을 움직일 수 있는 상황이 아니었다. 그러나 레이니르는 말을 했다, 약속이자 맹세를.

"그럴게."

너무도 희미한 소리라 인간이라면 듣지 못했으리라. 하지만 드래곤인 콘 웅그르는 들었는지 고개를 미세하게 끄덕였다. 레이니르는 엷은 미소를 지었다. 콘 웅그르가 본격적으로 힘을 발휘하기 시작한 게 그때였다. 물론 그는 레이니르 곁에서 떠나지 않았다. 세상이 멸망하더라도 접촉하고 있어야 한다고 생각하는지 레이니르의 이마에 손을 댄 채 마력을 썼다.

바람이 일어났다. 콘 웅그르는 바람을 끝없이 생성해 더없이 날카로운 표창 형태로 압축했다. 셀 수 없을 만큼 많았다.

"나는 너희들의 왕이다."

콘 웅그르의 목소리를 듣는 것만으로도 회색 드래곤과 백안의 드래곤은 고통스러운 모양이었다. 움찔거리며 몸을 떨기 시작했다.

"아무리 힘이 약해졌다고는 하나, 너희들 따위가 감히 범접할 수 없는 존재."

콘 웅그르는 턱을 위로 드는 동시에 눈을 내리깔면서 회색의 드래곤을 쏘아보았다. 보이지 않는 무언가에 공격당한 것처럼 회색 드래곤은 거대한 덩치를 더욱 크게 떨었다. 그러나 이대로 가만히 당할 수 없다는 듯 움직이기 시작했다. 박쥐의 것처럼 생긴 두 장의 거대한 날개를 쫙 펼치고는 아가리를 한껏 벌렸다. 삐죽삐죽한 모양으로 치솟은 날카로운 윗이빨과 아랫이빨 사이로 회색 돌풍이 생겨났다. 보기만 해도 무시무시했다.

"내가, 왕이 될 거다! 새로운 왕!"

회색 드래곤의 외침은 결계 전체를 뒤흔들 만큼 컸으나 그것뿐이었다. 그가 모든 힘을 끌어 모아 내쏜 회색 돌풍은 콘 웅그르의 코앞에서 그냥 없어졌으니까. 애초에 존재하지 않았던 것처럼.

"이, 이럴 순 없어! 너가, 너가 그렇게나 힘을 많이 썼는데! 혹시, 속인 건가! 약한 척 가장한 건가!"

회색 드래곤은 악에 받친 목소리로 고함질렀다. 콘 웅그르는 이렇게 답할 뿐이었다.

"너는 왕이 될 수 없는 생명체다. 세상의 질서를 유지할 수 없는 무능력자. 그렇기 때문에 세상 모든 드래곤들을 먹어치우더라도 너는 나를 이길 수 없다. 나는 질서를 지키는 자. 너 따위에게 결코 지지 않는 존재. 나는 반드시 이긴다. 내가 바로."

콘 웅그르는 표창 형태로 만들어둔 것을 날리며 선언하듯 내뱉었다.

"세상의 왕이니까."

레이니르는 표창의 움직임을 보지 못했다. 눈을 한 번 깜빡한 뒤 회색 드래곤의 거대한 몸 전체에 빽빽하게 표창이 박혀 있는 것만 볼 수 있었다. 몇 초 후 회색 드래곤은 옆으로 쓰러졌다. 육중한 것이 내려앉는 소리는 어마어마하게 컸으나, 그것보다 수많은 표창이 회색 드래곤의 두꺼운 비늘을 드릴처럼 뚫고 들어가는 소리가 더 컸다.

회색 드래곤은 비명을 질렀다. 감당할 수 없을 만큼 고통이 너무도 엄청나기 때문이다. 그러나 레이니르는 아무 소리도 듣지 못했고, 콘 웅그르가 그녀의 고막을 보호하기 위해 소리를 지웠다는 것을 깨달았다.

회색 드래곤은 육중한 덩치를 조금이라도 움직이면서 저항하려 했으나 소용없었다. 모든 표창이 육체 속으로 파고들어 가서 완전히 자취를 감추자, 회색 드래곤은 더는 움직이지 못한 채 그대로 축 늘어졌다. 흘러나오는 어마어마한 양의 피가 내뿜는 특유의 피 비린내가 결계를 진동시킬 때, 회색 드래곤의 두꺼운 몸통의 가슴 부분이 갑자기 터지더니 펄떡거리는 장기 하나가 허공으로 솟아올랐다. 심장이었다.

레이니르는 콘 웅그르의 계획을 깨달았다. 그러나 보통 인간보다 열 배는 더 거대한 덩치를 자랑하는 드래곤은 심장도 그만큼 컸다. 그녀의 몸집보다 더 큰 것이 심장 자리에 곱게 들어갈 리 없었다. 하지만 그건 콘 웅그르의 능력을 얕보는 생각이었다.

허공을 날아서 다가오는 심장은 점점 작아지고 있었다. 레이니르의 근처에 도착했을 때는 사람의 심장 정도로 줄어든 상태로 힘찬 기운이 느껴졌다. 레이니르는 다시 희망을 가지게 되었다. 죽지 않고 회복해서 콘 웅그르와 행복하게 살 수 있을 거라고. 그러나 그건 착각이었다.

회색 드래곤의 심장을 신중하게 쳐다보던 콘 웅그르의 얼굴이 세상 모든 절망을 맛본 것처럼 갑자기 일그러졌다. 격렬한 분노로 활활 타오르는 눈빛이 되더니, 그는 심장을 저만치 던져 버렸다. 심장은 공처럼 퉁퉁거리는 소리를 내며 먼 곳으로 굴러갔다.

"다른 드래곤을 먹은 것 때문에 더러운 기운에 오염됐다."

콘 웅그르는 악문 잇새로 내뱉었다.

"인간에게 저것을 썼다간 절명한다."

레이니르는 살아날 수 없다는 사실에 절망을 느끼기보다 콘 웅그르의 목소리에 충격을 받았다. 마치, 물기를 머금은 것 같으니까.

"와, 왕이시여."

아직 숨이 끊어지지 않았는지 회색 드래곤이 말을 한 건 이때였다. 아까까지의 태도와 180도 달랐다.

"살려**만** 주시면 제가 다른 드래곤을 잡아다가 바치겠습니다! 그 심장으로 반려를 살리면 될 겁니다!"

"이 결계는 들어오는 건 그나마 가능해도 나가는 건 아예 불가능하다. 결계가 사라지려면 15분이 더 지나야 하지. 레이니르는 그때까지 버티지 못해."

콘 웅그르가 싸늘하게 내뱉자 회색의 드래곤은 고함질렀다.

"백안의 드래곤! 어서 이 결계를 풀어! 당장!"

백안의 드래곤은 몇 미터 뒤에 쓰러져 있었다. 구멍이 뚫린 목에서 계속 꾸물꾸물 시뻘건 피를 쏟아내면서도 살아 있었다. 기운이 다 소진됐는지 제대로 움직이지 못했으나 말은 내뱉었다.

"그건 불가능하다. 내가 **만**들었지**만** 그건 안 돼. 내가 죽어도 이건 정해둔 시간이 흐른 뒤에야 깨지지. 그러니 콘 웅그르, 지켜보아라. 네 반려가 고통에 몸부림치면서 죽어가는 걸 똑똑히 봐! 그리고 기억해! 네가 지켜주지 못해서 네 반려가 이렇게 비참하게 죽어갔다는 사실을 영원히 기억해! 영원히!"

저주였다. 소름 끼칠 만큼 처절한 것. 그러나 레이니르는 단순히 말에 불과한 것이 아니라는 걸 잘 알았다.

이건, 미래다. 내가 이대로 죽어버리면 펼쳐질 사실.

콘 웅그르는 영원히 기억하게 될 것이다. 사랑하는 여자가 고통스럽게 죽어가는 모습을. 그리고 그런데도 아무것도 해주지 못하는 자신의 무력함을.

슬픔. 비참함. 절망. 고통. 아니, 그런 몇 가지 단어로 정의될 수 있는 일이 아니다. 말 그대로 가장 깊은 지옥에서 살아가게 되리라. 언젠가 그녀가 환생하게 되어 행복을 찾는다고 해도, 그 순간에도 콘 웅그르는 이 상황을 똑똑히 기억하리라. 그녀가 비참하게 죽어가는 모습을.

"보지 마."

모든 힘을 끌어 모아 레이니르는 전갈로 속삭였다.

"보지 말아줘, 부탁이야. 부탁이야, 제발."

레이니르는 애걸했다. 아까 살아달라고 그가 애원했던 것보다 더 간절하게. 그러나 콘 웅그르는 그러지 않았다. 대신 고개를 숙여 그녀의 이마에 경건하게 입을 맞추었다. 마치, 신에게 바치는 인사처럼.

레이니르는 고개를 드는 콘 웅그르의 얼굴을 보았다. 냉정하고 잔혹한 드래곤 왕의 눈에는……?!

믿을 수 없었다. 레이니르는 눈을 깜빡여 다시 보았다. 콘 웅그르의 눈에는 투명한 것이 맺혀 있었다.

눈물.

"너를 잃고 난 뒤는 두렵지 않다. 그 끝없는 고통은 각오한 바였다. 너를 사랑하게 된 순간 받아들이기로 결정한 것."

콘 웅그르의 목소리 또한 흐느낌으로 젖어 있었다.

"너의 존재만으로도 나는 행복하니까. 네가 환생하면 누릴 수 있는 그 행복을 위해서 그전의 고통쯤은 얼마든지 참을 수 있다. 그러나."

콘 웅그르의 울대가 꿈틀거렸다. 치솟는 울음을 억누르기 위해서일 터.

"네가 지금 겪고 있는 고통은 겁이 난다. 네가 아파한다는 것 자체가 나는 너무도 무섭다."

뺨을 타고 눈물이 흘러내렸다. 레이니르는 할 수만 있다면 입술로 그의 눈물을 맛보고 싶었다. 그리고 눈가를 키스로 눌러서 슬픔을 봉인해 주고 싶었다. 그러나 그녀가 할 수 있는 행동이라고는 점점 흐릿해지는 시야를 맑게 하기 위해 눈을 깜빡이는 것뿐이었다.

"나는, 지금 너를 보내지 않을 것이다. 너는 더 많은 것을 누려야 한다. 내 반려라는 이유로 이렇게 고통스러운 죽음을 맞이해선 안 된다. 너는 살아남아야 한다. 행복해져야 한다. 너는 나의 소망, 나의 갈망 그리고 나의…… 희망이니까."

콘 웅그르는 따듯하게 그녀의 입술에 키스했다. 레이니르는 키스를 되돌려 주고 싶었으나 그럴 힘이 없었다.

"회색 드래곤, 너는 네 반려 때문에 왕이 되고자 했지. 그러나 네가 모르는 사실이 있다. 아무리 강대한 권력을 지닌 왕이라고 해도 진실한 노력이 없다면 반려에게 사랑받지 못한다. 그리고 너는 결코 상대를 위해 노력할 성품이 아니지. 내가 실수한 것처럼 힘으로 억누르려다가 반려를 불행하게 만들 것이다. 이미 너는 그 어린 여자아이의 영혼을 잔인하게 짓밟았지."

"나는, 나는!"

회색 드래곤은 말을 잇지 못했다. 치명적인 상처 때문이 아니었다. 콘 웅그르의 말을 반박할 수 없기 때문이다.

"나는 너를 살려둔 채 가둬서 영원토록 반려를 만나지 못하게 만들 수 있다. 그러나 그러지 않겠다. 존재하는 이상 너에게도 행복할 권리가 있으니까. 하지만 이번 생에서는 아니다. 네 반려에게 씻을 수 없는 범죄를 저질렀고, 내 반려에게 감히 이런 짓을 한 너를 결코 용서할 수 없다. 언젠가 네 반려와 같은 인간으로 태어나라. 이번 생에서 저지른 죄에 대해서 용서를 청하고, 동등한 입장에서 존중하며 사랑하라. 그것이 왕으로서 내가 네게 내리는 배려이자 처벌이다."

말이 끝나자마자 콘 웅그르의 몸에서 뿜어져 나온 보이지 않는 힘에 의해 회색 드래곤의 거대한 목이 절단되었다. 그리고 그 부분을 시작으로 육체가 먼지로 변하기 시작했고, 곧 먼지조차 완전히 사라졌다.

"백안의 드래곤, 나의 누이."

콘 웅그르는 레이니르에게 시선을 고정한 채 다시 입을 열었다.

"반려가 죽은 뒤 차라리 죽고 싶어 했지. 그래, 그렇게 해주겠다."

"참으로 고맙군! 그래! 난 그걸 바란다! 그리고 내가 고통받길 원해!"

백안의 드래곤은 여전히 악에 받친 목소리로 고함질렀다. 처절한 부르짖음은 결계 내부를 뒤흔들었고, 레이니르의 귓속으로도 들어왔다.

"백안의 드래곤, 내가 죽길 원하지?"

콘 웅그르는 답하듯 물었고, 가물가물하게 변한 시야 속에서도 레이니르는 최선을 다해 콘 웅그르를 보았다. 세상에서 바라볼 수 있는 게 그녀뿐인 것처럼, 그녀에게 계속 시선을 고정하고 있는 그는 더없이 다정하고 상냥한 연인의 얼굴이었다. 그러나 새까만 눈동자에서는 한줄기의 눈물이 끊임없이 흘러나오고 있었다.

"그래! 고통 받다 죽어버려라! 죽어버려!"

"그렇게 할 것이다."

콘 웅그르의 담담한 말에 충격을 받은 건 백안의 드래곤만이 아니었다. 레이니르는 자꾸 무거워지는 속눈썹을 파르르 떨며 그를 보았다. 콘 웅그르는 다시 그녀의 입술에 온기가 흘러넘치는 키스를 한 뒤, 내내 레이니르만을 쳐다보았던 눈을 이제야 돌려 백안의 드래곤을 바라보았다.

"나의 누이, 다음 생에서는 네 반려와 행복해라. 그럴 수 있을 것이다."

그 말이 울리자마자 백안의 드래곤이 입고 있는 란크스의 육체는 먼지가 되어버렸다. 곧 먼지마저도 사라져서 아무것도 남지 않았다. 그러나 레이니르는 희열로 가득한 백안의 드래곤의 웃음소리를 들은 것 같았다.

"레이니르, 레이니르, 나의 반려, 나의 사랑, 나의 여자, 나의 행복."

코앞까지 다가온 죽음을 떠올리는 레이니르에게 콘 웅그르는 노래하듯 속삭였다.

"창조신께서 내게 반려를, 너를 선사한 이유를 이제야 알았다. 네가 나의 행복이기 때문이다. 내게 행복을 안겨다 주기 때문이다. 이제까지 나는 불행했었다. 콘 웅그르로서, 드래곤들의 왕으로서, 이 세상에서 가장 강력한 존재로서 완벽한 삶을 살아왔다고 생각했지만, 아니었다. 나는 불행했었다. 그런 나를 가엾이 여기시어 창조주께서 보내주신 나의 행복, 너를 이대로 보낼 수는 없다. 내 행복이 죽게 둘 수 없다. 살아라, 살아달라, 나를 대신해서 살아달라. 그리고 행복을 누려라."

콘 웅그르의 길고 긴 말이 주는 느낌은 황홀했다. 그러나 동시에 레이니르는 온몸이 섬뜩해졌다. 똬리를 틀고 있던 알 수 없는 불길한 예감이 치솟았기 때문이다.

"영생을 하는 건 아니다. 불멸하는 것도 아니다. 하지만 이런 식으로 잔인하게 강탈당할 뻔한 삶을 다시 누릴 수 있을 것이다. 앞으로는 이렇게 아프지도 않을 것이다. 다치지 않고 무사히, 노화老化가 너를 저 너머의 세상으로 데려가기 전까지 편안하게 살아갈 수 있을 것이다."

무슨 말을 하는 거야? 콘, 대체 지금 무슨 말을 하는 거야?

레이니르는 그의 멱살을 부여잡고 대체 이런 긴 헛소리는 뭐냐고 거칠게 캐묻고 싶었다. 그러나 몸을 움직일 수가 없었다. 호흡조차 너무도 힘들었다.

"언젠가 너와 같은 인간으로 태어날 수 있겠지. 그러면 나는 너를 이용하지도, 기만하지도 않을 것이다. 너를 처음부터 나와 같은 높이로 존중하며 더없이 소중하게 대하겠다. 상처 주지 않겠다. 사랑할 것이다. 오로지 사랑만 할 것이다."

그녀의 눈앞에서 콘 웅그르는 미소를 지었다. 뺨을 타고 눈물이 흘러내리고 있었으나 그는 더없이 기쁜 것 같았다. 세상에서 가장 보람 있는 일을 하는 표정.

"사랑한다, 레이니르."

시야의 가장자리가 점차 까맣게 물들어가고 있었다. 그럼에도 레이니르는 의식을 완전히 놓지 않은 채, 보았다. 볼 수 있었다. 콘 웅그르가 한 손을 그의 가슴에 대는 것을. 곧 그의 다섯 손가락은 몸 깊은 곳으로 들어가서 나뭇가지에서 과일을 따듯 아주 쉽게 심장을 뽑아냈다.

강렬한 생명력으로 펄떡이는 심장은 곧바로 그녀의 빈 공간으로 들어왔다. 레이니르는 눈을 깜빡였다. 한순간 암흑에 파묻힐 뻔했던 시야가 다시 맑아졌다. 가슴에 불이 붙은 것 같았으나 그건 찰나였다. 시원하고도 청량한 느낌이 온몸으로 쏜살같이 퍼져나가더니 새로운 힘을 주었다. 강력하고 영원한 것. 세상에서 가장 위대한 존재만 가질 수 있는 것. 드래곤들의 왕, 콘 웅그르가 소유했던 것.

"콘!"

마침내 레이니르는 비명처럼 말을 할 수 있었다. 움직일 수도 있었다. 그녀는 몸을 일으켜 앉아 있는 그에게 손을 뻗었다. 그러나 그녀가 붙들기 전, 콘 웅그르는 뒤로 무너졌다.

쿵.

결계 바닥에 쓰러진 콘 웅그르의 가슴에는 깊은 구멍이 나 있었다. 방금까지 심장이 있었던 자리. 그곳에서 피가 콸콸 쏟아지고 있었다. 결계를 뚫고 오느라 엄청난 출혈을 한 탓에 시체 같았던 콘 웅그르의 얼굴은 이제 완전히 하얗게 탈색되었다. 아니, 정말로 시체가 되었다.

"콘?"

레이니르는 고요하게 불렀다. 그러나 그는 눈을 뜨지 않았다.

"콘!"

이번에 레이니르는 마음을 실어 고함지르듯 소리쳤다. 불현듯 떠오르는 게 있었다.

치유력이 아주 강한 회색 드래곤의 심장이 아직 남아 있다! 혹시 저걸 쓰면!

레이니르는 서둘러 마력을 써서 한구석에 남아 있는 심장을 바람마법으로 가져와 콘 웅그르의 심장이 있던 곳에 집어넣었다. 그러나 생명의 원천이 아니라 마치 돌덩이가 들어간 것처럼 전혀 반응이 없었다. 아무리 기다려도 변화는 없었다.

레이니르는 더 기다렸다. 더, 더. 그러나 콘 웅그르는 쓰러진 모습 그대로 움직이지 않았다. 아니, 몸 전체의 움직임은 문제가 아니었다. 생명이 살아가기 위한 최소한의 행동, 호흡조차 하질 않았다. 그래서 레이니르는 더 이상 그를 부를 수가 없었다. 답하지 않을 테니까. 아니, 못할 것이다.

콘 웅그르는 죽어버렸다.

영생을 포기했다.

그녀를 살리기 위해.

그녀에게 조금이라도 고통을 덜 주기 위해.

심장을 주고, 죽음을 선택했다.

세상 전체를 포기한 채.

드래곤들의 왕, 이 세상 최강의 존재라는 자리를 버려두고.

그녀를 살렸다.

"멍청한 자식! 멍청해! 멍청해!"

레이니르는 비명을 토해냈다.

"내가 이번에 죽더라도 다음에 잘살면 되잖아! 내가 이번에 조금 비참하게 죽더라도, 고통스럽게 죽더라도 언젠가 환생했을 때, 그땐 안 아프게 살면 되잖아! 왜! 왜! 대체 왜 이런 거야! 왜! 왜 죽어버렸어! 왜!"

알고는 있었다. 그녀가 이번 생에 이렇게 비참하게 죽어가는 것을 지켜볼 수조차 없을 만큼 많이 사랑하기 때문이라는 걸. 그녀가 생각하는 것 이상으로, 그녀가 짐작한 것 이상으로 그는 그녀를 끝없이 사랑했다.

눈물 때문에 시야가 흐릿해졌다.

눈물이 뺨으로 줄줄 흘러내리는 것을 놔둔 채 레이니르는 콘 웅그르에게로 두 손을 뻗었다. 그러나 만질 수가 없었다. 생명이 떠나 온기가 식어간다는 사실을 촉감으로 느끼고 싶지 않았다. 보고 싶지도 않았다. 아니, 애초에 인정을 하고 싶지 않았다.

그러나 콘 웅그르는 죽었다. 그녀의 이번 생을 위해, 자그마한 고통을 덜어주기 위해 죽어버렸다.

레이니르는 입을 열었다. 터져 나온 건 비통한 울부짖음이었다. 그녀는 마침내 그의 **뺨**에 손을 댈 수 있었다. 아직 온기는 남아 있었다. 벌써부터 그립고 그리운 것. 그러나 지금 느끼는 게 마지막이었다.

죽어버렸으니까. 정말로 콘 웅그르는 생명을 잃었으니까.

"아니야! 아니야아아아아아아!"

레이니르는 절규하며 목이 쉬도록 외쳤다.

이렇게 떠날 리 없다! 아무리 힘이 약해졌다고 해도, 육체가 인간처럼 됐다고 해도 이렇게 쉽게 가버릴 리 없다!

"일어나! 일어나란 말이야! 일어나!"

그녀는 어느새 쉬어버린 목으로 콘 웅그르의 몸을 뒤흔들었다. 그러나 반응은 없었다. 전혀 없었다.

12.

그는 죽었다.

드래곤들의 왕, 콘 웅그르가 죽었다.

아니, 레이니르의 반려가 죽어버렸다.

레이니르가 한 번 버림받은 것만으로도 영혼이 망가질 만큼 더없이 사랑했던 존재. 그리고 두 번 기만당한 뒤 분노로 제정신을 잃을 만큼 더없이 믿었던 남자. 그러나 결국 용서하고 받아들였다. 사랑하니까 그럴 수밖에 없었던 운명의 반려.

그런데 콘 웅그르는 죽어버렸다. 레이니르를 대신해, 온 세상을 지배할 수 있는 최강의 힘을 포기하고 언젠가 레이니르와 동등하게 서 있을 수 있는 인간으로 태어나길 기약한 채 죽음을 택했다.

그리고 레이니르가 남았다. 혼자, 남겨졌다.

"드레카르."

민은 길고 긴 한숨을 내쉰 뒤 자신을 껴안고 있는 남편을 불렀다. 이렇게 그녀는 언제든 사랑하는 남자를 만질 수 있었다. 레이니르와는 다르게.

"잠이 안 오는가?"

드레카르는 다정하게 속삭이며 아내의 이마를 입술로 훔쳤다.

"네. 걱정이…… 돼요."

민이 다 말하지 않았으나 드레카르는 알아들었다. 아내의 굳은 어깨를 손으로 부드럽게 주물러 주며 한숨을 내쉬었다.

콘 웅그르가 숨을 거둔 지 일주일이 흘렀다. 그동안 드레카르는 부서진 왕성을 원상복구시키는 데 집중했었다. 그날, 콘 웅그르가 백안의 드래곤이 만든 결계 속으로 사라진 직후에 회색 드래곤이 드래곤의 모습을 한 채 왕성으로 쳐들어왔기 때문이다.

드레카르는 회색 드래곤의 계획이 결계 안으로 들어가는 것임을 잘 알았다. 그곳으로 가서 레이니르와 콘 웅그르를 살해하는 게 목표일 터. 때문에 드레카르는 즉각 드래곤의 모습으로 변신해서 회색 드래곤을 공격했고, 발키리들 또한 왕의 명령대로 모든 노력을 다해 회색 드래곤에게 무기를 휘둘렀다.

한낱 인간인 발키리들은 회색 드래곤을 맞히지도 못했다. 그에 반해 드레카르는 회색 드래곤의 얼굴을 깊게 긁어 내렸으나, 회색 드래곤은 반격하지 않은 채 결계 속으로 사라졌다.

레이니르가 사라진 즉시 일반인들을 전부 왕성 밖으로 대피시킨데다가, 회색 드래곤이 따로 힘을 터뜨린 건 아닌지라 다친 사람은 없었다. 그 후로 20분이 지난 뒤, 깨진 결계에서 사망자가 나타났다.

콘 웅그르.

드레카르의 걱정과는 달리 레이니르는 죽지 않았다. 대체 무슨 일이 있었는지 온몸이 시뻘건 피로 범벅이 되어 있고 상의 앞부분이 찢어지고 떨어져 나갔을뿐더러 머리카락은 헝클어지다 못해 엉망이 된 상태였다. 그러나 겉보기에, 그리고 드레카르가 재빨리 탐색한 바에 의하면 레이니르는 상처 하나 없이 건강했다. 이전과 비교할 수조차 없을 만큼 좋아졌다.

더 이상 레이니르는 인간이 아니었다. 이전에도 콘 웅그르의 피와 살을 먹어 인간의 범주에서 벗어난 상황이었으나 이젠 그 정도가 아니라 완전히 인간이라 할 수 없는 상태가 되었다. 드래곤, 그중에서도 레이니르는 드래곤들의 왕인 콘 웅그르와 흡사한 기운을 뿜고 있었다. 청아하고 고결한 분위기를 흘리며 강력한 힘을 품은 존재, 그 자체로 보였다.

물론 영생불멸하는 드래곤이 된 건 아니었다. 그러나 많은 부분이 콘 웅그르처럼 변했다. 그건…….

드레카르는 알게 되었다. 레이니르의 몸 깊숙한 곳에 자리 잡은 것이 콘 웅그르의 생명의 원천인 심장이라는 것을. 이렇게 된 건…….

콘 웅그르의 육체에서 심장이 사라졌다. 그 자리에 기괴한 느낌이 드는 다른 드래곤의 심장이 들어가 있긴 했다. 그러나 그것은 박동을 멈춘 채 콘 웅그르와 연결되지 않고 그냥 덩그러니 있었다.

콘 웅그르는 한 점의 후회도 없다는 듯, 희미한 미소까지 짓고 있었다. 분명 그 상황은 콘 웅그르가 직접 선택한 것이었다. 사랑하는 여자를 살리기 위한 방법. 반려의 백 년도 안 되는 이번 삶을 위해 세상의 모든 권력을 내던진 남자.

그런 콘 웅그르의 곁에서 레이니르는 하염없이 눈물만 흘리고 있었다. 콘 웅그르의 뺨을 세상에서 가장 고귀한 보물처럼 쓰다듬는 손길은 멀리서 보기에도 떨리고 있었다. 감당할 수 없는 슬픔과 절망 때문이었다.

드레카르는 기다려 주었다. 발키리들을 모두 다른 곳으로 물린 채 딸처럼 생각하는 아이가 조금이나마 감정을 추스르고 사랑하는 남자에게 마지막 인사를 할 때까지 기다려 주었다.

예상과는 달리 시간은 오래 걸리지 않았다. 온기가 식어간다는 사실을 깨달은 레이니르는 소리 없이 울부짖은 뒤, 미소를 짓고 있지만 차갑게 변한 콘 웅그르의 입술에 따뜻한 입술을 눌렀다. 그것이 반려에게 바치는 그녀의 마지막 인사였다.

레이니르는 두 줄기의 눈물을 흘리면서 파리한 입술을 꾹 닫은 채 그녀의 침실로 돌아갔다. 그 뒤로 일주일이 지난 가운데 드레카르는 물론 민도 레이니르를 만나러 가지 못했다. 반려를 잃은 그 고통을 위로해 줄 수 있는 사람은 존재하지 않으니까.

그래서 드레카르는 민과 함께 기다리고 있었다. 레이니르가 세상 밖으로 나오기를. 물론 쉽지 않은 일이었다. 어쩌면 불가능할지도 몰랐다. 그러나 콘 웅그르가 생명을 포기한 이유를 레이니르도 잘 알고 있을 터였다.

반려, 레이니르가 앞으로도 살아가기를 원한다. 더 이상 고통받지 않고, 주어진 이 삶을 끝까지 행복하게 누릴 수 있기를 바란다.

그것이 콘 웅그르의 소망이자 유언.

"너무 걱정하지 마라."

드레카르는 아내에게 다정하게 부탁했으나 민은 고개를 끄덕이지도 못했다. 딸처럼 사랑하는 아이의 고통이 너무도 선명하게 보이니까. 결코 극복할 수 없는 상처. 하지만 민은 이렇게 말할 수 있었다.

"레이니르는 강한 사람이에요. 믿고 있어요. 언젠가…… 다시 문을 활짝 열고 나올 거라고."

"나도 그러겠다. 나도 믿겠다."

드레카르는 조용히 속삭였고, 민은 지난 일주일 동안 그래 왔듯이 레이니르를 염려하느라 밤늦게야 눈을 감을 수 있었다. 드레카르는 아내가 완전히 잠들었다는 것을 확인한 뒤 몸을 일으켰다.

침실 한 켠에 자리한 마법진을 이용하면 바로 갈 수 있지만 드레카르는 오늘따라 걷고 싶었다. 침실 밖으로 나온 그는 발키리들에게 따라오지 말라고 지시한 뒤 계단을 통해 천천히 지하로 내려갔다. 왕성의 내부 구조를 잘 알고 있는 소수의 사람들도 존재 자체를 전혀 모르는, 가장 깊은 층에 자리한 장소로.

지름이 1킬로미터에 이르고 높이도 백 미터나 되는 어마어마하게 커다란 타원형의 공간. 창문 하나 없는 벽은 물론이거니와 바닥과 천장은 묵직하면서도 경건한 느낌을 풍기는 새하얀 색이었으나, 중앙에 있는 원 모양의 계단 가장 높은 곳부터 아래까지 배열된 수천 개의 관은 모두 검은색이었다.

카르탄 왕족들의 관.

죽은 자를 대하는 카르탄 왕국의 풍습은 화장火葬이지만 드래곤의 피가 섞인 혼혈의 시체는 불에 타지 않았다. 그렇다고 시신을 외부에 묻었다가는 아무리 식인이 금기라고 해도 더 많은 마력을 노리는 사악한 자들에게 이용당할 수도 있었다. 때문에 대외적으로는 화장을 한다고 알리지만 실제로 모든 왕족들의 시신은 은밀하게 이곳에 안장되었다.

전투 중에 먼지가 된 몇 사람들을 제외하고, 천 년 전에 카르탄 왕국을 설립한 건국왕을 시작으로 모든 왕족들의 시신은 이곳에 있었다. 수명이 다해서 죽은 시신은 일정 기간이 지나면 관 속에서 먼지가 되었다.

관을 열어본 건 아니었다. 그러나 드레카르는 21년 전에 마지막으로 이곳에 둔 시신이 이미 먼지가 되었다는 것을 잘 알았다. 그 시신은 그때 그에게 힘을 주기 위해 희생을 선택한 레이니르의 아버지, 야를 하랄의 것이었다. 다른 사람들은 하랄의 시신이 시골마을의 바닷가에 뿌려진 것으로 알고 있지만, 사실 이곳에 있었다. 하랄은 순수 인간이지만 옛날에 드레카르가 드래곤의 피를 준 적이 있기 때문이었다.

하랄의 피를 이어받았고, 콘 웅그르의 피와 살을 먹은 레이니르 또한 언젠가 수명이 다하면 이곳에 묻힐 예정이었다. 드레카르는 일주일 전에 그렇게 됐을까 봐 더없이 걱정했었다. 그러나 그때 이곳으로 들어온 건 레이니르의 반려였다.

드레카르는 중앙의 가장 높은 부분으로 걸어갔다. 원래 이 공간은 비워뒀었다. 카르탄 왕국을 세운 시조, 건국왕조차 이 자리가 아니라 바로 아래층에 관을 두었다. 어째서인지 모르겠지만 가장 높은 이곳을 비워두라고 건국왕이 죽기 전에 유언을 남겼기 때문이다.

드레카르는 일주일 전에 이 중앙 부분을 채운 관을 물끄러미 내려다보았다. 콘 웅그르의 것이었다.

가장 위대한 존재, 드래곤들의 왕이 이곳에 누울 거라는 걸 건국왕께선 미리 알고 계셨던 걸까? 혹시 예지력이 있으셨던 건가?

드레카르는 질문을 떠올렸으나 알 수 없는 답은 생각하지 않았다. 그의 목적은 다른 것이니까. 그리고 10분 뒤, 매일 이 시간마다 이곳을 방문하는 사람이 등장했다.

"……왕이시여."

문을 열자마자 왕을 발견한 레이니르는 반사적으로 허리를 숙여 인사한 뒤 입을 열었다. 그러나 실제로 발음되었는지 알 수가 없었다. 말을 한 건 일주일 만이기 때문이었다.

"레이니르."

드레카르는 기다렸다. 그녀가 이 드넓은 공간의 가장 높은 자리, 콘 웅그르의 검은 관 앞으로 올 때까지 지켜본 뒤 입을 열었다.

"우리는 너를 기다리고 있단다."

더는 말하지 않아도 되리라. 충분히 알아들으리라.

드레카르의 생각은 맞았다. 일주일 만에 광대뼈가 도드라질 만큼 체중을 잃은데다가 황량하고 메마른 사막처럼 보이는 레이니르의 눈에 눈물이 맺혔다. 뺨을 타고 또르르 흘러내리는 한줄기의 눈물을 보면서 드레카르는 조용히 밖으로 나갔다.

"콘."

왕이 나간 뒤 레이니르는 입을 열었다. 오랜만이라 그런지 발음이 제대로 되질 않았다. 그녀는 다시 읊조렸다.

"콘…… 웅그르."

다시, 다시 말했다. 수십 번 내뱉은 뒤에야 레이니르는 정확하게 발음할 수 있게 되었다.

"콘 웅그르."

그녀는 덧붙였다.

"나의 반려."

이외에도 수많은 표현이 있었다. 나의 사랑, 나의 마음, 나의 심장, 나의 영혼……. 그러나 레이니르는 한 가지만 골라냈다. 반려라는 말은 운명을 의미하니까. 앞으로 펼쳐질 미래를 뜻하니까.

"그러니까, 언젠가 당신을 다시 만날 수 있겠지?"

레이니르는 질문을 던졌다.

"당신과 다시 대화하고, 당신과 다시 사랑을 나누고, 당신과 다시 행복을 만들 수 있겠지?"

아니, 이건 질문이 아니다. 이건 희망이나 소망도 아닌 갈망이었다. 필사적으로 바라고 원하는 것.

언젠가는 그렇게 될 거라고 생각한다. 반드시 그런 미래를 걷게 되리라 확신한다. 하지만 그건 말 그대로 훗날의 일이었다. 이번 생에서는 결코 이뤄지지 않을 일.

그래서 슬펐다. 괴로웠다. 고통스러웠다. 언젠가 행복할 수 있다는 말은 지금은 불행하다는 말과 같으니까. 그녀에겐 그랬다.

"불행해. 콘, 난 지금 너무도 불행해. 당신이 죽어버렸으니까."

그리고 나만 혼자 남았으니까, 외로이.

레이니르는 지난 일주일 동안 숱하게 떠올린 생각을 다시 되새겼다.

차라리 나도 떠나 버릴까?

물론 이건 생각에 불과했다. 형용할 수 없을 만큼 고통스러웠으나, 레이니르는 어리석지 않았다. 그녀를 사랑하는 사람들을 위해, 그리고 그녀의 이번 생을 위해 영원한 목숨과 강력한 권력을 포기한 남자를 짓밟는 행위 따윈 절대 해선 안 되었다.

행복하게 살아가야 했다. 원하는 일을 하면서 삶을 즐겨야 할 터. 그게 그녀가 사랑한, 그녀를 사랑하는 남자가 바란 것이니까.

드레카르 왕의 말도 같은 것이었다. 야를 레이니르가 다시 환하게 웃으며 이전처럼 열심히 살아가는 모습을 기다리고 있다는 뜻이었다.

그래, 그래야 해.

하지만 결코 쉽지 않았다. 어렵고 힘들었다. 그래서 레이니르는 낮에는 침실에 처박힌 채 가만히 있다가 밤에는 이렇게 그를 찾아왔다. 할 수 있는 건 그것뿐이니까.

"미안해."

그러나 찾아와 봤자 이렇게 관 옆에 쭈그리고 앉아 있는 것이 고작인지라 레이니르는 사과의 말을 건넸다. 이렇게 용기 없는 자신이 부끄럽고 미안했다. 그리고…….

　"사랑해."

　레이니르는 다시 속삭였다.

　"사랑해. 이 말, 듣고 싶었지?"

　그를 받아들이기로 결정한 뒤에도 그녀는 말해주지 않았었다. 사랑하고 또 사랑하지만, 그가 이전에 준 상처가 너무도 컸기에 보복하고 싶었으니까. 기껏해야 말 한마디뿐이지만 콘 웅그르는 애타게 기다렸었다. 그러나 레이니르는 그 부분에 대해서는 입을 완전히 닫았었다.

　후회된다. 더없는 회한으로 남는다.

　해줄걸. 이깟 한마디, 얼마든지 해줄 걸 그랬다. 그러면 콘 웅그르는 웃었으리라. 크나큰 행복 속에 풍덩 빠져서 더없이 환하게 미소 지었으리라.

　"늦었지만 다시 말해줄게. 사랑해, 사랑해, 사랑해."

　그윽하게 속삭여 주고 싶었지만 갈수록 울음이 섞인 흐느낌으로 변했다. 슬픔은 끝없이 레이니르를 지배하고 또 지배했다. 헤어 나올 수가 없었다.

　온몸의 수분이 다 빠져나간 것처럼 긴 시간 동안 목 놓아 운 뒤에야 레이니르는 눈물을 멈추었다. 그러나 마음의 출혈은 결코 멎지 않았다.

　"보고 싶어. 콘, 당신이 보고 싶어……."

너무도 그리운 존재를 보기 위해 레이니르는 미세하게 떨리는 손을 들었다. 일주일 전부터 늦은 밤마다 이곳을 방문해서 콘 웅그르의 관 옆에 머무르긴 했지만 뚜껑을 열어서 얼굴을 본 적은 없었다. 생명이 완전히 떠난 그의 시신을 다시 확인하고 싶지 않았으니까.

하지만 지금은 너무도 보고 싶었다.

레이니르는 아주 천천히 손을 관 위에 댔다. 시신 보호를 위해 관은 드래곤의 피를 가진 존재만 열 수 있게 되어 있었다. 관 뚜껑은 레이니르의 몸속에 흐르는 콘 웅그르의 피와 살에 반응해 직각으로 올라갔다.

콘 웅그르는 상의 중앙에 승천하는 드래곤이 황금색의 자수로 새겨진 검은색 수의壽衣를 걸친 채 관 안에 누워 있었다. 생명력이 완전히 사라진 모습. 움직이기는커녕 호흡조차 하지 않는 시신 그 자체.

레이니르는 사시나무처럼 덜덜 떨리는 손을 움직였다. 시체 특유의 냉기를 접하게 될 거라는 건 잘 알았다. 정말로 죽어버렸다는 사실을 다시금 되새기는 짓이지만 손을 뻗을 수밖에 없었다. 언젠가 먼지가 되어버린다면, 이렇게 만지는 것조차 하지 못할 테니까.

레이니르는 활활 타오르는 불 속에 손을 집어넣는 사람처럼 눈을 질끈 감고 손끝을 콘 웅그르의 뺨에 올려두었다. 그녀는 뼛속까지 얼어붙게 만드는 냉기를 각오한 상태였다. 그러나 몇 초 뒤에도 예상한 것은 느껴지지 않았다. 대신…….

레이니르는 눈을 번쩍 뜨고 콘 웅그르의 얼굴을 다시 한 번 자세하게 살폈다. 엄청난 피를 흘려서 핏기라고는 전혀 없었던 일주일 전과 같았다. 표정 또한 엷은 미소가 그대로 남아 있었다. 분명 죽음 속으로 끌려 들어간 자의 얼굴이었다.

그런데 어째서 온기가 느껴지지? 어째서? 어째서? 어째서?

관이나 수의에 온기를 생성하는 마법이 설치되어 있는 것도 아니었다. 레이니르는 도무지 이해할 수가 없었다. 그녀는 두 손으로 수의의 상의를 붙잡아 양옆으로 찢어버렸다.

일주일 전 콘 웅그르의 가슴 중앙은 깊게 파인 상태였다. 심장을 뽑아냈기 때문으로, 레이니르가 회색 드래곤의 심장을 집어넣긴 했지만 이미 박동을 멈춘 것이라 아무 작용도 하질 않았다. 그러나 지금, 회색 드래곤의 심장은 보이질 않았다. 아니, 가슴의 상처 자체가 온데간데없었다. 7일 전에 깊게 파인 적이 없다는 듯, 매끈하고 강철 같은 근육만 보일 뿐이었다.

더군다나, 란크스의 몸을 입은 백안의 드래곤이 잘라낸 왼쪽 손목 아랫부분도 멀쩡하게 있었다.

치유되었다. 모든 상처가 치유되었다. 그렇다면, 그렇다면!

레이니르는 다시 온몸을 사시나무처럼 달달 떨면서 고개를 숙여 가슴 중앙에 귀를 대보았다. 심장박동 소리는 들리지 않았다. 또한 콘 웅그르의 맥박과 호흡을 확인해 보았으나 여전히 아무것도 느껴지질 않았다.

그러나 체온이 높아지고 있다!

시린 냉기로 가득했던 시신의 온도가 점점 올라가고 있었다. 곧 레이니르가 익히 잘 알고 있는 콘 웅그르의 평소 온도가 되었다.

설마…… 설마……!

레이니르는 희망을 품지 않으려고 노력했다. 그랬다가 이루어지지 않는다면 그땐 자신의 영혼이 정말로 산산조각 나리라는 것을 잘 알기 때문이었다. 그러나 그녀는 듣고야 말았다.

심장박동 소리.

잘못 들은 줄 알았다. 갈망이 만들어낸 착각인 줄 알았다. 그러나 아니었다.

너무도 작은 소리지만, 분명 심장이 뛰고 있다. 아주 느릿하게, 아주 희미하게.

레이니르는 시야가 흐릿해졌다. 어느새 줄줄 흘러내리는 눈물 때문이었다. 그러나 그녀는 그렇게 울고만 있지 않았다. 당장 드레카르 왕에게 전갈을 보내서 이 사실을 알렸고, 드레카르는 치료장을 데리고 바로 이동해 왔다.

"호흡은 아직 없습니다. 맥박도요."

한참 동안 콘 웅그르를 아주 조심스럽게 검진한 치료장은 경이로운 표정으로 진단 결과를 내놓았다.

"심장박동이 이렇게 점점 살아나는 걸 보니…… 호흡과 맥박도 다시 돌아올 가능성이 높습니다. 하지만 확신할 수는 없습니다."

치료장은 낙관적인 말투는 아니었다.

"이자는 일반 드래곤도 아니고 드래곤의 왕입니다. 어떻게 될지 아무도 장담할 수 없습니다."

"혹시 피와 살을 주면 회복 속도를 높일 수 있지 않을까요?"

레이니르는 울먹거림으로 가득한 목을 쥐어짜 내 간신히 한마디 물었다. 치료장은 고심하는 얼굴로 한참 만에 답했다.

"잘 모르겠습니다. 상대가 상대인지라……. 약한 존재의 피는 치료 과정에 부정적인 영향을 끼칠 수도 있습니다. 일단 피 한 방울만 시험 삼아 입술 안에 흘려 넣어보세요."

레이니르는 즉시 단검으로 검지를 찔러 치료장의 말대로 했다. 그러자 콘 웅그르의 심장박동이 눈에 띄게 느려졌다. 레이니르가 공포와 두려움으로 몸을 덜덜 떠는 가운데 몇 분 뒤에야 박동이 회복되었다. 치료장은 사색이 된 표정으로 거듭 허리를 숙이며 사죄했다.

레이니르는 치료장이 최선을 다한다는 건 알았지만 살의가 샘솟았다. 드레카르는 레이니르의 심정을 눈치채고 치료장을 도로 올려 보냈다.

"레이니르."

드레카르는 입은 뗐지만 무슨 말을 해야 할지 알 수가 없었다. 레이니르는 왕의 심정을 알아차렸다.

"죄송합니다. 그런데 마음이…… 마음이……."

"괜찮다. 레이니르, 이곳에 계속 있으려무나."

"그렇게 하겠습니다. 제가 할 수 있는 건 그것뿐이니까요."

드레카르는 레이니르가 뚝뚝 흘리는 희열의 눈물을 지켜보다가 천천히 사라졌다. 그리고 레이니르는 다시 콘 웅그르의 심장 위에 귀를 댔다. 심장은 다시금 제 속도를 내기 시작했다. 갈수록 커지고 있었다. 갈수록 빨라지고 있었다. 죽지 않은 것처럼, 살아 있는 것처럼.

콘 웅그르의 심장이 완전히 정상화된 건 세 시간하고도 십 분이
지난 뒤의 일이었다. 레이니르는 1분 1초까지 다 재고 있었다. 그
리고 정확히 한 시간 뒤, 콘 웅그르의 코 밑에 손을 대본 레이니르
는 아주 천천히, 아주 느리게 호흡이 진행되고 있다는 것을 알아
차렸다.

전율의 감정이 레이니르의 육체는 물론 영혼까지 뒤흔들었다.
또다시 펑펑 쏟아지는 눈물을 뒤로한 채 레이니르는 더 이상 지켜
보는 것만 하지 않았다.

기운을 북돋아줘야 한다. 회복을 도와야 했다.

레이니르가 선택한 방법은 말, 즉 언어였다. 물론 못 들을 가능
성은 아주 높았다. 그러나 이것이라도 하고 싶었다.

"깨어나면 매일 말해줄게. 당신이 질려서 그만하라고 할 때까
지 말하고 또 말해줄게."

레이니르는 끝없이 속삭이기 시작했다.

"사랑해, 콘. 진심으로 사랑해."

"당신을 처음 봤을 때, 푸른 드래곤에게 중상을 입은 상태였는
데도 끌렸어. 운명의 작용이라 그런 걸까?"

"당신, 눈을 뜨면 그 이후로는 질릴 때까지 날 계속 바라볼 수
있을 거야. 그러니까 어서 일어나."

"곰 고기는 정말 맛있었어. 날 위한 정성도 감동적이었어. 다음
에는 내가 만들어줄게."

"항상 곁에 있을게. 다음 생부터가 아니라 이번 생부터 그렇게 할 거야."

"약속해. 맹세해. 콘, 나의 반려. 사랑해. 심술 부려서 미안해. 사랑해. 사랑해. 그러니 눈을 떠, 제발."

목이 쉬고 있었다. 그러나 레이니르는 몇 시간이고 말하면서 노래도 불러주었다. 연인을 애타게 그리워하는 내용의 사랑 이야기를 끊임없이 노래했다.

꼬박 하루를 그렇게 보낸 뒤, 콘 웅그르는 호흡도 완전히 돌아왔다. 맥박이 다시 뛰기 시작한 건 물론이었다. 혈색 또한 건강한 사람의 것으로 돌아왔다.

살아 있는 생명체, 그 모습 자체.

그러나 콘 웅그르는 깨어나지 않았다. 눈을 감은 모습 그대로 무의식에 빠져 있을 따름. 그 상태 그대로 일주일이 더 지났다.

레이니르는 천천히 눈을 떴다. 흐릿했던 시야는 몇 번 깜빡이자 다시 맑아졌다. 온몸이 쑤시자 한껏 기지개를 켠 그녀는 자신이 잠시 잠들었다는 것을 깨달았다. 거의 일주일 만에 수면을 취한 것.

며칠 전 민 여왕은 잠시 이곳으로 내려왔을 때 좀 쉬라고 신신당부했었다. 하지만 레이니르는 대답으로만 그러겠다고 한 채 몸속에 흐르는 드래곤의 힘으로 꿋꿋하게 버티면서 계속 콘 웅그르에게 말을 걸고 노래를 불러줬었다. 자신의 목소리가 끝없이 이어져야 그가 더 빨리 깨어날 거라고 생각하니까.

"콘, 미안해."

레이니르는 여전히 잠들어 있는 콘 웅그르에게 사과했다.

"잠깐 잠들었네. 이러면 안 되는데…… 미안해. 안 그럴게."

왠지 콘 웅그르의 말이 들리는 것 같았다. 건강을 생각해서 이만 쉬라고 한마디 할 것 같았다.

"아니야. 괜찮아."

레이니르는 대화하듯 답했다. 사실 거짓말이었다. 거의 일주일 동안 잠을 못 이뤘고, 방금은 관 옆에 웅크리고 앉은 채 쪽잠을 해치운 것이라 피로가 풀리기는커녕 더 무거워졌다.

"음, 맞아. 사실 피곤해. 하지만 지금 자긴 싫어. 당신이 일어나면 그때 잘게. 그러니까 어서 일어나. 그렇게 해줘. 콘, 언제 깨어날 거야? 응?"

너무 피곤해서 그런지 이번엔 머릿속으로 대화가 이어지지도 않았다. 레이니르는 길고 긴 한숨을 내쉬며 다시 진심을 담아 속삭였다.

"사랑해."

"나도 사랑한다."

레이니르는 한순간에 세상이 멈춘 것처럼 호흡도 중단했다. 눈을 부릅뜬 채 콘 웅그르를 바라보았다. 그러나 눈앞의 그는 여전히 우두커니 누워 있을 뿐이었다.

환청인가?

그러나 레이니르는 세상에서 가장 큰 기쁨을 느꼈다. 아무리 환청이라지만 너무도 황홀했다.

"응. 나도 사랑해, 콩."

그녀는 다시 말했다. 혹 환청을 한마디라도 더 들을 수 있을까 싶어서.

"다시 콩이라고 하는 건가? 그 표현은 짜증 나지만 그래도 이전처럼 나를 애칭으로 불러준다는 사실이 기쁘군."

이번엔 무려 두 마디였다. 콘 웅그르의 성격에 딱 맞는 내용.

"사랑하니까. 그러니까 애칭으로 부르는 거야. 친근하고 다정하게 부르는 애칭은 사랑하는 사람에게만 붙일 수 있는 거니까."

"그렇군. 날 사랑해서 그런 거였군."

"그래, 그런 거야."

"그러면 콩이라고 해도 뭐라 하지 않겠다."

그는 선심을 써주는 듯한 목소리였다. 그러면서도 뿌듯하게 느끼는 것 같기도 했다. 그녀가 사랑해서 그러는 거라는 사실이 정말 기쁜 것 같았다.

하지만 이 순간, 레이니르는 자신만큼 기쁜 사람은 없을 거라 생각했다. 환청을 들을 수 있다니! 혹시 콘 웅그르가 되살아나지 못한다고 해도 남은 평생 이럴 수 있을까? 이 상황만으로도 행복했다!

레이니르는 환하게 웃으며 손으로 얼굴을 가린 뒤 눈물을 문질렀다. 아무리 환청으로 대화하는 것이라지만 오래 울어서 퉁퉁 부은 이 얼굴을 콘 웅그르에게 보여주고 싶지 않았다.

그 순간이었다.

고요하게 누워 있던 콘 웅그르가 몸을 일으켰다. 레이니르가 손가락 사이로 멍하니 바라보는 가운데, 그는 근육질의 몸을 소리 없이 움직여 그녀 옆에 앉았다.

"레이니르."

콘 웅그르는 서늘하면서도 강한 손으로 그녀의 손목을 낚아챘다.

"얼굴을 가리지 마라. 너는 어떤 모습이든 아름답다."

거칠고도 고아한 이목구비, 길고 새까만 머리카락, 굵고 짙으면서도 풍부한 목소리. 그리고 더없이 사랑하는 여자에게만 보여주는 그윽하고 농염한 눈빛.

"사랑한다, 레이니르."

콘 웅그르는 속삭이면서 고개를 숙여 키스해 왔다. 입술과 입술이 닿았다. 레이니르는 당연히 아무 느낌이 없을 줄 알았다. 환영이니까. 그러나 촉감이 느껴질뿐더러 짜릿한 기운이 바람을 탄 산불처럼 빠르게 온몸으로 번졌다. 그리고 그녀는 방금까지 콘 웅그르가 누워 있던 관이 이제 텅 빈 것을 보았다.

아니다. 이건 환영이 아니다. 이건, 이건!

"콘!"

레이니르는 비명을 내지르며 그를 떠밀었다. 그러나 강력하고 굳건한 콘 웅그르는 이제까지 그래 왔던 것처럼 밀려나지 않았다. 오히려 그녀가 뒤로 밀려났다. 동시에 레이니르는 깨달았다. 아까 들은 말은 목소리가 아니라 전갈이었다. 환청이 아니었다.

현실. 현실!

"저, 정말!"

쉰 목소리가 튀어나왔다. 동시에 순간적으로 정신이 아주 혼미해졌다. 레이니르는 기절하지 않기 위해 노력했다. 폐가 비명을 지르자 그녀는 자신이 숨을 멈췄다는 것을 깨달았다. 곧바로 호흡을 재개했지만 목구멍이 막힌 것처럼 힘들었고, 온몸은 지독한 오한에 시달리는 사람처럼 달달 떨리고 있었다. 그녀는 어느새 바싹 마른 입술을 축여 다시 내뱉었다.

"정말 다시 살아난 거지? 정말?"

레이니르는 후들거리는 두 손을 들어 눈을 긁듯이 문질렀다. 그러나 눈앞에 보이는 존재는 사라지지 않았다. 벅찬 기쁨이 그녀의 온몸을 다시 뜨겁게 끓어오르게 만들었다. 그러나 레이니르는 온몸을 환희에 완전히 맡기는 대신 질문을 쏜살같이 내던졌다.

"혹시 다시 죽는 거 아니지? 응? 아니지?"

윽박지르듯 캐물을 수밖에 없었다. 완벽한 안도감을 느끼고 싶으니까.

"그래, 아니다. 나는 완전히 살아났다. 이것이."

콘 웅그르는 레이니르가 일주일 전에 찢은 수의의 상의를 벗어던진 뒤 가슴 중앙 부분에 손을 댔다.

"회색 드래곤의 심장이 나를 살려주었다."

콘 웅그르는 흡족하게 웃고 있었다. 생각지도 못한 진귀한 보물을 발견한 사람 같았다.

"역시 그랬구나. 처, 처음에는 아무 반응이 없었는데⋯⋯."

그때, 회색 드래곤의 심장은 박동을 멈춰서 그냥 돌처럼 보였다. 숨이 끊어진 콘 웅그르에게 절대로 생명을 되돌려 줄 수 없을 것 같았었다. 그런데 결국 콘 웅그르를 살려냈다!

"이전에 말했지. 회색 드래곤은 자체 치유력이 강하다. 하지만 이 정도일 줄은 몰랐다."

레이니르는 회색 드래곤의 심장을 따로 처리하지 않고 콘 웅그르의 심장 자리에 그대로 넣은 채 관에 안치한 사람에게 열렬한 감사를 표했다. 아마도 드레카르 왕일 터. 레이니르는 앞으로 더 열심히 충성하겠다고 영혼을 걸고 맹세했다.

"쓸모가 있었네. 그 변태 회색 드래곤, 쓸모가 있었어."

레이니르는 저 너머의 세상에 있을 그 망할 드래곤이 진심으로 고마웠다. 그녀에게 뜻 모를 미소를 지어주며 콘 웅그르가 속삭였다.

"그래, 회색 드래곤의 심장 덕분이 크다. 그러나 레이니르, 내가 돌아올 수 있었던 근본적인 원인은 다른 것이 아닐까 싶다."

콘 웅그르는 그윽하게 말했다.

"이번 생을 함께하고픈 열망. 다음이 아니라 이번부터 너에게 사랑받고, 너를 사랑하고, 너와 함께 행복을 누리고 싶은 이 간절한 마음. 바로 그것."

콘 웅그르의 까만 눈동자는 촉촉하게 젖어 있었다. 사랑, 깊고 깊은 그 감정 때문이었다.

"보고 싶었다."

그는 속삭였다.

"사랑한다."

그는 고백했다.

"행복하게 해주겠다."

그는 약속했다.

"이번 생에서도, 그다음 생에서도, 그 뒤에도 이어질 모든 생에서 그러하겠다."

그는 맹세했다. 그래서 레이니르도 그렇게 했다.

"나도 그럴게. 나도 당신을 사랑할 거야. 당신을 행복하게 해줄 거야."

그녀는 두 팔을 한껏 벌려 그의 품으로 뛰어들었다. 단단하고 강인한 콘 웅그르가 그녀를 으스러져라 껴안았다.

"사랑해."

레이니르는 말하고 또 말해주었다.

"정말 사랑해, 사랑해, 사랑해."

안겨 있었기에 그녀는 보지 못했지만 알 수 있었다. 콘 웅그르가 지금 온 세상을 다 가진 것처럼 환하게 웃고 있다는 걸.

"그 말이 정말로 듣고 싶었다."

"매일 해줄게. 한 시간마다, 아니, 원하면 매 초마다 말해줄게."

"그렇게 해달라."

콘 웅그르는 명령이 아니라 부탁을 하고 있었다. 그래서 레이니르는 그렇게 해주었다. 끊임없이 속삭여 주었다.

"나도 사랑한다, 나의 반려."

길고 긴 시간 동안 열렬한 사랑 고백을 들은 뒤, 콘 웅그르는 그녀의 눈을 마주하며 속삭였다. 태양보다 더 환하게 반짝이는 눈빛으로.

"그러니 이제 시작하자. 이번 생의 행복을 만들어가자."

레이니르는 웃으며 흔쾌히 고개를 끄덕였다.

"그래, 그러자. 사랑해, 콘 웅그르."

"사랑한다, 레이니르."

그는 곧 그녀의 입술로 다가왔다. 레이니르는 그와 사랑을 나누며 행복의 첫걸음을 시작했다.

에필로그

"어머, 안녕하세요, 빈 님."

정말로, 빈은 정신을 잃을 뻔했다. 10년이라는 긴 세월 동안 짝
사랑한 여자가 코앞에서 그의 이름을 불러주고 있으니까. 더군다
나 여자는 솜사탕보다 더 달콤한 미소를 짓고 있었다.

"아, 안, 안, 녕하세요, 레, 레이니르 님."

빈은 순간 꼬인 혀를 움직여서 간신히 한마디 했다. 도적이라는
별명이 있을 만큼 얼굴도 거칠고 덩치도 우락부락한 남자가 갑자
기 해파리가 된 것처럼 몸을 흐느적거리는데도 레이니르는 여전
히 상냥한 얼굴이었다. 약간 놀란 기색이 있긴 하지만, 그건 갑작
스러운 만남 때문이리라.

"빈 님, 그런데 여긴 웬일이세요?"

"그, 그게, 그러니, 까요."

계속 말을 더듬게 되자 빈은 이대로 있다간 팔푼이처럼 보일 것 같아 기침으로 목을 가다듬었다. 배려심 넘치는 착한 성격답게 레이니르는 아공간에서 물병을 꺼내 건네주었다.

"목이 마르신가 봐요. 이거 마시세요."

"감사합니다!"

빈은 레이니르의 손길은 물론 입술도 닿은 게 분명한 물병을 황송하게 받아 들고는 꿀꺽꿀꺽 마셨다. 그러면서 레이니르를 몰래 훔쳐본 건 물론이었다.

늘씬하고도 풍만한 몸매에 도자기같이 새하얗고 광채가 나는 피부, 보는 이의 넋을 빼앗을 만큼 완벽한 이목구비까지 카르탄 왕국, 아니, 대륙 최고의 미인이라 일컬어지는 여자는 오늘도 끝내주게 아름다웠다. 본래 갖고 있던 고결한 청순함에 서른이라는 나이가 주는 농염한 분위기까지 깃들어서 그런지 더욱 눈부셨다. 아니, 혼약을 올린 덕분일까?

어려서부터 경이로운 미모와 황홀한 노래 솜씨로 이름을 날린 야를 레이니르의 혼약자가 누가 될 것인지 모두들 아주 궁금하게 여겼다. 10년 전에 발키리가 되기 위해 왕성에 왔다가 가녀린 레이니르를 보고 짝사랑을 시작한 빈도 그건 마찬가지였다. 마음속 깊은 곳에서는 레이니르와 백년해로하는 꿈을 꿨지만 말 그대로 그게 꿈이라는 건 빈 본인이 더 잘 알았다. 레이니르는 누구에게나 친절하지만 상대가 오해하지 않게끔 확실하게 선을 긋는 사람으로, 빈에게 필요 이상의 관심을 보인 적이 단 한 번도 없었기 때문이다.

때문에 빈은 마음속으로만 짝사랑을 불태운 채 가끔 레이니르가 왕성에 등장할 때 열심히 쳐다보기만 했었다. 언제나 그는 그렇게 했다. 5년 전에 콘 웅그르가 나타나 야를 버서커라는 가명으로 레이니르를 낚아챘다가 떠났을 때, 그로부터 1년 뒤인 4년 전에 다시 등장했을 때, 그리고 사망이 확인된 2주일 뒤에 다시 나타났을 때도 마찬가지였다.

정확히 무슨 일이 있었던 걸까?

대부분의 사람들은 레이니르와 콘 웅그르 사이에 있었던 사건에 관해 잘 알지 못했다. 아니, 거의 모른다는 말이 정확했다. 레이니르와 약혼했던 야를 버서커가 불의의 사고를 당해 떠났다가 1년 뒤에 돌아왔으나 그 뒤로 또 어떤 사고가 생겨서 죽었다고 알려졌다. 그러나 2주일 뒤에 버서커가 다시 기적적으로 살아 돌아와 레이니르와 혼약을 올렸다는 사실 정도만 세간에 알려졌을 뿐이었다.

빈은 진실을 조금이나마 더 알고 있는 소수의 사람 가운데 하나였다. 5년 전에 콘 웅그르가 왕성 연무장에 최초로 등장했을 때 그 자리에 있었으니까. 덕분에 야를 버서커의 진짜 신분이 최강의 존재, 드래곤들의 왕이라는 걸 잘 알았다. 빈의 추측으로, 콘 웅그르는 레이니르를 버리고 떠난 것 같았다. 그게 아니라면 1년 뒤에 돌아온 레이니르가 그렇게나 비참한 모습일 리 없으니까.

그때 사실 빈은 레이니르의 슬픔을 안타깝게 생각하면서도 혹 기회가 있지 않을까 기대했는데, 레이니르는 발키리의 백인대장이자 전도유망한 타쿤과 인연이 닿았다. 그러나 타쿤은 발키리를 때려치우더니 어딘가로 떠나 버렸고 레이니르는 다시 나타난 콘 웅그르와 손을 잡고 다니기 시작했다. 그러더니 콘 웅그르가 죽어 버렸다.

빈은 심장이 사라진 채로 나타난 콘 웅그르의 시체를 본 기억이 아직도 머릿속에 생생했다. 레이니르는 숨이 멈춘 콘 웅그르를 껴안고 세상이 무너진 것처럼 울부짖고 있었다. 드레카르 왕의 명령에 의해 자리를 비켜줘야 했기에 몇 분밖에 보지 못했지만, 빈은 레이니르가 아파하는 모습이 너무도 안타까웠다. 그 뒤로 레이니르가 방에만 틀어박혀 나오지 않은 것도 참 슬펐었다.

그런데 2주일 뒤, 콘 웅그르는 기적처럼 부활했다!

정확한 이유는 알 수 없었으나 빈은 드래곤의 왕이라는 신분 덕분이라고 생각했다. 그게 아니면 이유가 설명되지 않기 때문이었다. 어찌 됐든 레이니르에겐 잘된 일이고 그녀를 짝사랑하는 무수히 많은 남자들에겐 비극적인 일이지만, 빈은 마음이 아프기보다 기뻤다. 레이니르에겐 환한 미소가 어울리기 때문이었다.

그러나 얼마 뒤, 레이니르가 동생들과 왕족들만 불러놓고 콘 웅그르와 비공개로 혼약의 의식이 올릴 때 빈은 남몰래 울었었다. 그게 바로 4년 전으로, 빈은 그 뒤로 짝사랑의 마음을 깨끗하게 접었었다. 적어도 빈 본인은 그렇게 생각하고 있었다. 그런데 아닌 모양이었다. 이렇게 단둘이 만나게 되니 심장이 미칠 듯이 쿵쿵거렸다.

지난 4년간 종종 보긴 했었다. 그러나 말 그대로 마주하기만 했지 대화를 나눈 적은 없었다. 항상 레이니르의 곁에는 콘 웅그르가 존재했기 때문이다. 콘 웅그르의 존재감이 워낙 강력하면서도 압도적인지라, 빈을 비롯한 남자들은 레이니르에게 말 한마디도 걸 수가 없었다.

그런데 이렇게 단둘이 만나서 대화를 하다니!

오랫동안 짝사랑했던 여인과 이런 시간을 가지게 되자 빈은 정식으로 발키리로 임명됐을 때보다 더 큰 감동을 받고 말았다. 물론 마음은 편하지 않았다.

그 드래곤의 왕은 어딜 간 거야? 왜 레이니르 님의 곁에 없는 거지?

4년 전에 혼약을 올린 뒤 빈이 보기에 레이니르는 왕성 밖으로 잘 나가지 않는 것 같았다. 병약한 사람들이나 어린아이들을 위한 행사에는 꼭 참석해서 무료로 노래를 불러주곤 했지만 그 외에는 콘 웅그르와 주로 왕성에만 있었다. 정확하게 말하자면 침실에만.

그런데 레이니르 님은 왜 갑자기 왕성에서 아주 먼 곳에 나타난 거지? 그것도 혼자? 그 드래곤과 싸우고 축제를 구경하러 온 건가?

대륙의 북쪽에 자리한 누흐 족은 25년 전까지는 중앙에 위치한 카르탄 왕국과 별개의 나라를 형성했었다. 그러나 위정자들의 잔인한 폭정이 계속되어 수많은 아사자들이 나오고 나라가 멸망의 길을 걸어가자 드레카르 왕은 대륙 전체의 미래를 생각해 누흐 족을 카르탄 왕국에 통합시켰다. 이후로 혼란기를 겪었으나 현재 누흐 족은 카르탄 왕국과 거의 완전하게 합일된 상태였다.

그렇게 된 건 드레카르 왕과 민 여왕이 많은 노력을 기울였기 때문이다. 평등을 위한 사회적인 여러 제도가 적용된 건 물론이거니와 행사도 많이 개최되었는데, 현재 열리고 있는 누흐 축제도 그중의 하나였다.

1년에 한 번씩 누흐 족의 땅이었던 북쪽의 여러 도시를 차례로 옮겨 다니며 열리는 '누흐 축제'는 사실 축제가 아니라 큰 시장이라는 표현이 정확했다. 평소엔 접하기 힘든 지역 특산물을 자유롭게 판매하는 것이니까. 그러나 누구의 채소가 가장 크고 예쁜 모양인지 겨루거나, 가위바위보 싸움처럼 유치한 경기가 아주 진지하게 열리는지라 참석하는 사람들과 구경하는 사람들 모두에게 큰 즐거움을 안겨주었다. 때문에 이 커다란 행사는 누흐 축제로 불렸고, 축제가 진행되는 5일 내내 도시 전체가 떠들썩했다.

"레, 레이니르 님, 축제를 구경 오신 건가요?"

상당량의 물을 다 마신 뒤에야 빈은 그나마 말을 덜 더듬을 수 있었다. 레이니르는 고개를 끄덕였다.

"네. 오래간만에 혼자 돌아다니고 싶어서 나왔는데…… 무작정 걷다 보니까 이렇게 어두운 곳까지 오게 됐네요."

아무리 도시 전체가 축제 중이라고 해도 이곳은 인적이 없는 가장자리 구역인지라 레이니르의 말대로 아주 음침했다. 왕족으로 대우받는 레이니르에게 감히 누가 해를 끼치겠냐마는 잘못하다간 안 좋은 일을 당할 수도 있는 지점.

"무서웠는데 빈 님을 만나서 다행이에요."

레이니르는 손으로 가슴을 쓸어내리며 환하게 웃었다. 빈은 그녀의 아름다운 미소에 잠시 넋을 잃었으나 곧 안도감을 느꼈다. 레이니르가 나쁜 일을 당하지 않았으니까.

축제를 보러온 관광객인 척 가장하고 있으나 사실 빈은 명령을 받고 온 것이었다. 재작년과 작년 축제 때 예쁜 외모의 여자 몇 명이 납치되었고 같이 있던 남자들은 정신을 잃은 채 발견되었기 때문이다. 남자들의 진술에 따르면 실종된 여자들과 도시 가장자리의 으슥한 공간에 있었다는데, 그 뒤는 기억하지 못했다. 아마도 여자들은 인신매매를 당한 것으로 추측되었다. 약을 먹여 노예로 삼는 짓을 하는 범죄자들이 실제로 있으니까.

때문에 드레카르 왕은 빈에게 범인들을 잡아오라고 명령을 내렸다. 이 도시가 고향인지라 지리를 빠삭하게 아는데다가 빈은 발키리의 십인대장인 동시에 비밀 정보 조직, 후스카를의 일원이기 때문이었다.

은밀하게 해결해야 했다. 축제가 열릴 때마다 범죄가 일어난다는 사실이 드러나면 많은 사람들이 혼란에 빠질 수 있기 때문이었다. 그래서 빈은 축제 첫날부터 마지막 날인 오늘까지 이곳저곳을 샅샅이 돌아다니면서 살펴보는 중이었다.

"여긴 위험하니 왕성으로 돌아가시는 게 좋습니다."

빈은 드디어 더듬지 않고 당당하게 말할 수 있게 되자 매우 기뻤다.

"그래요? 음, 여기 마법진이 어디에 있는지 아시나요?"

빈이 입을 열었을 때였다. 순간 심상치 않은 것을 느낀 그는 레이니르에게 보호마법을 걸면서 그녀의 앞을 방패처럼 가로막았다. 그러나 어둠을 가르고 날아온 것은 공격마법이 아니라 새하얀 김을 엄청나게 많이 내뿜는 둥근 공이었다.

"숨을 참으세요!"

빈은 레이니르에게 경고하면서 손으로 입을 틀어막았다. 그러나 이미 늦었다. 그전에 딱 한 모금 들이마신 것이 그의 몸을 빠르게 마비시키기 시작했다. 순식간에 바닥으로 쓰러진 그는 힘을 쥐어짜 내 레이니르에게 더 두꺼운 보호마법을 씌워주었다.

레이니르 님을 지켜야 한다! 납치되게 놔둬선 안 돼!

그러나 빈의 소망이 무색하게도 등 뒤로 레이니르가 쓰러지는 소리가 들렸다. 도망치지 못했다는 뜻. 골목 저편에서 모습을 드러낸 저 사내들에게 납치당할 가능성이 높다는 의미.

대체 콘 웅그르는 뭘 하는 거지? 드래곤의 왕이면서!

빈은 이 자리에 없는 레이니르의 혼약자를 탓했으나 그건 잠시였다. 그는 지금 이 자리에 있는 자신이 레이니르를 지켜야 한다는 것을 잘 알았다. 아무리 저 이상한 약 때문에 무력해졌다고 해도 자신은 남자이고 강한 존재였다. 그에 비해 레이니르는 마력이 거의 없는데다가 아주 가녀린 여성이었다. 노래만 잘 부를 뿐, 단검 하나 제대로 다루지 못하는 약한 여자.

지킬 것이다!

몸에 힘이 들어가지 않았으나 빈은 최선을 다해 입술을 깨물었다. 따가운 통증과 찝찔한 피 맛이 느껴지자 시야가 완전히 어두워지지 않았다. 그가 조용히 마력을 긁어모을 때였다. 검은색 옷과 마스크를 쓴 채 다가오던 두 명의 사내는 쓰러진 레이니르를 발견하고 눈을 휘둥그렇게 떴다.

"우와! 이거 월척이네?"

"그렇긴 한데…… 이거 너무 그렇지 않아? 저 여자가 사라지면 왕이 아주 난리칠 거라고."

두 사내는 쑥떡거리기 시작했다.

"걸리면 우린 정말 끝이야. 그냥 죽는 게 아니라 처참하게 고문당할 거야. 으, 생각만 해도 무섭네."

"야, 그래도 인생 한 번 살지 두 번 사냐? 이 여자라면 엄청난 값을 받을 수 있을걸?"

"하긴, 그건 그렇지. 더 이상 이 짓을 안 해도 될 테니……."

잠시 침묵이 오가더니 결국 두 사내는 고개를 끄덕였다.

"그래, 마지막으로 이번만 하고 끝내자."

"좋아. 근데 이 남자, 죽여야 하는 거 아니야? 증거를 완전히 없애야 할 것 같은데."

"그렇네. 야, 니가 해치워."

"내가 왜? 니가 해."

서로 죽이라고 떠밀던 두 명 중 검은 머리칼 쪽이 단검을 빼 들었다. 시간이 더 필요했지만 빈은 단검이 목줄기에 닿자 지금까지 긁어모은 얼마 안 되는 마력을 공격마법으로 사용했다. 그러나 검은 머리칼은 상당한 실력자인지 허무하게도 마법은 튕겨났다.

"이 새끼!"

검은 머리칼이 욕설을 퍼부으며 단검을 치켜들었을 때였다.

"빈 님."

죽음을 각오한 빈의 머릿속에 전갈이 꽂혔다. 레이니르의 것이었다.

나처럼 약에 마취된 게 아니었나?

"앞으로 보게 될 것에 대해서 입을 봉인하세요. 이건 빈 님보다 높은 위치의 후스카를로서 내리는 명령입니다."

빈이 말뜻을 깨닫기 전 검은 머리칼이 손에 쥔 단검이 모래처럼 부스러졌다. 그리고 서 있던 다른 사내, 흑갈색 머리칼은 뒤로 붕 날아가 벽에 부딪치더니 눈을 까뒤집고 개구리 같은 모습으로 바닥에 쓰러졌다.

"기절하면 곤란한데."

짜증 섞인 목소리와 함께 발을 내리는 건 레이니르였다. 날아간 사내는 아무래도 레이니르의 발차기에 당한 모양이었다.

레이니르 님이 발차기를 할 줄 알다니?

빈은 상황도 잊고 입을 헤벌렸다. 이제까지 봐온 레이니르는 격투 같은 건 아주 질색하고 힘이 워낙 약해서 5㎏ 이상은 절대 못 드는 연약한 여자였다. 그런데 족히 80㎏은 나갈 것 같은 남자를 발차기 한 방에 저 멀리 날려 버린 건가?

"뭐, 뭐야?"

빈의 멱살을 틀어쥐고 있는 검은 머리칼도 당황한 모양이었다. 눈을 둥그렇게 뜨더니 잠시 주춤거리기만 했다. 그러더니 곧 팔찌에서 다른 단검을 꺼내 빈의 목에 더 가까이 댔다.

"가만히 있어! 아니면 이자를 죽이겠다!"

레이니르는 핏 웃더니 고개를 삐딱하게 흔들었다. 철저하게 비웃는 행동이었다. 답하듯 흘러나온 목소리 또한 비아냥거림으로 가득했다.

"연약한 여자를 성노리개로 삼은 저질들은 대사가 참 뻔해. 머리가 돌이라서 그런가?"

빈은 왕국 전체에서 손꼽히는 실력자였으나 레이니르의 움직임은 전혀 보질 못했다. 으직, 하고 뼈가 짓눌리는 소리가 나더니 검은 머리칼이 뒤로 날아갔다. 빈은 고개를 뒤로 돌렸고, 검은 머리칼이 한쪽 어깨가 으스러진 채 10미터 뒤로 나가떨어진 것을 발견했다.

"20분 전에 여자 한 명이 사라졌어요. 범인들을 잡으려고 미끼로 위장한 후스카를의 일원이죠. 내가 따로 수사를 지시한 사람이에요."

레이니르는 두 손을 앞으로 뻗으며 냉철한 어조로 말을 이었다. 바람마법이 검은 머리칼과 흑갈색 머리칼을 그녀 앞으로 대령시켰다. 둘 다 얼굴이 새하얗게 질려 있는데다가 기절했는지 혀를 길게 뺀 상태였다.

"약 한 시간 전에 남쪽 지역에서 재작년에 납치된 피해자를 발견했어요. 정신을 놓게 만드는 약에 오랫동안 중독되어 있었죠. 그건 애초에 먹어서는 안 되는 종류예요. 납치당한 후스카를도 당했을 거예요. 빨리 찾아야 해요."

빠르게 내뱉는 레이니르의 목소리는 침착하면서도 핵심을 분명하게 짚고 있었다. 빈은 방금 본 것 때문에 정신이 핑핑 돌았으나 자리에서 벌떡 일어나 굳건하게 말했다.

"제가 이 사내들을 고문해서라도 알아내겠습니다."

"이번엔 지켜보세요."

레이니르는 짤막하게 내뱉었고, 빈은 그게 명령이라는 것을 알아차렸다.

레이니르가 손가락 끝을 까닥거리자 두 사내가 눈을 번쩍 떴다. 그들의 눈빛은 혼란스러웠으나 레이니르가 손을 반대로 움직이자 두 사내는 십 미터 거리의 벽으로 떠밀렸다. 벽과 밀착된 그들은 쿵 소리와 함께 고통의 신음을 터뜨렸다. 통증 때문에 일그러진 얼굴을 보아하니 이제 정신이 든 모양이었다.

"20분 전에 납치한 여자를 어디로 데려갔지?"

레이니르는 아주 가볍게 질문을 던졌고, 두 범인은 처음에는 입을 다물었다. 그러자 레이니르는 왼쪽 팔 위에 차고 있는 팔찌에서 단검을 꺼내 내던졌다. 단검은 대자로 벽에 박혀 있던 검은 머리칼의 왼쪽 새끼손가락을 깨끗하게 잘라냈다. 검은 머리칼이 처절한 비명을 지른 건 몇 초 뒤의 일이었다.

"아프지? 근데 답 안 하면 더 고통스러워질 거야. 하나씩 자를 거니까."

레이니르는 빙그러니 웃으면서 느긋하게 말을 이었다.

"여자는 어디에 있어? 아참, 미리 알려줄게. 계속 입 닥치고 있으면 손가락 다음에 발가락을 자를 거야. 그다음은 다리이고. 니네 가운뎃다리 말이야."

빈은 입을 쩍 벌렸고, 레이니르는 단검 끝을 흑갈색 머리칼에게 내밀며 질문을 던졌다.

"고자 되고 싶어?"

"여, 여기서 5미터 거리의 수, 술집 지하에 있습니다!"

흑갈색 머리는 시퍼렇게 질린 얼굴로 절규하듯 소리쳤다. 레이니르는 빈에게 고갯짓을 했다.

"확인하세요."

빈은 마른 입술을 축이며 흑갈색 머리칼이 자백한 곳으로 갔다. 정신을 잃은 한 여자가 결박된 채 구석에 처박혀 있었다. 빈은 여자를 품에 안고 원래 장소로 돌아왔고, 두 사내가 기절해서 바닥에 쓰러져 있는 것을 발견했다. 그 앞에서 레이니르는 그들의 팔과 다리에 마법 사용을 막는 족쇄를 채우고 있었다.

"빈 님은 고향에서 열리는 축제를 구경 나왔다가 우연히 납치당한 이 여자 분을 구해주고 두 명의 범인을 잡은 겁니다. 아시겠죠?"

자연스러운 명령조였다. 레이니르에겐 환한 아름다움만 있다고 생각했지만, 이 순간 빈은 거역할 수 없는 권위를 충만하게 느꼈다.

"그리고 빈 님?"

"네."

빈은 긴장한 채 레이니르를 바라보았다. 그녀는 엄격한 표정이었다.

"제가 빈 님을 기절시키지 않고 행동을 직접 보여준 건 앞으로 이런 경우가 닥칠 때를 대비한 겁니다. 이번처럼 약에 당할 수 있으니 위험을 느끼자마자 보호마법과 동시에 공간을 분리하는 결계를 치세요."

이어 레이니르는 얼굴만큼이나 차가운 목소리로 몇 가지 사항을 더 지적했다. 빈은 온몸이 오그라드는 기분이었다. 큰 실수를 저질렀다는 사실 때문이었다.

"빈 님이 개선의 여지가 없는 분이라면, 후스카를로서 미래가 없는 분이라면 제가 이렇게 직접 조언을 드리지도 않았을 겁니다. 앞으로 기대하겠습니다."

레이니르는 이 말을 할 때는 부드러운 목소리였다. 표정 또한 빈이나 다른 사람들이 잘 아는 상냥하고 보드라운 것으로 돌아갔다. 상대가 생각과는 완전히 다른 존재라는 충격적인 사실을 알게 된 상황이었으나, 빈은 순간 넋을 잃고야 말았다.

어쩜 이렇게 아름다울까?

"어머니 덕분이지요."

레이니르는 수줍게 답했고, 빈은 자신이 생각을 내뱉었다는 사실을 깨달았다.

"칭찬 감사드려요, 빈 님."

레이니르는 싱긋 웃으며 고개를 숙였다. 으슥한 골목임에도 허리까지 내려오는 길이의 백금발이 아름답게 반짝이자 빈은 정신을 잃을 것 같았다. 그러나 몇 초 뒤, 온몸을 찌르는 날카로운 시선이 뒤에서 화살처럼 날아오자 빈은 말짱한 의식으로 돌아갔다.

누구의 것인지 뻔했다. 그리고 이대로 계속 레이니르를 향해 뜨거운 눈빛을 보냈다간 생명이 위험하다는 것도 잘 알았다.

빈은 서둘러 바닥에 마법진을 생성하기 시작했다. 품 안의 후스카를은 물론 두 명의 죄인을 데리고 왕성으로 가기 위해서였다. 원래는 몇 분이 더 걸려야 되지만 한순간에 마법진이 완성되었다. 보이지 않는 누군가가 마력을 실어 보냈기 때문이었다. 레이니르도 알아차렸는지 한쪽 눈썹을 치켜올리고는 빈의 등 뒤 먼 곳을 쳐다보았다.

"전 이만 가보겠습니다, 레이니르 님."

등 뒤에서 날아오는 눈빛이 더욱 거세지자 빈은 등골이 서늘했다. 식은땀이 날 정도였다.

"네, 안녕히 가세요."

레이니르는 예의 바르게 인사했고, 빈은 마법진에 마력을 투여해서 재빨리 왕성으로 돌아갔다. 연약하고 가녀린 그의 첫사랑에게 마음속으로 작별 인사를 고하며.

"큰."

빈이 사라진 뒤 레이니르는 팔짱을 낀 뒤 다시 내뱉었다.

"콩."

다른 사람들에겐 보이지 않으리라. 그러나 콘 웅그르의 심장과 다른 드래곤들의 피를 가진 그녀는 정확하게 볼 수 있었다. 저 어둠 속에 있는 존재를.

"거기 있는 거 알거든? 어서 나와."

투명마법을 사용하고 있던 남자는 망설이듯 아주 천천히 걸어 나오며 모습을 드러냈다. 강력한 근육으로 터질 것 같은 몸이었으나 고결하면서도 우아한 분위기를 풍기는 존재. 특히 새까만 눈동자는 깊고도 농염한 기운을 물씬 흘려 더없이 매혹적이었다.

레이니르는 콘 웅그르가 자신에게만 저런 눈빛을 보여준다는 것을 잘 알았다. 그가 사랑하는 건 자신뿐. 그래서 만족스럽기도 하고 안타까움으로 아프기도 했다.

"갑자기 왜 관여한 거야?"

레이니르는 콘 웅그르가 인간들의 '잡무'를 싫어한다는 걸 잘 알았다. 그래서 그녀는 일을 혼자서 했고, 그가 동행한 적은 없었다.

후스카를의 단장 일. 그녀는 카르탄 왕국, 아니, 대륙 전체의 기밀을 취급하는 조직의 수장이었다. 비공식적이지만 발키리의 단장보다 더 높은 직위.

한때 이 자리에서 멀리 떨어진 적이 있었다. 콘 웅그르에게 버림받고 방황했던 1년, 그리고 드레카르 왕의 명령에 의해 6개월간 직위 해제됐을 때.

레이니르는 콘 웅그르가 죽었다가 살아난 뒤에도 몇 달 동안은 후스카를의 일을 하지 않았다. 콘 웅그르와 찰싹 붙어 있느라 바빴기 때문이다. 그러다가 슬슬 외출을 시작하자, 드레카르 왕은 그녀에게 후스카를의 단장 직위를 돌려주었다. 침실에만 있지 말고 이제 일 좀 하라면서.

레이니르는 그때부터 이전처럼, 아니, 이전보다 더 열심히 후스카를의 단장으로서 일했다. 그녀의 본분이 그것이니까. 콘 웅그르의 심장을 받은데다가 여러 드래곤의 피를 먹은 덕분에 더욱 신속하고 정확하게 임무를 수행할 수 있게 된 건 물론이었다.

"같이 일하고 싶어?"

레이니르는 답을 알면서도 떠보았다. 콘 웅그르는 즉각 반응했다.

"나는 네 일에 관여한 게 아니다."

"아하, 그러서요? 그러면 방금 빈의 마법진을 만든 건 누구의 마력일까?"

"그건 후스카를의 일이 아니라 그 인간의 마법에 관여한 것이다. 빨리 꺼질 수 있게 도와준 거지."

"그거나 그거나 같지."

"같지 않다. 일과 상관없으니까."

레이니르는 더 쏘아붙이려다가 포기했다. 이 남자에겐 말로 이길 수 없었다. 사실, 이기고 지는 건 아무래도 좋았다.

4년 전에 콘 웅그르가 그녀에게 심장을 주고 죽음을 선택한 뒤 레이니르는 그를 지극히 사랑할 뿐이었다. 백 년도 안 되는 이 생애를 지켜주기 위해 세계 최고의 권력을 포기한 존재. 이번 생만이 아니라 그다음 생에서도, 그리고 영원토록 그녀를 사랑해 줄 남자.

그래서 마음이 아팠다.

"콘."

레이니르는 그의 허리를 손으로 감싸 안으며 널찍한 가슴에 얼굴을 묻었다. 단단한 근육 아래로 쿵쿵거리며 힘차게 뛰는 심장이 느껴졌다. 살아 있다는 증거.

"내가 죽고 나면, 당신은 외로울 거야."

레이니르는 자신이 최소 팔십 년 정도는 너끈하게 살 거라는 걸 잘 알았다. 더 이상 인간이 아닌지라 잔병 하나 앓지 않고 부상도 입지 않은 채 평생 건강하게 살 수 있을 터. 그러나 그 뒤에 그녀를 기다리고 있는 건 죽음이었다.

내가 죽으면 콘 웅그르는?

콘 웅그르가 살아서 돌아온 건 이루 말할 수 없을 만큼 황홀한 일이었다. 그러나 그의 입장에서는 인간으로 환생하는 게 덜 고통스럽지 않을까 했다. 그는 어떤 것도 잊지 않는 드래곤이니까. 슬픔과 절망의 아픔을 언제 어느 때나 생생하게 기억하는 존재.

"미래를 미리 걱정할 필요는 없다."

"아이가 있으면…… 당신이 덜 외롭지 않을까?"

레이니르는 요 근래 생각했던 것을 조심스럽게 꺼냈다.

"드래곤이 인간과 다른 생명체라는 건 잘 알아. 대부분의 인간은 무조건적으로 핏줄을 사랑하지만 드래곤은 그렇지 않다는 것도 알아."

그녀를 사랑하지만, 그녀와의 핏줄을 사랑하는 건 다른 일일 터였다. 드래곤이란 그런 존재니까.

"더군다나 드래곤과 인간의 혼혈은 인간과 수명이 같으니까 당신이 더 아플 수도 있겠지. 하지만 그 아이가 일가를 이루는 걸 지켜보면 당신이 덜 외롭지 않을까 싶어."

"너를 기다리는 동안 나는 너와의 기억을 되새길 것이다. 추억이 있는 한 외로움은 없다. 나는 기억력이 좋으니까."

콘 웅그르는 마지막 말을 가볍게 내뱉었다. 아주 가끔 나오는 그의 썰렁한 농담에 피식 웃어준 뒤 레이니르는 기억을 되새겼다.

"사실 예전에 꿈을 꾼 적이 있어. 당신과 날 꼭 닮은 아이가 나오는……."

"기억한다. 그래서 그때 후손에 대해서 물었었군."

"응. 난 예지력이 없지. 그건 내 소망이었어. 아니, 갈망이야."

"아이가 갖고 싶은 거로군."

레이니르는 콘 웅그르의 품속에서 고개를 끄덕였다.

"당신의 아이를 낳고 싶어."

"긴 세월을 살아왔으나 내가 정액을 준 건 너뿐이다."

레이니르는 저도 모르게 뜨악한 표정을 지었다.

하여간 저 말버릇이란.

"4년 동안 줬는데도 너는 임신하지 않았다. 드래곤은 인간과는 달리 후손 생산이 매우 드문 종족이다."

"하긴, 나도 더 이상 순수 인간이 아니니까. 음, 못 낳을 가능성이 높구나."

레이니르는 길고 긴 한숨을 내쉬었고, 콘 웅그르는 그녀의 이마에 부드럽게 입술을 눌렀다.

"될지도 모른다. 생명의 탄생이란 누구도 예측할 수 없는 것이니까."

"위로해 주는 거야?"

"사실을 말하는 것이다. 네가 꿈속에서 갈망했던 아이를 언젠가 낳을지도 모른다. 레이니르, 네가 알고 있는 것처럼 나는 너만 사랑한다. 네가 낳은 아이까지 사랑하지는 않는다."

냉정한 말이지만 레이니르는 섭섭하게 받아들이지 않았다. 그녀는 그가 인간이 아니라 드래곤, 그들의 왕이라는 것을 받아들인 상태였다.

"그 아이를 사랑하길…… 바라는 건 아니야. 사랑하는데 훗날 아이마저 죽어버린다면 당신은 더 고통스러울 테니까. 하지만 당신이 그 아이를 보면서 내 흔적을 발견하길 바라."

"너의 흔적은 내게 있다. 지금 이 시간에도 너는 기록되고 있어, 내 눈에."

콘 웅그르는 레이니르의 손을 잡아 그의 눈가로 가져갔다.

"내 심장에."

그다음으로는 쿵쿵거리며 뛰는 심장 위로.

"내 영혼에."

그다음으로는 입술로 가져갔다. 레이니르는 풋 웃었다.

"당신은 영혼이 입술에 있어?"

"영혼의 많은 부분이 입술에 있지. 그래서 내가 입술로 너를 마시는 것이다."

콘 웅그르의 시선이 그녀의 복부 밑으로 내려갔다. 레이니르는 얼굴이 불타는 기분이었다. 그녀는 주먹으로 그의 가슴을 콩 쳤다. 콘 웅그르는 고개를 갸웃거렸다.

"왜 그러지? 가장 가깝게 널 느낄 수 있는 방법이라 그러는 것인데, 이상한가? 평소에는 아주 좋아하더니."

"몰, 몰라!"

레이니르는 다시 그의 가슴을 콩 치고는 품에서 벗어났다. 콘 웅그르는 의아한 얼굴을 하더니 곧 미소 지으며 그녀를 다시 끌어당겼다.

"오늘은 말 안 해줄 건가?"

"뭘 말이야?"

레이니르는 그의 입술을 뜨겁게 바라보면서 자신의 아랫입술을 길게 핥았다. 콘 웅그르의 시선이 자동적으로 따라왔다.

"그 말, 말이다."

"무슨 말?"

콘 웅그르는 눈을 가늘게 떴다.

"못 알아들은 척하지 마라."

비난하는 목소리였다. 참을성이 없게 들렸고, 레이니르는 그런 그가 귀여웠다. 그녀는 발끝을 한껏 들어 그의 턱에 쪽 소리가 나게 키스했다.

"먼저 말해줘."

"싫다. 네가 먼저 말하라."

콘 웅그르는 그렇게 말하고는 입술을 철옹성처럼 꾹 다물었다. 삐친 게 분명했다. 레이니르는 혀를 깨물고 웃음을 참아냈다.

"그래, 내가 먼저 말할게."

레이니르는 고개를 옆으로 돌려 그의 귓가에 자그맣게 속삭여주었다.

"사랑해."

그제야 미세하게 일그러졌던 콘 웅그르의 얼굴이 느슨하게 풀리면서 미소가 떠올랐다.

"나도 사랑한다, 레이니르. 나는 네게 그 말을 듣기 위해 살아 있다."

이 말은 언제나 레이니르의 심장을 벅찬 감동에 젖게 만들었다. 그녀는 그에게 짧지만 깊은 키스를 퍼부은 뒤 속삭였다.

"한참 뒤의 일이지만 죽기 직전에도 사랑한다고 말해줄게. 그리고 다음 생에서도 계속…… 근데 내가 당신을 못 알아보면 어쩌지? 전생을 다 기억하는 건 불가능한 일이잖아."

"기억 못해도 괜찮다. 내가 너를 기억하니까. 내가 너를 사랑하니까. 그리고 노력할 것이다. 새로운 네게 사랑받기 위해 끝없이 애쓸 것이다."

"드래곤의 왕이 한낱 인간에게 그럴 거라고? 개미잖아?"

4년 만에 처음으로 들먹이는 단어에 콘 웅그르가 움찔거렸다. 레이니르는 다시 웃음을 참으며 그의 단단한 가슴을 토닥거렸다.

"다 잊었어. 그냥 말해본 거야."

두 번이나 기만당한 그 기억은 전부 버렸다. 이제 그녀는 그냥 그를 사랑할 뿐이었다.

"그래, 사랑하니까."

콘 웅그르는 얼굴에 깊은 미소를 담뿍 머금었다.

"나의 레이니르, 이번 생이 다할 때까지 네 곁에 있겠다. 너와의 추억을 되새기면서, 그리고 만약 아이가 생길 경우 아이를 지켜보면서 너를 기다릴 것이다. 새로운 너를 찾아내어 사랑받기 위해 노력하겠다. 이것은 드래곤의 왕, 콘 웅그르의 맹세이기도 하고 한 남자로서의 약속이기도 하다."

깃털처럼 보드라운 목소리였으나 그 어떤 것도 깨뜨릴 수 없을 만큼 강력한 의지로 활활 불타고 있었다. 절대 꺼지지 않을 횃불.

"오래오래 행복하자."

레이니르는 콘 웅그르의 굳건한 의지에 전율을 느끼며 한 몸처럼 밀착했다. 영원히 그와 이러고 싶었다. 아니, 사실 뭔가를 좀 더 하고 싶긴 했다. 침실로 돌아가면 해야지. 아니, 여기서 한번 해볼까?

레이니르는 빙긋 웃고는 그에게 입을 맞추었다.

"사랑해, 콩."

뜨거운 키스 뒤 그녀는 끊임없이 속삭였다.

"사랑한다, 레이니르."

콘 웅그르도 끝없이 말해주며 행복한 미소를 지었다.

콘 웅그르의 이야기, 영원永遠

콘 웅그르, 그는 세상의 왕이었다.

창조주가 이 세상 자체보다 더 먼저 만든 것. 최초의 생명체. 때문에 창조주는 셀 수도 없을 만큼 수많은 생명체 가운데 콘 웅그르를 가장 사랑했고 가장 많은 능력을 부여했다. 그리고 세상의 질서를 유지하라는 천명天命을 내렸다.

콘 웅그르는 창조된 그 순간 모든 것을 걸고 창조주의 명령에 영원히 복종하리라 맹세했다. 그것이 그가 태어난 이유니까. 그리고 그의 생각에도 세상이 계속되기 위해서는 질서는 반드시 유지되어야 했다. 하지만 인간이 문제였다.

너무도 숫자가 많아서 세상을 어지럽히는 존재들. 콘 웅그르는 그들을 뼛속 깊이 혐오했다. 말 그대로 개미 따위랄까. 아니, 적어도 개미는 자기들끼리 질서가 있었다. 하지만 인간이란 제멋대로 다니면서 질서를 깨부수는 수준 낮은 종자들이었다.

이런 이유로 콘 웅그르는 인간을 전부 멸족시킬지 말지 진지하게 고민했었다. 그러나 그의 종족, 드래곤은 끝없이 계속되는 영생의 삶 동안 미치지 않으려면 인간들의 활기를 느낄 필요가 있었다. 때문에 콘 웅그르는 인간들을 모조리 죽여 버리는 대신 힘을 주기로 결정했다. 어느 정도 강한 자가 나타나면 그나마 위아래로 질서가 잡히는 법이니까.

그래서 그는 휘하의 드래곤들에게 인간들의 세상으로 가서 인간과의 혼혈을 많이 만들라고 명령했다. 그의 지시를 수행한 드래곤들 가운데 황금의 드래곤이 처음으로 혼혈을 생산했다. 그 혼혈은 카르탄 왕국을 세웠고, 콘 웅그르의 예측대로 어느 정도 질서를 잡기 시작했다. 이후로 간혹 더 흐트러질 때도 있었지만 강한 힘을 가진 군주가 나타나면 인간들은 그 밑으로 질서를 지켰다. 흡족한 일이었다.

그래도 콘 웅그르는 인간을 혐오했다. 그런 그가 그나마 고운 눈으로 인간을 바라본 건 황금의 드래곤의 직계 후손인 카르탄 드레카르 왕이 다스리기 시작한 뒤였다. 대륙이 생긴 지 천 년이 흐른 가운데 가장 강력하고 훌륭한 군주. 그러나 콘 웅그르는 크게 기뻐하진 않았다. 아무리 드래곤 혼혈이라지만 드레카르는 기본적으로 인간이니까. 더군다나 드레카르가 태어나기 십여 년 전 쌍둥이 누이인 백안의 드래곤이 인간 반려의 죽음 때문에 미쳐 버린 상황이었다.

고작 인간 하나 때문에 정신이 돌아서 세상의 왕인 나를 노리다니!

결코 용납할 수 없는 일이었다. 당연히 적절한 처벌을 내려야 하는 법. 그러나 백안의 드래곤이 어디에 숨어 있는지 알 수 없는지라 처리하는 건 상당히 골치 아픈 일이었다. 그렇게 고민할 때, 그의 반려가 태어났다.

야를 레이니르.

인간. 겨우 인간 따위.

처음에는 당연히 이용하다가 버릴 작정이었다. 실제로 그렇게 한 건 물론이었다. 드넓은 마음으로 관용을 베풀어 그나마 살려준 존재.

그러나 결국, 콘 웅그르는 인간 따위의 몸을 입을 정도로 레이니르를 특별하게 생각하게 되었고, 사랑에 빠졌다.

사랑, 사랑, 사랑.

1초 만에 천당에서 지옥을 오가게 만드는 감정. 그러나 그 자체만으로도 가치 있는 것. 영원한 행복을 노래하는 단어.

하지만 자신은 영생불멸하는 드래곤이고 레이니르는 인간이었다. 언젠가 레이니르는 죽어버릴 터. 그래서 콘 웅그르는 레이니르를 사랑한다는 것을 깨달은 순간부터 모든 것을, 그야말로 레이니르의 모든 것을 기억하기 시작했다.

환한 웃음, 짜증의 눈길, 슬픈 눈물과 울음, 분노의 주먹질과 발길질, 내킬 때마다 아주 가끔 보여주는 애교, 절정에 올랐을 때 내뱉는 가쁜 신음…….

그러나 콘 웅그르는 더 많은 기억이 필요했다. 레이니르가 죽고 난 뒤 환생을 기다리면서 끝없이 돌이킬 더 많은 추억을 갈구했다. 레이니르를 사랑하니까. 이 세상 전체보다 사랑하니까.

행복. 레이니르는 콘 웅그르에게 행복 그 자체였다.

실제로 존재한다는 사실만으로도 가장 거대한 기쁨에 젖게 만드는 존재. 물론 콘 웅그르는 레이니르가 그녀의 입으로 직접 사랑한다고 말하는 것을 더 좋아했다. 더 큰 환희를 느낄 수 있으니까.

그래서 바로 그것 때문에 콘 웅그르는 세상의 왕답지 않게 치졸한 짓까지 저질러 버렸다. 거짓말. 레이니르에게 거짓말을 했다.

물론 세상의 왕은 인간 따위에게 거짓말이든 뭐든 할 수 있는 법이지만, 상대는 레이니르였다. 진심으로 대해야 하는 사랑하는 여자. 그래서 그런지 콘 웅그르는 그녀를 사랑한다는 것을 깨달은 뒤로는 연기는커녕 거짓말도 잘할 수가 없었다. 하지만 화제를 돌리거나 대답을 피하는 방식으로 돌려서 거짓말을 했고, 그건 성공했다.

치사한 행동이긴 했다. 하지만 사랑한다는 고백은 그런 짓을 할 만한 가치가 있는 일이었다. 특히 4년 전의 일이 그러했다.

당시 콘 웅그르는 백안의 드래곤과 회색 드래곤이 한 달 뒤에 개최될 연회 때 등장하기를 기다리면서 스스로의 몸에서 상당량의 피를 뽑았다. 왕성 전체에 결계를 치기 위해서라고 말했는데, 그건 반만 사실이었다. 그 피의 나머지 절반은 혹시 모를 사태를 대비해 문자의 형태로 자신의 육체에 숨겨두었다. 혹시 육체가 죽음 근처에 이르게 되면 빠른 회복을 도와주는 마법이었다. 세상의 왕만이 쓸 수 있는 것.

확실히 지상 최강의 존재가 일개 인간 따위의 몸을 입은 건 부작용이 컸다. 레이니르에게 말한 대로 그 육체는 며칠 만에 녹아내렸고, 무제한으로 쓸 수 있는 거대한 마력도 절반으로 줄어들었다.

그러나 그는 왕이었다. 어떤 적이든 짓밟아서 이기는 존재.

물론 치유력이 인간 수준으로 떨어진 건 큰 문제이긴 했다. 그래서 백안의 드래곤이 만든 결계를 뚫을 때 상당히 큰 부상을 입었고, 심장을 뜯어낸 뒤 육체가 죽음 가까이 가기도 했다.

죽음 가까이.

사실, 사망한 게 아니었다. 레이니르나 다른 사람들은 일주일 동안 그가 정말로 죽었다고 생각했으나 진실은 그게 아니었다.

콘 웅그르는 죽지 않는 존재였다. 인간은 심장이 날아가고 두뇌가 없어지면 세상의 모든 치유력을 쏟아부어도 죽어버렸다. 그러나 드래곤들의 왕, 콘 웅그르는 달랐다.

뇌나 심장은 물론이거니와 설사 몸 전체가 먼지가 되어버려도 그는 죽지 않았다. 치유력이 인간 수준으로 낮아지더라도 일정 기간이 지나면 다시 몸 전체가 재생되었다. 말 그대로 불사신不死身이었다. 아무도 모르는 사실.

이것이 바로 창조주가 그에게 준 선물 중 하나였다. 생각에 따라서는 저주일지도 몰랐다. 어떤 일이 일어나든, 차라리 죽고 싶을 만큼 큰 고통을 겪는다고 해도 죽지 않으니까. 더군다나 그는 모든 것을 또렷하게 기억하는 드래곤인데다가, 미치지 않는 능력도 갖추고 있었다.

그러나 콘 웅그르는 단 한 번도 이 능력을 저주라고 생각한 적이 없었다. 세상의 균형을 맞추고 때때로 등장하는 미친 드래곤들의 폭주를 막기 위해서는 당연히 이래야 한다고 생각할 뿐. 그냥 능력 중의 하나였다.

현재는 생각이 달라졌다. 세상에서 가장 황홀한 축복이라고 보았다. 레이니르가 그에게 하루에 한 번씩 사랑한다는 말을 하는 데 큰 역할을 했으니까.

4년 전에 심장을 레이니르에게 줄 때, 콘 웅그르는 미리 준비해 둔 덕분에 만약 육체가 먼지가 되더라도 한 달이면 다시 살아날 거라는 말을 의도적으로 하지 않았다. 대신, 죽는다고 거짓말을 했다. 그리고 그는 결국 살아났다. 예상과는 달리 이 주일 만에 깨어나긴 했다. 그건 회색 드래곤의 심장 덕분이었다.

치유력이 강하다는 건 알았지만 이 정도로 큰 효과를 가지고 있을 줄은 콘 웅그르도 미처 알지 못했다. 다른 드래곤 두 마리를 더 먹어서 힘이 강해진 것 같았으나, 어찌 됐든 그는 이 주 만에 깨어났고 미칠 듯이 반가워하는 레이니르를 보게 되었다.

예측한 반응이었다. 콘 웅그르는 자신이 다시 돌아오면 레이니르가 사랑한다는 말을 끝없이 퍼부어줄 거라는 걸 잘 알고 있었다. 그래서 거짓말을 하고, 말을 돌리는 짓을 해버렸다. 세상에서 가장 강력한 존재답지 않은 졸렬한 생각. 그러나 콘 웅그르는 당위성을 가지고 있었다.

그러지 않았다면 레이니르는 평생 동안, 아니, 후생에서도 사랑한다는 말을 가뭄에 콩 나듯 해줬을 테니까. 더군다나 레이니르는 마음속에, 아니, 영혼 속에 두 개의 상처를 가지고 있었다. 첫 번째는 그가 그녀를 버렸기 때문이고 두 번째는 다른 남자인 척 기만했던 것 때문이었다.

그 상처를 아물게 해줄 필요가 있었다. 최소한, 다른 것으로 덮어줘야 했다. 그래야 레이니르가 아프지 않을 테니까.

예상대로, 죽은 줄 알았던 그가 생환하자 레이니르의 영혼을 찢어놓은 상처는 봉합되었다. 고통이 줄어들고 행복이 커졌다, 아주 많이.

그리고 레이니르가 그를 대하는 태도도 많이 달라졌다. 이전에는 사랑한다는 말을 안 하는 건 물론이거니와 손잡는 것조차 거부하고 짜증도 냈는데, 부활한 뒤로는 한 몸처럼 옆에 찰싹 붙어 있을 뿐더러 항상 환한 미소만 보여주었고 사랑한다는 말도 수시로 해주었다. 4년이 흐르니까 슬슬 사랑한다는 말을 덜 하고 있긴 하지만.

물론 콘 웅그르는 그에 대한 사랑이 식어서 그런 게 아니라는 걸 잘 알았다. 레이니르는 그를 사랑한다. 그러나 콘 웅그르는 레이니르가 육체는 드래곤과 비슷해졌으나 정신은 여전히 인간이라는 사실 또한 잘 알았다. 사랑이 영원히 지속되는 드래곤과는 달리 인간은 변화무쌍한 감정의 소유자였다. 언제 사랑이 식을지 알 수 없는 종족. 그렇긴 해도 레이니르는 운명의 반려니까 앞으로도 그를 사랑할 테지만.

다음 생에서도 마찬가지이리라. 레이니르의 영혼은 운명적으로 그에게 끌리게 되어 있었다. 전생을 기억할 수 있지만, 그러지 못한다고 해도 그를 사랑하게 되리라.

행복하다. 지금 레이니르가 그를 사랑한다는 게, 앞으로도 그를 사랑할 거라는 사실이 더없이 행복했다.

콘 웅그르는 오늘도 뜨겁게 사랑을 나누고 그의 품에서 잠든 레이니르의 이마를 입술로 훔쳤다. 세상 모든 것보다 더 사랑하는 존재.

사랑한다, 사랑한다, 사랑한다.

끝없이 되뇔 수 있는 사실, 진실, 현재, 미래, 운명, 영원.

콘 웅그르는 레이니르가 서른한 살이 된 해에도 지난 5년 동안 그래 왔듯이 곁을 지키며 그녀를 사랑했고, 그녀에게 사랑을 받았다. 그의 관심은 오로지 한 가지였다. 레이니르와의 행복.

그러나 레이니르가 서른두 살이 된 해, 콘 웅그르는 관심이 분산되는 일이 생겼다는 것을 알게 되었다.

레이니르가 임신을 했다.

"와."

헛구역질을 계속 해서 치료장을 불렀다가 임신 판정을 받은 뒤 레이니르는 짧은 감탄사를 내뱉은 채 눈을 동그랗게 떴다. 콘 웅그르는 대체 어떤 반응을 보여야 할지 알 수가 없었다. 세상의 모든 지식을 알고 있는 존재지만, 레이니르와 연결되면 이렇게 답을 알 수 없는 일이 종종 생기곤 했다.

"음, 난 기뻐. 아주 많이. 당신은 어때?"

한참 뒤에야 레이니르는 환하게 웃으며 기분을 물어왔다. 콘 웅그르는 솔직하게 답했다.

"모르겠다."

원하는 답이 아닐 텐데도 레이니르는 불쾌한 기색을 내비치지 않았다. 콘 웅그르는 그게 다행스러웠다. 그녀의 기분을 해치고 싶지 않았다.

"싫지는 않지?"

"그렇다."

"그럼 됐어. 괜찮아. 콘, 인간과는 달리 드래곤은 후손을 무조건적으로 사랑하지 않을 거라고 했지?"

"그래, 그렇게 말했었다."

"그래도 좋아. 아니, 그래야 좋아. 난 당신이 언젠가 이 아이를 잃었을 때 고통받는 건 원하지 않아."

레이니르의 새파란 눈동자는 진중하게 빛나고 있었다. 콘 웅그르는 그녀의 마음을 알아차렸다.

"그래, 사랑하지 않겠다."

"그렇게 해. 하지만 아이를 돌봐줘. 아니, 이 아이만이 아니라 아이가 언젠가 낳을 다른 후손들도 전부 지켜봐 줘. 그동안 당신은 외로움을 잊을 수 있을 거야. 그렇겠지?"

그건 아니었다. 레이니르, 그녀의 존재만이 그를 외롭지 않게 하니까. 그러나 콘 웅그르는 이렇게 답했다.

"노력해 보겠다."

콘 웅그르는 정말로 그렇게 했다. 그게 레이니르가 바라는 것이니까.

여덟 달 뒤 레이니르는 그녀를 쏙 빼닮은 여자아이를 낳았다. 그와 비슷한 건 새까만 머리카락뿐으로 사파이어 같은 눈동자와 도자기 같은 피부는 레이니르와 거의 흡사했다. 그러나 그는 드래곤으로 외모는 무시하는 종족이었다. 이름 또한 마찬가지였다.

아이의 이름은 '르르'였다. 같은 음을 두 개 쓰는 이름은 흔치 않지만 레이니르는 자신의 이름 끝과 콘 웅그르의 이름 끝을 붙여서 지었다. 그들이 사랑한 증거라면서.

콘 웅그르는 레이니르와 생각이 달랐다. 그들이 사랑하는 건 사실이니 증거 따윈 필요 없었다. 그러나 레이니르가 열 달간 뱃속에서 기르고 직접 낳았다는 사실 하나 때문에 아이를 아끼게 되었다. 사랑하는 건 아니었다. 레이니르가 그러지 말라고 부탁했으니까.

콘 웅그르는 레이니르와 함께 아이를 양육했다. 레이니르가 후스카를의 단장으로 임하는 동안 그가 아이를 돌보았는데, 우는 것 이외에 아무것도 하지 못하는 갓난아기를 모든 일을 능숙하게 할 수 있는 성인으로 훌륭하게 키우는 건 쉽지 않은 일이었다. 그는 세상이 균형을 이루는지, 질서가 잘 잡히는지 확인해야 하는 의무도 수행하고 있기 때문이었다.

그러나 추억이 생겼다. 레이니르를 사랑하고, 레이니르에게 사랑받는 것 이외에 레이니르의 아이를 기르는 건 또 다른 행복이었다. 그리고 레이니르가 곁에 없을 때 항상 그를 지배하는 지독한 외로움이 줄어드는 일이기도 했다.

드래곤과 인간의 혼혈은 강한 힘을 타고나지만 수명은 보통 인간과 다를 바 없었다. 르르는 열일곱 살이 되자 세상을 구경하겠다고 사라지더니 3년 뒤에 남자를 데리고 돌아왔다. 그리고 해마다 아이를 낳기 시작했다. 추억이 갈수록 늘어나고 행복이 갈수록 커지고 외로움이 갈수록 스러지는 일이 계속된 것.

물론, 고독은 완전히 없어지지 않았다. 시간이 흐르고 흘러……수많은 추억을 남긴 채 레이니르가 아흔 살이 되는 해에 그에게 사랑한다는 말을 남기고 노화로 인해 조용히 숨을 거둔 그 순간부터 콘 웅그르는 자신을 고문하기 시작한 외로움에 몸서리를 칠 수밖에 없었다. 그러나 레이니르가 남긴 기억과 레이니르의 피가 이어진 르르의 자식들은 그를 절망의 구렁텅이에서 끌어냈다.

고통스럽지 않다. 고통스러운 게 아니다.

콘 웅그르는 항상 그렇게 생각하며 레이니르의 아이들을 살펴보았고, 세상의 균형을 지켜보았으며…… 절실하게 기다렸다, 레이니르가 다시 태어나기를.

스칼드는 터질 것처럼 두근거리는 심장을 감출 수가 없었다. 그동안 그리도 소망했던 곳 앞에 도착했기 때문이었다.

카르탄 왕국의 왕성. 즉, 왕과 여왕이 살고 계신 곳.

두메산골에 살고 있는 열다섯 살짜리 시골 소녀가 왕성까지 올 수 있었던 건, 단 한 가지 이유 때문이었다. 아주 뛰어난 노래 솜씨.

대륙이 생긴 이래 최고의 미인이자 가수인 야를 레이니르가 오십 년 전에 아흔 살의 나이로 타계했다. 그 십 년 뒤부터 왕과 여왕께서는 노래를 잘 부르는 여자 가수가 등장하면 1년에 한 번씩 왕성에 초대해서 노래를 듣곤 하셨다. 야를 레이니르의 재래를 기다리기 때문이라고 했다.

환생을 하면 성격이나 능력이 달라진다지만, 기본적으로 영혼이 같은 만큼 몇 가지는 엇비슷하다는 말이 있었다. 야를 레이니르가 최고의 가수였던 만큼 환생을 해도 노래 솜씨는 엇비슷할 거라고 추측했다. 적어도 왕과 여왕께서는 그리 생각하시는 모양이었다. 매년 싹수가 보인다 싶은 여자 가수는 나이와 신분에 상관없이 부르시는 걸 보니.

물론 그건 초창기 때의 목적이고, 개최된 지 사십 년이 흐른 현재는 방향이 달라졌다. 이제는 대륙 최고의 여자 가수를 뽑는 축제가 되어 피 튀기는 경쟁이 이루어졌다. 우승자에겐 엄청난 상금이 걸려 있기 때문이었다.

아직 어린 축에 속하는 스칼드가 이 축제에 참여하기 위해 상경한 것도 사실 상금을 받기 위해서였다. 찢어지게 가난하니까. 물론 스칼드는 자신이 우승할 거라고 생각하진 않았다. 하지만 목소리는 꽤나 좋으니까, 잘하면 준우승은 할 수 있을지 몰랐다. 그러면 가난하지만 자신을 더없이 사랑해 주는 부모님을 편안하게 봉양할 수 있으리라.

그전에 예심을 통과해야 하지만.

"자, 불러보세요."

모든 사람들이 전부 왕과 여왕 앞에서 노래를 부를 수 있는 건 아니었다. 일단 일곱 명의 심사위원들에게 합격 판정을 받아야 일주일 뒤에 열리는 본선에 참가할 수 있었다.

스칼드는 굳게 마음을 먹고 노래하기 시작했다. 그녀의 마음은 합격에 대한 열망으로 그득했다. 본선 참가자가 되어야 소정의 참가비를 받는 건 물론이거니와 본선 전까지 숙식을 무료로 제공받기 때문이었다.

"합격!"

노래가 끝난 뒤, 심사위원들은 환한 표정으로 박수와 함께 합격 통보를 내렸다. 몇몇 심사위원은 야를 레이니르가 재림한 것 같다는 칭찬까지 했다. 스칼드는 과찬이라 생각하면서 배정된 숙소로 갔다.

"아휴, 피곤해."

마력이 거의 없어서 날개가 달린 말을 일주일 동안 타고 왕성 앞까지 온지라 스칼드는 바로 기절하고 싶을 정도로 힘들었다. 그러나 몸은 물을 흠뻑 먹은 스펀지 같은 상태인데 잠이 오질 않았다. 뭔가 혼란스러웠다.

"사랑한다, 레이……."

"나는 반려인 네가 다시 태어나기까지, 기다릴 수 있……."

속삭임 같은 목소리가 귓가를 스치고 지나갔다. 아니, 목소리라기보다…… 기억 같았다. 아주 오래된 추억. 옛날, 아주 먼 옛날의 행복했던…….

"스칼드Skald."

눈을 감고 침대에 누워 있던 그녀를 부르는 목소리가 있었다. 스칼드는 뭔가가 척추를 훑고 지나가는 느낌을 받았다. 전율이었다. 환희의 전율.

"고대 드래곤 언어로 시인이라는 뜻이군. 그게 이번 이름인가?"

농염하면서도 그윽하고 짙은 목소리였다. 다시 태어난 순간부터 듣고 싶었던 소리.

스칼드는 마음과는 달리 아주 천천히 눈을 떴다. 누군가가 창가에 서 있었다. 거대한 온몸은 근육으로 가득하지만 고결하고도 수려한 이목구비를 가진 남자. 언뜻 냉혹한 기운도 풍기지만 뜨거운 기쁨으로 이글거리는 새까만 눈동자 덕분에 스칼드는 무서움 같은 건 느끼지 못했다. 그녀는 다가가고 싶었다. 이 남자가 실제로 존재하는지, 그리고 눈빛만큼 뜨거운 존재인지 확인하고 싶어 손끝이 너무도 근질거렸다.

"너를 기다렸다."

"그랬…… 어?"

부모에게 엄격한 가정교육을 받은 사람답지 않게, 생전 처음으로 스칼드는 처음 보는 사람에게 말을 낮췄다.

아니, 아니다. 이 남자는 낯선 존재가 아니다.

"그래. 아이들을 돌보면서, 세상 전체를 지켜보면서 기다리고 또 기다렸다. 네가 환생하기를, 이렇게 찾아낼 수 있기를."

콘 웅그르는 다가와 앞에 섰다. 어느새 침대에서 일어선 스칼드는 두근거리기 시작한 심장을 안고 그를 올려다보았다. 낯익은 존재. 영혼의 기억 속에서 생생하게 살아 있는 남자. 앞으로도 영원하게 기억할 남자.

"보고 싶었다, 나의 반려."

스칼드는 미소 지으며 두 팔을 벌린 그의 품에 행복하게 안겼다. 그리고 답했다.

"나의 반려."

…結……

이 "드래곤의 반려"는 카르탄 왕국이 배경인 카르탄 시리즈입니다. 카르탄 시리즈는 바이킹 역사와 북유럽 신화에서 몇몇 이름을 가져왔는데, "바이킹의 역사"라는 책에 의하면 '콘(Kon), 콘 웅그르(Kon Ungr)' 는 킹(King)과 동의어라고 합니다. 독특한 발음이라서 어디에 쓸까, 하다가 드래곤의 왕 이름으로 사용하게 됐네요.

예전부터 후회물을 써보고 싶었답니다. 제가 본 몇몇 할리퀸에서는 여주가 남주를 빨리 용서하거든요. 그게 좀 불만이었어요. 그런데 제가 직접 써보니까, 할리퀸에서 그렇게 바로 용서를 해주는 이유를 알았습니다. 그래야 한 권으로 끝나니까요(...) 그래서 이 글은 용서하는 과정을 정확하게 넣기 위해 두 권이 됐다는 비화가 있습니다. (진짜일까요? 호호~)

연재할 때 콘 웅그르는 '유전자 변형 불량 콩' 이라는 별명이 붙었는데, 후회물의 남주에겐 딱 어울립니다. 그렇지만 전 사실 콩이 안됐다고 생각해요. 하필 뒤끝녀 of 뒤끝녀인 레이니르가 반려니까요(...) 하지만 둘 다 행복하겠죠. 바로 그 결말을 위해 존재하는 게 로맨스소설이기도 하고요. 그래서 저는 로설이 좋아요.

이 카르탄 시리즈의 순서는 "카르탄의 여왕", "팔찌의 맹세", 유치하게 연애하는 엘과 카르의 이야기 "카르탄의 공주(이북 현시 완료)", 그다음이 이 "드래곤의 반려"입니다. 본디 왕자의 이야기인 "카르탄의 왕자"도 있는데, 이북 중편으로 낼 생각이지만 언제가 될지 모르겠네요. 일단 종이책으로 내는 이 시리즈는 여기서 끝입니다. 아무리 제가 시리즈 덕후라지만 설마 또 떠오르는 건 아니겠죠. ;;

다음 글은 나름 사연이 있는 현대물이 될 것 같네요. 내년 초에 다시 뵙고 싶은데, 이래저래 바쁘게 걷고 있는지라 가능할지 모르겠어요. 노력은 해보겠습니다. 그럼 이만!